우먼 인 스펙트럼

배예람

이수현

아밀

김수륜

진산

배예람

수직의 사랑

7

이수현

여우 구슬은 없어

77

아밀

하나뿐인 춤

131

김수륜

누가 진짜 언니일까?

193

진산

협탐: 좁은 길의 꽃

265

작가의 말

331

프로듀서의 말

345

수직의 사랑

배예람

…그리고 오늘은 내 생일이라 케이크를 먹었어! 케이크는 빵으로
쌓은 탑이야. 이번 생일에는 체리가 올라간 케이크를 받았어. 체리는
빨갛고 동그란 과일인데, 아주 작아서 귀여워. 케이크를 보니까
기분이 이상해지더라. 왜 사람들은 맨 위를 가장 중요하게 생각할까?
보이는 곳만이 중요한 건 아닌데 말이야. 케이크는 아래부터
파먹으면 쉽게 무너져. 아래가 없으면 위도 없는 거야. 우리의
건물도 그렇잖아. 아래층이 없으면 위층도 없어. 우리의 탑은 언제쯤
무너질까. 무너지지 않으면 우리는 영원히 만날 수 없을 텐데.
　내년 생일 파티에는 너도 같이 있었으면 좋겠다. 네가 좋아하는
과일로 고르자!

　탑이 무너지는 날을 기다리며, 위층에서 보냄.

1.

배달이 모두 끝났다. 하영은 땀으로 젖은 등에서 알루미늄 지게를 내려놓았다. 평소라면 50층 정도야 거뜬한데, 배달이 꼬이면서 계단을 다시 오르내리느라 이런 꼴이 되었다. 경비원은 의뢰서를 확인하고 철문을 두드렸다. 거대한 철문에는 '50'이라고 적힌 표지판이 달려 있었다. 낡은 표지판 위로 거미 떼가 득시글거렸다.

50층은 다른 건물과 연결된 다리가 있는 이동층이었다. 의뢰받은 박스를 들어 올리는 순간 배달층을 예상했을 정도로 하영은 노련한 배달부였다. 박스에선 '땅'에서 주워 왔을 고철 덩어리들이 부딪치는 소리가 났다. 하영이 사는 건물에는 이런 고철들을 쓸 만한 공장 지대가 없으므로, 고철은 50층에 설치된 다리를 통해 공장 지대가 있는 다른 건물로 옮겨질 것이었다.

경비원은 열린 문 안으로 박스를 들어 넘겼다. 하영은 그 틈을 놓치지 않고 냉큼 안을 들여다보았다. 기대한 광경은 아니었다. 거대한 내부 중앙에는 신분증을 인식하는 개찰구만 보일 뿐이었다. 하영은 건물들 사이를 연결하며 공중에 떠 있을 다리를 상상했다.

경비원은 가까이 다가와 선 하영이 불쾌한 듯, 손가락 끝으로 지폐를 집어 하영의 손바닥 위로 떨어트렸다. 노골적인 모욕에도 하영은 바지 주머니에 무심하게 돈을 쑤셔 넣고 빈 지게를 들었다. 몇십 년간의 학습을 통해 모두의 몸에 깊이 각인된 하층민을 향한 차별과 조롱 따위는 돈 앞에서 효력을 발휘하지 못했다.

계단을 내려갔다. 층마다 출입문을 지키고 선 경비원들은 하영에게 눈길도 주지 않았다. 배달부로 보이는 사람들이 스쳐

지나갔다. 49, 48… 20. 지금까지 지나온 것들과 똑같이 생긴
철문에는 층을 알려 주는 표지판도, 입구를 지키는 경비원도 없었다.
철문에 페인트로 쓰인 '20'이란 숫자는 갈라질 대로 갈라져 간신히
형체를 유지하는 꼴이었고, 구석에는 해묵은 먼지가 켜켜이 쌓여
산을 이뤘다. 마치 여기서부턴 하층이라고 온 힘을 다해 증명하듯이.

20층 철문을 열자 하얀 김이 쏟아졌다. 늦은 저녁의 시장은
사람들로 붐볐다.

빽빽하게 자리 잡은 노점과 가판대 주변으로 사람들이
몰려들었다. 무언가를 굽고, 튀기고, 볶는 기름 냄새에 호객 행위를
하는 목소리가 섞였다. 누군가는 그 사이를 비집고 들어와 구걸을
하고 누군가는 도둑을 잡으라며 고래고래 소리를 질렀다. 하영은
허기를 일으키는 목소리들을 피해 구석으로 향했다.

건물 내부의 네 모서리 중 한 곳에는 거대한 사각기둥이
튀어나와 있었다. 말 없는 노인의 가게는 기둥 바로 옆에 자리
잡았다. 기둥에 자리를 빼앗긴 탓에 상대적으로 작고 초라한
가게였다. 노인은 하루 종일 기름 냄새를 맡으며 전을 부쳤다.
들어간 재료라고는 밀가루뿐인 전 위에 작은 계란부침을 하나 얹어
팔았다. 그는 하영이 태어나기 전부터 여기서 장사를 했고, 말을
하지 않은 건 그보다 더 오래되었다.

"할머니, 저 왔어요."

하영은 노인의 몇 안 되는 단골 중 하나였다. 하영이 플라스틱
의자를 끌어와 앉자 노인은 눈길 한번 주지 않고 식은 철판에 기름을
둘렀다. 노인이 파는 음식 1인분에는 계란 반 개가 들어가지만
하영이 2인분을 주문하면 꼭 계란을 두 개씩 깼다. 하영은 노점
메뉴판에 적힌 금액보다 더 많은 돈을 냈지만, 노인은 늘 하영이

먹은 금액만큼만 가져갔다. 노인이 음식이 담긴 봉투를 하영에게
내밀었다. 하영이 돌아서며 손을 흔들었지만 노인은 시선도 주지
않은 채, 다시 노점 안에 몸을 웅크리고 앉았다. 하영은 노인이
기둥에 몸을 기대고 눈을 끔뻑이는 것을 지켜보다가, 다른 줄로
접어들었다.

"너, 무슨 혁명단인가에 들었다며?"

하영의 얼굴이 보이자마자 허리를 숙이고 진통제를 찾던
남자가 대뜸 물었다. 남자의 약국을 이용한 지도 벌써 몇 년째였지만
하영은 남자의 이름을 기억하지 못했다.

"어디서 들었어요? 혁명단? 이름 한번 되게 촌스럽네."

"너희 층 사람들이 그렇게 부르더라. 꼴 보기 싫게 모여서
분위기 흐린다고. 혁명단 놈들이 어쩌구저쩌구….."

"이름 같은 거 붙인 적 없는데."

남자는 진통제가 담긴 봉투를 건네려다 말고 등 뒤로 숨기며
말을 이었다.

"몇 번 말했지만, 너희 가족이 최하층에 살게 된 건 너희 아빠
때문이야. 너희 아빠 아니었으면 거기까지 내려갈 일도 없었다고."

"아저씨는 7층 살잖아요. 3층이랑 7층이랑 뭐가 그리 큰 차이
라고."

"7층엔 저게 있잖아."

하영은 남자의 손가락을 따라 고개를 돌리지 않았다. 무엇이
있을지 뻔했다. 벽에 각인되어 있는 20이란 숫자였다. 출입문에
아무것도 없는 하층이라 해도, 내부에는 층을 나타내는 무언가가
존재했다. 하영이 사는 최하층을 제외하면.

하영의 아빠는 사냥꾼이었다. 건물 밖의 오염된 땅으로 나가

변종 동물들을 사냥하고 팔며 먹고살았다. 오염된 땅을 자주 드나드니 건강할 리가 없었지만, 하층민들은 전염병을 핑계 삼아 사냥꾼들에게 유독 더 예민하게 굴었다. 먹고살기 위해 건물 밖으로 나가는 이들은 그렇게 아래로, 더 아래로 밀려났다. 쓰레기장으로 사용되는 2층과 출입구를 지키는 경비원들로 가득한 1층을 제외하면, 사람이 살 수 있는 가장 아래층인 3층으로.

아빠가 사냥꾼의 길을 선택한 건 하영이 태어난 뒤라고 했다. 배달부인 엄마의 수입만으로는 하영을 키우기 어려웠을 게 분명했다. 하영이 떠올릴 수 있는 가장 낡은 기억은 3층에서 시작했다. 기억 속에서도 현실에서도, 하영은 3층을 벗어난 적이 없었다.

하영은 남은 지폐를 세었다. 진통제 몇 알을 위해선 노인에게 준 것보다 훨씬 많은 돈이 필요했다. 남자는 마지못해 봉투를 넘겨주며 툴툴거렸다.

"열심히 일해서 중간층으로 갈 생각을 해야지. 너희 층에 그… 턱수염 그 인간, 남매 둘 다 중간층민 됐다고 어찌나 떵떵거리는지…."

턱수염은 길게 기른 수염을 비스듬하게 자르고 다니는 최하층민이었다. 아무도 이름을 몰랐고 그도 이름을 밝히지 않아 자연스레 턱수염으로 불렸다. 하영은 턱수염의 남매가 중간층민이 된 이후로 하층에 들른 적이 없다는 사실을 굳이 떠올리지 않기로 했다.

"명심해라. 최하층에 산다고 해서 굳이 최하층 인간이 될 필요는 없어."

교묘하게 사람 속을 찌르는 말에는 좀처럼 익숙해지지

않았지만, 하영은 참았다. 잠깐의 인내심이면 봉투에 담긴 저녁과 진통제를 지킬 수 있었다. 결코 가볍지 않은 무게였다. 생존에 있어서 감정은 거치적거리는 짐 덩어리에 불과했다. 가끔 발목을 붙잡기도 하지만 거칠게 털어 버리면 그만인.

터진 입술 사이로 볶음 요리를 쑤셔 넣는 사람들, 철판이 내뱉는 지글거리는 소리, 왁자지껄함 속에서 달랑거리는 가격표, 그 모든 여운을 뒤로하고 하영은 아래로 향했다.

3층은 다닥다닥 붙어 있는 2층 침대로 발 디딜 틈을 찾기 힘들었다. 사이마다 천막과 텐트가 들어앉았고, 공용 화장실과 샤워실이 구석구석에 박혀 있었다. 때와 먼지를 뒤집어쓴 최하층민들은 각자의 좁은 자리에 멍하니 앉아 한숨을 삼켰다. 시끌벅적한 20층과는 달리 3층에서는 누군가 간간이 내뱉는 기침 외에는 아무 소리도 들리지 않았다. 무기력한 정적이 3층 전체를 침울하게 짓눌렀다.

엄마는 침대에 누워 머리를 부여잡고 있었다. 저녁을 먹은 후 하영은 진통제를 모조리 엄마에게 넘겨주고 2층으로 기어 올라갔다. 층수를 나타내는 각인 같은 건 어디에서도 보이지 않았다. 대신 불이 들어오지 않는 네온사인이 천장에 아슬하게 매달려 있을 뿐이다.

커다란 3 모양의 네온사인은 하영의 아빠를 비롯한 몇몇 사냥꾼들이 직접 가져와 천장에 매달아 둔 것이었다. 줄에 매달려 있는 거대한 3은 최하층민들의 마지막 발악이자 투쟁이었다. 여기도 사람이 사는 곳이라는. 하나 삶에 대한 의지가 덕지덕지 붙어 있는 네온사인 위로 먼지가 쌓여 층을 이룰수록, 본연의 의미는 흐릿해져만 갔다. 이제 네온사인은 최하층민들의 어깨 위에

수직의 사랑

드리워진 묵직한 그림자에 불과했다.

　최하층에서 오고 가는 모든 대화는 무엇을 주제로 하고 있든, 네온사인을 손가락질하는 것으로 끝났다. 우린 3층에 있잖아. 제일 아래에 살잖아. 무엇도 기대할 수 없잖아. 하영은 그런 결말이 지겨웠다. 베개 밑으로 손을 집어넣어 가장 먼저 잡히는 편지 한 통을 꺼냈다. 잠들기 전, 베개 아래 숨겨져 있는 추억을 다시 맛보는 것은 하영의 오랜 습관이었다.

　위층에서 온 마지막 편지. 하영은 변색된 종이 위에 새겨진 문장들을 손가락 끝으로 훑었다. 그렇게 하면 편지 너머의 상대에게 닿을 수 있기라도 할 것처럼.

　내년 생일 파티에는 너도 같이 있었으면 좋겠다. 네가 좋아하는 과일로 고르자! 탑이 무너지는 날을 기다리며, 위층에서 보냄.

　하영은 마지막으로 보낸 답장을 떠올렸다. 편지를 보낸 상대도 답장을 쓴 하영도, 약속이라도 한 듯이 끝자락에 남기던 문장. '탑이 무너지는 날을 기다리며.'

　어제 새로운 식구가 생겼어. 건물 밖에서 들어온 강아지인데, 왜인지는 모르겠지만 우리 가족을 선택한 것 같아. 네가 알려준 과일 이름을 따서 체리라고 지었어. 체리는 작고 귀여우니까, 잘 어울리는 이름이라고 생각해. 탑이 무너지면 나의 체리를 보여줄 수 있을 텐데. 탑이 무너지는 날을 기다리며, 아래층에서 보냄.

　10년 동안 하영의 베개 밑에 보관되어 있던 편지에선 퀴퀴한 냄새가 났다. 하영은 편지를 얼굴 위에 올려놓고 숨을 들이켰다. 낡은 종이가 풍기는 축축한 향이 어떤 것보다 큰 위안이 될 때가 있었다. 마지막 편지를 보내고 10년이 지난 지금, 하영은 여전히 체리를 먹어 보지 못했다.

땅이 더 이상 안전한 장소가 아니게 된 건 꽤 오래전의 일이었다. 오염된 땅은 유독가스를 뿜어냈고 먼지로 가득한 대기는 사람들의 숨통을 조였다. 사람들은 건물 안으로 도망쳤다. 더 많은 사람들을 수용하기 위해 건물들은 더 높이, 더 높이 끝도 모르고 높아졌다. 많은 부를 가진 사람들은 오염된 땅과 대기를 피해 위층에 자리 잡았다. 층에 따라 인간을 구분하는 게 당연해졌다.

건물은 환기 시스템이 돌아가는 21층과 81층을 기준으로 구분되었다. 1층부터 20층, 21층부터 80층, 81층부터 120층. 하층, 중간층, 상층은 그렇게 나누어졌고, 사람들은 거주하는 층에 따라 월등한 차이를 가진 신분증을 지급받았다.

건물 전체를 둘러싸고 있는 사각형 형태의 계단은 하층민들의 유일한 이동 수단이었다. 모든 층의 출입구는 경비원들이 지키며 들어갈 때마다 신분증을 확인하는 게 법이었으나 하층의 보안은 허술하기 짝이 없었다. 보안이란 영역 안에 하층은 애초부터 존재하지 않았을지도 몰랐다. 하층은 어떤 사람이라도 마음대로 드나들 수 있는 곳이니까.

18층부터 20층까지를 차지하는 거대한 시장층을 제외하고 모두 거주층인 하층과 달리, 중간층은 거주층과 업무층, 생활층으로 구분되었다. 거주층에는 다양한 크기의 방이 존재했고, 방마다 화장실이 딸려 있었다. 업무층에는 온실과 각종 사무실이,

수직의 사랑

생활층에는 식당과 병원, 옷 가게 등이 있었다. 중간층민들은 계단뿐 아니라 건물 중앙에 위치한 엘리베이터를 이용하기도 했다. 하영이 3층부터 80층까지를 두 다리로 오가며 배달을 하는 동안, 중간층민들은 네모난 기계를 타고 손쉽게 높은 층으로 이동했다.

하영은 배달을 할 때마다 문틈으로 엿본 풍경들을 머릿속에 새겼고, 열심히 조각을 맞추어 중간층의 모습이 어떨지 저 나름대로 그림을 그려 보곤 했다. 그림은 군데군데 비어 있는 퍼즐처럼 항상 불완전했다.

젊은 하층민 대부분이 중간층에서 일자리를 구하는 데 혈안이었다. 그러나 하영은 신분 상승을 위해 바지런히 노력하는 젊은이들의 대열에 합류하지 않았다. 중간층에서 일자리를 구한다고 해도, 중간층민이 되는 건 완전히 다른 얘기였다. 하층 출신이라는 꼬리표는 죽을 때까지 그들을 따라다녔다. 하영은 개천에서 난 용이 될 생각이 없었다.

체리가 세차게 짖는 소리에 하영은 몸을 일으켰다. 어디를 돌아다니다 온 건지 내내 보이지 않던 체리는 꼬리를 바짝 세우고 불청객을 향해 열심히 짖었다. 하영이 재빠르게 내려와 보드라운 등을 열심히 긁어 주자 체리는 언제 그랬냐는 듯 조용해졌다. 불청객이 속삭였다.

"11시까지 화장실 옆으로 와."

유진은 '혁명단'이란 촌스러운 이름으로 소문나 버린 조직의 수장이었다. 40대 초반으로 추정되는 그는 어떤 방법으로 한 건진 몰라도 머리를 노랗게 물들인, 각진 턱과 또렷한 눈매가 돋보이는 여자였다.

"갑자기 왜?"

하영은 명령에도 무심했다. 유진은 설명할 시간이 없는지 손을
흔들며 거만하게 대꾸했다.

"맡길 일이 있어."

하영은 작년에 성인이 되어 이제 막 조직에 합류한 신입이었다.
이렇게 비밀스레 전할 만큼 막중한 임무가 생길 수 있는 걸까.
유진은 늦지 말라며 으름장을 놓고는 재빠르게 사라졌다.

편지가 2층 침대 난간 위에 떨어질 듯 말 듯 위험하게 걸쳐져
있는 걸 뒤늦게 본 하영이 재빠르게 사다리에 올라 편지를 낚아챘다.
누가 볼세라 급하게 편지를 접으려다 말고, 마지막으로 코를 박아
불쾌한 향을 마음껏 들이켰다. 불안으로 두근거리던 심장이 그제야
원래의 박동수를 되찾았다. 베개 밑에는 수십 통의 편지가 쌓여
있었다. 모두 하영에게 온 편지였다. 오래전, 위층의 이름 모를
누군가로부터.

매주 월요일이면 몇백 장의 편지지가 하층으로 배달되었다.
아이들은 낡은 종이에 편지를 썼다. 완성한 편지를 공무원들에게
건네면 식료품과 각종 생활용품이 담긴 박스를 받을 수 있었다.
배달부들은 편지 박스를 지고 부지런히 계단을 올랐다. 상층과
하층의 교류를 통해 심리적 거리감을 좁힌다는 포부가 담긴
정책이었으나, 그건 하층민들의 불만을 일시적으로 가라앉히기
위한 허울에 불과했다.

아이들은 상층에 사는 친구에게 열심히 편지를 쓰고 지원품을
받았다. 배달부들은 매일같이 박스를 나르고 돈을 받았다. 상층에서
답장이 온 적은 한 번도 없었지만 누구도 상관하지 않았다. 중요한
건 편지가 아니라 그 대가로 받는 것들이었으니까.

수직의 사랑

편지에 자신이 머무르는 층이나 이름, 나이 등 신상 정보를 적는
건 엄격하게 금지되어 있었다. 지금 생각하면 그건 상층에서 결코
답장이 올 리 없다는 의미였으나, 어린 하영은 편지를 받은 친절한
누군가가 꼭 답장을 주리라 믿었다.

서로의 편지를 어떻게 알아볼 수 있을까 고민하던 하영은 편지
봉투 겉면에 문양을 그려 넣었다. 십자가 두 개를 겹친 눈꽃 모양의
표식이었다. 배달을 마치고 돌아온 엄마가 들고 온 봉투 겉면에서
익숙한 문양을 확인한 하영은 달려들어 편지를 빼앗았다. 봉투
안에는 이 편지가 하영에게 닿을 수 있기를 걱정하며 문양을 따라
그린 섬세한 누군가의 이야기가 가득 담겨 있었다.

두 아이가 주고받은 편지는 어느덧 몇십 장을 향해 나아갔다.
짧게나마 희망을 맛보았던 시절이었다. 너라도 중간층민으로 살게
해야 하는데. 엄마가 한탄할 때마다, 또래 아이들이 상층을 상상하며
소꿉놀이를 할 때마다 늘 한 발짝 뒤로 물러나던 하영이었다.
아무도 이해하지 못하던 하영을 유일하게 알아주는 친구는 오직
편지 안에서만 존재했다. 두 아이는 위험천만한 문장들을 아무렇지
않게 썼고, 그건 곧 둘만의 인사말이 되었다. '탑이 무너지는 날을
기다리며, 위층에서, 혹은 아래층에서 보냄.'

예고 없이 시작되었던 정책은 끝도 제멋대로였다. 교류 정책이
끝난다는 소문에 온갖 내용을 밀어 넣어 보낸 편지를 끝으로 정책은
흐지부지 마무리되었고 하영은 더 이상 답장을 받지 못했다.

하영은 편지 위로 다시 베개를 올려 두었다. 지독한 삶에서
유일하게 하영을 이해하던 이가 남긴 흔적은 베개 하나면 모두
감춰질 만큼 옅었지만, 하영의 희망은 거기 있었다. 낡고 퀴퀴한
향을 풍기는 종이 속에, 숨을 죽인 채로 희미한 결심을 품고.

"…누구를 어떻게 한다고?"

"목소리 낮춰."

공용 화장실 옆, 쓰레기 더미로 가득한 이곳은 끔찍한 악취를 제외하면 회의를 하기에 더없이 완벽한 장소였다. 하영은 굳이 여기로 사람들을 불러 모은 유진을 이해했다. 그들을 향한 최하층민들의 시선은 곱지 않았다. 옹기종기 모여 이야기를 나누는 그들을 지나치며 침을 뱉고 쓰레기를 던졌다. 어떻게 해야 지금의 삶에서 벗어날 수 있을까, 그런 질문이 오랫동안 굳건히 제자리를 지켜온 건물에 금 하나 내지 못한다는 걸 알면서도, 최하층민들은 그들을 이방인처럼 대했다. 유진은 낡은 종이에 담뱃잎을 넣어 말았다.

"최상층에 사는 국회의원의 딸을 납치한다. 딸의 목숨을 담보로 거래를 할 거야."

유진이 뱉는 연기처럼, 모여 앉은 조직원들의 얼굴에는 스멀스멀 의심과 불안이 피어올랐다.

"어떻게 접근할 계획인데?"

"그건 박중상이 맡을 거야."

다행히 중상의 이름이 분위기를 누그러트렸다. 그는 상층에 식료품을 보급하는 일을 담당하는 중간층민으로, 최하층 출신이었다. 기적 같은 확률을 뚫고 신분 상승에 성공한, 개천에서 난 용. 하영은 유진을 따라 담배를 마는 척하며 바닥에 시선을 고정했다.

"뭘 요구하려고?"

누군가 묻자 유진은 담배를 한 모금 크게 빨아들였다.

수직의 사랑

"하층 전체에 주기적인 물자 지원, 하층민들도 중간층에 드나들 수 있는 권리. 상층 인간들은 휴대폰을 가지고 다니니까, 딸 휴대폰으로 연락하면 돼."

여전히 불안함이 섞인 목소리들이 웅성거렸다.

"순순히 응해 줄지…."

"윗선에 이야기가 흘러 들어가는 걸 무서워하는 겁쟁이야, 조건을 달더라도 반응이 올 거야."

모두 이 위험천만한 거래의 결말이 어떻게 될지 상상하는지, 꾹 다문 입들 사이로 침묵이 흘렀다. 아주 무겁지만은 않은 침묵이었다.

"놈은 딸을 돌려받고, 우리는 인간다운 삶을 보장받는 거야. 중간층에 들어가는 것만으로도 많은 게 달라질 수 있어."

달라질 것이다. 먹는 음식의 질이 달라지고, 이름 모를 병으로 죽는 사람들이 줄어들고, 얇은 옷 한 장으로 겨울을 버티다 얼어 죽는 사람들이 사라질 것이다.

"삼시 세끼 배불리 먹을 수 있다고 해서 우리를 향한 대우가 달라질 것 같아?"

하영이 끼어들었다.

"더 나은 대안이 있나?"

"층에 대한 차별이 존재하는 한 아무리 배불리 먹고 편안히 자도 우리는 인간 취급 못 받아."

가까이 다가온 유진이 하영이 말던 담배를 짓밟았다. 하영은 더러워진 종이 사이로 삐져나온 담뱃잎을 노려보았다.

"네가 어떤 생각을 하는지 알아. 내 친구들도 그랬거든. 그래 봤자 할 수 있는 건 아무것도 없어. …걔네는 그걸 너무 늦게 알았지. 결국 이렇게는 못 산다면서 밖으로 나가 비건물인으로 살다가 다 죽었어."

　　사람들의 수명은 그들이 머무르는 층의 높이에 비례했다.
건물 아래로 향할수록 수명은 짧아지고, 건물 밖으로 나가는 순간
반토막이 났다. 비건물인이 되는 건 일종의 자살 행위였으나, 여전히
건물 밖의 삶을 선택하는 사람들이 종종 있었다. 하영은 그들을
이해했지만, 이해와 선택은 다른 문제였다. 하영은 더 나은 삶을
위해 위를 향하고 싶지도, 모든 걸 포기한 채 밖으로 나가고 싶지도
않았다. 하영은 공고한 건물이, 탑이 무너지는 걸 원했다. 위와
아래의 경계가 허물어지고 모두가 뒤섞이길 바랐다.

　　"살기 위해선 체념하고 타협해야 하는 순간이 있는 법이야."

　　유진의 입에서 흘러나온 말에 모두가 조용해졌다. 수염을
매만지며 애매한 미소를 짓던 턱수염이 떠오른 탓이었다. 누구보다
하층민들을 위해 애썼던 그는 애지중지 키우던 남매가 중간층민이
된 이후로 모든 걸 그만두었다. 살기 위해선 체념하고 타협해야 하는
법이다, 그 이후로 턱수염은 입버릇처럼 중얼거렸다.

　　턱수염은 지금 하층에 없었다. 연락이 끊겨 버린 남매를 만나기
위해 중간층으로 떠난 게 벌써 몇 주 전이었다. 중간층에 출입할 수
있도록 위조 신분증을 만드는 데는 아주 큰돈이 들었다. 턱수염이
모아 둔 재산을 모조리 쏟아부어야 할 정도로 많은 돈이.

　　"그래도 살아 있는 게 중요하잖아."

　　유진이 다시 한번 하영의 담뱃잎들을 꾹꾹 짓누르며
중얼거렸다. 인질 배달은 네가 맡아. 유진은 구겨진 배달 의뢰서를
하영의 눈앞에 들이밀었다. 하영은 본능적으로 의뢰서를 받아 쥐고
유진의 말을 해석하려 애썼다.

　　"수요일 저녁 7시, 놈의 딸이 네일숍 예약으로 중간층 생활

수직의 사랑

구역을 방문해. 박중상이 30분이면 된다고 했으니, 내일 7시 반까지 78층으로 가. 인질만 무사히 가지고 오면 돼."

　　모인 이들은 여전히 얼빠진 하영의 얼굴을 보며 수군거렸다. 하영은 자신이 어떻게 보이는지 잘 알았다. 덜떨어지고 세상 물정 모르는 어린애. 그런 애에게 막중한 임무가 떨어져 모두가 혼란스러운 게 당연했다. 하나 주위를 둘러보면 이번 일을 맡을 사람이 하영뿐이라는 것도 어쩌면 당연했다. 아직 생기를 잃지 않은 눈으로 상대방을 바라보는 이는 하영밖에 없었다. 모두가 지치고, 체념하고, 타협한 무리 속에서.

　　중상은 언제나 상층을 꿈꾸던 사람이었다.

　　78층 계단에 앉은 하영은 지게 끈을 만지작거리며, 초조함에 다리를 떨었다. 7시 반까지는 아직 5분이 남아 있었다.

　　중상은 어린 하영의 유일한 친구이기도 했다. 하영의 아빠가 죽었을 때 중상은 밖으로 나가는 위험을 감수하고 건물 밖 소각로에서 시체를 태우는 것을 도왔다. 한 줌의 재가 되어 가는 아빠를 멍하니 바라보는 하영의 옆에서, 중상은 상층에 대해 알고 있는 것을 모조리 재잘거렸다. 그게 자신을 위로하는 중상의 방식이었다는 걸 하영은 나중에야 알았다.

　　'상층은 거주층이랑 생활층으로 나뉘는데, 생활층에는 영화관도 있어. 거주층은 보통 한 층을 두 가구가 나눠 쓴다는데, 한 층을 아예 통째로 다 쓰는 사람들도 있다더라. 상층은 엘리베이터에 상층용 신분증을 태그해야만 갈 수 있대. 죽기 전에 볼 수나 있을까?'

　　중상은 더 많은 하층민이 위를 꿈꾸어야 한다고 했다. 위층에 더 많은 하층 출신이 존재해야, 지금의 차별과 증오를 몰아낼 수 있다고 믿었다. 중상은 한동안 중간층의 생활층에서 쓰레기를 처리하는 일을 맡았고, 서글서글한 미소로 마침내 기회를 얻어 결국 최하층을 벗어났다. 턱수염의 남매가 중상을 본보기 삼아 중간층민이 된 건 그 후였다.

'성공해서 상층에서 만나자.' 중상이 말했을 때, 하영은 단호하게 고개를 저었다. 중상은 마지막으로 크게 웃음을 터트리고 최하층을 떠났다.

경비원의 손목시계가 정확히 7시 반을 가리켰다. 하영은 자리에서 일어나 의뢰서를 내밀었다. 경비원은 열린 문 너머로 의뢰서를 건넸다. 하영은 땀으로 흠뻑 젖은 손을 꾹 쥐었다. 두근거리는 심장을 진정시키기 위해 편지의 향을 떠올리려고 애썼다. 묵은 편지에서 나는 불쾌하고 축축한 종이 냄새.

마침내 문이 열렸다. 경비원이 포대 자루 하나와 영수증, 지폐 몇 장을 건넸다. 포대 자루가 움직일 때마다 쓰레기가 부딪치는 소리가 났다. 하영은 태연하게 포대 자루를 지게에 올리고 끈으로 단단히 고정했다.

20층 출입문 앞에 경비원이 없는 것을 확인하자마자, 하영은 지게를 내려놓고 계단에 주저앉았다. 이마에서 흐른 땀방울이 뚝뚝 떨어져 계단을 적셨다. 늦은 시간이라 시장을 드나드는 사람은 없었다.

포대 자루로 시선을 돌렸다. 인질은 아주 깊이 잠든 모양이었다.

하영은 상층민을 한 번도 본 적이 없었다. 누군가가 떠벌리고 다닌 말에 의하면, 상층민은 한 치의 흠도 없는 완벽한 인간이었다. 피부는 백옥같이 희고, 머리에선 윤기가 흐르고, 움직일 때마다 좋은 향이 났다. 무성한 소문을 끌고 다니는 상층민이 지금 하영의 옆에 있었다. 고요히 잠든 채로.

하영은 조심스레 자루를 고정한 끈을 풀고 안을 보았다.

좋은 향기 같은 건 나지 않았다. 백옥같이 흰 피부도, 윤기가 흐르는 머리카락도 아니었다.

백열등 아래에서 인질의 머리는 옅은 갈색으로 빛났다. 쇄골 아래까지 내려오는 긴 머리라는 것을 제외하면, 싹둑 잘라 버린 하영의 단발과 다를 게 없어 보였다. 피부는 아주 희지도 않았고 눈과 코 근처에는 검은 점들이 자리 잡고 있었다. 그걸 주근깨라고 부른다는 걸 하영은 나중에야 알았다. 그게 끝이었다. 특별할 것도 대단할 것도 없었다. 하영은 저도 모르게 고개를 숙여 귀를 기울였다. 새근대는 숨소리가 간간이 들렸다.

포대 자루를 다시 묶으려는데 손가락이 자꾸만 미끄러졌다. 끈을 단단히 매듭짓는 데 시간이 오래 걸렸다. 하영은 한 번, 두 번, 천천히 숨을 내뱉으며 호흡을 골랐다.

2.

늦은 아침이었다. 유진은 천막 앞에서 담배 연기를 뿜으며 하영을 기다리고 있었다. 잔뜩 찡그린 얼굴이 하영을 보자 반가움으로 빛났다. 안도의 미소를 짓는 것이 마음에 들지 않아서, 하영은 일부러 걸음을 늦췄다.

"수고했어."

"왜 불렀어?"

"수고한 김에 좀 더 하라고."

유진이 천막 입구를 살짝 걷어 줬혔다. 하영은 늦은 새벽, 포대자루를 유진의 천막 안으로 밀어 넣던 것을 떠올렸다. 지금 천막 안에 누가 있는지는 안 봐도 뻔했다.

"깨어난 지 얼마 안 됐어. 대충 상황 설명은 해 놨으니까 들어가서 진정시켜."

"내가 왜?"

유진은 하영의 반항을 무시하고 턱짓으로 천막 안을 가리켰다.

"얌전히 있으면 무사히 돌아갈 수 있을 거라고 전해."

하영은 저도 모르게 침을 꿀꺽 삼켰다. 내키지 않아 괜히 천막 기둥을 만지작대며 머뭇거렸다. 뭘 그렇게 고민해? 유진의 치켜뜬 눈이 묻고 있었다. 결국 허리를 숙이고 안으로 몸을 밀어 넣었다.

천막 구석에 쭈그리고 앉아 무릎에 얼굴을 묻고 있던 여자는 기척에 재빠르게 고개를 들었다. 두 눈 아래로 눈물 자국이 선명했다. 황갈색의 눈동자가 예민하게 하영의 움직임을 따라왔다. 하영은 여자의 얼굴을 마주 보았다. 이상하게 입이 말랐다.

천막 구석에 몸을 구기고 있는 여자는 자그마했다. 동그란 눈 아래로 보이는 코와 입도 작았다. 천막 곳곳에는 조명이 놓여 있었는데, 덕분에 코와 뺨 근처에 흩뿌려진 주근깨가 더 또렷하게 보였다. 감긴 눈 아래 잠들어 있을 눈동자 색을 상상하는 것과, 상상만 하던 눈을 직접 마주하는 것, 모두 쉬운 일은 아니었다.

낯선 이를 마주하면 겪게 되는 어떠한 순간이 있다. 불현듯 스스로의 불안정함을 온전히 마주하게 되는 순간. 무언가 틀림없이 잘못될 거라는 불유쾌한 감각이 전신을 잠식하는 순간. 그럼에도 괜찮을 거라는, 이유 없는 확신과 미약한 기대가 찾아오는 순간.

"밖에서 전하래. 얌전히 있으면 무사히 돌아갈 수 있을 거라고."

하영은 자신이 지나치게 서툴게 굴고 있다는 걸 알았다. 이상할
정도로 침착한 건 오히려 여자였다. 여자는 울음을 터트리지도, 욕을
퍼붓거나 화를 내지도, 살려 달라고 빌지도 않았다. 그저 바라볼
뿐이었다. 아직 물기가 남아 있는 커다란 눈으로, 하영을 빤히.
여자가 눈을 깜빡일 때마다 숱이 많지 않은 속눈썹이 팔랑댔다.

"이름이 뭐? 그 정도는 알아야 편할 것 같은데."

답은 돌아오지 않았다. 애초에 답을 기대하고 건넨 말도
아니었기에, 하영은 더러운 천막 안을 서성거리다가 한숨과 함께
주저앉았다. 여자를 따라 몸을 접고 무릎 위에 팔을 올려 두었다.
그렇게 하면 무언가 달라지기라도 할 것 같았다. 갈색 눈동자는
여전히 하영을 따라왔다. 하영은 여자의 눈을 피해 손가락에
시선을 두었다. 아무것도 바르지 않은 손톱은 깨끗했다. 네일숍을
다닌다고 하지 않았나. 그런 데 가면 손톱에 색도 바르고 이것저것
붙인다던데. 하영은 주먹을 쥐어 더러운 손톱을 감췄다.

이런저런 말을 지껄였다. 어떤 말도 여자의 대답을 끌어낼
순 없었다. 여자는 그저 하영을 바라보기만 했다. 그게 이 상황을
벗어나게 해 줄 방법이라도 된다는 듯이.

하영은 입술 아래에서 맴도는 말을 곱씹어 보았다. 이건 하영
나름의 방식이었다. 인질을 진정시키기 위한 방식. 친절과 다정함이
섞인 문장으로 인질의 경계를 무너트린다. 하영은 그저 유진의
명령에 충실할 뿐이었다.

"…있잖아."

모든 건 그저 인질을 안심시키기 위해서였다.

"널 다치게 하는 일은 절대 없을 거야."

여자가 눈을 두어 번 깜빡였다.

"무사히 원래 있던 곳으로 돌아가게 해 줄게."

그건 인질을 안심시키기 위한 거짓말인 동시에, 하영 자신도 모르게 품고 있던 진심이었다. 낯선 상대는 하나의 문장에 그런 모순적인 마음이 공존하는 걸 가능하게 했다.

"약속해."

언젠가 이 순간을 후회하게 될 것이다. 그럼에도 약속할 수밖에 없다. 하영은 이 본능적인 약속이 어떤 마음에서 흘러나왔는지, 그 시작점을 굳이 찾지 않으려고 애썼다. 찾아서는 안 될 것 같았다. 여자는 커다랗고 동그란 눈을 하영에게 고정한 채, 처음으로 입술을 움직였다.

"…상미."

여자의 목소리가 천막 안에 울린 짧은 순간이 아득하게 느껴졌다. 하영은 무의식적으로 그 목소리를 머릿속에서 몇 번이고 되풀이했다. 적막이 이어지자, 여자는 다시 입을 벌렸다.

"상미."

"…그래, 상미."

난 하영. 상미의 목소리는 퍽 듣기 좋았다. 하영은 상미도 그렇게 생각할지 순간 걱정스러웠다.

유진은 최상층과의 거래가 끝날 때까지 하영에게 상미를 맡겼다. 감시라는 명목하에 뒤치다꺼리를 넘긴 셈이었다. 하영은 그나마 깨끗한 옷가지를 찾아내 상미의 얼굴과 값이 나가 보이는 옷을 가리고 집으로 데려갔다.

연신 기침을 하던 엄마는 커다란 눈만 깜빡이는 낯선 이를 의아하게 바라보았다. 건물 밖으로 나가는 사람이 많은 하층에서 코와 입을 가리는 착장은 그리 이상한 게 아니었다. 엄마를 당황하게 한 건 상미의 존재 자체였다. 아빠의 장례식 날 찾아왔던 중상을 제외하면, 하영은 한 번도 집에 누군가를 데려온 적이 없었다.

하영은 상미에게 2층을 넘겨주었다. 철제 사다리는 군데군데 껍질이 벗겨지고 녹이 슨 상태였으나 상미는 별다른 반응을 보이지 않고 사다리를 타고 올라갔고, 담요를 머리끝까지 뒤집어쓴 채로 꼼짝도 하지 않았다. 밤이 지나가고, 강제로 조명이 켜지는 기상 시간이 되어서야 상미는 마침내 사다리를 내려왔다. 좁은 침대와 바닥에 나눠 앉아서 아침을 먹는 내내 어색한 분위기가 흘렀다.

아침은 가스버너로 중탕해서 데운 인스턴트 죽이었다. 제 몫의 죽을 받은 상미는 뚜껑을 한 번에 열지 못하고 쩔쩔맸다. 하영은 말없이 뚜껑을 열어 주었다. 문득 입맛에 안 맞지 않을까 하고 걱정하다가, 한숨과 함께 고민을 넘겨 버렸다. 뚜껑을 열려고 애쓰던 때 하나 없이 깨끗한 손가락과, 능숙하게 뚜껑을 대신 열어 주던 지저분한 손가락이 자꾸만 잔상에 남았기 때문이었다. 상미는 군말 없이 한 그릇을 비웠다.

묻고 싶은 게 많은 눈으로 하영을 흘끔대던 엄마는 둘을 남겨 둔 채로 출근했다. 배달 일을 그만두고도 엄마는 종종 시장에 나가 이웃들의 장사를 도왔는데, 하영이 아무리 말려도 듣지 않았다. 가벼운 침묵이 하영과 상미 사이에 맴돌았다.

침묵을 깬 건 체리였다. 아침부터 어딜 돌아다니다 온 건지 뻔뻔하게 달려온 체리는 상미를 보고도 애교 있게 몇 번 짖었을 뿐, 으르렁대지 않았다. 하영은 상미의 커다란 눈이 바닥을 빙글빙글 돌고 있는 체리에게서 떠나질 못한다는 걸 눈치챘다. 능숙하게 체리를 품에 안고 등을 어루만지며 물었다. 만져 볼래? 상미가 망설였다.

　"…한 번도 만져 본 적 없어."

　"별거 아냐."

　하영은 체리를 침대 위에 내려놓았다. 체리는 코를 킁킁대며 상미의 주변을 어슬렁거렸다. 하얀 얼굴이 긴장으로 뻣뻣하게 굳는 모습에 하영은 저도 모르게 짧은 웃음을 뱉고 말았다.

　"…비웃는 거야?"

　하영은 머뭇대지 않고 상미의 손목을 쥐었다. 싸늘한 손목을 끌어당겨서 체리의 갈색 털 위로 손바닥을 파묻게 했다. 따뜻하지? 주저하던 손이 천천히 체리의 등을 쓸어내렸다.

　"안아 봐도 돼."

　허락이 떨어지자 상미는 조심스레 체리를 안아 올렸다. 낑낑대던 체리는 곧 익숙해졌는지 자연스레 상미의 얼굴을 핥았다. 어쩔 줄 모르던 얼굴에 처음으로 미소가 번졌다. 상미는 체리의 이마를 긁어 주며 인사를 건넸다. 체리, 안녕.

　대화는 그렇게 시작되었다. 사실, 감시라는 명목하에 하루 종일 붙어 있어야 하는 둘에게 다른 선택지는 없었다. 대화는 대부분 질문과 답으로 이어졌다. 질문은 꼬리에 꼬리를 물었고, 체리는 둘 사이에 만족스럽게 누워 꼬리를 살랑거렸다.

　상미는 궁금한 게 많았다. 하영이 지금까지 어떤 삶을 살아왔는지, 배달 일은 어떤지, 하루를 어떻게 보내는지 쉬지 않고 이것저것을 천진하게 물었다. 하영이 어떤 답을 고르든 대화는 항상 상층과 하층의 차이를 인정하는 걸로 끝이 났다. 그럴 때면 낡은 겉옷 아래로 감춰진 상미의 고급스러운 니트나, 뚜껑 여는 법을 모르던 깨끗한 손가락 같은 것들이 유독 눈에 들어오곤 했다.

분위기가 가라앉으면 상미는 내가 또 재수 없는 소리를 해 버렸네,
하고 농담을 했다. 굳어 있기만 할 줄 알았던 하얀 얼굴이 생각보다
많은 유머 감각을 갖추고 있다는 걸 알아 가는 과정은 즐거웠다.
나 있잖아, 하영이 털어놓았다. 누구랑 이렇게 이야기하는 거 엄청
오랜만이야.

"거짓말."

"거짓말 아니야. 난 친구가 별로 없거든."

"…나는 처음이라고 말하면 안 믿을 거지?"

하영은 미심쩍은 시선을 돌려줄 수밖에 없었다. 상미가
변명하듯 첨언했다.

"내가 어떻게 사는지 자세히 알면 좀 놀랄걸. 이것도 재수 없게
들리겠지만, 상층이라고 해서 다 재미있는 삶을 사는 건 아니니까."

대화는 매일 소등 전까지 이어졌다. 하영은 상미의 재잘대는
입술을 멍하니 바라보다가 종종 대답할 타이밍을 놓치곤 했다.

상미는 어려웠다. 상미에 대해 알게 될수록 더 어려웠다.
투명하게 모든 감정을 겉으로 내비치는 듯하면서도 어느새
무슨 생각을 하는지 알 수 없는 무심한 눈빛을 할 때가 많았다.
처음 맞닥뜨리는 하층의 악취와 더러움에 본능적으로 얼굴을
찌푸리다가도, 상층에서의 삶이 얼마나 지긋지긋한지 담담하게
늘어놓았다. 실컷 얘기하다가 하영의 눈치를 보곤 아차 하며 입을
꾹 다물어 버리는 것이 다반사였다. 모든 조명이 꺼지고 어둠이
내려앉으면, 하영은 엄마의 옆에 누워 숨을 죽였다. 새근거리는
숨소리가 위층에서 들려오면 평소보다 더 빨리 잠들 수 있었다.

거래에 대한 답변은 쉽게 돌아오지 않았다. 상미가 하층에

머무르는 시간은 기약 없이 길어졌다. 유진은 상미를 하영에게 완전히 맡겨 버리기로 결정한 모양이었다. 하영은 더 이상 상미를 좁은 2층 침대에만 가두어 둘 수 없었다. 외출 제안에 상미는 안 그래도 커다란 눈을 더 동그랗게 떴다. 정말 가도 괜찮아? 하영은 고민했다. 한두 시간 정도 유진의 눈을 피하는 건 그리 어렵지 않을 것 같았다.

"어디 가지 말고 내 옆에 꼭 붙어 있어야 해."

그거야 쉽지. 상미는 사다리를 빠르게 내려왔다. 한시도 눈을 떼지 않으면 괜찮을 거라고, 하영은 스스로를 설득했다.

20층의 철문이 열렸다. 둘은 말린 고기들이 매달려 있는 노점과, 낡고 해진 옷을 수선하는 사람들을 지나쳤다. 자꾸만 걸음을 멈추는 상미 때문에 하영은 속도를 늦추고 이런저런 말들을 덧붙였다. 하층에서 먹고 파는 고기들은 모두 건물 밖의 변종 동물들을 사냥해서 얻는 것이다. 냉동 시스템이 잘 갖춰져 있지 않아 소금에 절이고 말려서 먹는 경우가 많다. 상층과 중간층에서 버려지는 옷들은 모조리 하층민들의 차지가 된다. 건물 밖의 의류 수거함을 뒤져서 먹고사는 사람들도 있다.

"할머니, 저 왔어요."

말 없는 노인은 기둥에 몸을 기대고 앉아 꾸벅꾸벅 졸고 있었다. 하영의 목소리에 정신을 차린 노인은 눈길도 주지 않고 철판에 기름을 둘렀다. 하영은 플라스틱 의자를 끌어당겨 자리를 만들었다. 상미는 어색하게 앉아 눈치를 보며 머플러를 풀었다. 처음으로 시장 구경한 소감이 어때? 하영의 물음에 상미는 노인을 곁눈질했다. 그러거나 말거나 노인은 계란을 부쳐 접시 위로 옮기는 중이었다. 괜찮아, 할머니 비밀 잘 지켜. 말이 끝나기 무섭게 따끈따끈하게

수직의 사랑

김이 피어오르는 접시가 두 사람 앞에 놓였다. 노인은 귀찮다는 듯 다시 기둥에 몸을 기대고 앉아 눈을 감았다.

"재밌었다고 하긴 좀 그래."

"왜?"

하영이 젓가락으로 계란부침을 조각내며 물었다. 상미는 접시를 뚫어지게 노려보며 고심하다가, 한참이 지나서야 답을 뱉었다.

"네 일상이잖아. 다른 사람들 일상이기도 하고."

반들거리는 기름 자국이 선명한 일회용 접시, 흠집으로 가득한 플라스틱 의자, 갖가지 음식 냄새가 깊게 밴 시장 내부. 하영은 그런 것들을 보았다. 상미는 잘 정돈된 갈색 머리카락을 가졌고, 낡은 외투 아래 숨겨진 니트는 얼룩 하나 없이 고급스러웠으며, 운동화에는 이제 막 하층의 흔적이 덕지덕지 묻어 가는 중이었다. 그래도, 마지막 남은 계란부침 조각을 입 안에 집어넣으며 상미가 덧붙였다. 너랑 있으면 재밌어. 그렇게 속삭이고 빈 접시를 젓가락으로 훑었다.

하영은 이 모든 게 단지 낯설기 때문이라고 생각했다. 상미의 입술이 굳게 닫히는 순간 찾아오는 불안함, 아주 오래전부터 상미를 알고 있었던 것 같은 위화감, 눈이 마주치는 순간 찾아오는 묘한 긴장감. 그런 것들은 단지 낯설기 때문이어야 했다. 빈 접시를 뒤적이던 상미가 민망한지 씨익 웃었다. 하영은 따라 웃어 주지 못했다.

턱수염이 돌아온 날은 아침부터 무언가 이상하게 어수선하고 소란스러웠다. 벌컥 열린 철문이 쾅 소리 나게 닫히고, 곤봉을 든 경비원이 나타난 순간 최하층민들은 모두 입을 다물었다. 경비원의 앞에는 턱수염이 서 있었다. 눈 밑이 짙게 물든 그는 볼이 푹 파였을 정도로 수척했다.

경비원이 턱수염의 등을 발로 걸어찼다. 앞으로 고꾸라진 턱수염이 쓰러진 채로 신음을 뱉자, 근처에 모여 있던 이들은 숨을 죽였다. 아침을 차리고 있던 하영은 입구를 향해 달렸다. 어쩔 줄 모르고 눈치를 보는 사람들 사이에 섞여, 경비원의 발목을 붙잡고 매달리는 턱수염을 바라보았다.

"제발, 부탁드립니다. 제발⋯."

"나는 널 돌려보내라는 명령을 받았을 뿐이지, 부탁 따위를 들어주려고 온 게 아니야."

경비원은 경멸 어린 시선으로 침을 뱉었다. 턱수염은 멈추지 않았다. 경비원의 다리에 매달린 그는 고개를 처박고 필사적으로 빌었다. 경비원은 귀찮다는 얼굴로 곤봉을 들었다. 하영은 본능적으로 달려 나가려 했다. 그때 싸늘한 손이 하영의 팔을 붙잡았다. 언제 따라온 건지, 상미가 불안한 얼굴로 서 있었다.

곤봉이 턱수염의 등을 내리쳤다. 턱수염은 여전히 경비원의 다리에 매달려 떨어지지 않았다. 그는 울부짖었다. 뭔가 잘못된 게 분명합니다. 제발, 제 아들과 딸을 한 번만 더 만날 수 있⋯. 하영은 상미의 손을 뿌리쳤다. 경비원의 곤봉이 다시 한번 높게 들리는 순간, 몸을 던져 축 늘어진 턱수염을 감쌌다.

끔찍한 통증이 찾아왔다. 경비원은 큰 소리로 비웃었다. 하영은 이를 악물고 버텼다. 무슨 감정을 담고 있는지 알 수 없는 상미의 갈색 눈과 시선이 마주쳤다. 눈을 질끈 감고 고개를 돌려 버렸다. 고통을 감당하기 위해 굳게 다문 입술에선 피 맛이 났다.

턱수염은 반나절이 지나서야 겨우 정신을 차렸다. 그는 눈을 뜨자마자 남매의 이름을 불렀고, 울부짖다가 다시 기절했다. 유진을 비롯한 조직원들은 자리를 뜨지 않고 턱수염의 곁을 지켰다. 깨어난 턱수염은 핏물을 뱉으며 중얼거렸다. 애들이 나를 버렸어.

중간층민이 된 남매는 어쩔 수 없는 이유로 연락이 끊긴 게 아니었다. 하층민을 더 이상 만나고 싶지 않았을 뿐이었다.

위조 신분증을 지니고 남매의 출근길을 서성이던 턱수염을 남매는 모른 척했다. 포기하지 않고 따라붙는 그를 피하며 경비원을 불렀다. 턱수염은 3주 동안 구치소에 갇혀 있었고, 벌금형을 받았다. 그는 덥수룩하게 기른 수염을 다듬을 생각도 하지 않고, 그저 멍하니 앉아 가끔 피가 섞인 기침만 토해 냈다.

"왜 그랬어."

상미는 하영의 등에 연고를 발라 주면서 물었다. 벌겋게 부어오른 시퍼런 멍 위로 싸늘한 손가락이 바쁘게 움직였다.

"누군가 해야 하는 일이었어."

"꼭 너일 필요는 없잖아."

"내가 나서지 않았으면 아저씨는 죽었을 거야."

하영은 턱수염의 흐느낌을 기억했다. 기절한 그에게 경비원은 반으로 쪼개진 위조 신분증을 던졌다.

상미는 침묵을 선택했다. 고집스레 다문 입술 위로 많은 것을 담고 있을, 혹은 참고 있을 갈색 눈이 보였다.

하영은 종종 상미가 아주 오래전부터 여기 있었던 사람 같다고 생각했다. 상미는 너무 빠르게 스며들었다. 비참함에 익숙해진 일상에 균열을 내고 그 안을 헤집었다. 상미의 손가락에 담긴 싸늘한 온기가, 자꾸 허락되지 않은 희망을 품게 했다. 하영은 그 희망에 속아 넘어가지 않으려고 노력했다. 하영의 희망은 상미에게 2층을 넘겨주느라 한동안 들여다보지 못한, 베개 아래의 축축하고 퀴퀴한 향기 속에 있었다. 상미가 아니라.

하영은 사다리를 내려와 엄마 곁에 누웠다. 하영이 침대로 기어들어 오는 기척을 느꼈는지, 뒤척이던 엄마가 몸을 돌리고 하영에게 속삭였다. …딸. 하영은 아무것도 보이지 않는 암흑을 향해 대답했다. 응.

"아빠가 엄마한테만 알려 준 비밀이 있는데. 한번 들어 볼래?"

"…자다 말고 갑자기 무슨 소리야?"

엄마가 소리를 낮추고 웃었다. 하영은 잠자코 그 웃음이 잦아들길 기다렸다.

"아빠가 그랬는데, 각 건물에는 모든 층을 오갈 수 있는 엘리베이터가 있대."

"엘리베이터?"

"비상용 엘리베이터. 건물이 처음 세워지던 시절에 만들어졌는데, 지금은 쓰지 못하도록 숨겨져 있다고 하더라고."

"갑자기 그런 허무맹랑한 이야기를 왜 해?"

"엄마는 철석같이 믿고 있어. 너희 아빠는 거짓말을 못 하는 사람이었거든."

하영은 어이가 없어 헛웃음을 터트렸다. 똑바로 누운 엄마가 나지막하게 말을 이었다. 혹시 멀리 가게 되는 일이 생겨도 말이야. 꼭 다시 돌아와야 해. 엄마의 목소리는 평온했다. 일이 끝나면 집으로 돌아와야 해, 같이 당연한 문장을 말하는 투였다.

그날 밤은 한참이 지나도 상미의 숨소리가 들리지 않았다. 하영은 눈을 감고 새근대는 소리가 들려오길 기다리다가, 먼저 잠이 들고 말았다.

　수일이 지났다. 천장에 설치된 수많은 전구가 빛을 잃고 어둠 속에 잠긴 밤이었다. 사람들은 익숙하게 암흑에 몸을 맡기고 침묵했다. 밭은기침 소리만 희미하게 들렸다. 오늘도 위층에서는 숨소리가 들려오지 않았다. 하영은 온 신경을 곤두세웠다. 잠시 후 뒤척이는 소리와 함께 상미가 사다리를 내려왔다. 어둠에 가려진 상미의 얼굴이 무슨 표정을 하고 있는지 보이지 않았다. 왜? 한참이 지나서야 답이 돌아왔다.

　"…화장실."

　하영은 서랍장 아래에서 작은 손전등을 꺼내 들었다. 주저하다 상미의 손을 붙잡았다. 상미는 하영의 손을 뿌리치지 않았다. 손전등으로 상미의 얼굴을 비췄다. 하얀 얼굴이 희미하게 일그러졌다.

　하영은 익숙하게 길을 헤치고 나아갔다. 상미의 발걸음에 맞추어 조금 느리게 걷는 동안, 맞잡은 손은 여전히 차갑기만 했다. 화장실엔 아무도 없었다. 손전등을 들려 줬지만 상미는 들어가지 않았다.

　"바로 앞에 있을게."

　그 말이 도움이 됐을지는 알 수 없었다. 상미가 사라지고 하영은 어둠 속에 혼자 남았다. 하영은 어둠이 두렵지 않았다. 모든 게 어둠과 숨소리로 가득 차는 지금이야말로 3층이 가장 평화로운 순간이었다.

　짧은 시간이 흐르고 하영은 다시 상미의 손을 쥐고 걸었다. 한 걸음 뒤에서 부지런히 하영을 따라오던 상미가 갑자기 걸음을

멈췄다. 저기…. 목소리가 약하게 떨렸다. 비춘 손전등 아래에서
상미의 얼굴은 더욱더 새하얗게 질려 있었다. 저거, 뭐야? 하영은
상미의 손가락 끝을 따라 시선을 돌렸다. 천장에 매달려 있는 커다란
네온사인. 네온사인은 원래 있어야 할 위치에 얌전히 걸려 있었다.
저게 왜? 물으려던 하영은 그 옆에 달려 있는, 있어선 안 될 무언가를
보았다.

　　손전등이 바닥으로 떨어졌다. 소음과 빛에 깨어난 사람들이
불평을 터트렸지만 하영의 귀에는 들리지 않았다.

　　턱수염의 시체는 네온사인 옆에서 흔들리고 있었다. 어둠
속에서 그의 실루엣은 거대한 3 모양의 네온사인과 겹쳐져, 꼭 3이란
숫자에 기다란 선을 그어 놓은 것처럼 보였다.

　　하영은 누워 있는 사람들을 헤치고 네온사인 아래로 달렸다.
턱수염의 시체는 이미 빳빳했고 차가웠다. 턱수염의 다리를 붙잡아
그의 몸을 위로 들어 올리려 애썼다. 생기를 잃은 몸은 무거웠다.
어금니를 씹으며 버텼다. 사람들이 웅성거리며 깨어났고, 곧 무수한
손전등 빛이 턱수염의 얼굴과, 그 밑에 필사적으로 매달려 있는
하영을 비추었다. 그중엔 유진도 섞여 있었다.

　　하영은 유진이 그런 소리를 내는 것을 처음 들었다. 차가운 손이
하영의 어깨를 감쌌다. 상미는 떨고 있었다. 차마 턱수염을 바라보지
못하는 상미의 두 눈에 눈물이 글썽거렸다. 하영아, 그만해.
하영은 고개를 저었다. 아직 몰라, 어쩌면, 혹시…. 그런 단어들이
머릿속에서 허우적거렸다. 상미가 다시 하영의 어깨를 부드럽게
안았다. 그만해. 하영은 턱수염의 몸을 놓고 그 자리에 주저앉았다.
시체는 여전히 네온사인 옆에서 느릿하게 흔들리고 있었다.
오랜만에 울고 말았다.

유진을 비롯한 조직원들과 함께, 하영은 턱수염의 시체를 건물 밖 소각로에서 태웠다. 하층민들은 턱수염의 죽음에 가끔 울었고, 종종 그의 이야기를 했고, 애도했지만 건물 밖까지 따라 나오진 않았다. 파란 비닐에 쌓인 턱수염의 시체를 건물 밖으로 가지고 나오는 순간, 그의 존재는 이제 완전히 삭제될 터였다.

공기가 무겁고 습했다. 곧 비가 내릴 것 같았다. 하영은 까맣게 타오르는 연기를 가만히 바라봤다. 아빠의 죽음 이후로 시체를 소각로에서 태우는 건 처음이었다. 유진은 빨갛게 부은 눈을 하고 소각로를 노려보고 있었다. 둘은 오랜 친구였다. 하영은 자신이 감히 유진의 상실감을 이해할 수는 없으리라 생각했다. 누구의 죽음이라고 생각하면 이해할 수 있을까. 말 없는 노인, 체리, 엄마, …상미?

마지막 이름에 숨이 턱 막혔다. 하영은 건물 입구에서 자신을 바라보는 작은 체구의 실루엣을 멍하니 응시했다. 하영을 따라 1층까지 내려온 상미는 밖으로 나오지 않았다. 자연스레 발을 내딛는 사람들과는 반대로 걸음을 멈추고, 더 이상 따라오지 못했다. 하영은 상미를 질책하지 않았다. 상층민들은 오염된 땅을 두려워한다. 상미는 그저 미안한 얼굴로 우두커니 서 있었다.

턱수염의 시체는 한 줌의 재가 되어 돌아왔다. 유진은 최대한 건물에서 먼 곳에 뿌려 주고 싶다며 조직원 몇을 이끌고 갔다. 하영은 소각로 옆에 주저앉았다. 하늘이 흐렸다. 아빠가 생각났고, 중상이 생각났고, 턱수염이 생각났고, 상미가 생각났다. 빗방울이 떨어지기 시작했다. 낡은 점퍼는 빗물에 짙게 물들어 갔다.

살기 위해선 체념하고 타협해야 할 순간이 있는 법이다. 누구보다 그렇지 않은 삶을 살았던 턱수염은 남매가 중간층민이

된 이후로 180도 바뀌었다. 절대로 꺾이지 않을 것 같았던 그는
네온사인 옆에서 스스로 목을 매달았다. 하영은 그가 왜 체념했는지
어렴풋이 알 것 같았다. 그는 소중한 사람들을 잃고 살아갈 의지
역시 잃었다. 하영은 무릎에 얼굴을 묻었다. 어지러운 천막 안에서
울고 있던 상미가 그랬던 것처럼.

사람을 쉽게 믿지 않았다. 누군가를 향한 마음 따위도 믿지
않았다. 그런 건 하영에게 허락되지 않은 사치였다. 그럼에도 가끔
이상해질 때가 있었다. 숨이 턱 막히고 입 안이 마르고 심장이
내려앉는 순간들이 있었다. 체념하고 싶어지는 이유를, 타협하고
싶어지는 이유를 알 것 같았다.

온몸을 적시던 빗방울이 어느새 잦아들었다. 하영은 눈앞에
나타난 더러운 신발에 숨을 죽였다. 하층의 흔적으로 뒤덮여 버린
상미의 하얀 운동화에는 이제 거뭇한 진흙이 잔뜩 묻어 있었다.
하영은 상미를 올려다보았다. 상미는 낡은 점퍼를 펼쳐서 하영의
위로 떨어지는 비를 막아 주고 있었다.

"…괜찮아?"

하영은 애써 웃었다. 그냥 아빠 생각이 나서. 상미는 하영을 따라
걸터앉았다. 여전히 떨어지는 빗방울들을 막고 있었다.

"신기하다. 우리 아빠는 날 싫어하거든. 어릴 때부터 그랬어.
내가 돌아가도 나를 안 보려고 할지도 몰라. 몸에 손도 못 대게 할
거야. 하층에 다녀왔다는 이유로."

상미가 작게 웃었다. 빗방울에 젖은 머리카락이 이마에
달라붙어 있었다.

"근데… 거래에 대한 답이 늦어진다는 소식을 들으니까
이런 생각도 들더라. 어쩌면 아빠는 내가 죽어도 상관없을지도

모르겠다고."

"널 버리는 일은 절대 없을 거야."

"…차라리 버렸으면 좋겠어. 그냥 계속 여기 있게."

상미는 하영의 어깨에 머리를 기댔다. 하영은 이게 상미의
방식이라는 걸 알았다. 상미는 지금 하영을 위로하려 애쓰고 있었다.

상미는 빗방울을 쥐어 보려는 듯 허공에 손바닥을 내밀었다.
비를 맞아 보는 건 처음이야. 중얼대는 목소리가 듣기 좋았다.
상미는 보이지 않는 벽을 넘어 하영에게로 왔다. 위험할지도 모르는
비를 함께 맞았다. 하영은 언젠가부터 상미처럼 무릎을 끌어안고
눈물을 삼켰고, 상미는 하영처럼 다가와 괜찮으냐고 물었다. 상미는
이상했다. 하영이 자꾸만 체념하고 타협하고 싶게 만들었다. 그건
하영에게 갑자기 찾아와 버린 어떤 그림자였다. 결코 거스를 수 없는
무거운 그림자.

유진이 하영을 부른 건 어느 날의 이른 오후였다. 쓰레기 더미
근처에 모여 담배 연기를 뱉는 사람들의 얼굴은 하나같이 심각했다.
벽에 몸을 기대고 하영을 기다리던 유진이 잠긴 목소리로 서두를
꺼냈다.

"거래가 불발됐어."

하영은 담배를 입으로 가져가다 말고 잠시 그 자리에서 굳었다.

"딸을 돌려보내지 않으면 우리를 박살 낼 거라면서 반대로
협박을 하더라고."

유진이 굴러다니는 쓰레기를 신경질적으로 걷어찼다. 하영은
담배를 한 모금 머금고 초조하게 다음 말을 기다렸다.

"논의 끝에 내린 결론이야. 인질을 죽여서 시체를 올려 보낸다."

나지막한 선언에 순식간에 분위기가 얼음장처럼 차가워졌다.

하영은 그대로 숨을 멈춘 채로 굳었다. 모두의 시선이 자신에게 쏠려 있는 게 느껴졌다. 멈췄던 숨을 담배 연기와 함께 뱉었다. 태연하게 비웃는 얼굴 아래로 심장이 뛰었다.

"…우리를 다 죽일 작정이야?"

"그놈은 우릴 인간으로 생각하지 않아. 우리가 아무것도 못할 거라고 자신하는 건지 딸이 죽든 말든 상관없는 건지, 협상할 의지도 없어 보였어. 놈이 그렇게 나왔으니 우리도 인질을 존중하지 않는다."

"…박중상이 이러라고 납치를 도와준 게 아니야."

"순순히 인질을 돌려주면 영원히 주도권을 빼앗긴다고. 평생 이렇게 살다가 건물 밖에서 태워지고 싶어?"

"체념하고 타협해야 할 순간이 있는 법이라며."

성큼성큼 다가온 유진이 하영의 멱살을 쥐어 벽에 밀어붙였다. 짓눌린 등에 새겨진 멍은 색이 옅어지고 있었지만 여전히 아팠다.

"그 꼴을 직접 봐 놓고도 그런 말이 나와?"

유진의 얼굴에서 새파란 분노가 비쳤다. 하영은 어느새 자신을 둘러싸고 있는 조직원들을 보며 헛웃음을 터트렸다. 유진이 담배 연기를 뿜어 댈 때마다 그들의 머릿속엔 같은 광경이 그려지고 있는 듯했다. 네온사인 옆에서 마치 쌍둥이처럼 힘없이 흔들리던 시체, 시체 위로 무심하게 덮이던 파란 비닐, 끓어오르는 울음소리. 하영은 여전히 귓가에 생생한 그 소리를 듣지 않으려고 소리쳤다.

"다들 미쳤어? 인질을 죽이면 돌이킬 수 없어, 전쟁을 하자는 거나 마찬가지라고!"

"더 큰 걸 요구하자고 할 때는 언제고 이제 와서 숭고한 척이야?

수직의 사랑

인질하고 붙어먹더니 생각이 그새 바뀌었나 봐?"

모두의 날카로운 시선이 하영에게 꽂혔다. 누군가를 잃은 자의 슬픔은 분노가 섞이면서 전염성이 배가 되었다. 무섭게 번져 나가는 분노는 사람들의 눈을 덮어 앞을 보지 못하게 만들었다.

"인질을 데려와."

유진의 명령이 떨어졌다. 고개를 끄덕인 조직원들은 저만치 떨어져 있는 하영의 침대로 걸어갔다.

상미가 죽어선 안 됐다. 최하층을 위해서도, 무엇보다 하영 자신을 위해서도.

하영은 유진의 멱살을 쥐고 벽으로 밀어붙였다. 다른 방법이 있을 거야, 이런 식으로 하다가는 다 죽게 될 거라고! 유진은 흔들림 없는 눈으로 하영을 쏘아보았다. 저 멀리서 조직원들이 유진을 부르는 소리가 들렸다. 하영의 2층 침대 앞에 선 그들은 당황스러운 얼굴로 텅 빈 침대를 뒤지고 있었다.

유진의 얼굴에 혼란이 깃드는 순간, 하영은 멱살을 쥔 손에 힘을 주고 유진을 쓰레기 더미로 밀어 버렸다. 등 뒤에서 유진이 조직원들을 향해 소리쳤다. 하영은 자신을 쫓는 이들의 손끝에서 아슬아슬하게 벗어났다. 사람들을 밀치고 천막을 밟으며 좁은 길을 내달렸다. 누구보다 먼저 철문 앞에 도착한 하영은 막힘없이 계단을 올랐다.

상미는 엄마와 함께 20층에 있었다. 하영은 오늘 아침 자신이 왜 그런 선택을 했는지 지금도 설명할 수 없었다. 조직원이 찾아와 유진의 부름을 예고하자마자 하영은 상미에게 자신의 옷을 걸쳐 주었다. 상미는 평소와 무언가 다른 하영의 태도에 불평하지 않고 엄마를 따라 20층으로 출근했다.

20층 철문 앞에서 하영은 재빠르게 숨을 골랐다. 심장이 터질 것처럼 뛰었지만 멈춰선 안 됐다. 3층을 나오기 전에 조직원들을 따돌렸지만 20층과 3층은 여전히 가까웠다. 아래서부터 수색을 한다고 해도 금세 뒤따라올 터였다.

상미는 구석진 곳에서 엄마를 도와 버려진 옷가지들을 분류하고 있었다. 하영은 주변 시선을 끌지 않기 위해 최대한 태연한 얼굴을 하고 빠르게 걸었다. 왔네? 무슨 일이었어? 상미가 손을 흔들며 다가왔다. 하영은 팔랑팔랑 공중에서 흔들리는 손을 꽉 쥐었다. 길게 이야기할 시간이 없었다.

"우리 지금 가야 해."

"간다고? 어디로?"

"위로 가야 해. 사람들이 널 죽이러 오고 있어. 설명은 나중에 할게."

"아니, 잠깐, 잠깐만. 위로 어떻게 가?"

"계단을 이용해서라도 가야 해."

하영은 재빠르게 옷 무더기를 뒤졌다. 상미가 입은 옷은 너무 후줄근했다. 이렇게 입고 중간층에 들어갔다간 모두의 시선을 한 몸에 받게 될 것이다. 어느새 가까이 다가온 엄마가 하영을 불렀다.

"미안, 엄마. 나 지금 상미랑 어디 좀 가 봐야 해서, 설명은 나중에….."

"엘리베이터를 타."

엄마의 입에서 튀어나온 말은 상미도, 하영도 예상하지 못한 것이었다. 둘을 향해 몸을 숙이고 속삭이는 엄마의 얼굴에 웃음기라곤 없었다. 내가 말했던 엘리베이터 기억하지? 하영은 고개를 끄덕였다. 근데 그게 대체 어디 있는데? 엄마는 하영의 어깨 너머로 정확히 반대편에 있는 가게를 응시했다. 하영은 그 시선의 끝에 무엇이 있는지 알았다. 더 묻지 않기로 했다. 엄마의 말대로, 아빠는 거짓말을 못 하는 사람이었으니까.

"…다녀와서 다 설명할게."

돌아서는 하영의 소매를 엄마가 짧게 잡아당겼다가 놓았다. 꼭 돌아와야 해, 그런 의미가 담겨 있는 손길이었다.

상미는 거래가 불발되었다는 소식에 제자리에 멈춰 버렸다. 아빠가 뭘 했다고? 하영은 초조하게 입구 쪽을 살피며 상미의 손을 붙잡아 당겼다. 상미의 충격을 배려할 여유까진 없었다.

노인은 기둥에 몸을 기대고 고개를 떨군 채 꾸벅꾸벅 졸고 있었다. 하영은 급하게 노인을 불렀다. 할머니, 할머니. 하영의 목소리에 정신을 차린 노인이 길게 하품을 했다. 엘리베이터를 타야 해요. 노인이 길게 찢어진 눈을 가만히 끔뻑거렸다. 표정 하나 변하지 않고 석상처럼 앉아 있는 노인을 향해 하영이 목소리를 높였다. 엘리베이터요. 아는 거 없으세요? 입구에서 철문이 끼익, 열리는 소리가 들렸다. 유진을 비롯한 조직원들이 시장 안으로 들어오고 있었다.

노인이 갑자기 몸을 일으켰다. 느릿하게 한 걸음 한 걸음 내딛더니 노점의 천막을 걷어 젖혔다. 하영은 굳어 있는 상미를 끌고 노점 안으로 몸을 구겨 넣었다. 노인은 다시 천막을 치고, 발을 질질 끌며 그가 기대어 자던 사각기둥을 향해 다가갔다. 기둥을 더듬거리던 노인이 손가락을 찔러 넣자 기둥을 감싸고 있던 벽지가 찢겨 나갔다.

벽지 안에는 환풍구가 숨겨져 있었다. 노인은 환풍구 덮개의 모서리마다 박혀 있는 나사를 뽑아냈다. 헐겁게 박혀 있던 나사는 쉽게 떨어졌다. 노인은 덮개를 떼어 내고 가만히 하영의 반응을 기다렸다.

하영은 침을 삼켰다. 몸을 낮게 숙인 채 환풍구로 기어갔다. 상미가 환풍구 너머로 사라졌고, 하영은 마지막으로 뒤를 돌아보았다. 노인은 아무 일도 없었다는 듯 자리에 앉아 입이 찢어져라 하품을 했다. 하영은 안으로 기어 들어갔다.

거기에, 엘리베이터가 있었다.

조명이라곤 일정한 박자로 깜빡이는 전구가 전부인, 작은 사각형의 공간이었다. 문 옆에 붙어 있는 작은 패널에는 먼지가 수북하게 쌓여 있었고, 패널 화면에 뜬 붉은 숫자는 27층을 가리켰다. 하영과 상미는 불안한 눈으로 서로를 바라보았다. 상미가 패널에 묻은 먼지를 털어 내고, 화면을 눌러 120층을 입력했다. 짧은 적막이 흘렀다. 곧 엘리베이터의 문이 열렸다.

3.

"내가 말했지, 아빠는 내가 죽어도 상관하지 않을 거라고."

엘리베이터는 크지 않았고, 오랫동안 사용되지 않은 걸 증명이라도 하듯 매우 느렸다. 기계가 부딪치는 소음이 간간이 울리며 둘을 잔뜩 긴장하게 했다. 더러운 엘리베이터 바닥에 외투를 깔고 주저앉았다. 패널 화면의 붉은 숫자는 이제 겨우 30을 향하는 중이었다.

"협박까지 했다는 건, 내가 어떻게 되든 전혀 상관 없다는 거잖아? 무사히 도착하면 아빠가 어떤 표정을 지을지 궁금하네. 그렇게 혐오하는 하층에서 돌아온 딸을 과연 반겨줄까?"

"…그래도 너를 돌려 달라고 하셨잖아."

"나를 진짜로 돌려받고 싶었다면 어떤 조건을 달아도 허락했겠지. 울면서 뭐든 다 할 테니 딸만은 돌려 달라고 빌었을 거야. 영화나 드라마처럼."

하영은 영화와 드라마를 한 번도 본 적이 없었으므로 해 줄 말이 없었다. 대신 힘없이 늘어져 있는 상미의 손 위로 제 손을 겹쳤다. 상미의 손은 여전히 싸늘하고 차가웠다. 이렇게 단둘만의 공간에 남겨진 것도 오랜만이었다.

엘리베이터 천장에 달린 전구가 쉬지 않고 깜빡였다. 좁은 엘리베이터 탓에 둘은 어깨를 붙이고 앉아 있어야 했다. 티셔츠는 땀으로 흥건했고, 경직된 얼굴에선 식은땀이 흘렀다. 둘은 잠시 그렇게 다른 곳을 바라보며 서로의 시선을 피한 채로 앉아 있었다. 서툴게 겹친 손을 내버려 둔 채로. 한참을 머뭇거리던 상미가 먼저 침묵을 깼다.

"나 때문에 네가 위험해지면 어떡해?"

하영은 고개를 저었다. 오래전부터 상미는 하영의 손을 피하지 않았다. 동료들은 하영의 뒤를 쫓고 있었고, 엘리베이터는 지나치게 천천히 올라가고 있었지만, 그래도 상미는 하영의 손을 마주 잡았다. 그 온기가 하영에겐 더할 나위 없는 위안이 되었다. 묻고 싶은 게 있는데…. 상미가 말끝을 흐렸다.

"왜 나한테 이렇게까지 해 주는 거야?"

그건 하영도 스스로에게 묻고 싶은 질문이었다.

"약속했잖아, 무사히 돌아가게 해 주겠다고."

돌려줄 수 있는 답은 이게 최선이었다. 그것만으로 충분했는지, 상미는 묵묵히 하영의 어깨에 머리를 기댔다.

하영은 어느 때보다 가까이서 자신을 바라보는 갈색 눈동자를 깊이 담으려고 애썼다. 이제 헤어지면, 앞으로 영원히 다시 만날 수 없을 것이다. 하영의 시체가 건물 밖 소각로에서 태워지는 순간까지도. 마지막 순간이라는 것에는 그동안 하지 못했던 말을 하게 만드는 힘이 있었다. 계속 같이 있을 수 있다면 좋을 텐데. 그렇게 속삭이자 상미가 웃었다. 이전과는 사뭇 다른, 씁쓸하고 건조한 미소였다. 상미는 자조적인 어조로 장난처럼 중얼거렸다.

"탑이 무너지지 않는 이상 그건 불가능하겠지."

상미가 살며시 눈을 감았다. 하영은 멍하니 상미가 뱉은 말을 되뇌었다. 찬물을 머리에 끼얹기라도 한 듯 정신이 번쩍 들었다.

하영은 이 문장을 알고 있었다. 빛바랜 종이에 새겨진 문장을 손끝으로 훑기만 해야 했던 밤이 이미 수백 번이었다. 아주 오래전부터 상대를 알고 있었던 것 같은 위화감. 하영은 모든 게 단지 낯설기 때문이라고 생각했다. 상미를 향한, 설명할 수 없을 정도로 갑작스럽고 거대한 마음 때문이라고 생각했다. 왜 그래? 상미는 하영의 동요를 예민하게 알아차렸다. 하영은 대답 대신 먼지가 가득한 바닥에 손가락으로 십자가 모양을 그렸다.

상미는 영문을 모르겠다는 눈으로 문양을 응시하며 눈만 깜박였다. 생각에 잠겨 있던 상미의 얼굴에 혼란이 깃들었다. 짧은 탄식이 입술 사이로 흘러나왔다. 하영의 손을 잡지 않은 자유로운 손가락으로, 하영이 그린 문양 위에 십자가를 겹쳐 그렸다. 눈꽃 모양의 표식이 그렇게 완성되었다.

하영은 무슨 말로 입을 떼야 할지 몰랐다. 그저 상미가 그랬듯이,

수직의 사랑

어쩔 줄 모르는 갈색 눈동자를 빤히 바라볼 수밖에 없었다. 평생 만나지 못하리라 생각했던 상대가 눈앞에 있었다. 그것도 아주 오래전부터.

"너…."

애써 중얼거린 말은 흔들리는 목소리 때문에 꼴사나웠다. 하영은 목구멍에서 무언가 터져 나오려는 것을 참았다. 눅눅한 편지지를 얼굴에 얹고 숨을 들이켜야 했던 순간들이, 유일하게 하영을 차분하게 하는 그 냄새가, 아무리 문질러도 닿을 수 없었던 문장들이 계속 떠올랐다. 어떻게 이럴 수 있지? 중얼거리던 상미가 갑작스레 하영의 뺨을 감쌌다. 하영은 눈 근처를 문지르는 상미의 손가락에 그제야 자신이 울고 있다는 사실을 깨달았다. 뺨을 감싼 상미의 손등 위로 제 손을 겹쳤다.

왜 더 빨리 깨닫지 못했을까. 하영은 베개 밑에서 숨죽이고 있는 편지들을 떠올렸다. 상미와 함께 있으면 편지를 찾지 않아도 괜찮았다. 퀴퀴한 향과 축축한 습기에 위로받을 필요가 없었다. 하영을 좇는 눈동자와 싸늘한 손이 전하려고 애쓰는 온기만으로도 모든 것이 충만한 나날이었으므로.

너였는데. 그렇게 속삭이는 얼굴이 가까이에 있었다.

덜컹이는 소리와 함께 엘리베이터가 멈췄다. 깜빡, 전구가 다시 한번 점멸했다. 조그마한 엘리베이터 안이 순식간에 어둠에 잠겼다가 겨우 원래의 모습을 되찾았다. 엘리베이터는 80층에 도착한 상태였다.

"상층 접근 허가를 위해 신분증 스캔이 필요합니다."

차분한 기계음이 반복해서 말했다. 상미는 머뭇거리다 결국 몸을 물리고, 미련이 남은 손으로 하영의 뺨 대신 지갑을 찾아

외투를 뒤적였다. 신분증을 꺼낸 상미가 패널에 마련된 스캔 장치에 신분증을 가져다 댔다. 하영은 상미의 신분증을 구경한 적이 있었다. 긴장해서 앞을 쳐다보고 있는 앳된 얼굴이 귀여워 몇 번을 살펴봤는지 모른다.

"접근 권한이 없는 신분증입니다."

기계음은 예상 못 한 반응을 보였다. 상미가 다시 신분증을 스캔했다. 접근 권한이 없는 신분증입니다. 엘리베이터는 여전히 무반응이었다.

"여기서 내려서 계단으로 걸어가야 할 것 같은데… 81층에만 도착하면 문제없이 갈 수 있지?"

"응, 거기서부턴 중앙 엘리베이터를 타면 돼."

여전히 상미의 손을 잡고 패널 화면을 살피던 하영은 열림 버튼을 눌렀다. 엘리베이터 문이 천천히 열림과 동시에 싸늘한 냉기가 훅 끼쳐 왔다. 하영이 기억하기론, 80층은 중간층의 맨 위층으로 상층에 신선한 식재료를 보급하기 위한 냉동 창고로 쓰였다. 얇은 가벽이 앞을 가로막고 있었다. 손으로 몇 번 내리치자 벽은 쉽게 갈라졌다. 틈으로 손가락을 집어넣어 벽을 마저 부쉈다.

가벽 너머로 빠져나오자 수십 개의 철제 선반들이 줄을 맞춰 세워져 있는 창고가 나타났다. 선반 위를 크고 작은 박스들과 자루들이 빽빽하게 채우고 있었다. 쌓여 있는 것들이 지나치게 많아서 출구가 보이지 않았다. 평소보다 더 싸늘하게 얼어붙은 상미의 손을 잡고 하영은 걷기 시작했다.

마침내 철문이 하나 나타났다. 조심스레 손잡이를 돌렸으나 또 다른 창고가 나타났다. 갈수록 심해지는 냉기에 절로 이가 부딪치는 순간이었다.

강한 빛이 튀어나와 상미와 하영의 얼굴 위로 쏟아졌다. 둘은
본능적으로 눈을 찡그렸다. 두꺼운 옷을 입고 마스크를 쓴 중년
남자가 둘을 향해 손전등을 비췄다. 그의 손에는 얇고 네모난 패드가
들려 있었다.

"당신들 뭐야? 여긴 어떻게 들어왔어?"

성큼성큼 다가온 남자가 손전등으로 둘을 훑으며 소리쳤다.
하영은 재빠르게 주변을 살폈다. 양쪽으로 세워져 있는 선반은
올려진 물건이 많아 쓰러트리긴 어려워 보였다. 남자를 앞으로 밀어
버리고 도망갈 수도 있었지만 그랬다간 남자가 크게 다칠 것 같았다.

하층민이 중간층에 침입하는 건 곧장 구치소로 끌려가 죄를
물을 정도의 중죄지만 상미는 그렇지 않았다. 물론 공영으로
운영되는 냉동 창고에 침입한 죄를 피할 순 없겠지만, 얼마 되지
않는 벌금을 내는 것으로 끝날 것이다. 국회의원의 딸이라는 신분을
밝히면 그것마저도 피해 갈 수 있을지 모른다.

하영의 머릿속이 정신없이 바쁘게 돌아가는 사이, 또 다른
남자가 멀리서 다가왔다. 그는 창고 밖에서 온 건지 평범한 양복
차림이었고 똑같은 마스크를 썼다.

"죄송해요. 많이 놀라셨겠네. 제 사촌 동생들인데, 구경하고
싶다고 졸라서 데려왔더니 사라져서 저도 찾고 있었거든요."

남자의 입에서 흘러나온 말에 하영과 상미는 어리둥절한
얼굴로 서로를 마주 보았다. 그는 둘을 발견한 남자보단 어려
보였지만 직책은 더 높은 듯했다. 하영과 상미를 추궁하던 남자가
미심쩍은 표정을 하면서도 그래요? 하고 툴툴거리며 손전등을
집어넣었기 때문이었다.

"그럼 미리 말을 해 놓으시지, 심장 떨어지는 줄 알았네."

"금방 구경하고 가겠다고 해서 말씀 안 드렸던 건데. 정말 죄송해요. 너네도 얼른 사과드려."

남자는 성큼성큼 다가와 하영과 상미에게 친근한 척 말을 걸더니, 난데없이 하영의 뒤통수를 꾹 누르는 시늉을 했다. 하영은 마스크 위로 인상 좋게 웃고 있는 남자의 눈이 왠지 모르게 익숙하단 생각을 했다. 어정쩡하게 고개를 꾸벅 숙이는 시늉을 하자 상미도 따라 고개를 숙였다.

"다른 사람들한테는 말씀 말아 주세요. 부탁드리겠습니다."

중년 남자는 머쓱하게 손을 들어 보이고는 패드를 두드리며 사라졌다. 사람 좋게 뒷모습을 향해 인사를 건넨 남자가 하영과 상미를 돌아보았다. 일단 어딜 좀 들어가서 이야기하자. 남자는 미로처럼 얽힌 창고에서 능숙하게 출구를 찾아냈고, 둘을 끌고 계단을 내려가 79층으로 향했다. 철문 앞에 선 경비원이 신분증을 요구했다. 자신과 상미의 신분증을 건넨 남자는 하영 쪽을 턱짓으로 가리키며 제 사촌인데 신분증을 두고 왔다네요, 하고 너스레를 떨었다. 꽤나 유명 인사인 모양인지, 경비원은 그를 알아보고 하영의 차례를 넘어가 주었다. 하영과 상미는 그렇게 79층, 중간층의 생활층으로 들어갔다.

하영은 이런 곳이 난생처음이었다.

호텔 방 내부는 고급스럽고 깔끔한 단색 벽지와 톤이 비슷한 가구들로 꾸며져 있었다. 새하얗고 깨끗한 침대는 보기만 해도 포근했고, 나른한 스탠드 조명이 은은하게 방 안을 감쌌다. 비싸 보이는 유리잔과 술이 테이블에 마련되어 있었다. 하영은 칙칙하게 때가 묻고 바랜 외투를 괜히 만지작거렸다.

수직의 사랑

방 안을 훑자마자 하영은 곧바로 남자를 노려보았다. 남자의 정체가 어렴풋이 짐작은 갔지만 경계를 놓을 순 없었다. 하영의 마음을 아는지 모르는지, 남자는 느릿하게 옷을 벗어 의자 위에 반듯하게 개어 두기까지 했다. 오랜만이야. 남자는 마스크를 벗으며 하영을 향해 환하게 웃었다. 하영은 웃을 때 서글서글하게 휘어지는 두 눈과, 보일 듯 말 듯 파인 보조개를 기억했다.

"…그러게, 오랜만이네."

중상은 조금 피곤해 보이는 걸 빼면 예전과 똑같았다. 그는 어색하게 서 있는 상미와 여전히 경계심 가득한 눈으로 자신을 쏘아보는 하영에게 넉살 좋게 손짓하며 테이블 근처에 앉았다. 술을 따른 그는 한 모금을 삼키고 물었다. 어떻게 된 건지 설명해 줄 사람?

하영은 모든 걸 털어놓아도 될지 고민했다. 중상은 애매했다. 중간층민이면서도 하층민들의 거래를 위해 상미를 납치하는 것을 도와주었지만, 지금 상황을 솔직하게 이야기했다간 발을 빼려고 들지도 몰랐다. 서글서글한 눈가에 쌓인 세월이 중상을 어떻게 변화시켰을지는 아무도 모를 일이었다.

하영은 조심스레 운을 떼었다. 불발된 거래와 유진의 결정, 상미를 죽일 경우 최하층에 벌어질 최악의 사태, 비상용 엘리베이터. 이야기를 하는 동안 하영은 상미에게 중상을 어디까지 설명해야 할지 몰라 망설였다. 어쨌건 중상은 상미를 납치하는 일을 도운 사람이었다. 상미가 먼저 선수를 쳤다.

"네일숍에서 만났던 사람 맞죠? 나한테 커피 줬던 사람."

거기에 약을 탔던 거야? 하영이 묻자 중상은 머쓱하게 웃었다.

"상미가 죽으면 어떤 일이 벌어질지 안 봐도 뻔해. 말리려고 했는데 유진이 듣질 않았어."

"그래서 냅다 다 던져 버리고 엘리베이터를 탔어?"

"다른 선택지가 없었어."

"인질을 돌려보내야 한다는 의견엔 동의하지만, 돌아가고 나면? 그 후는?"

"조직에서 쫓겨나고 맨 구석 자리로 몰려나겠지. 그 정도야 견딜 수 있고."

중상은 값이 나가 보이는 술 한 병을 꽤나 많이 비웠다. 상미는 자신을 앞에 두고 인질, 인질 거리는 게 마음에 들지 않는지 아까부터 표정이 좋지 않았다.

"저녁이 되면 경비가 심해지니까 오늘 밤은 여기서 보내고, 내일 아침이 밝는 대로 떠나는 게 좋겠어. 비용은 내가 낼 테니까 걱정하지 말고. 혹시 모르니까 오늘 안으로 위조 신분증을 전달해 줄게."

하영은 미심쩍은 얼굴로 고개를 끄덕였다. 넉살 좋고 낙천적인 중상은 날카롭고 신중한 사람이기도 했다. 그를 온전히 믿어도 괜찮을지 확신이 들지 않았지만, 딱히 다른 수가 있는 것도 아니었다.

날이 밝는 대로 상미는 최상층으로 돌아가고, 하영은 숙소에서 중상을 기다리기로 결정했다. 기어코 하영과 함께 최하층으로 내려가 유진과 조직원들을 설득해 보겠다는 게 중상의 고집이었다. 하영은 그 고집이 지긋지긋하면서도, 중상이 조직원들에게 가진 영향력을 결코 무시할 수 없다는 사실을 외면하지 못했다.

중상은 이왕 이렇게 된 거 자신이 저지른 일도 한 번만 눈감아 달라며 붙임성 좋게 상미에게 말을 붙였다. 글쎄요. 상미가 쏘아붙이자 그는 뭐가 그리 좋은지 크게 웃었다. 비슷한 친구를 사귀었네. 그는 하영에게 돈을 주고 떠났다. 하영은 난생처음 만져 보는 금액이었다.

따뜻한 물에 온몸을 파묻은 채로, 하영은 자신에게 벌어진 일들을 곱씹었다. 어깨를 짓누르던 피로가 풀리면서 곤두섰던 신경이 조금씩 가라앉았다. 엘리베이터, 편지, 믿기지 않을 정도로 기적적인 순간에 나타난 증상. 덕분에 상미와 하영 모두 원래 있던 곳으로 무사히 돌아갈 수 있게 되었다. 물론 또 한번의 밤을 함께 보낼 수 있게 된 것이야말로 가장 큰 수확이었다.

문을 두드린 호텔 직원은 깨끗한 옷 몇 벌을 건네주고 사라졌다. 목욕 가운을 걸친 하영은 소매에 얼굴을 파묻고 숨을 크게 들이켰다. 처음 맡아 보는 달콤하고 향긋한 향이 온몸을 휘감았다. 마찬가지로 가운을 걸치고 나온 상미가 하영을 따라왔다. 둘은 폭신한 침대에 앉아 서로에게 몸을 기댔고, 짧은 잠에 빠져들었다. 녹초에 가까운 상태였던 하영은 개운하게 눈을 떴다. 상미는 여전히 잠들어 있었다. 가까스로 되찾은 평온함에 함께 나누었던 마지막 대화가 스멀스멀 떠올랐다.

그토록 그리워했던 낯선 이가 바로 눈앞에 있었다. 한 번도 만난 적 없지만 이 세상 누구보다 하영을 잘 이해하고 보듬어 주던 사람이, 하영이 하루하루를 버틸 수 있게 해 주었던 수많은 문장들이 눈앞에서 살아 숨 쉬고 있었다. 하영은 상미의 손가락을 소중하게 쥐었다. 그렇게 하면 이 하얀 손가락이 지금보다 훨씬 작았을 시절에 적어 나갔을 문장을 다시 느낄 수 있을 것 같았다. 손등 위로 입술을 가져가자 상미가 눈을 떴다. 반가운 갈색 눈동자가 하영을 빤히 바라보았다.

창문 너머로 보이는 거리가 서서히 어둠에 잠겼다. 천장에

설치된 전체 조명이 어두워지자 고풍스러운 가로등에 하나둘
불이 들어왔다. 잘 닦인 길 양옆으로 늘어선 깨끗한 건물들, 단정한
옷을 걸치고 여유롭게 거리를 거니는 사람들. 호텔 건너편에 있는
술집에서는 왁자지껄한 웃음소리가 몇 번이고 흘러나왔다. 좋은
향기가 모든 곳에서 끊이질 않고 풍겼다.

중간층의 광경은 하영이 상상하던 것과 기막히게
닮았으면서도, 조금도 비슷하지 않았다. 하영이 퍼즐 조각처럼
맞춰 나가던 상상 속 중간층의 모습에는 깨끗한 거리와 고급스러운
옷차림을 한 사람들이 존재했으나, 그들의 웃음소리와 향기는
포함되어 있지 않았다. 그런 건 하영이 상상할 수 있는 영역을
벗어난 요소들이었다.

"오늘부터 피자를 세상에서 제일 맛있는 음식으로 정할래."

하영은 잔에 반쯤 남은 와인으로 목을 축이며 중얼거렸다. 구운
지 얼마 안 된 피자는 아직도 따끈따끈했다. 도우 위에 올려진 이름
모를 토핑들은 하나같이 황홀한 맛을 냈다.

낡은 편지에 얽힌 추억을 꺼내기 시작하니, 대화는 끝도 없이
이어졌다. 밤은 예상보다 더 짧았다. 왜 더 빨리 알아채지 못했을까?
너도 그렇고, 나도 그렇고. 상미의 물음에 하영은 잠깐 생각에
잠겼다가 말을 이었다.

"네가 편지를 쓴 사람이라면, 체리의 이름을 듣고 나를 기억해
낼 거라고 무의식적으로 생각했던 것 같아."

"내 기억력의 문제였네. 그래도 이건 기억나서 다행이야, 체리
케이크."

상미는 접시에 예쁘게 담겨 있는 케이크를 내려다보며
중얼거렸다. 호텔 룸서비스에는 피자뿐만 아니라 각종 디저트류도

가득했고 중상이 주고 간 돈은 아직 많이 남아 있었다. 책자를 뒤지던 둘은 체리 케이크라는 메뉴를 보자마자 누가 먼저랄 것도 없이 눈을 맞추고 웃었다. 처음 맛보는 케이크는 황홀했다. 눈물이 찔끔 날 정도로 행복한 맛. 하영은 체리 케이크를 그렇게 기억하고 싶었다.

있잖아, 상미가 조심스레 운을 뗐다. 하얀 뺨에 박혀 있던 주근깨들은 발갛게 달아오른 피부 속으로 모습을 감추어 버린 듯 보이지 않았다. 하영은 그런 것들을 좀 더 많이, 좀 더 깊이 담으려고 애쓰며 대답했다. 응.

"같이 올라가지 않을래?"

상미의 질문은 결코 무례하지 않았다. 같잖은 연민으로 뒤덮여 거만하게 뱉은 물음도 아니었다. 어떻게든 네가 같이 있을 수 있는 방법을 찾아볼게. 조곤조곤 쏟아지는 목소리가 눈물로 젖어 들었다. 상미는 울음을 참으려는 듯 잠시 숨을 고르다 말을 이었다.

"내가 죽든 말든 상관도 안 하는 아빠지만 살아 돌아온 딸의 부탁까지 거절하지는 않을 거야. 내 방 크니까, 크고 많으니까 나눠 쓰면 돼. 새 신분으로 일자리도 구하고. 아니, 같이 학교도 다닐 수 있어. 그러면."

"그만해."

"다른 대안이 없잖아, 이대로 헤어질 수도 없고."

"나 혼자 살겠다고 떠날 수는 없어."

상미의 손가락이 하영의 손등을 감쌌다. 애원하는 손길에 반응하고 싶었지만 하영은 그러지 못했다. 푹신한 침대. 자정이 넘어도 꺼지지 않는 조명. 천진한 상미. 그 한가운데서 어색하게 미소 짓고 있는 자신을 상상했다. 제발, 상미가 속삭였다.

"널 구하고 싶어."

하영은 겹쳐진 손을 비틀어 빼냈다. 날 구해 줄 필요는 없어. 상미는 눈물이 가득 담긴 눈을 크게 뜨고 깜박이지 않으려 애쓰고 있었다.

"아래층이 없으면 위층도 없다고 네가 그러지 않았어?"

근데 어떻게 그런 말을 해. 하영은 조용히 중얼거렸다. 뭉개진 케이크 위로 상미의 눈물이 떨어졌다. 하영은 차마 손을 뻗지 못했다.

자리에서 일어난 상미가 외투를 집어 들었다. 등 뒤에서 문이 열렸다가 닫혔고, 곧 사방이 고요해졌다. 하영은 남은 와인을 한 번에 털어 넣었다. 자정이 넘었지만 어둠이 찾아오는 일은 없었다. 세상은 상미의 빈자리를 분명하게 확인할 수 있을 정도로 환했다.

하영이 부드러운 침대 시트 위에서 몸을 일으켰을 때, 시계는 새벽 2시를 가리키고 있었다. 잠기운에 허우적대면서도 본능적으로 주변을 살폈다. 차갑게 식은 피자 몇 조각과 빈 잔이 하영을 맞아 주었다. 올라오는 술기운을 참지 못하고 침대에 누워 버렸던 순간과 한 치의 어긋남도 없는 광경이었다.

하영은 재빠르게 호텔 로비로 내려갔다. 매끈한 대리석 바닥과 섬세하게 조각된 유리 공예품이 장식된 로비에는 데스크를 지키는 직원 외에는 아무도 없었다. 초조하게 주변을 살피다가, 참지 못하고 직원에게 로비에서 본 사람이 없는지 물었다. 직원은 하얀 이가 훤하게 드러나도록 웃으며 친절하게 답했다. 자정이 지나고 호텔 밖으로 나간 여자 손님이 있었고, 그 이후로는 아무도 드나든 사람이 없었다고 했다.

수직의 사랑

하영은 공예품 근처에 놓인 가죽 소파 위에 어색하게 앉았다. 출입구가 잘 보이는 자리였다.

이 시간에 대체 어딜 돌아다니고 있는 걸까. 걱정하기가 민망할 정도로 상미는 79층에 익숙했지만, 그렇다고 안심이 되는 건 아니었다. 잔뜩 상심해 눈물을 떨어트리던 얼굴이 머리를 어지럽게 했다. 하영은 불과 몇 시간 전에 이루어졌던 대화를 곱씹다가, 갑자기 찾아오는 이질감에 고개를 갸웃거렸다. 무언가 놓치고 있는 기분인데 그게 뭔지 도통 알 수가 없었다.

누군가 출입문을 밀어젖혔다. 상미는 아니었다. 유니폼과 모자를 착용한 경비원들이었다. 손에 쥔 패드를 두드리며 무언가 확인하던 그들은 로비를 둘러보더니 하영에게서 시선을 멈추었다. 한 사람이 출입문 근처에 남았고, 다른 한 사람이 하영에게 다가왔다. 불길한 예감이 치솟았다.

"실례하겠습니다, 신고가 들어와서요. 번거로우시겠지만 신분증 부탁드립니다."

망할 박중상. 신분증도 준다더니. 하영은 속으로 지껄이며 침착하게 웃었다. 지금까지 하영이 관찰한 중간층은 의외로 경비가 허술했다. 경비원들은 신분증 확인에 매달리지 않았고, 상대의 여유로운 태도나 깔끔한 착장에는 더 쉽게 뒤로 물러나곤 했다. 고급 정장을 차려입은 중상의 변명에 상미와 하영을 믿고 들여보내 준 것만 해도 그랬다.

하영이 이해하지 못한 척 다시 한번 묻자 경비원은 귀찮은 내색 없이 같은 말을 되풀이했다. 방에 신분증을 두고 왔다는 변명에 그는 기꺼이 더 큰 실례를 저지르겠다는 태도로 기다리겠노라 선언하고는 하영의 맞은편에 앉았다. 하영은 쏟아지는 시선을 피해 눈을 돌렸다. 상미의 신분증 하나면 모든 게 해결될 것이다. 지금 자신은 누가 보아도 평범한 중간층민의 모습이었다.

이번에도 기적은 하영의 편이었다. 때마침 문을 열어젖히고 호텔 안으로 들어오던 상미는 하영과 그 앞에 앉아 있는 경비원을 발견하곤 멈춰 섰다. 하영은 환히 웃으며 상미를 향해 손을 흔들었다. 제 일행인데, 일행이 대신 보여드릴 수 있을 것 같아요. 출입문 근처에 있던 경비원이 상미에게 다가가 물었다. 일행분이십니까? 상미가 턱을 치켜들었다. 갑자기 낯설게 느껴지는 갈색 눈동자에서, 불길한 기운이 일렁거렸다.

"아니요."

하영은 상미가 그런 목소리를 낼 줄 안다는 사실을 처음 알았다.

"모르는 사람이에요."

냉정하게 굳은 얼굴, 적당한 짜증과 불안이 담긴 눈동자.

하영이 몸을 일으키려는 순간, 맞은편에 앉아 있던 경비원이 재빠르게 하영을 제압했다. 등 뒤로 팔이 잡히는가 싶더니 순식간에 소파 위에 짓눌러졌다. 버둥거리는 팔에 무언가 꽂히는 감각과 함께, 하영은 정신을 놓았다.

4.

"이렇게까지 해야 해?"

남자가 그렇게 묻자, 여자는 변명하듯 답을 이었다.

"하영이를 살릴 방법은 이것뿐이야. 난 최선을 다했어, 상층으로 가자고 설득했는데…."

하영은 몸을 일으키려 애썼다. 온몸이 물먹은 솜처럼 축 늘어져 무거웠다. 남자가 한숨과 함께 중얼거렸다.

"일이 꼬여도 단단히 꼬여 버렸어."

"우리 잘못이 아니야. …아빠가 날 버리는 상황은 전혀 예상 못 했으니까."

하영이 할 수 있는 일이라곤 간신히 고개를 돌려 여기가 어디인지 둘러보는 것뿐이었다. 목이 타들어 갔다. 작은 사각형의 방은 온통 회색빛이었다. 누워 있는 침대를 제외하고는 아무것도 없었다. 건너편 벽은 투명했다. 허공에서 무언가 희뿌연 막 같은 것이 일렁거렸다. 그 너머로 좁은 복도가 보였고, 똑같이 생긴 방이 몇 개 더 늘어서 있는 게 눈에 들어왔다.

보이지 않는 복도 끝에서 익숙한 목소리가 흘러 들어왔다. 하영은 간신히 몸을 일으켜 침대에 앉는 데 성공했다. 정체불명의 무언가에 찔렸던 팔이 욱신거렸다.

"그래도 상관 안 해. 어떻게 거기까지 내려갔는데. 하영이를 구하지 못할 바에야 차라리 죽는 게 나아. …물론 나도 이렇게 될 줄은 몰랐어."

중상이 한숨을 푹푹 터트렸다. 그의 발소리가 멀어지고, 정적만이 남았다.

하영은 기다렸다. 일렁이는 벽 너머로 상미가 나타났다. 갈색빛 머리카락, 눈동자, 주근깨, 자그마한 코와 입술. 달라진 건 없었다. 달라진 건 상미를 올려다보는 하영의 시선이었다. 싸늘하게 식은 눈동자에 상미가 절로 입술을 깨무는 것이 보였다.

"…괜찮아?"

상미의 목소리는 평온했고, 동시에 낯설었다.

"…너 뭐야?"

입 안에서 몇 번이고 갈기갈기 뜯겨 나간 질문이 불쑥 튀어나왔다. 많은 의문이 하나로 압축된 물음이었는데 막상 뱉고 나니 너무 멍청한 질문처럼 들렸다.

"난 그냥 네가 알던 상미야. 바뀐 건 없어."

"돌려 말하지 말고 똑바로 대답해."

투명한 벽 너머로 상미의 멱살을 잡으려 손을 뻗은 순간, 보이지 않는 무언가가 하영의 손에 강하게 부딪쳤다. 짧지만 강한 고통이 찾아왔다. 하영은 무릎을 꿇고 주저앉아 손을 감싸 쥐었다. 상미의 갈색 눈동자가 하영을 빤히 바라봤다. 그들이 처음 만났던 순간처럼. 어떤 감정도 읽을 수 없는 눈이었다. 네가 신고한 거야? 응. 하영은 어질어질한 시야 너머로 상미를 노려보았다. 상미는 천천히 복도에 몸을 웅크리고 앉아 두 팔로 무릎을 끌어안았다.

"…다 널 살리려고 그런 거야."

상미의 얼굴에 부드러운 미소가 번졌다. 미안해, 난 후회 안 해. 그렇게 말하는 목소리에선 한 치의 망설임도 느껴지지 않았다.

어린 상미는 베개 밑에 쌓여 가는 수십 통의 편지를 사랑했다.

밤새워 편지를 읽고 또 읽었다. 하도 많이 읽어서 보지 않고도 줄줄 외울 수 있는 정도가 되었다. 그럴 때면 이 세상에 오롯이 혼자 남은 기분이 들어 끔찍하게 외로웠다. 탑이 무너지지 않는 이상, 상중하의 경계가 허물어지고 모두가 뒤섞이지 않는 이상 상미는 편지 속 상대를 영원히 만날 수 없었다. 편지는 상미를 찾아온 순간처럼 갑작스럽게 끊어졌고 상미는 매일 밤 투박한 문장들과 그 문장들이 내뿜는 퀴퀴한 향을 맡으며 잠이 들었다.

상미는 필사적으로 공부했다. 세상에 존재하는 수많은

수직의 사랑

건물들이 세워지던 시절을 배우면, 건물을 무너트리는 방법도
배울 수 있을 것만 같았다. 물론 머리가 커질수록 배우게 되는 건
비참함뿐이었다. 상미는 최상층에서 많은 것을 누렸다. 한 층 전체를
거느리고 살아 부족함이라곤 찾아볼 수 없었다. 그 부족함 없는
삶이, 그렇게 많은 이들의 삶을 짓밟아 유지되고 있다는 사실을
순순히 받아들이는 건 비참했다. 모든 게 희미하게 기억 저편으로
잊혀 갈 즈음이었다. 아빠의 사무실에서 최하층의 비밀 조직에 대한
자료를 발견한 건.

"아빠는 다 알고 있었어. 누가 사람들을 불러 모았고, 누가
어떤 역할을 하고, 누가 무엇을 담당하는지. 사진까지도 인쇄되어
있더라."

중상은 똑똑하고 야망으로 가득한 청년이었고, 충성스럽기까지
했다. 그는 조직에 대한 모든 정보를 정리해서 넘겨줄 뿐만 아니라,
귀담아들을 필요도 없는 상미의 작은 부탁까지 들어주었다. 눈꽃을
그렸던 편지의 주인이 누구인지, 어떤 얼굴을 하고, 어떤 삶을 살고
있는지. 그렇게 가끔 중상으로부터 하영의 일상을 공유받는 것만이,
상미를 버티게 하는 유일한 힘이었다.

최상층은 모든 걸 알고 있었다. 가장 아래에서 벌어지고 있는
조심스럽고 열렬한 움직임도 최상층의 눈을 벗어날 순 없었다. 그
움직임의 규모가 서서히 커지고 있다는 판단이 들 무렵, 최상층은
그들을 없애 버리기로 했다. 벌레가 너무 많아지면 귀찮으니까.
아빠는 그렇게 말하며 하품을 했다.

말도 안 돼. 하영은 벽에 등을 기대고 숨을 거칠게 몰아쉬었다.
자신의 삶이, 모두의 삶이, 고작 종이 몇 장으로 요약되어
굴러다닌다는 걸 받아들일 수 없었다.

"군대를 불러서 조직원들을 쓸어 내려면 적절한 이유가 필요했고, 그래서 내가 나선 거야."

상미의 목소리는 점점 작아졌으나 또렷한 눈빛만은 무너지지 않았다.

"널 죽게 내버려 둘 순 없었으니까."

최상층에 사는 국회의원의 딸을 납치한 반정부 조직, 정부군을 불러 처리하기에 더없이 합당한 이유였다. 계획대로 중상이 미끼를 던졌고 유진은 물었다. 중상은 수면제가 든 커피를 주었고 상미는 알면서도 마셨다.

"아빠가 거래에 응하겠다고 거짓말을 하고 나를 먼저 돌려보내 달라 요구하면, 나는 상층까지 나를 데려다줄 사람으로 너를 선택할 생각이었어. 함께 상층에 도착하면 무슨 수를 써서라도 널 보내지 않을 생각이었지. 그사이에 이미 정부군이 들이닥쳐서 네 동료들을 다 죽여 버렸을 테니까. 근데."

상미가 처음으로 입술을 꾹 물었다. 망설임 끝에 어렵게 입을 뗐다.

"아빠가 날 버린 거야."

갈색 눈이 하영을 쫓아와 시선을 맞췄다.

"날 버릴 이유야 많지. 아빠는 하층을 끔찍하게 싫어했고, 하층에 관심을 가지는 나도 그만큼 싫어했으니까. 거래에 응하지 않겠다고 하면 벌레들이 흥분해서 날 죽일 거고, 그러면 벌레들을 짓밟아 버릴 이유가 더 충분해진다, 아빠는 그렇게 생각했을 거야. 눈엣가시였던 나도 사라지고."

하영은 대답하지 않았다. 버림받았다는 이야기로 동정심을 얻을 속셈이었다면 완벽한 실패였다.

"근데 네가 약속을 지켰어."

상미는 입꼬리를 끌어 올려 웃었다.

"날 구하려고 했어. 베개 밑에 내 편지들을 숨기고 있었고. 어쩌면, 나랑 같은 마음일 수도 있다고 생각했지. 포기하고 싶지 않았어. 어떻게든 널 구해야 했어."

상미가 눈가를 문질러 닦았다. 물기가 가득한 눈이 애처롭게 하영을 바라봤다. 벽 너머에서 일렁거리는 얼굴을 달래 주고 싶었다. 그런 마음이 끔찍하게 혐오스러웠다. 하영은 온 힘을 쥐어짰다. 철제 프레임으로 된 간이침대가 뒤집히며 비명에 가까운 소리를 냈다. 그렇게 분노를 쏟아 냈다.

짧게 압축된 보고서 몇 장으로 몇십 년의 삶을 체감할 수는 없었다. 그건 진짜 삶이 아니었다. 세상에서 제일 가까운 누군가가 재가 되어 사라지는 광경을 덤덤하게 바라보고, 살기 위해 누군가의 죽음을 내버려 두고, 파란 비닐이 시체를 덮는 꼴을 바라만 보아야 하는 삶을 상미는 몰랐다. 하영은 울부짖기만 했다. 지금 당장 저 자그마한 몸을 눕히고, 목을 짓누르고, 어깨를 붙들고 울고 싶었다.

눈물 자국만 또렷하게 남은 하얀 얼굴이 애원했다. 우리가 할 수 있는 건 아무것도 없어. 아무것도 바뀌지 않아. 아무것도 달라지지 않아. 하영은 갈무리하지 못한 슬픔에 잠겨 있는 얼굴이 가증스러운 동시에 안쓰러웠다. 살기 위해서 체념하고 타협해야 했을 순간들이, 상미의 조그마한 얼굴 구석구석에 드러나는 광경을 지켜보았다. 내가 선택할 수 있는 건 너만이라도 구하는 길이었어. 옷소매로 얼굴을 거칠게 문질러 닦은 상미가 자리에서 일어났다. 하영은 여전히 상미를 죽일 듯이 노려보고 있었다.

"내일 아침에 정부군이 최하층을 습격할 거야. 그러니까…

그때까지만 여기 얌전히 있어."

상미는 그렇게 사라져 버렸다.

중상이 나타난 건 복도에 걸린 시계가 이른 아침을 가리키고 있을 때였다. 하영은 벽에 기대어 앉아 무미건조하게 그를 올려다보았다. 밤을 꼴딱 새웠는지 푸석한 얼굴에는 검은 그림자가 드리워진 채였다.

"뭔가 놓치고 있는 것 같았는데, 그게 뭔지 생각났어."

중상은 난데없이 시작된 하영의 말을 이해하지 못하고 미간을 찌푸렸다.

"나 개한테 체리 이름을 알려 준 적이 없어."

내가 가르쳐 준 적이 없었는데도 먼저 이름을 불렀어. 체리, 안녕, 하고.

상미는 편지의 내용을 하나도 빠짐없이 모조리 외우고 있었다. 너무 잘 알고 있던 탓에 벌어진 실수였다. 모든 문장과 단어 하나하나를 머릿속에 새기고, 만나지도 못한 상대를 상상하고 너무 그리워한 탓에 벌어진 바보 같은 실수. 어디서부터 어디까지가 진실이고 또 거짓이었을까. 체리의 갈색 털과 비슷한 빛을 머금은 눈동자가 얼마나 많은 걸 숨기고 또 가렸을까. 하영은 곧 생각에서 빠져나와 빈정거렸다.

"배신자로 사는 건 재밌었어?"

중상은 한참 동안이나 말이 없었다. 하영은 벽에 기대어 다리를 흔들며 변명을 기다렸다. 깨끗한 옷과는 다르게 때가 묻고 얼룩이 진 운동화만 까딱거렸다. 숨기려 해도 숨겨지지 않는 것, 가리려 해도 가려지지 않는 것들이 때로는 존재했다.

수직의 사랑

"나한텐 선택지가 없었어."

중상이 나지막하게 중얼거렸다. 어린 하영이 툴툴거려도 언제나 환하게 웃어 주던 사람이 목소리를 낮추고, 마치 다른 사람이 되어 버린 것처럼 말했다.

"위층은 모든 걸 알고 있어."

애써 웃어 보려고 노력하는 건지, 중상의 얼굴이 일그러졌다.

"다 알고 있었어. 알고 나를 찾아온 거였어. 평생 쓰레기 처리나 하다간 영원히 중간층에 입성하지 못할 거라고 그러더라. 맞는 말이었지. 나는 그냥… 더 늦기 전에 인간답게 살고 싶었어."

배신자를 향한 이해와 연민은 불필요했다. 그럼에도 하영은, 점점 잠기기 시작하는 그 목소리를 무시할 수가 없었다.

"정부군이 들이닥치면 우리가 할 수 있는 건 아무것도 없어. 그러니까 일단 살아. 살기 위해선…."

"체념하고 타협해야 할 순간들이 있다, 나도 알아."

하영은 고개를 떨궜다. 주변에는 체념하고 타협한 이들이 너무 많았다. 목적과 이유를 잃고 생기 없이 깜빡이기만 하는 눈들이 너무 많았다. 어쩌면 하영 역시 언젠가부터 그런 눈을 하고 있었을지도 모른다. 하영은 그 허무한 눈동자들이 다시 반짝이는 순간을 남몰래 상상하곤 했다. 텅 빈 얼굴들이 다채로운 감각으로 채워지고, 새로운 목적과 이유를 찾는 순간을 위해 살고 싶었다.

"근데 나 죽으러 가는 거 아니고, 살러 가는 거야."

그리고 우습게도 그 곁에 상미가 있었으면 했다.

"살아 있으면 뭐라도 할 수 있으니까, 가서 뭐라도 해 보려고 가는 거야. 같이 살려고."

중상은 한동안 답을 돌려주지 않았다. 복도에 등을 기대고 선

그는 깊은 상념에 빠져들었다. 하영은 그가 마음껏 후회하도록 내버려 두었다. 중상이 짙은 한숨을 내쉬었다. 너는 변하지를 않네.

주머니를 뒤적이던 중상이 무언가를 꺼내 들었다. 자그마한 리모컨에 자잘한 버튼이 여러 개 달려 있었다. 중상이 그중 하나를 골라 꾹 눌렀다. 일렁거리던 투명 벽이 사라지며 하영은 자유의 몸이 되었다. 삐걱대는 몸으로 겨우 일어났다. 팔의 통증은 서서히 사라져 가는 중이었다.

"그건 어디서 난 거야?"

"경비원한테 잠시 빌렸지. 상미한테 쓴 수면제가 좀 남아 있었거든."

하영은 중상의 입에서 튀어나온 이름에 태연하게 굴려고 애썼다.

하영은 돌아갈 것이다. 원래 있어야 할 곳으로. 그곳에 상미를 위한 자리는 없었다. 침대 위층이 상미를 위한 자리였다는 착각은 금세 흐려질 것이고, 하영은 죽지 않고 구질구질하고 더럽게 살아남을 것이다. 체념하고 타협하지 않으려고 노력하면서, 건물 밖 소각로에서 태워지는 순간까지. 탑이 무너지는 순간을 상상하면서, 살아남는다. 그 미래에 상미를 위한 자리를 비워 놓을 순 없었다.

하영이 있던 곳은 경찰서가 없는 층을 위해 임시로 설치한 간이 구치소였다. 입구를 지키는 경비원은 드러누워 잠들어 있었다. 금방 들킬 테니까 곧장 계단으로 가, 큰길만 따라가면 보일 거야. 하영은 고개를 끄덕였다. 다음에 또 만나자. 잠시 주저하던 중상이 내뱉은 인사에 하영은 건조하게 고개를 저었다. 그가 어떤 표정을 지었을지는 보고 싶지 않았다.

어느새 모조리 꺼져 버린 가로등을 대신해 전체 조명이 환하게

79층을 비쳤다. 하영은 바삐 걸어가는 인파 속으로 섞여 들었다. 저 멀리 상미와 함께 머물렀던 호텔이 눈에 들어왔다. 그리고 길 한가운데에 상미가 있었다.

상미는 바닥에 시선을 고정한 채로 걷고 있었다. 핏기가 없이 창백하게 질린 얼굴이 유독 도드라져 보였다. 하영은 걸음을 멈추고 가로등에 기대어 섰다. 상미는 하영을 보지 못하고 지나쳐 멀어졌다. 구치소로 가는 것 같았다.

반대 방향으로 걷다 말고, 하영은 저도 모르게 뒤를 돌았다. 마지막으로 한 번만 더 보고 싶었다. 커다란 갈색 눈. 지난 며칠 동안 하영의 삶을 흔들어 놓은 새하얀 얼굴. 뻔뻔스러운 거짓말만 늘어놓던 입술. 싸늘한 손가락. 그 모든 것들에도 불구하고, 상미는 여전히 사랑스러웠으니까.

애석하게도 상미는 멈추지 않았다. 하영은 사람들 사이로 사라져 버린 갈색 머리카락만 허망하게 쫓다가, 걸음을 돌렸다. 그 순간, 커다란 사이렌 소리가 쩌렁쩌렁하게 울려 퍼졌다. 하영은 본능적으로 불길함을 감지했다. 영문을 모르고 멈춰 서서 사이렌 소리의 출처를 찾고 있는 사람들 옆을 스쳐 지나갔다. 천만다행으로 출입구는 생각보다 가까이에 있었다. 하영은 자연스레 줄 서 있는 사람들의 대열에 합류했다.

멀리서 달려온 경비원들이 층을 빠져나가는 사람들을 막아섰다. 의아해하는 이들에게 그들은 불시 검문을 핑계로 신분증을 요구했다. 사람들은 귀찮아하면서도 성실하게 신분증을 꺼내 들고 기다렸다. 변명도 부탁도 이번엔 허용되지 않았다. 신분증을 두고 온 몇몇은 화를 내며 뒤돌아갔고, 어떤 이들은 출근 시간에 늦었다며 소리를 질렀다. 하영의 차례가 되었다. 낯선 얼굴의

경비원이 기계처럼 손바닥을 내밀었다. 이번에는 거짓말을 할
필요가 없었다.

외투 안쪽으로 손을 집어넣는 척하다가, 경비원을 떠밀었다.
철문에 부딪친 그가 중심을 잃고 휘청이는 사이, 열려 있는 철문
사이로 몸을 밀어 넣었다. 사람들이 흩어지며 비명을 질렀다.
옷자락을 붙잡고 늘어지는 경비원을 발로 차 넘어트렸다. 눈꺼풀
안쪽에 새겨지기라도 한 듯 자꾸만 잔상처럼 떠오르는 눈이 저
멀리서 자신을 보고 있었다. 하영은 몰려 있는 사람들을 밀고
넘어트리며 계단을 내려갔다. 마지막 인사를 속으로 중얼거렸다.
안녕. 등 뒤에서 철문이 닫혔다.

5.

하영은 빈 2층 침대에 등을 부딪치고 쓰러졌다. 지나가던
사람들이 하영을 보고 수군거리며 걸음을 멈췄으나, 그 앞에서
담배를 짓밟고 있는 노란 머리카락의 서슬에 질렸다는 듯 고개를
저으며 돌아갔다. 유진의 분노는 감당하지 못할 정도로 컸다.

하영은 바닥에 나자빠져 허우적거렸다. 곧 정부군이
들이닥친다. 그 생각을 하자마자 둔탁한 충격이 옆구리를 강타했다.
더러운, 배신자. 끊어지는 문장 사이사이로 발길질이 날아왔다.
하영은 바닥에 널브러지면서도 어떤 변명도 하지 못했다. 쏟아지는
폭력 속에서 하영을 구한 건, 불행하게도 한 발의 총성이었다.

부서진 철문이 바닥으로 쓰러지자 먼지가 파도처럼 일었다.
마스크로 입과 코를 가린 군인 십여 명이 부서진 철문을 밟으며

안으로 걸어 들어왔다. 모두 무장한 채였다. 사람들이 앞다투어
도망가기 시작했다. 도망갈 곳이 없다는 걸 알면서도, 아무리 달려
봤자 결국 벽을 마주하게 된다는 걸 알면서도. 군인들이 천장을 향해
공포탄을 쏘았다. 그들의 목표는 명확했다.

군인들은 유진을 비롯한 조직원들을 쉽게 찾아냈고, 자그마한
기계를 손에 쥐고 화면을 넘기며 얼굴을 하나하나 대조했다. 채
스무 명도 되지 않는 조직원들은 건물 중앙으로 질질 끌려갔다.
버둥거리면 단단한 군홧발이 날아왔다. 겁에 질린 사람들은 숨을
죽이고, 눈엣가시였던 혁명단의 최후를 지켜보았다.

모두가 무릎이 꿇렸다. 인질을 찾아. 명령이 떨어지자 군인
몇몇이 빠져나와 하층을 수색했다. 천막을 뭉개고, 2층 침대를
넘어뜨렸다. 사람들의 비명 소리에도 개의치 않았다. 군인들은
발에 걸리는 옷가지와 물건들을 아무렇게나 걷어찼다. 조직원 중
누군가가 바닥에 엎드린 채 코앞까지 다가온 군인의 발에 매달렸다.
인질은 이미 돌려보냈습니다. 정말입니다. 군인들은 들은 척도 하지
않았다.

맨 앞에서 서성거리며 욕을 지껄이던 군인이 성큼 다가와
유진을 바라보았다. 무릎을 꿇고 두 팔을 머리 위로 올린 유진은
턱을 치켜들고 군인을 똑바로 노려보고 있었다.

"이 정도로 끝나는 걸 다행으로 여겨."

예전 같았으면 본보기용으로 시체로 만들어 천장에 매달아
놨을 텐데. 군인은 낄낄거리며 유진을 바닥 한가운데에 내팽개쳤다.
통증에 찌푸려지는 얼굴 위로 총구를 들이밀었다. 나쁜 짓을
저지르면 어떻게 되는지, 다들 똑똑히 보라고. 사람들이 술렁였다.
하영은 헐떡이며 그 광경을 지켜볼 수밖에 없었다. 폭력과 공포

앞에서 그들은 무력했다.

"그만해요!"

누군가의 목소리가 허공을 날카롭게 가로질렀다. 유진의 이마를 누르고 있던 총구가 천천히 떨어져 나갔다. 모두의 시선이 목소리의 주인공을 향했다. 하영은 간신히 고개를 들어, 사람들 속에서 덜덜 떨고 있는 남자를 바라보았다.

폭력과 총은 비상식적이고 비이성적인, 받아들일 수 없는 해결 방식이다. 남자는 두려움에 안절부절못하면서도 그렇게 말하는 걸 멈추지 않았다. 모두가 숨을 죽이고 남자를 지켜보았다. 하영은 남자가 누군지 기억해 냈다. 나라 망칠 놈들. 모여서 이야기를 나누고 있는 그들에게 침을 뱉고 갔던 남자였다.

탕, 다시 한번 천장을 향해 공포탄이 발사되었다. 벌레들한테 인간의 법은 적용되지 않는다. 군인은 나지막하게 남자를 위협했다. 여기 끼고 싶으면 어디 더 지껄여 봐. 남자는 더 나서지 못하고 입을 다물었으나, 이번엔 다른 쪽에서 누군가 외쳤다. 우리도 사람이야, 우리도 살아 있다고! 목소리가 하나둘 더해졌다. 거세게 항의하는 이들이 늘어났다. 사방에서 또렷하고 단단한 목소리들이, 하영을 대신해 외쳤다.

분위기가 과열되자, 군인은 욕을 뱉으며 유진을 향해 총을 고쳐 쥐었다. 손가락이 지체 없이 방아쇠를 당겼다. 경악에 찬 비명 소리가 울려 퍼졌다.

다행히 유진은 재빠르게 몸을 일으켰다. 군인이 겨누었던 총은 유진의 발에 차여 저 멀리 날아갔다. 다른 군인이 유진을 향해 방아쇠를 당겼다. 하영은 그 광경을 멍하니 바라보았다. 따끈한 피가 얼굴에 튀었다. 옆에서 무릎을 꿇고 있던 조직원이 달려들었다.

비명이, 분노에 찬 비명이 사방에서 쏟아지며 사람들이 우르르 뛰쳐나왔다.

연이은 총성에 귀가 멍했다. 뒤엉키고 쓰러지고 피가 튀었다. 아수라장 한가운데에 쓰러져 있는 노란 머리카락이 보였다. 하영은 그쪽을 향해 기어가다가 군홧발에 손가락이 짓밟히고 말았다. 하영의 이마에 총구를 대고 짓누르는 군인은 입술이 터져 피가 흐르고 있었다. 혼란과 분노가 뒤섞인 얼굴로 그는 방아쇠를 당겼다.

파열음과 함께 바닥으로 쓰러진 건 하영이 아니라 군인이었다. 분수처럼 솟구친 피가 하영의 얼굴을 축축하게 적셨다. 그 뒤로, 총을 겨눈 채 하얗게 질려 있는 익숙한 얼굴이 있었다.

서툴게 총을 쥔 상미가 비틀거리며 다가왔다. 비명과 총성이 난무하고, 누군가는 도망치고 누군가는 상대를 쫓았다. 난장판 속에서도 상미는 오로지 하영만을 바라보며 걸었다. 무릎이 꺾이고, 하영의 앞에 주저앉았다. 연이은 총소리에 울음마저 희미하게 들렸다.

왜 돌아왔어. 엉엉 울고 있는 얼굴을 똑바로 보고 싶은데, 하영은 핏물 탓에 눈을 제대로 뜰 수가 없었다. 입 안에 고인 피를 뱉었다. 덜덜 떨리는 손가락이 하영의 뺨을 붙잡고 피를 닦아냈다. 상미의 손은 여전히 차가웠다. 눈물을 뚝뚝 떨어트리던 상미는 주머니를 뒤지더니 무언가를 꺼냈다. 반으로 쪼개진 신분증이었다. 상미는 조금의 미련도 남지 않은 손길로, 피 웅덩이에 부서진 신분증을 던져버렸다. 앳된 얼굴은 핏물에 가려져 보이지 않게 되었다. 하영의 어깨에 얼굴을 파묻은 상미가 속삭였다. 보고 싶었어. 하영은 상미의 뺨을 쥐고 입을 맞추었다. 첫 입맞춤에서는 피비린내가 났다. 상미의 볼에는 피로 물든 손자국이 선명하게 남았다.

하영은 상미의 부축을 받으며 일어섰다. 옆구리에서 흐르는
피를 수건으로 틀어막은 유진은 조직원의 부축을 받으며 도망치고
있었다. 하영과 상미는 함께 달리기 시작했다. 곳곳에서 총알이
튀었다. 피 웅덩이 위로 쓰러지는 군인들이 늘어났다. 손을
잡고 달리는 둘 앞으로 체리가 달려왔다. 체리의 발바닥은 온통
핏물투성이였다. 멀리서 엄마의 목소리가 들렸다. 체리가 목소리를
향해 달리기 시작했다.

체리를 뒤따르던 하영이 잠시 걸음을 멈췄다. 왜? 상미가
걱정스러운 표정으로 물었다. 하영은 고개를 들어 천장을
올려다보았다. 가까이서 바라본 네온사인은 거대했다. 그 옆에서
흔들리던 형상이 여전히 생생했다. 체리가 구경하듯 고개를 들고
꼬리를 살랑거렸다. 하영은 상미에게 총을 넘겨받아 공중을
겨누었다.

두 발의 총성과 함께 줄이 끊어지고, 네온사인은 바닥으로
떨어지며 산산조각 났다. 하영은 그 앞에서 차분하게 숨을 골랐다.
상미가 다가와 손을 맞잡았다. 싸늘한 감촉은 이제 언제나 하영과
함께였다.

하영은 네온사인을 밟으며 걸었다. 부서진 잔해들은 피 웅덩이
위에서 유명을 달리했다. 하영은 결코 뒤돌아보지 않았다.

여우 구슬은 없어

이수현

이선이 10년 만에 그 얼굴을 다시 본 건, 이선과 옌이 요괴 사냥으로 일주일을 꼬박 지하에서 보내고 겨우 지상에 올라온 날이었다.

버려진 지하 공간들을 헤집으며 술래잡기를 한 끝에 카멜레온 요괴를 잡기는 했으나, 지상에 올라왔을 때 두 사람의 꼴은 형편없었다. 옷과 신발은 불태워야 하는 상태였고, 장비도 특수 청소를 맡겨야 했다. 두 사람은 시청 소독실로 직행했다. 가는 길에 마주친 사람마다 질색을 하며 코를 막았다. 이럴 때만큼 요괴 사냥꾼이 전문 직업군이라는 말이 처량하게 느껴질 때가 없었다.

소독실에서 옌은 끈적이는 점액이 묻은 신발을 벗어서 팽개치며 오만상을 찌푸렸다.

"어우. 약해 빠진 게 도망치는 재주 하나는 좋아서, 사람 고생시키기는."

이선과 옌이 이번에 잡은 요괴는 변신 능력 때문에 카멜레온이라는 별명이 붙었다. 사실 본래 모습은 두꺼비에 가까웠는데, 흉한 생김새에 비해 전투력은 형편없었다. 도망을 워낙 잘 다니고 변신하면서 몸의 크기까지 달라지니 잡기가 힘들 뿐이었다.

카멜레온 요괴는 같은 집에 살던 고양이를 공격하는 장면이 찍힌 펫캠 영상이 온라인에 풀리는 바람에 세상에 알려졌다. 여론은 요괴의 흉측한 본모습에 놀랐고, 요괴가 귀여운 고양이를 죽였다는 사실에 격분했으며, 무엇보다도 요괴가 고양이로 변신해서 사람 곁에 몇 달이나 살았다는 사실에 대폭발했다.

마침 몇 달 동안 이어지던 길고양이 살해 사건이 함께 거론된 것이 마지막 불씨였다. 고양이 연쇄 살해라니. 카멜레온 요괴는 이제까지 어떤 요괴도 받은 적 없는 미움을 한 몸에 받았다. 전례 없는 분노와 불쾌감의 파도는 옛날이야기에나 나오던 요괴의 변신 능력이 처음으로 증명된 사례라는 사실마저 묻어 버렸다.

분개한 여론 덕분에 시청에서 전에 없이 높은 현상금을 내건 것은 이선과 옌에게 좋은 일이었지만….

한 가지 생각을 내내 떨칠 수 없었던 이선은 끈적한 작업복을 찢어 던지며 중얼거렸다.

"그런데 왜 그랬을까?"

"뭘?"

"왜 그런 위험한 짓을 했을까. 그렇게 겁도 많은 놈이."

이선은 카멜레온 요괴의 행동을 이해할 수 없었다. 사냥꾼을 피해 가며 일주일을 도망칠 정도의 지능이 있는데, 왜 굳이 위험한 짓을 했을까. 집 안에 있는 반려동물 캠의 존재까지 생각하지는 못했다 하더라도, 사람의 집에 들어가 살면 위험하다는 정도는 알았을 것이다. 그걸 알면서도 굳이 들어가 살았다면, 다른 동물과 싸울 이유가 없었다. 하물며 그렇게 살면서 길고양이를 죽이고 다녔다는 건 더더욱 말이 되지 않았다.

그러나 옌은 대수롭지 않게 넘겼다.

"요괴가 무슨 생각을 하는지 우리가 알 게 뭐야. 사람 고기라도 먹고 싶었나 보지."

한 언론에서 제시한 자극적인 제목을 그대로 읊는 옌의 말에 이선은 살짝 눈살을 찌푸렸다.

"애초에 사람에겐 덤빈 적도 없잖아? 고양이를 공격하는 모습이 찍히는 바람에 고양이를 먹이로 삼았구나 하게 된 거고. 애초에 네 말대로 약해 빠진 요괴란 말이야."

오히려 사람을 공격하는 요괴였다면 일주일까지 걸리지도 않았을 것이다. 그동안은 빨리 잡는 데 집중하느라 이선도 생각 못 했지만, 정작 잡고 나니 영 석연찮았다.

"어쨌든 우리야 고맙지 뭐. 이번엔 현상금이 쏠쏠하니까 며칠 휴가나 갈까? 그리고 맥주! 시원한 맥주 마시고 싶어! 빨리 씻고 들어가자."

옌은 소독약부터 쏟아붓고 물 샤워기로 옮겨 가기 전에 은근히 이선에게 벗은 몸을 치댔다. 옌의 팔이 허리를 감아 오면서 탄력 있는 가슴이 밀착해 오자, 이선의 머릿속에서 다른 생각이 날아갔다. 짧은 입맞춤이 달았다. 슥 빠져나가는 옌의 몸을 따라가자 물소리와 웃음소리가 뒤섞였다.

그러나 적당히 달아올랐던 몸은 소독을 얼른 마치고 뛰쳐나간 길거리에서 찬물을 맞고 말았다.

시청의 대형 전광판에 뜬 광고 때문이었다.

옌이 먼저 얼빠진 얼굴로 말했다.

"잠깐만. 저게 뭐야? 우리 일주일 있다가 나온 거 맞지? 여기가 무슨 평행세계라거나, 환각이라거나 그런 거 아니지?"

이선은 숨이 턱 막혀서 대꾸도 하지 못했다. 옆에서 옌이
감탄하는 소리도 제대로 들리지 않았다.

"와, 쟤네 돈이 언제 저렇게 생겼대? 저런 모델은 또 어떻게
구하고?"

이선은 너무나 익숙하고, 그러면서도 다시는 보지 못할 줄
알았던 얼굴을 마주하고 있었다. 사진 한 장 없다 보니 가끔은 기억
속에서 너무 미화했다고 생각하기도 했는데, 기억 속에서보다 더
아름다웠다. 한때는 이선의 세상 전부였던 얼굴.

홀로그램 속엔 이선의 첫사랑이 두 손을 모아 '요괴도
생명입니다'라는 카피를 내밀고 있었다.

*

오랜만에 뜨거운 물로 목욕하고, 시원한 맥주를 마시고, 둘이
쾌적한 침대에서 실컷 즐기자는 계획은 깨끗하게 날아가 버렸다.

집에 돌아온 이선은 작은 방 안을 끊임없이 서성이면서
스마트폰 화면만 계속 넘겼다.

지하로 들어가기 전, 그러니까 일주일 전과는 여론이 완전히
달라져 있었다.

지난 몇 년간 요괴 사냥은 오랜만에 호황을 누렸다. 요괴가
인간에게 제일 무서운 천적이었던 시대는 근대가 오면서 끝났고,
인간이 압도적인 우위를 점한 이후 몇십 년간은 오히려 요괴 사냥의
수요가 적었다. 그러나 몇 년 전부터 요괴 혐오라는 새로운 현상이
물 위로 올라왔다. 요괴가 얼마나 위험하고 해로운지 성토하는 글이

언론을 점령했다. 농가가 입는 피해가 재조명되고, 직접적인 해악을 미치지 않아도 질병을 옮길 수 있다는 주장이 나왔다. 그러면서 국가기관들이 현상금을 걸기 시작하고, 줄었던 사냥 수요가 다시 늘어났다.

아이러니하게도, 결정적으로 사냥이 돈벌이가 된 것은 요괴가 멸종 위기에 처했다는 주장이 나오면서부터였다. 요괴에게 죽는 사람의 수가 자판기에 깔려 죽는 수보다 적다는 보호단체들의 주장은 대중의 무관심 속에 묻혀 버리고, 오히려 희귀한 요괴를 수집하고 싶어 하는 '큰손'들이 나타나면서 움직이는 돈의 규모 자체가 커졌다.

한창 그러던 중에, 심지어 일주일 전까지만 해도 '고양이 먹는 요괴', '아파트에 숨어드는 괴물', '안심해도 좋은가?' 같은 키워드에 열을 올리던 언론이 갑자기 '요괴는 멸종하는가', '이대로 괜찮은가, 멸종 위기에 선 요괴', '팩트 체크: 요괴에 대한 오해들' 같은 헤드라인으로 도배하니 놀랄 수밖에 없었다. 갑작스러운 흐름에 편승하려는지, 국회의원 몇 명이 발 빠르게 요괴 사냥 관련 법안을 발의하려 한다는 뉴스까지 떴다. 사냥꾼들도, 큰손들도 이 바람이 어디로 불어 갈지 지켜보고 있었다.

거기까지 파악하고서도 지금 이선은 이 사태가 자신의 직업 생활에 어떤 영향을 미칠지에는 관심도 두지 않았다. 이 상황을 몰고 온 인물에게만 모든 신경이 쏠려서였다.

시작은 일주일 전이었다. 요괴자유연대를 비롯하여 크고 작은 요괴 보호법 추진 단체들이 다 함께 손을 잡고 발족한 '공존하는 세상'이 새로이 앞세운 얼굴이 광고와 함께 공개되었다. 그게 은화였다.

이선이 은화로만 알던 얼굴. 그리고 세상이 20년 전에
여은화라고 알던 얼굴.

'소리 소문 없이 잠적했던 여은화, 충격 컴백!'

헤드라인이 이선의 눈을 불로 지지는 것 같았다. 댓글난에서는
사람들이 '이제 40대는 되었을 텐데 나이를 짐작할 수 없는
미모다', '대체 관리 비결이 뭐냐', '확실히 전보다 연륜이 더해지고
우아해졌다', '내가 아는데 애를 낳고 사라진 거였다', '그 아이가
누구 사생아라더라' 등등의 온갖 소리를 늘어놓고 있었다.

기가 막혔다.

'내가 어떻게 이걸 몰랐지?'

이선이 옛날 영화를 군이 찾아보는 성격이 아니기는 했다. 지난
10년간은 세상에 적응하는 데만 헉헉대기도 했다. 그래도 생각 못 한
은화의 과거에는 뒤통수가 얼얼했다.

게다가 이선이 뛰쳐나왔을 때도 따라 나오지 않더니, 절대로
도시에는 오지 않을 것처럼 굴더니, 지금 와서 이 요란한 등장은
뭐란 말인가. 그것도 왜 하필 요괴 보호 활동이란 말인가.

'대체 무슨 생각이야?'

은화가 무슨 생각을 하는지 모르겠다는 생각을 또 하게 될
줄이야.

이선이 까득까득 손톱을 물어뜯으며 방 안을 또 한 바퀴 도는데,
조심스럽게 문 두드리는 소리가 들렸다. 이선은 험악하게 고개를
돌렸다가 옌의 얼굴을 보고 얼른 표정을 갈무리했다.

옌은 문가에 몸을 기대며 팔짱을 꼈다.

"이제 좀 말할 기분이 됐어?"

전혀 아니었지만, 괜히 자기 때문에 좋은 기분을 잡쳤을

옌에게 설명을 해야 했다. 이선은 언제 끌어안아도 기분 좋은 옌의 둥그스름한 어깨에 턱을 대며 속삭였다.

"미안해. 갑자기 그 얼굴을 보니까 놀라서 좀."

억지로 입꼬리를 끌어 올렸지만, 이선은 연기를 잘 못했고 옌은 눈치가 빨랐다.

"아직도 용서가 안 돼? 그 사람, 네게 어머니 같은 사람이었다며. 하긴 가족이 더 원수 같은 법이긴 하지."

뭐라고 말해야 할지 막막해진 이선은 옌을 문틀에 살짝 밀어붙이며 입을 맞췄다. 옌은 잠깐 머뭇거리더니 곧 적극적으로 키스에 응하며 이선을 침대로 밀었다. 옌의 살냄새가 허우적대던 이선의 몸을 지상으로 끌어 내렸다.

다시 생각해도 옌의 존재는 이선에게 구원이나 다름없었다. 이선은 요괴를 잘 알고 사냥할 기술도 있었으나 현대사회와 프리랜서 업계를 잘 몰랐고, 옌은 용병 출신으로 무기를 잘 다루고 살생에도 익숙했지만 요괴에 대해서는 잘 몰랐다. 둘은 서로를 완벽하게 보완하는 파트너였다. 단순히 업무 면에서만이 아니었다. 옌은 오랜 좌절감에 허우적대던 이선을 겨우 끌어올려 준 사람이었다. 옌과 함께 있으면 언제나 편안했다. 키스할 때 낭떠러지 아래로 떨어지는 기분이 들지도 않았고, 몸이 닿아 있는데 마음 한구석이 싸늘해지는 일도 없었다.

그런 옌인데도 은화에 대해 제대로 설명할 수가 없었다. 이선은 그 이유를 굳이 생각하지 않으려 했다. 그저 옌의 몸에 더 집중하려 애썼다. 은화는 해묵은 흉터일 뿐이라고, 실패할 수밖에 없는 첫사랑에 불과하다고, 지금 이것이 제대로 된 사랑이고 어른의 관계라고 되뇌면서.

그러나 며칠 후, 이선은 은화를 찾아 방송국 앞에 갔다.

은화가 어디 있는지 찾기는 어렵지 않았다. 지금 가장 관심이
쏟아지는 인물이다 보니, SNS와 개인 방송만 훑어도 정보가
쏟아졌다. 아이돌처럼 대리 찍사도 붙은 모양이었다. 지금 스케줄은
'공존하는 세상' 대표들과 함께하는 방송 출연이었다.

모자를 눌러쓰고 건물 그림자 속에 선 이선은 화려하고
시끄러운 팬들의 무리를 바라보며 볼 안쪽을 씹었다.

방송이고 뭐고 다 외면하고 일에 파묻혀 보려고도 했는데,
하필이면 요괴 잡는 일거리가 딱 끊겨서 그럴 수도 없었다. 그것도
은화 덕분이었다. 요괴 보호파가 일으킨 파란은 잠깐의 바람으로
잦아들지 않았다. 그동안 무슨 준비를 해 왔던 건지 차근차근 여론
공세를 이어 갔다. 그리고 그 선봉에 은화가 있었다. 어디를 보아도
그 얼굴이 보였다.

그러다 보니 몸이 저절로 움직였다.

잠시 자괴감에 사로잡혔던 이선은 주변이 소란스러워지자
정신을 차렸다.

은화가 나오고 있었다.

실물이었다. 얼굴만이 아니라 유난히 가냘픈 목도,
발레리나처럼 곧고 우아하게 떨어지는 등의 선도, 묘하게 쓸쓸해
보이는 분위기도 기억 속 그대로였다. 은화가 보기보다 약하지
않다는 사실을 누구보다 잘 아는 이선조차 그 모습을 보면 애처로운
마음이 먼저 솟아올랐다.

그래서 싫었다. 몰려든 팬들을 익숙하게 대하는 모습도

짜증스러웠다. 무엇보다도, 멀리서 이선과 눈이 마주치더니 불이
켜지듯 환해지는 얼굴이 제일 화가 났다.

자신의 얼굴을 보면 복잡한 표정이라도 지을 줄 알았다. 그런데
은화는 환하게 웃으며 기뻐하고 있었다. 이선은 그대로 달려가서
목을 조르고 싶은 충동과, 끌어안고 입 맞추고 싶다는 충동을 동시에
느꼈다.

그리고 은화의 입 모양이 '이선아'를 다 그리기 전에 이를 꽉
물며 몸을 돌렸다.

그러나 몸을 돌리는 데까지는 성공했어도, 그 자리를 떠나지는
못했다. 비명 소리가 울려서였다. 좋아하는 스타를 보고 내지르는
비명이 아니라 충격과 공포를 담은 비명이었다.

무슨 일인가 싶어 돌아선 순간, 이선은 달려갈 수밖에 없었다.

누군가가 은화에게 덤벼들고 있었다. 그것도 꽤 기다란 칼을
들고서.

"죽어라! 악마 숭배자야!"

이선은 세 호흡 만에 현장에 도착해서 그대로 칼 든 남자의
팔을 쳐 냈다. 남자가 비틀거리면서 칼이 허공을 갈랐고, 이선은
그대로 몸을 빙글 돌려 목에 발차기를 먹이려 했다. 생각하고 한
일이 아니라 몸에 밴 움직임이었다. 제대로 차면 목이 부러질 거라는
생각도 당장은 떠오르지 않았다.

이선의 발이 남자의 목에 꽂히기 직전, 은화가 몸을 앞으로
기울이면서 둘 사이로 파고들었다.

"선…!"

당황한 이선의 자세가 무너지면서 발은 어설프게 남자의
가슴팍을 차 버렸고, 은화는 뛰어든 가속력 그대로 남자의 손에 들린

칼에 몸을 부딪쳤다.

　이선은 숨을 훅 들이켜며 은화에게 손을 뻗었다. 손에 잡히는
어깨와 그대로 가슴께에 닿아 오는 등의 감촉에 쿵 하고 심장이 낮게
뛰었다.

　이선이 순간 은화를 붙잡고 몇 초 동안 정지해 버린 것이
남자에게는 다행인 일이었다. 덕분에 은화의 피를 보고 눈이 돌아간
이선이 아니라 급히 도착한 경비원들에게 붙잡혔으니.

*

　응급처치를 받은 은화는 팔에 붕대를 감고 널찍한 1인실 침대에
기대 누워서도 태평했다.

　"경찰이 염산 테러가 아니라서 다행이라고 하더라. 하긴, 산을
뿌리는 것보다는 칼이 낫지?"

　"그 경찰 제정신이야? 뚫린 입이라고 피해자에게 그딴 소리를
해?"

　이선이 날 선 분노를 토하자 잠시 싸한 침묵이 흘렀다.

　잠시 머쓱해진 이선은 발끝으로 병실 바닥을 툭툭 치면서
웅얼거렸다.

　"아까 그놈이 뭐라는지 들었지? 악마 숭배가 어쩌고 하는 그거.
가볍게 생각하지 마. 요새 요괴 보호파 목소리가 커지니까 요괴
혐오파도 전보다 과격해지고 있어."

　어색해서 그런지 횡설수설 말이 빠르게 쏟아져 나왔다.

　"요 몇 주 동안 자잘한 요괴들도 숨죽이고 눈에 안 띄었거든.
뭘 알기라도 하는 것처럼 말이야. 이렇게 통일된 움직임을 보인

여우 구슬은 없어

적이 없는데, 시청에서도 현상금 공고 하나 안 뜰 정도로 조용해. 심지어 쥐 요괴 잡는 일거리도 없을 정도야. 그런 일은 워낙 드물거든. 이상하고 불안해서 그런지, 전 같으면 사람들이 신경도 안 썼을 음모론이 호응을 받는 분위기야. 이게 다 고등 요괴가 잠잠히 있으라고 명령한 거다, 우리가 이제까지 잡던 요괴는 다 하등 요괴고, 머리 좋아서 잘 숨어 지내던 고등 요괴들이 있다, 요괴 보호파니 뭐니 하는 거는 다 그놈들이 인간 사회를 지배하려는 음모다… 대충 그런 내용에다가, 요괴가 악마의 수하라고 말하고 다니던 교회들까지 섞였어."

예전 같으면 대부분의 사람이 웃고 넘기던 음모론인데, 최근에는 갑자기 그런 소리가 힘을 얻는 모습이 보였다. 이선도 온라인을 둘러보다 보니 걱정이 들었다. 물론 그 걱정이 은화를 보러 올 핑계가 되어 주기도 했지만… 설마, 칼을 들고 덤비는 놈이 나올 줄은 예상도 못 했다.

그러나 은화는 내내 다른 생각을 하고 있었나 보다. 은화가 불쑥 물었다.

"네가 말하는 '우리'라는 게 요괴 사냥꾼들이니?"

이선은 잠깐 심장이 뒤틀리는 것 같았다.

그랬다. 한때는 이선이 '우리'라고 하면 반드시 은화와 이선 둘을 말했던 적도 있었다. 그러나 아마 지금 무심코 말한 '우리'는 이선과 옌이었을 것이다.

은화가 말간 얼굴로 이선을 올려다보았다.

"이선아, 혹시 나 때문에 사냥꾼이 됐니?"

아니. 아무리 해도 다른 걸로 밥 벌어 먹고살기 힘들어서, 그런데 마침 요괴 사냥이 호황이어서, 당신에게 배운 재주가 그나마 다른

사람에게 없는 기술이어서, 때마침 옌을 만나서, 옌이 같이 하자고
해 줘서… 수많은 대답이 한꺼번에 떠올랐다.

이선은 아무 말도 하지 않고 말을 돌렸다.

"아까는 왜 그랬어?"

"뭘?"

"그놈 앞을 막은 거."

은화는 굳이 칼과 이선 사이에 끼어들었다가 다쳤다. 워낙
순간적으로 벌어진 일인 데다 세 명의 동선이 겹쳐 있다 보니 아무도
제대로 못 봤지만, 이선은 정확하게 알았다.

"내가 그놈을 죽여 버릴까 봐 막은 거야? 그래, 거기서 죽였으면
곤란하긴 했겠지. 머리가 좀 식고 나니 알겠어. 그런데 그냥 막을
수도 있었잖아. 그놈을 날려 버릴 수도 있었고, 날 밀어낼 수도
있었는데 왜 굳이 그렇게 이상하게 끼어들어서 다친 거야?"

이선에게 싸우는 방법을 가르친 게 은화였다. 다치지 않고도
얼마든지 상황을 정리할 수 있었을 것이다. 이선의 지적에 은화는
가볍게 웃었다. 가냘픈 인상과 달리 냉정한 태도가 보는 사람에게
위화감을 불러일으켰다. 뒤이은 대답은 더 그랬다.

"난 지금 요괴 보호파의 얼굴이야. 내가 누굴 해치는 건 있을 수
없는 일이야. 게다가 아까 거긴 카메라도 많았잖니. 이렇게 가볍게
다치는 모습을 보여 주는 쪽이 낫지. 음모론자의 위험도 부각시킬 수
있었고."

이선은 잠시 멍했다가 헛웃음을 터뜨렸다.

"아, 그러셔? 다 알고 있었구나! 그럼 내가 계획을 방해한 거네?
갑자기 뛰어든 불청객이 딱 좋은 희생양을 죽여 버릴 뻔했으니
큰일이었네. 미안하게 됐어. 내가 눈치 없이 끼어들지 않았으면

여우 구슬은 없어

다치지도 않고 넘길 수 있었을 텐데. 아닌가? 그래도 다친 척은
했으려나?"

있는 힘을 다해 비아냥거리자 쭉 온화하던 은화의 얼굴도 약간
흐려졌다.

"너는 왜 또 말을 그렇게…."

그러나 은화의 동요는 오래가지 않았고, 한숨 한 번에 말투를
누그러뜨렸다.

"아무튼 네가 안 다쳐서 다행이다."

그 말은 진심 같았다. 진심처럼 들렸고, 진심이라고 믿고 싶었다.
이선은 10년도 더 전으로 돌아간 듯한 착각을 느꼈다. 평온해 보이는
은화를 자극해서 화내게 만들 때마다 짜릿해하고, 은화가 걱정하는
기색을 비치면 만족하면서 죄책감을 쌓던 순간들.

이선은 숨을 깊이 들이마셨다.

"그래서, 뭐 하자는 건데?"

"뭐 하자는 거냐니?"

"원래 이런 거 관심 없었잖아. 요괴 멸종이니 그런 거 말이야. 왜
이러는 거야?"

이선은 대충 손을 휘저었다.

"내가 뛰쳐나올 때도 꼼짝하지 않고 틀어박혀 지내더니, 몇
년이나 지나서 이건 뭐야? 요괴 보호를 위해 나왔다고? 진심이야?"

이선의 말에 담긴 원망을 느꼈는지, 은화의 눈동자가 살짝
흔들렸다.

"이선아, 그때는 널 보내 주는 게 옳다고 생각했어. 너는 나 말고
다른 사람들과 제대로 교류한 적도 없고, 인간 사회에 나오고 싶어
하는 게 당연하다고…."

"내가 언제 보내 달랬어?"

"세상에 나가고 싶다고 했잖아."

곧이곧대로의 대답에 이선의 말문이 막혔다. 여러 번 되짚었던 순간이 되살아났다. 그때는 은화를 시험해 보려고 세상에 나가고 싶다고 했을 뿐이었다. 은화가 따라와도 좋았고 나가지 말라고 잡았어도 좋았을 것이다. 사실은 어느 쪽이든 상관없이 은화와 함께하고 싶었다. 그러나 언젠가 이럴 줄 알았다는 듯이 바로 체념한 은화 앞에서, 계속 그 순간을 준비했다는 얼굴 앞에서 그런 말은 하나도 하지 못했다.

'그래도 내가 뛰쳐나오면 따라 나올 줄 알았어. 하다못해 걱정해서라도 한 번은 날 찾으러 올 줄 알았어. 그렇게 기다리고, 계속 기다리다가 이제야 단념했는데. 이제야 괜찮아졌는데.'

이선은 그런 말들을 꾹꾹 눌러 삼켰다.

병실에 갑갑한 침묵이 흘렀다.

다행인지 불행인지, 그 순간을 노렸다는 듯 병실 문이 열리고 사람들이 우르르 쏟아져 들어왔다. 이선은 졸지에 '공존하는 세상' 사람들과 한꺼번에 인사를 하고 눈물 어린 감사 인사를 받아야 했다. 나이와 성별이 제각각인 활동가들은 혼을 쏙 빼놓을 정도로 에너지가 넘치고 붙임성이 좋았다. 어어어 하는 사이에 이선이 은화와 원래 아는 사이라는 것도, 직업이 요괴 사냥꾼이라는 것도 다 털렸다. 그들은 요괴 사냥꾼이라고 적대하기는커녕 더 반가워하며 이선을 회유하려 들었다.

그렇게 휘둘리다 보니 누군가가 진작부터 은화 옆에 경호원을 붙였어야 했다는 말을 꺼냈다. 그리고 다른 누군가가 명랑하게 외쳤다.

여우 구슬은 없어

"마침 잘됐네요! 이선 씨가 경호를 맡아 주시면 되겠다!"

순간 이선은 손바닥으로 벽을 세게 치고 말았다. 반사적으로 튀어나온 욕을 무마하기 위해서였다.

"뭔 말 같지도 않은… 어, 아니 그게, 병실에 벌레가 있다니 말이 돼요?"

*

"그래서 말이야, 당분간만 경호원 일을 할까 해. 내가 괜히 끼어들어서 다친 셈이기도 하니까, 책임감도 느끼고 해서. 나을 때까지만."

경호원 말이 나왔을 때만 해도 분명히 단호하게 거절할 생각이었는데, 어쩌다가 이렇게 됐을까. 이선은 화상 창에 뜬 옌의 눈치를 보며 손을 쥐었다 폈다.

변명할 말은 많이 있었다.

아직까지 한국에서 유명인을 상대로 공개적인 칼부림이 일어나는 일은 드물었다. 덕분에 은화의 유명세는 한 단계 더 상승했다. 이선의 어설펐던 발차기 장면도 같이 바이럴을 탔다. 안 그래도 일이 없는 지금, 은화와 같이 찍히고 나니 운신하기는 더 안 좋아졌다. 그나마 '요괴 보호 활동가를 구한 수수께끼의 여성, 알고 보니 요괴 사냥꾼?'이라거나 '요괴 사냥꾼의 전향인가' 같은 기사가 나가는 것만은 은화가 막아 줬지만, 이선의 얼굴을 아는 사람들은 다 알아보고 의문을 품었을 것이다. 차라리 고용된 경호원이라서 그랬다고 주장하는 쪽이 변명하기 좋았다.

그러나 옌은 이선이 열심히 준비해 둔 이유들을 묻지 않았다.

92 93

잠시 뭔가를 생각하는 얼굴로 있다가 이렇게만 물었다.

"너한테 가족 같은 사람, 이었댔지? 여은화 씨."

이선은 멈칫했지만, 때마침 옌도 뭔가 신경 쓰이는 소리가 났는지 화면 저편을 돌아보았다. 옌은 정보를 구하러 사냥꾼들 모임에 나가 있었다. 덕분에 직접 만나지 않고 화상통화로만 이야기하게 된 것도 이선에게는 다행이었다.

옌은 고개를 돌리더니 살짝 찌푸린 얼굴로 말했다.

"그런 사람이 신경 쓰이는 건 이해하는데, 괜찮겠어? 어제 그 광신도도 그렇지만… 여기 분위기도 좀 살벌해."

그건 확실히 신경 쓰이는 소식이었다. 이선은 개인적인 고민을 털어 내고 조심스럽게 물었다.

"설마 사냥꾼 사이에도 그 사이비 종교가 퍼졌어?"

"악마 어쩌고 하는 소리야 아무도 안 믿지. 그런데 이러다가 여은화 때문에 굶어 죽겠다는 소리는 나와. 평소 같으면 안 그럴 사람들도 과격한 소리를 하더라고. 그래서 고등 요괴 얘기도 솔깃한가 봐. 안 그래도 그동안 이상했다는 둥, 전설이나 기록에 남은 이야기와 우리가 본 요괴들이 너무 다르지 않느냐는 둥, 이런저런 소리가 오가네."

전설 속에서처럼 인간과 구별할 수 없거나, 심지어는 인간보다 더 아름답고 특별한 요괴가 존재한다는 소문은 쭉 있었다. 증거가 없는데도 포기하지 않고, 그런 요괴를 잡아 오기만 하면 막대한 현상금을 준다던 큰손도 있었다. 언제 그런 거 하나 잡아서 은퇴하고 싶다는 말도 사냥꾼들 사이에 심심찮게 오가는 농담이었다.

옌도 술을 마시다가 한 번씩, 그런 희귀한 요괴 하나 잡아서 은퇴하고 둘이 예쁜 섬에 가서 살자는 소리를 했었다.

정신을 차리고 보니 옌이 모임에서 얻은 일을 바로 시작해야 한다고 말하고 있었다. 머리가 복잡해서 몇 마디를 놓쳤던 모양이다.

"원래는 너도 이쪽에 합류하라고 할까 했는데, 군이 그쪽 일 버리고 올 정도 일거리는 아니야. 너 하고 싶은 대로 해. 이번 기회에 화해도 할 수 있으면 좋겠다. 나중에라도 후회할 일은 없는 게 좋지."

이선은 옌이 다 알고 하는 소리인지, 은근히 비난하는 건지 헷갈렸다. 아니, 죄책감 때문이리라. 옌이 상냥하게 굴수록 마음속이 더 수선거렸다. 다른 사람은 몰라도 옌에게는 제대로 설명해야 하는데, 그게 예의인데, 그걸 위해 나름 열심히 할 말도 생각해 두었는데… 입이 떨어지지 않았다.

이선이 바싹 마른 입 안을 혀로 한번 훑는데 옌이 다시 말했다.

"서로 일하느라 당분간은 별로 못 만나겠네. 몸조심하고, 자주 연락해."

결국 이선은 고개만 끄덕이고 말았다. 정말 중요한 말은 만나서 하는 게 낫다는 생각으로 변명하면서.

그러고는 은화의 병실 문 앞까지 돌아가고 나서야 머리를 감싸 쥐었다.

'옌이 맡은 일거리가 뭔지 묻지도 않았어.'

정말이지 이선은 형편없는 애인이었다.

은화만 얽히면 이렇게 엉망이 되고 만다. 자꾸만 하지 말아야 할 말을 하고, 하지 말아야 할 행동을 하게 된다. 이런 자신의 모습에 후회하면서도 통제할 수가 없었다.

이선은 정신 바싹 차리자고, 휘둘리지 말자고, 이 시간을 모든 미련을 터는 기회로 삼자고 되뇌며 문을 열고 들어갔다.

물론 일은 그렇게 돌아가지 않았다.

처음에는 어렵지 않았다. 은화는 퇴원하기도 전부터 인터뷰와 회의를 하며 바쁘게 일했다. 퇴원 후에는 밀린 방송도 기다리고 있었다. 알고 보니 방송이란 10분의 결과물을 위해 10시간을 들여야 하는 일이었다. 이선이 은화와 둘이서 보내는 시간은 거의 없었다.

이선 쪽에서 둘만 있을 상황을 열심히 피하기도 했다. 진지한 대화를 할 기회는 더욱 피했다. 둘 사이에 이야기할 것이 남았다는 사실은 알지만, 피하고 싶은 마음과 부딪치고 싶은 마음이 계속 갈등했다.

그 어정쩡한 상태를 먼저 깨뜨린 쪽은 은화였다.

어느 식당 화장실에서, 혹시 위험한 요소가 없는지 이선이 먼저 확인하고 있는데, 은화가 불쑥 허공에 대고 말했다.

"네가 보고 싶었어."

이선은 잠시 고장 난 로봇처럼 정지했다가 얼른 정신을 차리고, 마지막 화장실 칸을 닫았다.

"뭐예요, 갑자기?"

"왜 세상에 나왔냐고 네가 물었잖아."

며칠 전에 던진 질문의 답이 이제 나왔다는 사실에 어이가 없었다. 이선의 입에서는 저절로 퉁명스러운 말이 튀어나왔다.

"한 10년 지나니까 보고 싶기도 하나 봐요?"

말투가 생각 이상으로 야멸찼는지, 은화의 얼굴이 흐려졌다.

"10년. 이 정도 지나면 화가 풀렸을 줄 알았는데, 아직도 화났니?"

이선은 잠시 눈을 감고 마음을 진정시켰다.

처음 뛰쳐나왔을 때는 은화가 따라오기를 기대했고, 그다음에는 자존심 싸움이라고 생각했다. 그 후에는 은화에게 무슨 일이 생긴 게 아닐까 악몽을 꿨고, 다시 돌아가서 무릎 꿇고 매달릴 생각도 했다. 둘 사이가 좋았을 때를 여러 번 꿈꿨다. 그렇게 어영부영 10년이 지나고 나니 씁쓸함밖에 남지 않았다. 그래서 이선은 꽤 덤덤하게 말할 수 있었다.

"다 지난 일인데요, 뭘."

은화를 이해할 수 없는 게 한두 해 일도 아니었다.

"그래도 이유가 뭔지는 궁금해요. 나보고 그랬잖아요. 내 마음과 똑같진 않지만, 그래도 내가 제일 소중하다고. 그러니까 뭐든 해 줄 수 있다고 했죠."

정확히 은화는 이렇게 말했었다.

'이선아, 너는 내게 정말 소중해. 하지만 내 마음은, 이 감정은, 아마 사람들이 아끼는 애완동물에게 품는 사랑과 비슷할 거야.'

불타는 낙인처럼 뇌에 새겨진 말이었다.

그러나 이선이 오랫동안 붙들고 있었던 의문은 그게 아니었다.

"그런데 왜 날 잡지도 않고, 연락도 안 했어요? 보통은 키우는 동물이 집을 나가도 보고 싶어서 찾아다닐 텐데."

오랫동안 그 생각에 비참해했건만, 지금은 의외로 차분하게 말이 나왔다.

돌이켜 보면 애초에 잘될 수 없는 관계였는지도 모른다.

어린 나이에 처음 사랑에 빠지면 상대와 완벽하게 하나가 될 수 있다는 착각에 사로잡히기 쉽다. 은화가 거절하고 난처해해도 아랑곳하지 않고 저돌적으로 밀어붙여서 결국 승낙을 얻었을 때의 기쁨은 짧았다. 저 사람은 나와 같은 마음이 아니구나, 내가 소중하기는 하지만 어쩔 수 없이 승낙한 거구나 하는 생각을 떨칠 수가 없었다. 언제든 하늘에서 떨어질 것 같은 불안에 시달렸다. 은화를 꼭 끌어안고 있어도 손에 쥔 것 같지 않았다. 언제나 수동적인 태도를 의심했고, 조금씩 끊임없이 마음을 시험했다. 그러니 이선이 뛰쳐나오는 형태가 아니었다 해도 어떻게든 그 관계는 끝났을 것이다.

그러나 설령 같은 감정이 아니라 해도 내가 가장 소중한 사람이기는 하다는 믿음마저 끊어지는 것은 전혀 다른 고통이었다.

한참이나 답이 돌아오지 않아 겨우 눈을 뜬 이선은 놀랐다. 은화는 이선을 마주 보지 않고 반쯤 고개를 돌리고 있었는데, 귀 끝이 불그스름했다.

"그건, 그건 그런 뜻이 아니었어. 다른 표현을 썼어야 했는데, 미안하다. 그저 난 네게 바라는 게 없다는 뜻으로 한 말이야. 내가 무슨 자격으로 널 붙잡아 두겠니. 네가 사람들과 살고 싶어 하는데, 그게 맞는데. 게다가 수명 차이도 있고… 하지만 역시 보고 싶어서."

여전히 동문서답이었지만, 횡설수설하는 은화의 모습이 귀엽다는 생각이 스쳤다. 이선은 잠시 얼굴을 감싸 쥐었다가 두 손으로 제 뺨을 찰싹찰싹 때렸다.

"잠깐! 잠깐 멈춰 봐요."

은화가 덜컥 말을 멈췄다.

"그러니까 지금 설마, 그때는 내가 수명이 훨씬 짧으니까 놔줘야 한다, 그런 생각을 했다는 소리예요? 요괴와 인간이니까, 애완동물과 비슷하다고 한 거고?"

놀란 은화가 눈을 크게 떴다. 풍성한 꼬리가 부풀어 오르는 환각마저 보일 지경이었다.

"알고, 알고 있었어?"

"그럼 몰랐겠어요? 같이 지낸 시간이 얼만데, 가끔 꼬리가 나오는 것도 몰랐으면 내가 등신이지. 근데 뭐, 진짜로 그것 때문에 고민한 거예요? 내가 당신 정체도 모르고 좋아하는 줄 알고? 설마 그것 때문에 날 보내 줘야 한다고 생각했다고? 무슨 널 사랑하니 놓아준다처럼?"

정말이지 믿을 수 없는 생각이었지만, 입 밖에 낸 순간 은화의 얼굴만 보아도 답을 알 수 있었다.

"그렇게 바보 같은 이유였다고?"

이선이 멍청하게 한 말에 잠시 침묵이 흐르더니, 은화가 눈에 보이게 삐그덕거리면서 화장실 칸으로 들어가 버렸다.

이선은 멍하니 화장실 밖으로 나갔다가 애꿎은 벽을 걷어찼다.

화장실에서 나온 은화는 멀쩡한 얼굴로 나머지 인터뷰를 소화했다.

경호를 서면서 그 태연한 얼굴을 보고 있자니 이선은 다시 기가 막히고 화가 치솟았다. 하지만 동시에 마음이 허하기도 했다. 오랫동안 깊이 박혀 있던 가시가 빠져나간 느낌이었다. 아픔은 오래전에 사라졌고 남아 있던 흉터가 사라지지도 않았지만, 그래도 가시가 빠져나간 것처럼 후련하고 허전했다.

이선은 기계적으로 일정을 소화하면서 계속 은화와 헤어졌을 때를 생각했다.

처음에는 그저 기가 막히고 어이가 없다가, 그다음에는 후회가 이어졌다. 그러지 말걸. 괜히 마음을 시험하지 말걸, 자존심 세우지 말걸, 모른 척하지 말고 요괴인거 안다고 말할걸, 그래도 상관없다고 말할걸.

　그러나 짜증과 분노와 후회 사이에 다시 간질거리는 마음도 있었다. 바람이 들어가지 않도록 잘 막지 않으면 그 마음이 한없이 부풀어 오르다가 터질 것만 같았다.

　'그래도 내가 보고 싶어서 나왔다잖아. 날 놓아줘야 한다고 생각한 건데, 결국은 못 참고 나온 거라잖아. 그러니까 나랑 다시 잘해 보고 싶다는 거 아냐?'

　'10년이나 늦은 건 괘씸하지만, 그래 뭐, 은화 입장에서는 별로 긴 시간이 아닐 수도 있지.'

　약에 취한 것처럼 머리가 붕 떴다. 솟아오르는 입꼬리를 누르기가 힘들었다. 그러다가 무슨 헛생각이냐고, 정신 차리자고 고개를 흔들다 보면 옌이 떠오르면서 걸레짝 비틀 듯 마음이 죄어들었다.

　이제는 정말로 옌에게 말해야 했다.

*

　그러나 다시 한번, 일은 그렇게 돌아가지 않았다.

　"너, 그 일 얼른 그만두고 나와."

　만나기로 한 카페에서, 옌은 이선이 마주 앉기도 전에 다짜고짜 그 말부터 던졌다. 이선은 앉다 말고 엉거주춤한 자세로 되물었다.

　"무슨 소리야. 왜, 좋은 일거리라도 생겼어? 너 하던 일은?"

　옌이 몸을 탁자 위로 내밀고 작은 목소리로 말했다.

　"저번에 했던 얘기 기억하지? 고등 요괴 이야기 말이야. 전설 속에 나오는 것처럼 아름답고, 특별한 힘도 있고, 감쪽같이 인간

여우 구슬은 없어

행세를 하는 요괴."

이선은 긴장했다. 뒤이어 옌의 입에서, 제발 그것만은 아니기를
빌었던 말이 흘러나왔다.

"여은화가 그런 요괴라는 말이 있어."

그 순간 이선은 온 힘을 다해서 얼굴 근육을 통제했다. 그러나
연기를 잘하지 못했고, 옌은 눈치가 빨랐다. 옌의 표정이 초 단위로
변하다가 돌가면 같은 얼굴로 정착했다.

"알고 있었어?"

며칠 전에 은화에게도 들었던 질문이었다. 수많은 생각이
몰아쳤다가 썰물처럼 빠져나가고, 이선은 한마디밖에 할 수 없었다.

"미안해."

옌은 무섭도록 표정 없는 얼굴로 반문했다.

"뭐가? 뭐가 미안한데?"

그리고 답을 기다리지 않고 팔짱을 끼며 헛웃음을 지었다.

"그러니까 그게 진짜였구나. 그런데 넌 내내 그걸 알고도 입을
다물고 있었구나. 그러면서 내가 그런 요괴 하나 잡아서 은퇴하자고
할 때마다 고등 요괴 같은 게 어디 있냐고, 웃기는 음모론이라고
했구나."

고저 없이 읊조리는 옌의 말이 이선을 푹푹 찔렀다. 믿음을
배신했다고 해도 할 말이 없었지만, 그래도 이선은 열심히 변명했다.

"어렸을 때부터 어딘가 이상하다는 건 알았는데, 별로 중요하게
생각 안 했어. 게다가 우리가 잡으러 다니는 요괴들과는 전혀
다르잖아. 같이 지내는 동안 선생님이… 여은화가 인간에게 해
끼치는 모습은 한 번도 못 봤어. 혹시나 싶어진 것도 최근 들어서야.
게다가 세상에 나오지도 않았었잖아. 그동안은 그나마도 생각을 안

했지… 어쩌면 나 스스로도 의심을 눌렀을지도 몰라. 그동안 아무리 사이가 나빠졌다고 해도, 내 가족이나 다름없었으니까. 아니, 내 가족이니까."

옌도 다 짐작할 만한 이유였고, 진실이 담긴 변명이기도 했다. 다만 진실의 전부가 담기지 않았을 뿐.

어쩔 수 없었다. 지금 은화에 대한 복잡한 마음까지 털어놓을 수는 없었다. 이선은 손을 뻗어서 탁자 위에 놓인 옌의 주먹 쥔 손을 감싸 쥐었다.

"부탁이야. 날 봐서라도 모르는 체해 줘."

옌은 한참이나 말이 없다가, 이선의 눈을 보지도 않고 숨을 들이켰다.

"언제까지 비밀이 지켜질 것 같아? 심지어 이렇게 요란하게 일을 벌이고 다니는데, 우리 생계에도 실제 타격이 오는데 그걸 이해해 주라고? 요괴라는 소문을 무시하는 사냥꾼이라 해도 여은화가 '공존하는 세상'하고 손잡고 방송에서 뭔가 큰 걸 터뜨리려고 한다는 소문까지 무시할 순 없어. 알아들어? 계속 이런 식으로 활동하게 둘 순 없다고."

"진짜 그건 아니야. 무슨 큰 걸 터뜨려. 그런 거 없어. 내가 계속 옆에 붙어 다녔는데 그것도 모르겠어? 음모를 꾸미고 있다는 건 오해야. 은화는, 선생님은 아무도 해치지 않아."

정색을 하고 변명하면서도 이선은 옌이 은화를 넘기진 않으리라 확신했다. 이미 여은화가 어떻게 생겼고 어떻게 말을 하는지 알면서, 심지어 이선에게 중요한 사람인 줄 알면서 그럴 리는 없었다. 그럴 사람이 아니었다. 돈이 좋다곤 해도 당장 옌이나 이선에게 큰돈 들어갈 일이 있는 것도 아니고, 누구 목숨이 달린 일도 아니지 않은가.

이선은 골치 아프다는 듯 미간을 문지르는 옌의 눈치를 보다가
아까부터 마음에 걸리던 부분을 물었다.

"그런데 날 빼내야겠다고 생각한 이유는 뭐야?"

옌은 그제야 이선을 정면으로 보았다.

"이미 너보고 배신자라고 하는 사냥꾼들이 있어. 내가 그걸
감싸느라 얼마나 애썼는지 알아? 다 네가 정보를 알아내려고 하는
일이라고 겨우 무마해 놨단 말이야. 빨리 그쪽과 연을 끊지 않으면
너 다시는 사냥꾼으로 못 돌아와. 이제까지 우리가 쌓은 걸 다 잃고
싶어?"

옌의 말을 듣자 걱정이 깊어졌다. 다만 이선이 걱정하는 건
사냥꾼 커리어가 아니었다.

"정말로 여은화가 요괴라고 믿는 분위기야? 증거도 없이
움직이는 사냥꾼이 있을까? 어떻게, 네가 좀 분위기를 무마해 볼 순
없고?"

옌은 어처구니없다는 얼굴로 이선을 응시했다.

"내가 무슨 수로? 예전부터 고등 요괴 하나만 잡아 오면 평생
먹고살게 해 준다던 큰손들 있는 거 알지? 그 정도 돈이면 사실이
아니라도 진짜라고 믿고 싶어 할 작자들이 널렸어. 특히 최근에 돈만
보고 들어온 용병 중엔 쓰레기도 많아. 게다가 그거 아니라도, 지금
요괴 보호파를 조금이라도 옹호하는 기색을 보이면 무슨 소리를
들을지 몰라. 내가 괜히 너한테 빨리 발 빼라고 하겠어?"

이선은 들을수록 머리가 터질 것 같았다. 어서 대책을 세워야
하는데, 초조했다.

손톱을 잘근잘근 씹고 있는 이선을 한참 바라보던 옌이 졌다는

듯 고개를 돌렸다.

"정 걱정되거든 그쪽에 경고나 해 주고 빠져나와. 아예 산속으로
돌려보내든가. 뭐가 됐든 빨리 해."

옌의 입에서 그 정도 말이 나왔다면 도와준다는 말이나
다름없었다. 이선은 반색하며 옌의 손을 들어 올려 입을 맞췄다.

"미안해. 고마워. 너밖에 없어. 이번에 잘못한 거, 내가 꼭
보상할게. 나 먼저 가 볼게. 혹시 무슨 변동 생기면 바로 연락 주는
거다? 부탁해?"

서둘러 일어서는 이선의 머릿속에는 은화를 구해야 한다는
생각만이 가득했다.

"이선아."

"응?"

그래서 마지막으로 한 번 더 이선을 부른 옌이 가만히
바라보기만 했을 때도, 이선은 왜 그러냐고 더 묻지 않았다.
싱겁기는, 하고 돌아서서 은화에게 돌아갔다. 뭔가를 잊었다는
사실조차 잊은 채로.

*

한국은 무법 지대가 아니었다. 지금 활동하는 요괴 사냥꾼들은
엄연히 면허를 받고 일하는 프리랜서로, 공권력의 허가 없이
움직이다 민간에 피해라도 입혔다간 엄청난 배상금을 물고
형사고소까지 당할 수 있었다. 면허가 취소되면 다시는 사냥꾼으로
일할 수 없었다. 그러니 설령 은화가 요괴라는 사실이 알려진다
해도, 그것만으로 사냥꾼들이 공격할 수는 없었다.

여우 구슬은 없어

원칙적으로는 그랬다.

큰손들이 내건 현상금은 컸다. 그 정도 돈이라면 살인을 할 사람도 있을 것이다. 그리고 요괴 사냥꾼들은 칼을 들고 덤볐던 광신도처럼 멍청하지도, 무능하지도 않았다.

옌과 대화를 나누고 개인 방송 촬영장으로 돌아간 이선은 까다로운 질문들을 능숙하게 받아넘기는 은화를 보면서 불안감을 키웠다. 은화는 너무 눈에 띄었고, 너무 반짝였으며, 상황을 너무 빠르게 흔들어 놓았다.

새벽이 다 되어 겨우 호텔로 돌아갔을 때, 이선은 침실로 들어가려는 은화의 손을 덥석 잡았다.

은화가 의아한 눈으로 이선을 돌아보았다.

중요한 말을 꺼내려고 잡은 손이었지만, 이선은 어쩐지 마음이 간질간질해져서 바로 말이 나오지 않았다.

한참이나 은화의 손을 만지작거리기만 하다가 불쑥 나온 말은 원래 하려던 말이 아니었다.

"우리, 돌아갈래요? 집으로 돌아가서 다시 둘이 살아요. 다른 건 아무것도 필요 없으니까."

이제는 이 마음이 옌에 대한 배신이라는 사실을 부정할 수도 없었다. 그 사실을 또렷하게 자각하면서도 꺼낸 말이었다. 그러나 이선은 마음을 마저 다 꺼내 놓는 것도 허락받지 못했다.

은화의 안타까운 얼굴을 보는 순간 바로 알았다.

"지금 그럴 순 없어."

이선의 마음이 차갑게 식었다. 예전과 마찬가지였다. 은화는 보는 사람이 심장을 꺼내 주고 싶을 정도로 슬픈 얼굴을 하고서, 그러나 조금의 흔들림도 없이 거절했다.

그나마 이번에는 이유가 바로 따라 나오기는 했다.

"곧 세상에 내 정체를 밝힐 거야. 방송으로. 이미 계획도 다 잡아 놨고, 날짜도 정했어."

잠시 그게 무슨 말인지 이해하지 못한 이선은 천천히 옌이 했던 말을 떠올렸다.

'여은화가 '공존하는 세상'하고 손잡고 며칠 안에 방송에서 뭔가 큰 걸 터뜨리려고 하고 있다는 소문….'

"왜요?"

덜컥 겁이 나는데, 그 말부터 나왔다.

"꼭 그래야 해요? 그러면 뭐가 좋아지는데?"

이미 잡고 있던 손은 놓은 후였다. 은화가 뭐라고 말을 하려고 하는데 들을 새도 없이 말이 점점 빠르게, 걷잡을 수 없이 쏟아졌다.

"설마 이렇게 인기가 좋으니까, 짠, 사실은 요괴였습니다, 해도 사람들이 계속 좋아해 줄 거라고 생각하는 거예요? 사람들이 아이고 그러셨군요, 할 거 같아요? 심지어 다른 요괴들도 다시 보고? 인간을 그렇게 몰라?"

이선은 쿡쿡 쑤시는 관자놀이를 누르면서 숨을 들이쉬었다. 은화가 뭐라고 하는 것 같았지만 들리지 않았다.

"아니, 진짜 왜 이러는 건데. 솔직히 당신도 그동안 못나고 흉한 요괴들하고 동족이라는 생각 같은 건 안 했잖아. 나한테 사냥법 가르쳐 준 게 누군데, 우리 같이 많이 죽였잖아? 갑자기 뭐가 변해서 이래요? 활동가들도 그래. 당신이 뭘 하려고 하는지 알고 찬성했다고? 똑같이 순진한 건가, 아니지, 걔들은 꿍꿍이가 따로 있을 수도 있어. 당신보다는 자기네 활동이 중요할 테니까. 당신이 대중에게 갈기갈기 찢기고 피투성이가 되면 자기네 대의에는 유리해질 거라고 생각하고 순교자로 만들려는 건지도 모른다고!"

이선의 눈앞에는 이미 은화가 시체가 되어 쓰러진 장면이 아른거렸지만, 그쯤에서 쏟아 내던 말을 멈춰야 했다. 눈앞의 은화가 정말로 상처받은 얼굴을 하고 있어서였다.

어렸을 때 이선이 아무리 떼를 쓰고, 작정하고 긁어도 볼 수 없었던 얼굴이었다.

'심한 말 해서 미안해. 걱정해서 그랬어.'

'그래도 혹시 날 아직 사랑한다면, 내가 정말 소중하다면, 그런 거 하지 마.'

이선의 마음속에 두 가지 말이 같이 울리는 가운데, 은화가 먼저 입을 열었다. 이선을 상처 입히고 싶지 않다는 듯, 한없이 부드러운 목소리였다.

"미안해. 너와 함께하고 싶지 않아서가 아니야."

이해할 수 없는 말이었다. 이선은 은화를 더 볼 수가 없었다.

"달라진 게 없네. 뭐든 다 해 줄 것처럼 굴면서 제일 중요한 순간에는 절대로 내 뜻대로 해 주지 않는 거."

오래 눌러놓은 억울함이 되살아나며 말끝이 떨렸다.

'내가 미쳤지. 10년 만에 나타나서 보고 싶었다고 한마디 한 걸로 들떠서는, 다시 잘해 보자는 뜻이라고 착각이나 하고. 언제는 우리가 제대로 말이 통했다고.'

이선은 두 손으로 눈두덩이를 꾹 눌렀다가 문밖으로 나갔다.

*

호텔 주위를 몇 바퀴나 돌면서 이선은 처음 세상에 나왔을 때

접했던 여우 요괴 이야기를 떠올렸다. 처음에는 온갖 신통력을 부리는 여우 이야기를 보고 이런 요괴도 있었나 놀랐는데, 알고 보니 역사적인 기록이 아니라 상상이라고 했다. 아무도 그게 진짜라고 믿지 않았다.

옛날이야기에서 여우는 대부분 아름다운 여자의 모습으로 사람을 홀려서 나라를 뒤집거나, 악행을 일삼다가 정의로운 주인공에게 응징당하는 역할이었다. 드물게 몇 작품에서만 여우가 사람을 진심으로 사랑하다가 비극적인 결말을 맞았다. 은화가 여우 요괴라면 전자일까, 후자일까. 그림책에 들어간 아름다운 삽화를 쓰다듬으며 이선은 한참이나 생각하곤 했었다.

이선은 고개를 절레절레 저었다.

은화는 왜 위험을 무릅쓰고 굳이 자기 정체를 세상에 알리려 할까. 뭘 얻을 수 있는지도 모르겠고, 왜 하고 싶어 하는지도 이해가 가지 않았다.

결국 이선은 은화의 마음을 읽어 낼 수 없었다. 하지만 아무리 생각해도 그런 계획을 실행하게 둘 순 없었다. 이번에야말로 은화를 완전히 잃고 말 것이라는 공포가 생생했다.

'날 미워한다 해도 어쩔 수 없어.'

과거에 은화는 이선이 무슨 짓을 해도 용서했다. 그것만이 이선이 은화의 사랑을 확인하던 방법이었다. 과연 이번에도 용서할까. 이번에도 나를 받아들일까.

저지르고 나면 알게 되리라.

'이번만은 날 위해서 하는 짓이 아니야. 당신을 위해서야.'

여우 구슬은 없어

마음을 굳힌 이선은 계획을 세우느라 다시 한참을 걸었다. 안전가옥을 구하고, 옌을 통해 사냥꾼들을 끌어들이고, 또 하나 더, 광신도들도 생각해야 했다.

이선이 돌아갔을 땐 어느덧 새벽이었다.

카드 키를 대고 문을 열자 센서 등이 켜졌다. 스위트룸 거실에 우두커니 앉아 있던 은화가 이선을 보고 일어났다.

이선이 먼저 선언했다.

"좋아요. 그렇지만 아무리 그래도 당신 죽는 꼴은 못 봐. 실행 전에 안전가옥으로 옮겨요."

은화는 반가워하다 말고 어리둥절한 얼굴로 눈썹을 찌푸렸다.

"안전가옥이라니, 왜?"

"당신이 계획한 거, 이미 알려졌어. '공존하는 세상'에서 샌 건지 방송 쪽에서 샌 건지는 모르지만 이미 아는 놈들이 있어."

은화는 잠시 생각하더니 고개를 갸웃했다.

"습격을 걱정한다면, 호텔처럼 사람이 많은 곳이 더 낫지 않아?"

이선은 더욱 단호하고 자신 있게 말했다.

"경찰이나 호텔 내부에 내통자가 있으면 그렇지도 않지. 게다가 고등 요괴가 인간을 지배하려는 음모를 막겠다는 소리를 지껄이는 광신도들이야. 무슨 말도 안 되는 테러를 벌일지 몰라. 호텔이든 방송국이든… 지난번에 칼 휘두른 놈 기억하지? 이번엔 무고한 사람들까지 휩쓸릴 수도 있어."

옌은 이선의 연기를 늘 알아보았지만, 은화는 늘 이선이 밖으로 내보이는 행동과 입 밖에 내는 말을 믿었다. 지금도 마찬가지였다.

완전히 거짓말은 아니었다. 이선이 우선 걱정하는 사냥꾼들이라면 시내 호텔을 노릴 리 없지만, 광신도들 쪽에도

정보가 흘러갈 테니까. 이선은 머릿속으로 바쁘게 동선을 짜면서
말했다.

"그러니까. 방송 전까지는 우리 둘 말고는 소재와 동선을 아무도
모르게 하는 게 좋아. 방송 시간도 가능하면 정확히 알 수 없게 몇
가지 선택지를 나눠서…."

*

며칠이 순식간에 흘러갔다.

이선은 비상금을 다 털어서 빌린 안전가옥의 소파에 잠시
주저앉으면서 며칠간 잠도 제대로 못 자며 바쁘게 보낸 보람을
만끽했다. 목을 뒤로 젖히니 그대로 잠이 들 것 같았지만, 고개를
절레절레 흔들고 몸을 바로잡았다.

은화가 잡아 둔 방송일이 이틀 후였다. 이선이 은화만 태우고
안전가옥에 오면서 '공존하는 세상' 쪽 사람들은 떼어 냈다.

은화는 차 안에서 먹지도 마시지도 않았지만, 도착해서 안에
들어서자마자 음료수 한 병을 다 비웠다. 이선이 수면제를 타
둔 음료수였다. 그러니까 이제 잠든 은화를 차로 옮겨서 집으로
데려가기만 하면 된다.

집에 돌아가면 은화도 굳이 다시 나오려 하지는 않을 것이다.
그 후에 어떻게 될지는 가 봐야 알더라도. 이선은 각성제를 한 알
삼키고 각오를 다졌다.

'옌에게는 내일 연락을 해서….'

생각하며 일어서던 이선이 멈칫했다.

"네가 왜 여기 있어?"

아무도 없어야 할 안전가옥에, 옌이 있었다.

다른 사람은 몰라도 옌에게는 안전가옥의 위치를 알려 주기는 했다. 방송 계획이 모레로 잡혔고, 그 전에 안전가옥에 머물 거라고도, 그사이에 은화를 설득해서 돌려보낼 거라고도 했다. 설득에 성공하지 못하더라도 여기에서 옌을 만나기로 했었다.

그러나 옌과 만나기로 약속한 것은 내일이었다.

"어떻게 된 거야? 무슨 일 생겼어?"

이선은 물어보면서도 불길한 예감을 느꼈다.

옌이 사냥꾼들에게 이곳의 위치와 날짜를 흘릴 수도 있다는 계산은 하고 있었다. 그것까지 계산해서 시차를 두었다. 그러나 하루 일찍 올 줄은 몰랐다. 이건 무슨 의미일까.

옌은 무표정하게 이선을 바라보다가 물었다.

"나한테는 언제 말하려고 했어?"

"무슨 소리야?"

"여은화와 사랑의 도피를 하겠다는 네 계획, 나한테는 언제 말할 거였냐고. 오늘? 아니면 내일? 충분히 거리를 둔 후에? 아니면 영영 말 안 하려고 했어?"

이선은 잠시 말을 잃었다. 내일 말하려고 했다고 하거나, 다시 돌아올 거였다고 하거나… 무슨 말을 하더라도 사실이 달라지지는 않을 터였다. 이선에게 옌이 최우선이 아니었다는 사실은.

그래서 이선이 겨우 짜낸 말은 변명이 아니라 질문이었다.

"언제부터 의심했어?"

"그게 중요해?"

옌이 하얗게 질린 손마디가 보일 정도로 힘주어 두 손을 움켜쥔 채로 말했다.

"아무려면 내가 이렇게 어설픈 계획도 눈치 못 챌 것 같았어?"

이선은 쓸쓸함을 빠르게 밀어냈다. 계획이 이미 어그러졌다면, 옌이 이미 사냥꾼들을 불렀을 가능성도 있었다. 이대로 들이닥친다면 도망칠 수도 없고, 맞서서 이길 가망도 없었다. 수면제에 취한 은화를 곱게 포장해 바친 셈이 되리라. 이선은 슬그머니 근육을 긴장시키면서 곁눈질로 주위를 살폈다.

"사냥꾼들은?"

"아직은 나뿐이야. 내가 먼저 확인하려고 했지. 네가 정말 이렇게…."

사냥꾼들이 곧 온다는 사실을 확인한 순간 이선은 더 듣지 않고 움직이려 했다. 하지만 옌이 돌아서는 이선의 오른쪽 팔꿈치를 잡았다.

"내가 보내 줄 것 같아?"

옌의 손에 힘이 들어간 순간, 이선은 오른쪽 팔꿈치를 축으로 몸을 돌리며 왼 주먹으로 옌을 후려쳤다.

아니, 후려쳤다고 할 수는 없다. 옌의 얼굴을 보자 힘껏 휘두른 팔에서 힘이 빠졌다. 주먹이 옌의 얼굴에 닿는 순간, 이선은 자기가 맞은 듯이 움찔했다. 2년간 사귄 애인을 때렸다는 사실이 지금 놓인 상황보다 더 비현실적으로 다가왔다. 그런데 정작 얻어맞은 옌은 이상하게 침착했다. 그 정도는 예상했다는 듯, 바로 힘 빠진 이선의 손목을 낚아챘다.

오른쪽 팔꿈치와 왼쪽 손목이 잡힌 순간, 아차 한 이선은 왼손을 앞으로 확 밀었다가 빼내면서 바로 공중에 몸을 띄웠다. 공중에서 몸을 한 바퀴 돌리면서 오른쪽 팔꿈치도 빼내고 착지하자 옌과 적정 거리가 생겼다.

키가 크고 팔다리가 긴 이선이 주로 타격기를 구사하는 반면, 상대적으로 아담한 몸집의 옌은 관절기에 능했다. 실력은 비등하나, 근접전이 되거나 그라운드로 갈 경우 압도적으로 이선이 불리했다. 그리고 다른 때라면 몰라도 지금 이선이 밀리면 은화도 죽은 목숨이었다.

이선은 더 거리를 벌리면서 공격 의사가 없다는 듯 양손을 들어 올렸다. 그러면서 입으로는 날 선 소리를 뱉었다.

"돈 때문에 그래? 은퇴해서 예쁜 섬에 가는 게 그렇게 중요해? 내가 죽어도 상관없을 정도로?"

예상대로 옌은 이를 꽉 물고 잇새로 욕을 뱉었다. 그리고 뒤이어 생각지 못한 말을 했다.

"그날 내 생일이었던 거, 기억은 하니?"

순간 이선의 발이 바닥에 붙은 듯 멈춰 섰다. 입에서 얼빠진 소리가 새어 나왔다.

"뭐?"

이선이 오늘이 며칠인지 생각하느라 빈틈을 보였는데도 옌은 충혈된 눈으로 노려보기만 했다. 이선의 얼굴에서 핏기가 빠져나갔다. 사귄 지 2년 된 애인이자 사업 파트너의 생일을 완전히 잊고 있었다. 완전히 잊어 버리고서 여은화를 구하게 도와 달라는 소리만 했다. 옌이 직접 알려 주기 전까진 생각도 못 했다.

이선이 당황한 만큼 오히려 옌은 침착을 되찾은 것 같았다.

"그래, 이제 좀 알겠어? 너 지금 제정신 아니야. 그동안 쭉 정상 아니었어. 여은화 그게 나타나고부터 맛이 갔다고."

정신적으로 비틀거리고 있던 이선은 몸을 낮게 숙이고 달려드는 옌의 태클에 걸려 그대로 바닥에 나동그라질 뻔했다.

가까스로 태클을 피하고 몸을 뒤로 빼다 보니 이번에는 의자에 발이 걸렸다. 우당탕, 의자가 넘어지면서 이번에는 옌의 동선을 방해했다. 다시 몇 번의 공방이 오가고, 이선은 다시 거리를 벌리면서 외쳤다.

"잠깐! 잠깐만! 그래, 내가 잘못했어. 내가 제정신도 아니었고, 쓰레기처럼 굴었어. 네가 이렇게 화낼 만해. 그렇지만 그 문제는 나하고 풀면 되잖아. 나한테 벌을 주겠다고 정말로 저 사람을 변태 새끼들한테 넘길 거야? 너 진짜 그러고도 후회 안 하겠어?"

자신이 얼마나 끔찍하고 형편없는 사람인지는 나중 문제였다. 이선은 옌의 인간성에, 그리고 옌이 아직 자신에게 품고 있을 애정에 매달릴 수밖에 없었다. 일단은 은화를 어서 빼돌리지 않으면 안 된다는 다급함이 더 강했다.

정작 옌은 목에 핏대를 세우며 소리를 질렀다.

"널 위해서 이러는 거야! 널 구하려고!"

"뭐?"

이선이 뭐라고 더 반응하기 전에 옌이 눈을 번득였다.

"네가 여은화 일이라면 정신 못 차리는 거, 그게 부자연스럽다는 생각 안 들디? 넌 홀려 있었던 거야. 아니, 지금도 요괴에게 홀려 있어."

"그게 무슨."

한 대 맞은 기분이었다. 이선은 손발이 어지러워졌지만 옌의 말과 행동에는 망설임이 없었다. 자신의 말과 행동이 옳다는 확신으로 가득했다. 이선의 다리 하나쯤은 부러뜨릴 기세로 공격했다. 반면 이선에게는 그만한 각오가 없었고, 혼란이 마음을 파고들면서 움직임도 효율을 잃었다.

옌은 이선에게 내내 정상적인 세계의 지표 같은 존재였다.

언제나 세상에 잘 적응하고, 사회에 맞게 판단하고, 욕망에 충실하고, 냉정하게 판단하는 사람. 그런 옌이 정신 나간 사람처럼 행동하자 발밑이 흔들리는 기분이었다. 그렇다고 옌이 하는 말을 받아들일 수도 없었다.

'지금 이런 걸 생각할 때가 아니야.'

속으로 다짐한다고 마음이 비워지는 않았다. 마음이 어지러우니 움직임도 흐트러졌다. 이선은 완전히 수세에 몰려서 피하기만 급급하다가, 벽을 차고 거실 반대 방향으로 돌아 나가며 겨우 다시 거리를 벌렸다.

"내가 진짜 쓰레기처럼 군 거 알아. 하지만 그건….."

옌은 단호하게 이선의 말을 잘랐다.

"나도 이러고 싶지 않았어. 어쩌면 평생 네가 날 원망할 수 있다는 것도 알아. 하지만 이대로 둘 순 없어. 요괴에게 홀려서 위험한 짓 하다가 네가 죽는 꼴은 못 봐. 저 괴물만 사라지면 너도 원래 모습을 되찾을 수 있을 거야. 꿈에서 깬 것처럼 될 거라고."

"지금 말도 안 되는 소리를 하는 건 너야! 무슨 이상한 종교에 전도당한 거 아냐?"

"너야 이미 맛이 갔으니까 내 말이 이상하게 들리겠지. 옆에서 보면 잘 보여. 너만이 아니야. 그 요괴가 화면에 나오자마자 세상이 순식간에 어떻게 변했는지 봐. 다들 사랑에 빠져서 허우적대는 꼴을 보라고. 그게 그냥 일어날 수 있는 일 같아? 이렇게 순식간에 여론이 뒤집히는 게? 생각해 봐. 다들 지어낸 이야기라고 했던 옛날이야기들이 사실인 거잖아. 다른 동물로 변하는 요괴도 있고, 머리 좋고 아름다운 요괴도 있잖아. 사람 홀리는 능력도 진짜로 있다고 보는 게 논리적이지 않아? 정말로 신통력이 있었던 거라고!

넌 그냥, 홀린 거야!"

이선은 숨을 들이켰다. 아주 잠깐이지만 그 말이 맞는 걸까 하는
의혹이 스쳤다.

지난 몇 주 동안 옌에게는 계속 거짓말을 하고, 방송국 앞으로
무턱대고 은화를 찾아가고, 노출을 싫어하던 것도 잊고 카메라에
계속 찍히면서 은화의 경호를 맡고, 사냥꾼들에게 무슨 소리를 들은건
신경도 쓰지 않고, 있던 돈은 다 써 버렸으며, 심지어는 은화에게도
말없이 수면제를 먹이고 납치하려 했다…. 도저히 제정신이라고 볼
수는 없었다.

그리고 이선은 언제나 그것이 은화 탓이라고 생각하기는 했다.

하지만 그건.

그때 세 번째 목소리가 이선의 생각을 잘라 냈다.

"안됐지만 그런 건 없어."

꽉 잠긴 목소리가 방 안을 조용히 울리면서 두 사람의 움직임이
멈췄다.

언제부터 거기 있었는지, 거실에서 식당으로 이어지는 반
층짜리 계단에 앉은 은화가 씁쓸한 얼굴로 두 사람을 보고 있었다.

"여우 구슬 같은 건 없단다, 얘들아."

*

옌과 이선은 은화를 한쪽 꼭짓점으로 삼은 삼각형 구도로 멈춰
섰다. 이선은 은화가 깨어 있다는 사실에 놀라면서도 옌을 경계했고,
옌은 둘 모두를 경계했다. 잠시 소강상태였다.

옌이 먼저 정신을 차렸다.

여우 구슬은 없어

"여우 구슬? 무슨 소리야?"

"모르니? 네가 말하는 옛날이야기에 자주 나오던데. 오래 묵은 여우 요괴가 가진 구슬을 빼앗은 선비가 도술을 알게 되었다는 이야기 말이야."

은화는 희미하게 웃었다. 수면제 효과가 아주 없지는 않은지, 동작이 평소보다 조금 굼떴다. 움직일 때마다 느린 잔상이 따라붙는 듯했다.

"아쉽지만 온갖 신통력을 부릴 수 있는 여우 구슬 같은 건 없어. 사람을 홀려서 조종하는 능력도 없고. 그런 게 있었다면, 지금 너도 내가 바라는 대로 움직이지 않겠니?"

옌은 경계를 늦추지 않고 코웃음을 쳤다.

"괜한 술수 쓰지 마, 요괴. 나한테는 안 통해."

"내 말이 그 말이야. 너에게 통하지 않는 술수가 왜 다른 사람에겐 통한다는 건지 모르겠구나."

"그게 먹히는 사람도 있고 안 먹히는 사람도 있겠지."

은화의 태도는 태평하기까지 했고, 옌에게 어떤 적대감도 비추지 않았다.

"나에게 그런 능력이 있다면 정말 좋겠구나. 사냥꾼이 두려울 일도 없고, 광신도가 날뛸 일도 없을 텐데. 이선이가 나에게 이런 짓을 하지도 않았을 거고."

이선은 움찔했다.

당신을 위해서 그랬다고, 당신을 살리려고 그랬다고 말하고 싶었다. 그러나 그 말이 튀어나오기 전에 옌의 외침이 귀에 울렸다. '널 위해서, 널 구하려고 그랬어.'

'아니야. 우리가 한 일은 똑같지 않아. 옌은 망상에 사로잡혔고

나는 아니야!'

이선은 주먹을 꽉 쥐었다. 그래도 이제 2 대 1이니, 옌을 뿌리치고 어서 도망쳐야 했다.

"쉿."

그러나 이선이 말을 꺼내기 전에 은화가 한 손가락을 입술에 댔다. 잠시 영문을 몰랐던 이선도 곧 얼굴이 굳어졌다. 방 안이 조용해지자마자 멀리서 소리가 들렸다. 진동도 함께 느껴졌다. 아마도 무거운 차량이 내는 진동음.

"왔네. 이미 도망치기엔 늦었어."

의기양양해하는 옌의 얼굴을 이선은 한 대 치고 싶었다. 아까는 차마 제대로 때리지 못했지만, 지금 다시 붙으면 팔 하나 정도는 부러뜨릴 수 있을 것 같았다. 옌은 이선의 분노한 시선을 받으면서도 꿋꿋하게 이선을 설득하려 했다.

"넌 비켜 있어. 굳이 요괴의 방패가 될 필요 없어."

"내가 사랑하는 사람이 동물원에 잡혀가는 꼴을 가만히 보라고? 내가 그럴 수 있을 것 같아? 차라리 같이 죽겠어."

이선은 처음으로 '사랑하는 사람'이라는 말을 입에 담았다. 그 말을 듣고 옌이 상처받을 것을 알면서 일부러 그랬다.

그때 지이잉 소리가 울렸다. 서로를 노려보던 이선과 옌이 동시에 그쪽을 돌아보니, 은화의 손에 리모컨이 들려 있었다.

이 안전가옥이 비싼 건, 특별한 보안 장치를 갖추고 있기 때문이었다. 이를테면 중심에 있는 방에는 패닉룸처럼 완전 봉쇄 기능이 있었다. 지금 세 사람이 있는 거실도 포함이었다.

이선은 은화가 그 기능을 알고 있었다는 사실에 얼떨떨했다가, 이마를 찌푸렸다.

"그렇지만 휴대폰 신호도 끊겼는데, 어쩌려고요."

이선이 이 집을 고른 건, 떠나면서 봉쇄해 두면 시간을 벌 수 있다는 생각에서였다. 안에 숨을 생각은 없었다. 따로 비밀 통로가 있는 것도 아니니 안에서 방을 봉쇄하면 도망칠 길이 없다. 경찰이나 다른 구원 세력이 올 때까지 버틸 때나 좋은 방법이다. 지금은 사냥꾼들이 뚫고 들어올 때까지 누가 도우러 올 가능성이 없었다.

은화는 이상할 정도로 태연했다.

"글쎄다. 일단은 시간을 벌었으니 하던 이야기나 더 할까?"

이선은 반응도 제대로 못 했다. 옌은 이제는 여유를 찾았는지, 하고 싶은 말이 있으면 얼마든지 하라는 태도였다.

"도시에 나오자마자 카멜레온 요괴가 고양이와 싸우는 영상을 보았지."

은화가 툭 던진 말이 무슨 뜻인지 이해하는 데 몇 초쯤 걸렸다. 이선과 옌이 하수도에서 잡았던 변신 요괴 이야기였다.

"너희 언론과 경찰은 카멜레온 요괴 영상이 나오자마자, 길고양이를 죽인 것도 그놈이라고 결론을 내리더구나. 조사 한번 제대로 하지 않고서 말이야. 아무도 의심하지 않았지. 너도 의심하지 않았고."

은화는 이선을 보고 말했지만, 대꾸한 쪽은 옌이었다.

"무슨 말이 하고 싶은데? 뭐, 그놈한테 눈물 나는 사연이라도 있었다는 거야?"

"며칠 전에 길고양이 연쇄 살해범이 잡혔다. 진범은 평범한 인간이었지."

"거짓말."

옌이 뭐라고 하건 은화는 신경 쓰지 않았다.

"작은 단신 하나 나오고 지나갔으니 다들 못 봤을 법도 해. 정의심스러우면 뉴스를 찾아보렴. 뉴스도 못 믿겠으면 경찰에 문의해보고. 아 그렇지 참, 지금은 검색도 연락도 안 되겠구나."

"그것 봐. 증명할 수 없을 때를 노려서 한 말이잖아."

옌의 반발은 중요하지 않았다. 오히려 지금 은화가 펼치는 공연에 적절한 추임새를 넣는 조연 같았다. 그리고 이 공연의 관객은 분명 이선이었다.

이선은 거기까지 듣고 나서야 천천히 입을 열었다.

"길고양이 연쇄 살해범이라는 것까지는 누명이었다 치고, 그러면 아파트 안에 숨어 들어간 이유는 뭔데? 집고양이를 죽인 건 왜고?"

은화는 그제야 원하는 질문이 나왔다는 듯 이선을 마주 보았다.

"그 요괴가 고양이로 변신해서 지내고 있었다고 했지?"

그랬다. 반려동물 둘을 한꺼번에 잃은 집주인의 인터뷰를 이선도 기억하고 있었다. 변신한 요괴라고는 생각도 못 하고 집에 들여서 2년 넘게 키웠다고 했다. 둘째가 있으면 좋겠다 싶어서 다른 고양이를 데려왔더니 둘이 너무 사이가 안 좋았다고, 합사를 포기하고 둘째를 다시 내보내야 하나 할 때 이런 일이 터졌다고 했다. 그게 고양이끼리의 적대감이 아닐 줄은 상상도 못 했다고 울면서 말했다. 인터뷰 기사에는 둘째로 들인 고양이가 사람을 살렸다, 라거나 요괴에게서 주인을 지킨 거라는 댓글이 줄줄이 붙었다. 물론 제일 많은 댓글은 고양이로 변신해 사람을 속인 요괴에 대한 분노였다.

요괴가 왜 그랬을까 묻는 사람은 거의 없었다. 이선도 카멜레온 요괴를 잡아 죽인 후에야 잘 싸우지도 못하는 겁쟁이 요괴가 왜 그런 짓을 했을까 잠깐 생각했을 뿐이다. 왜 굳이 고양이로 변신해서 사람과 함께 살았을까.

이선은 문득 떠오른 생각에 멍해졌다.

"설마. 그것 자체가 목적이라고? 사람과 같이 살려고?"

옌이 또 정신 나간 소리를 한다는 눈으로 이선을 보았다. 그러나 이선은 진지했다.

"아니, 안 그래도 마음에 걸리기는 했어. 정말 사람을 노린 거라면 왜 2년도 넘는 시간을 얌전히 살았을까. 게다가 고양이와 싸워도 비등비등한 요괴가 사람을 노린다고? 말이 안 되잖아."

"그렇다고 사람과 같이 살고 싶었던 거라고? 그것도 말이 안 되기는 마찬가지야. 차라리 숨을 곳이 필요했다면 몰라도."

옌이 고개를 저으며 어이없다는 듯 웃었다.

그 순간을 기다렸다는 듯이 은화가 물었다.

"인간처럼 생긴 요괴가 왜 있을까 생각해 본 적 있느냐?"

은화가 휘적휘적 내젓는 손이 언뜻 반투명해 보였다.

"전설에는 요괴가 도를 닦으면 인간으로 변한다거나, 인간이 되고 싶어서 별짓을 다한다는 이야기들이 있지. 뭐라더라, 구미호였나? 사람이 되고 싶어서 사람 간을 빼 먹는다고? 하늘과 땅의 이치를 깨달아 놓고 그 능력으로 인간이 되려 한다고?"

소리 내어 웃지 않아도, 은화의 목소리와 표정에서 세상 다시없이 얼빠진 소리라는 경멸이 전해졌다.

"인간이 모든 생물 중에 으뜸이라고 생각하는 자들이야 그런 이야기를 당연히 받아들였을지 모르지. 하지만 너희는 현대인이니 한번 생각해 보렴. 왜 굳이 다른 존재가 인간이 되고 싶어 할까. 살아남기 위해서가 아니라면."

그 말 이후에 내려앉은 침묵을 갑작스러운 꿍음이 깨뜨렸다. 이선과 옌의 시선이 벽 쪽으로 향했다. 밖에서 봉쇄된 철문을 뚫으려는 듯했다. 생각보다 더 빠른 움직임이었다.

"웃기시네. 과거에는 너희가 우리 천적이었잖아. 사람 흉내를 내려고 했다면, 잡아먹기 유리해서였겠지!"

옌의 반박에는 큰 힘이 없었다. 이미 평범한 사람들조차 요괴에게 살해당할 위험이 없어진 지 오래였다.

이선은 다른 의미로 고개를 저었다.

"무슨 말을 하고 싶은 건지 잘 모르겠어. 그래서 정체를 드러내고 싶었던 거야? 카멜레온 요괴 때문에? 당신도 살기 위해 아름다운 모습으로 살 뿐이고, 본모습은 흉측하다고 말하고 싶은 거야?"

은화의 얼굴에 쓸쓸한 그림자가 스쳤다.

"아름다운 게 살아남기 유리한 면도 있기는 있지. 하지만 살다 보니 또 어떤 인간들은 내가 아름다운 외모로 자기들을 홀렸다고, 사람들 마음을 가지고 놀았다고 비난하더구나. 자기들이 무슨 짓을 했든 다 나 때문이라고 말이야. 어느 쪽 모습이라도 마찬가지였어."

이선은 잠시 마음을 읽힌 듯 뜨끔했다가, 눈을 비볐다. 처음에는 은화의 동작이 느려서 잔상이 남는 줄 알았는데 이제 보니 은화의 몸이 희미하게 빛나고 있었다. 아니다, 빛을 발하는 게 아니라 반사하고 있었다.

이선도 처음 보는 모습이었다.

풍성한 꼬리가 먼저 드러났고, 후광처럼 빛나는 은빛 털 가닥들이 조금씩 선명해졌다. 동물원이나 다큐멘터리에서 보던 여우의 모습과는 비슷한 듯 달랐다. 덩치는 더 컸고, 옷을 걸친 채 두 발로 선 자세를 유지하고 있었다. 입이 길쭉하게 나오고 귀가 쫑긋 섰는데 표정은 여전히 인간과 같아서 위화감이 더 커졌다. 황홀할 정도로 아름답다는 느낌과, 동시에 여기 있어서는 안 될 기괴한 존재라는 거부감이 뒤섞였다.

"내가 왜 굳이 이런 모습을 세상에 보여 주고 싶어 하는지 물었지."

여우의 주둥이에서 인간의 목소리가 흘러나왔다.

"그냥 내 모습을 보여 주고 싶으면 안 되는 거냐?"

순수하고 담백한 의문이었다. 은화는 화를 내지도 않았고, 이선을 원망하지도 않았다.

"네 말대로 사람들이 이 모습을 싫어할 수도 있고, 위험하다고 여길 수도 있겠지. 하지만 내가 존재한다는 사실을, 존재했다는 사실을 아무도 모르는 것보다는 나아."

이선은 은빛 여우에게서 시선을 돌리지 못했다. 은화가 말하지 않은 질문이 들리는 것 같았다. 이 모습이라도 나를 사랑하느냐는 질문이.

이선은 은화의 사랑에 대해 아주 많이 생각했지만, 자기 내면을 제대로 들여다본 적은 없었다. 그럴 수가 없었다. 그래서 은화의 본모습 앞에서 생긴 거대한 흔들림을 이렇게밖에 해석하지 못했다.

'내가 사랑한 게 저 요괴가 맞나?'

'아니야. 그냥 아직 익숙하지 않아서일 뿐이야. 잠깐뿐이야.'

아마 저 모습을 보았어도 사랑했을 것이다. 여전히 인간일 때 못지않게 아름답지 않은가. 매혹적이지 않은가. 애써 스스로를 설득했지만 의심은 점점 커지기만 했다. 눈앞의 존재에게 욕망을 품는다는 건 있을 수 없는 일 같았다. 해서는 안 될 일 같았다.

더러운 일 같았다.

*

이선을 혼란에서 끌어낸 건 벽을 뒤흔드는 굉음이었다.

이제는 혼란도, 후회도, 미련도 소용없는 일이었다. 곧 봉쇄된 문이 뚫리고 사냥꾼들이 들어올 것이다. 차라리 그들과 싸우는 쪽이 마음 편했다. 지금 은화에게 무슨 말을 해야 할지는 몰랐지만, 은화를 위해 싸우다가 죽을 수는 있었다.

이선은 이를 깨물고 탈진할 것 같은 몸을 가다듬으며 싸울 준비를 했다. 쓸 일이 없다고 생각했던 권총을 집어 안전장치를 풀었다. 총을 본 옌이 눈을 크게 뜨며 반걸음 다가서다가 멈췄다.

그때 갑자기 벽을 흔들던 진동이 멈췄다. 문을 곧 뚫을 것같이 튀기던 불똥도 사라졌다. 이선은 긴장해서 벽으로 다가가며 귀를 세웠다. 바깥에서 뭔가 소리가 들리기는 했는데, 예상과 전혀 다른 소리였다.

"총소리야."

마취총이 아니라, 산탄총이었다. 순간 경찰이 왔나 생각했지만 그럴 리가 없었다. 한국 경찰이 대뜸 총부터 쏠 리도 없거니와, 사냥꾼들도 경찰이 왔다면 굳이 싸우지 않고 바로 물러났을 것이다.

돌아보니 옌도 영문을 모르겠다는 얼굴이었다.

은빛 여우가 언제 슬퍼했냐는 듯한 얼굴로 앞발을 매만졌다.

"아, 그래. 네 계획을 내가 조금 비틀었지. 광신도들이 때맞춰 도착한 모양이구나. 저런 무기까지 휘두를 줄은 몰랐는데…."

"뭐?"

여우 구슬은 없어

이선이 멍청하게 반응하자 여우는 눈을 가늘게 접었다.

"저 아이도 눈치를 챘는데, 내가 설마 네 생각을 못 짚었을까. 여우 요괴가 오래 살아남은 건 예뻐서만은 아니란다, 제자야. 머리를 쓰고 살아야 했지."

이선이 은화를 데리고 잠적하겠다고 결심했을 때 세운 목표는 세 가지였다. 은화의 방송 폭로 계획은 막고, 은화를 잡으려는 사냥꾼들은 따돌리고, 마지막으로 추적당하는 일 없이 산속으로 도망가는 것. 20년 전에는 어땠는지 몰라도 지금 여은화가 사라진다면 세상이 발칵 뒤집힐 터였다. 그 주목을 다른 곳으로 돌려야만 승산이 있었다.

사냥꾼들에게도 쫓기지 않고, 납치범으로도 몰리지 않으려면 은화가 이미 죽었거나 다른 누군가에게 잡혀갔다고 여겨지는 게 제일 좋았다.

이선은 적당한 희생양을 바로 찾아냈다. 방송국 앞에서 칼을 휘둘렀던 광신도를 추적해서, 음모론자와 극단적인 요괴 혐오자와 광신도들이 모인 집단에 정보를 흘렸다. 혹시나 피해가 커지지 않도록 외딴곳에 안전가옥을 구하고, 그리로 그들을 유인하려 했다. 혹시 옌이 배신해서 사냥꾼들까지 온다면, 둘이 충돌하는 것도 좋으리라.

물론 이선은 누구든 도착하기 전에 은화를 싣고 떠날 생각이었지만, 그 계획은 틀어졌다. 옌도, 사냥꾼들도 하루 먼저 도착했으니까. 그리고 지금 은화는 광신도들 역시 오늘 도착했다고 말하고 있었다.

쾅!

바깥에서 뭔가가 터졌는지, 이제까지와는 비교도 안 될 진동이 벽과 바닥을 흔들었다. 이선과 옌도 중심을 잃을 정도였다. 간신히 바닥에서 몸을 일으키고 보니 어딘가에 불이 붙었는지 연기가 새어 들어왔다.

문이 열렸다.

*

문을 열고부터 5분. 피와 불과 연기와 혼란의 5분이었다. 모두가 적과 아군을 식별하기 힘든 채로, 부딪치는 상대 모두를 공격하며 뒤엉켰다. 이선은 사냥꾼 누군가와 부딪쳤다가 떠밀리고, 다시 마약에 취한 듯 이상한 눈을 한 사람을 때려눕혔다.

연기 사이로 반짝이는 것이 보였다. 환상 같기도 하고, 악몽 같기도 한 아름다운 괴물이 달려가다가 멈춰 서서 이선을 돌아보았다. 마치 따라오라고 하는 것 같았다.

그러나 어째서인지 이선은 움직일 수가 없었다. 가만히 바라보던 여우 요괴가 몸을 돌릴 때까지 꼼짝도 할 수가 없었다. 마치 악몽에 갇힌 것 같았다. 소리를 지르고 싶어도 목소리가 머릿속에 갇혀 있었다. 이선은 간신히 한쪽 발을 들어 올렸다가, 넘어진 옌을 보았다. 사냥꾼인지 광신도인지 모를 누군가가 넘어진 옌에게 도끼를 내려치려 하고 있었다.

이선은 그리로 몸을 날렸다가, 어깨에 도끼를 맞았다.

옌은 이미 전투 불능 상태였고, 이젠 이선까지 같이 죽을 수밖에 없었다.

그때 거대한 은빛 여우가 연기를 뚫고 달려오지 않았다면.

그 순간 서 있던 사람 모두가 은빛 그림자를 향해 눈을 돌렸다.

여우 구슬은 없어

옌과 이선을 죽이려던 자도 마찬가지였다.

모두가 잠시 홀린 듯 멈춰 섰다가, 은여우를 쫓았다.

그리고 경찰이 도착했다.

*

문을 열고부터 경찰이 도착하기까지 겨우 5분이 지났음을
나중에야 알았듯, 은화가 말했던 '머리 쓰기'가 단순히 이선의
계획을 역이용하는 게 아니었다는 것도 나중에야 알았다. 그것도
병실에 누워서.

여은화의 긴 독백과 변신하는 모습까지 거의 전부가 영상으로
돌고 있었다. 화질은 썩 좋지 않았지만, 은화를 클로즈업으로
담았기에 그 모습만은 알아볼 수 있었다. 심지어 영상은 실시간으로
송출되었다. 은화와 옌과 이선이 안전가옥 벽 안에서 초조해하고
있었던 바로 그 시간에.

분명히 사냥꾼 팀이 도착했을 때부터 휴대폰 전파는 차단되어
있었는데, 어떻게 해냈을까.

영상을 모두가 믿지는 않았다. 라이브 홀로그램 송출로 CG를
대신할 수 있는 시대니까 그런 장난이려니, 쇼이려니 생각한 사람도
많았다. 재미있어 한 사람도 많았다. 그러나 믿은 사람들도 있었고,
은화가 한 편의 연극처럼 고백한 말에는 조금 더 많은 사람이
당혹스러워했다. 길고양이 연쇄 살해의 진범이 따로 있었다는 말이
사실로 드러난 후에는 더 그랬다.

모두가 은화의 행방을 궁금해했다.

결국 사냥꾼에게 잡혀간 걸까. 아니면 죽어서 시체마저 사라진

걸까. 아니면 무사히 도망쳤을까. 들끓는 관심 속에 떠밀린 경찰의 수색으로 몇몇 '큰손'들의 불법 동물원이 드러났다. 수많은 요괴 박제와 살아 있는 요괴들의 비참한 모습도 알려졌다.

폭탄에 총기까지 갖추고 테러를 일으킨 광신도 집단도 수사 대상이었고, 당연하다면 당연하게도 내부에서 일어난 온갖 부패와 폭행 사건이 고름처럼 터져 나왔다.

어디에도 은화의 흔적은 없이, 은화가 던진 돌만 계속 파문을 퍼뜨렸다.

병원에 누운 이선은 이상하게 마음이 고요했다. 은화가 죽거나 잡혀가지 않았을 거라는 이상한 확신 때문만은 아니었다.

누워 있는 동안 할 수 있는 건 생각하는 일밖에 없었다. 은화가 했던 말을 곱씹었다. 기억 속에서 왜곡되었던 말과 표정은 영상을 다시 보면서 몇 번이고 인상을 바꿔 나갔고, 그에 따라 더 먼 과거도 변했다. 잠깐씩 스쳤던 생각들이 다시 돌아오고 정리가 되었다.

그리고 꿈을 꾸었다. 꿈속에서 이선은 은화와 광화문 대로를 산책하고 있었다. 은화는 배우 여은화가 아니라 은빛 여우의 모습이었는데, 오가는 사람들은 그 모습을 보고도 신경 쓰지 않았다. 그래서 꿈이라는 걸 알았다.

'사실은 네게 보여 주고 싶었다.'

은화가 나직이 말했다.

'이 모습을 드러내고 싶었던 것 말이야. 다른 요괴들 때문이라기보다는, 너 때문이었어. 한 번쯤은 네 앞에 제대로 서고 싶었지.'

여우가 부드러운 애정이 어린 눈으로 이선을 보았다.

'내가 비겁해서 오래도록 너를 힘들게 했구나. 그저 너를 잃기가

두렵다는 이유만으로 널 받아들인 것도 비겁했고, 떠나고 싶어
한다는 이유로 널 보냈을 때는 더욱 비겁했어.'

내내 이선이 두려워한 말이었건만, 정작 은화의 입으로 직접
듣자 마음을 옭매던 매듭 하나가 탁 풀리는 것 같았다.

여우의 꼬리가 이선의 다리를 쓸었다.

'사랑한다. 네가 무슨 일을 하고, 무슨 말을 하더라도, 너를
사랑해. 이제 다시는 함께하기 힘들다 해도 사랑해.'

꿈에서 깨었을 때, 이선은 조용히 울었다. 슬프고, 화가 나고,
무엇보다도 스스로가 혐오스러웠다.

정체를 밝힌다는 계획에 이선이 반대했을 때, 은화가 뭐라고
했던가.

'미안해. 너와 함께하고 싶지 않아서가 아니야.'

그때 이미 은화는 알았던 것이다. 눈치 없다고 생각했던
은화야말로 이선이 어떤 사람인지 이미 알고 있었다. 이선이 은화를
사랑할지는 몰라도, '요괴를 사랑하는 사람'으로 살 수는 없다는
것을.

사랑에 있어서 용기 있다고 생각했던 이선이야말로 내내
비겁했다. 상대를 제대로 바라보려 한 적이 한 번도 없었다. 자격도
없이 사랑만 갈구했을 뿐.

은화만이 아니라 옌에게도 마찬가지였다.

흘러내린 눈물을 닦아 내고 일어나니 병실 복도에 옌이 서 있는
게 보였다.

하나뿐인 춤

아밀

"모두 파트너를 잡으세요."

선생님의 말이 떨어지자 강당에 부스럭부스럭 옷 스치는
소리가 울려 퍼졌다. 두 줄로 나뉘어 있던 남학생과 여학생들이 발을
내디며 서로의 파트너와 마주 섰다. 카릴은 남들보다 조금 느리게
파트너에게 다가갔다. 카릴의 파트너는 릴카, 카릴의 쌍둥이였다.
카릴이 손을 내밀자 릴카는 시선을 슬쩍 피하며 손을 맞잡았다.

"남학생들은 파트너의 허리를 팔로 단단히 받치세요. 여학생의
안전이 여러분의 팔에 달려 있어요. 다른 손으로는 중심을 잡고요."

카릴은 선생님 말대로 하려고 노력했다. 릴카의 팽팽한 몸이
팔에 와 닿았다. 기대지 않았는데도 유난히 무겁게 느껴졌다. 카릴은
마른침을 삼켰다.

"여학생들은 파트너를 신뢰하고 어깨에 힘을 빼세요. 올바른
자세에서 모든 것이 시작된다는 것, 잊지 말아요."

릴카가 작게 숨을 내쉬었다. 그것이 힘을 빼기 위한 동작인지
아니면 한숨인지 분간이 되지 않았다. 평생 동안 알아 왔던 쌍둥이
동기가 지금은 낯설어 보였다. 하지만 이런 불안마저도 극복할

대상이었다. 남자는 자신감이 있어야 한다. 여자를 어디로든 이끌고 갈 수 있다고 생각해야 한다. 그래야 리드를 잘할 수 있다.

"준비됐나요? 지금이 졸업 무도회다 생각하면서 집중하세요. 자, 음악을 틀겠어요."

정적이 감돌았다. '지금이 졸업 무도회다'라는 말에 학생들의 자세가 한층 꼿꼿해지는 듯했다. 졸업 무도회는 무용반 모두가, 마지막 학년이라면 더더욱 신경 써서 준비하는 행사다. 라뮈스 행성 전체를 아우르는 무용 대회도, 은하 간 청소년 교류에 나갈 대표생을 뽑는 오디션도 이만큼 열성적으로 준비하지는 않았다. 그런 행사에서는 실패해도 상관없었다. 하지만 졸업 무도회에서 실패하는 것은 수치스러운 일이었다.

음악이 시작되었다.

선율이 흘러나오자 반사적으로 발이 움직였다. 카릴은 스텝을 밟았다. 앞으로, 왼쪽으로, 앞으로, 뒤로, 다시 왼쪽으로…. 한 걸음 한 걸음이 의식되었다. 걸음마다 차근차근 따라오는 릴카의 걸음도 느껴졌다. 릴카는 일단 카릴을 믿고 있는 것 같았다. 카릴이 이끄는 방향을 거부하거나 의심하는 기색은 느껴지지 않았다. 하지만 조심스러웠다…. 카릴은 옆을 지나가는 다른 쌍을 피해 몸을 틀었다. 릴카가 0.5초 차이로 뒤따라오며 반원을 그렸다. 치맛자락이 나풀 나풀 흩날렸다. 카릴의 어깨를 잡은 릴카의 손에 힘이 들어갔다. 긴장이 느껴졌다…. 긴장이 아니라 신호인가? 더 빨리 움직이라는? 아니면 다른 방향으로 가 달라는? 카릴은 입술을 깨물었다.

상대방의 생각을 읽으려 하면 안 된다.

카릴은 스스로를 다잡았다. 나는 릴카의 마음을, 행동을 읽을 수 없어. 추측하면 안 돼. 추측하면 오판하게 돼. 순전히 몸으로, 몸을 통해 전해지는 힘의 작용으로 움직여야 해. 그리고 남자답게….

슬슬 음악이 중심 주제로 나아갔다. 스텝만 밟아서는 안 된다. 좀 더 화려한 기술을 쓸 타이밍이다. 릴카가 음악을 더 즐길 수 있도록. 릴카가 더 아름다워 보일 수 있도록. 릴카가 여자로서 꽃피울 수 있도록….

"무도회에서 돋보여야 하는 건 여자야. 남자는 여자가 최대한 멋진 춤을 출 수 있게 이끌어 줘야 해. 여자가 춤을 못 춘다면 그건 남자 책임이야."

선생님의 말이 귓가에 맴돌았다. 카릴은 마지막 문장을 곱씹었다.

'릴카가 춤을 못 춘다면 그건 내 책임이다.'

카릴의 눈앞에서 여학생들이 보란 듯이 멋들어지게 움직이고 있었다. 회전하고, 상체를 뒤로 젖히고, 발을 차올리고…. 완벽하지는 않았지만 다들 즐겁게 웃고 있었다. 남학생들은 뿌듯한 표정이었다.

하지만 아무래도 거부감이 들었다.

어째서 춤을 추는데 너와 내 역할이 달라야 하지? 어째서 너는 여자가 되는데 나는 남자가 되어야 하지? 카릴은 릴카를 이끌고 싶지 않았다. 릴카와 같은 춤을 추고 싶었다. 카릴도 아름답게 꽃피는 법을 익히고 싶었다.

그렇게 생각한 순간 눈앞이 흔들렸다.

파트너를 들어서 자신의 몸 왼편으로 옮겨 주는 기술이었다. 들어 올릴 때부터 뭔가 잘못됐다는 느낌이 들었다. 무게중심이 어긋난 것 같았다. 이러면 안 되는데 싶더니 아니나 다를까 릴카의 발등이 카릴의 정강이에 부딪쳤다. 다리에 통증이 퍼짐과 동시에 릴카의 몸이 앞으로 기울어졌다. 그 찰나의 움직임이 카릴에게는 걷잡을 수 없는 세월처럼 느껴졌다.

"릴카!"

릴카가 플로어에 쓰러졌다. 푸른색 연습복 드레스가 파도처럼 너울졌다. 주변에 있던 학생들이 춤을 멈췄다. 뭐야? 무슨 일이야? 넘어졌어. 누가 넘어졌다고? 아이들이 웅성거리는 동안 카릴은 허겁지겁 무릎을 굽히고 릴카에게 손을 내밀었다.

"릴카, 괜찮아? 안 다쳤어?"

릴카는 두 팔로 바닥을 받친 채 엎드려 있었다. 카릴이 어깨를 잡자 릴카가 고개를 들더니 카릴을 뿌리쳤다.

"이거 놔, 이 멍청아!"

릴카의 힘이 너무 세서 카릴은 뒤로 기우뚱거렸다. 카릴을 노려보는 릴카의 두 눈이 번뜩거렸고 눈썹이 치켜 올라갔다. 이마 한가운데에 남아 있는 감관(感管)의 흔적이 꿈틀거렸다.

"그렇게 엉터리로 리드하는 게 어딨어! 내가 준비가 됐을 때 들어야지!"

릴카가 소리를 질렀다. 카릴은 억울했다.

"음악이 그 박자였잖아. 네가 박자를 놓친 거지."

"아니거든, 네가 반박 빨랐다고! 대체 몇 번째 실수야, 이게!"

릴카의 얼굴이 빨갛게 달아올랐다. 싸울수록 창피해지기만 한다는 걸 알면서도 주체할 수 없는 모양이었다. 카릴은 헷갈렸다. 적당히 참고 물러서 줘야 하나? 남자는 배포가 있어야 한다던데. 아니면 오히려 강하게 릴카를 압도해야 하나? 남자니까? 아니, 둘 다 하고 싶지 않았다. 그러면 어떻게? 주위에서 아이들의 나지막한 말소리가 들렸다. 킥킥거리는 웃음소리도 작지만 분명히 들렸다.

하나뿐인 춤

카릴은 주먹을 말아 쥐었다. 음악이 멈췄다.

"그만, 둘 다 그만해."

모여 서 있는 학생들을 헤치고 다가온 선생님이 말했다. 릴카는 숨을 몰아쉬며 치마를 털고 일어났다.

"릴카, 안 다쳤니?"

"괜찮아요. 죄송합니다."

"그래. 파트너를 그렇게 몰아붙이면 안 돼. 무도회에서는 예의도 춤만큼이나 중요해."

"…네."

릴카가 고개를 폭 수그렸다.

"그리고 카릴."

카릴은 선생님을 마주 보았다. 선생님은 미묘한 쓴웃음을 짓고 있었다. 선생님의 입에서 나온 말은 전과 같은 꾸중도, 엄한 격려도 아니었다.

"수업 끝나고 잠깐 남으렴. 할 이야기가 있다."

교무실 문을 닫고 카릴은 잰걸음을 옮겼다. 점심시간이지만 식욕이 없었다. 곧장 화장실로 갈 생각이었다. 같은 학년 학생들이 쓰는 화장실이 아닌, 저학년 화장실로.

저학년 건물에 들어서자 풍경이 확연히 달라졌다. 카릴보다 어린 아이들이 둘씩 짝지어 복도를 걷고 있었다. 구분하기 어려울 만큼 흡사하게 생긴 쌍둥이들이었다. 창턱에 앉아 노닥거리는 쌍둥이. 공용 식당으로 뛰어가며 깔깔거리는 쌍둥이. 사물함을 같이 정리하는 쌍둥이…. 모든 것이 쌍으로 존재하는 세상에 홀로 들어선 카릴의 존재는 적잖이 튀었지만 그럼에도 동급생들

사이에서보다는 이곳이 그나마 마음 편했다. 일단 이곳에는 여성용 화장실과 남성용 화장실이 분리되어 있지 않았다. 게다가 어린 후배들은 카릴을 이상한 눈으로 보기는 했지만 굳이 비웃거나, 발을 걸거나, 놀리거나 하지 않았다. 어차피 자기네 세계에 속하지 않는 사람이니 따돌릴 필요도 없는 것이다. 자기들끼리 마음속으로 무슨 험담을 주고받을지는 알 수 없는 일이었지만.

그런 내밀한 험담도 더 이상 나눌 수 없는 때가 올 것이다.

화장실에는 다행히 아무도 없었다. 카릴은 세면대 앞에 서서 거울을 보았다. 이마에 달린 보라색 감관이 가장 먼저 눈에 띄었다. 릴카와 똑같이 생긴, 살짝 치켜 올라간 눈동자와 검은 입술도. 카릴은 이제껏 수없이 곱씹었던, 라뮈스 성인에 대한 생리학적 상식을 떠올렸다.

모든 라뮈스 성인은 무성(無性)의 일란성 쌍둥이로 태어난다. 쌍둥이끼리는 유전적으로 동일할 뿐만 아니라 서로의 생각과 감정을 공유할 수도 있다. 이는 서로의 몸에서 분비되는 화학 물질을 이마에 달린 감관을 통해 수용함으로써 이루어진다. 임신이나 출산 과정에서 뭔가가 잘못된 경우가 아니라면, 모든 라뮈스 성인 아이들은 자기 쌍둥이와 함께 태어나고, 사고하고, 행동하고, 성장한다. 거울 같은 존재를 마주 보며 스스로를 인식하고 다른 쌍둥이들과의 차이를 경험하며 정체성을 확립한다.

그러다 청소년기에 접어들면 분화(分化)가 시작된다. 쌍둥이 간에 유전 형질이 달라지고 각자 다른 생식기관이 형성되면서 여성과 남성으로 나뉘는 것이다. 저마다의 성별에 걸맞은 신체적, 정신적 특성이 발달해 가면서 쌍둥이들은 서로 다른 개인이 된다. 또한 감관과 분비샘이 퇴화하여 더 이상 서로의 생각과 감정을 읽을 수 없게 된다. 그때부터야 라뮈스 성인들은 독립적으로 사고하고 행동할 수 있는 인격체가 되었다고 사회에서 인정받아 성인(成人)으로 바로 서는 단계에 이른다. 라뮈스에서 가장 널리 퍼진 종교인 빌레즈나교에서는 신께서 라뮈스 성인이 타인과의 동질성과 차이를 모두 경험하며 성장하도록 안배하셨으며, 남자와 여자라는 두 가지 성별의 아름다운 조화를 통한 출산이야말로 모든 라뮈스 성인이 추구할 자기완성의 길이라고 했다. 남자는 가장으로서 아이를 먹이는 일을 책임지고, 여자는 어머니로서 아이를 키우고 돌보는 일을 책임지면서 비로소 사회에 기여한다고도 했다.

'혹시 나는 영영 어른이 될 수 없는 걸까?'

카릴은 거울 속 자신의 이마에 버젓이 솟은 감관을 멍하니 바라보며 생각했다.

릴카는 열다섯 살부터 이미 감관이 퇴화하기 시작했다. 릴카의 감관이 본연의 빛깔을 잃고 피부 속에 파묻혀 가는 동안 카릴의 감관은 그대로였다. 릴카의 가슴과 엉덩이가 커지고 여성기가 형성되는 동안 카릴의 몸에는 남성기인지 여성기인지 모를 작은 돌기와 주름 같은 것만 생기고 끝이었다. 릴카는 자신처럼 여성이 되어 가는 또래 친구들과 함께 옷을 사러 다니고, 화장을 하고, 누가 어떤 남자 친구를 사귀느냐 하는 화제에 열을 올렸지만, 카릴은 남자아이들의 세계에 관심이 없었다. 오히려 카릴도 릴카와 같은 옷을 입고 싶어 했고, 릴카가 좋아하는 가수의 음악을 똑같이 좋아했다. 카릴은 자신이 좀 늦되어서 그런 줄 알았다. 부모님도 릴카도 그렇게 생각하며 카릴이 남자가 되기를 기다렸다. 하지만 열여덟 살이 된 지금까지도 카릴의 감관은 작아질 기미가 없었다.

그걸로 아무것도 느낄 수 없게 되었는데도 불구하고.

아무짝에도 쓸모없는 기관. 카릴은 거울 속 자신의 감관이 처량하고 한심해 보였다. 가위로 잘라내 버리고 싶었다.

"릴카 말고 다른 파트너들과 춤을 춰 보는 게 어떠니?"

아까 교무실에서 선생님은 그렇게 제안했다. 예상했던 말이었다. 무용반 동급생 중에서 아직까지 쌍둥이끼리 춤을 추는 학생은 카릴과 릴카밖에 없었다. 다른 아이들은 모두 작년쯤 자기 쌍둥이와 떨어져 다양한 이성 친구들과 합을 맞춰 보고 있었다.

"네가 아직 분화를 못 하고 있으니 다른 아이들과 파트너를 맺을 준비가 안 됐다고 생각해서 여태껏 릴카와 춤을 추게 했다만, 릴카와 같이 춘다고 해서 딱히 합이 잘 맞는 것 같지는 않구나."

선생님의 말이 옳았다. 더 이상 서로의 생각을 공유할 수 없게 된 릴카와 카릴은 어렸을 때처럼 한 몸인 듯 조화롭게 춤추지 못했다. 지금은 오히려 서로를 잘 안다는 착각과 상대방에 대한 잘못된 기대 때문에 어긋나기만 했다.

"차라리 다른 여학생들과 연습하는 경험을 쌓는 게 네게도 도움이 될 것 같다."

"…네, 선생님."

카릴은 머뭇거리며 대답했다. 사실 별로 그러고 싶지 않았다. 다른 여학생들과 파트너가 된다면 그들이 카릴에게 어떤 반응을 보일지 두려웠다. 여학생들은 당연하게도 정상적으로 분화한 어엿한 남자아이들과 춤추고 싶어 했다. 카릴처럼 남자도 여자도 못 된 애가 아니라.

"저기, 혹시…."

"응?"

"저도 여자 파트 춤을 출 수는 없을까요?"

카릴이 조그맣게 물었다. 그러자 선생님이 어이없다는 표정으로 피식 웃었다.

"그럴 수는 없지. 너는 남자잖니."

선생님은 누그러진 어조로 말을 이었다.

"분화가 늦어지고 있을 뿐이지 너도 남자야. 자신감을 가지렴. 여러 여학생들과 호흡을 맞추다 보면 분명 실력이 늘 거야. 졸업 무도회에서도 좋은 춤을 출 수 있을 테고. 힘내."

선생님의 격려에 카릴은 오히려 가슴이 꽉 막혀 왔다. 졸업 무도회라는 말만 들어도 도망치고만 싶었다. 무용반 학생들에게 졸업 무도회는 성인식이나 마찬가지였다. 성전에서 하는 성인식보다 더 중요했다. 파트너를 결정하고, 남학생이 여학생을 에스코트해 무도회로 데려가고, 춤을 추고, 남자 댄서와 여자 댄서로서의 역할을 각각 완벽하게 소화해 냈음을 증명하고, 가족들의 축하를 받으며 청소년기의 학업을 마무리하는 자리.

겨우 세 달 남았는데 카릴은 전혀 준비가 되어 있지 않았다.

릴카는 예뻤다. 밤하늘처럼 검은 눈동자, 매끈한 피부, 완벽한 대칭을 이루는 크고 동그란 귀, 무릎까지 내려오는 풍성한 은빛 머리카락까지. 릴카는 아침마다 머리를 정성껏 땋았다. 거울 앞에 서서 오래도록 손을 놀려 머리 타래로 복잡한 고리 모양을 만들어 냈다. 어디서 배우지도 않았는데 신통하게 잘해 냈다. 릴카는 자신이 어떻게 하면 더 예뻐 보이는지 알았고 밉지 않을 만큼 내숭을 떨 수 있었으며 때로는 놀라울 만큼 과감해졌다. 여자아이들은 릴카와 친구가 되고 싶어 했고 남자아이들은 릴카 앞에서 점잔을 뺐다.

부모님은 릴카가 여자로서 '깨어나고' 있다고 했다. 모든 게 릴카의 몸에서 일어나는 생물학적 변화에 의한 것이라고.

하지만 카릴은 믿을 수 없었다. 카릴은 릴카와 몸매는 다르지만 거의 똑같이 생겼다. 어렸을 때만 해도 둘 다 귀여운 아이들이라는 소리를 들었다. 같이 있으면 한 쌍의 요정 같다고들 했다. 그런데 나이가 좀 들고 나니 릴카는 더더욱 예쁜 요정 여왕이 되었는데 자신은 사람들이 언급을 삼가고 애써 눈길을 피하는 괴상한 존재로 전락했다는 것이 이해가 되지 않았다. 카릴도 머리를 길렀더라면 지금쯤 릴카처럼 땋을 수 있었을 것이다. 하지만 릴카의 성징이 시작되었을 때 부모님은 카릴을 미용실로 끌고 가 머리카락을 귀밑까지 잘라 버렸다. 그때 카릴은 발밑에 떨어지는 자신의 은발을 보며 눈물을 쏟았다. 목덜미에 닿는 서늘한 가위의 감촉이 지금까지도 악몽에 종종 나왔다. 부모님은 카릴이 그 일을 두고두고 원망하는 것을 이해하지 못했다. 지구인들은 머리카락을 잘라도 잘라도 다시 자란다고 하던데, 부러웠다. 라뮈스 성인의 머리카락은 한 번 자르면 그걸로 끝이었다.

단지 릴카가 먼저 여성의 성징을 나타냈다는 이유로 카릴이 남자가 되어야 하는 것은 부당했다. 카릴도 노력은 했다. 비록 남자의 몸을 갖추진 못했더라도 남자의 역할을 익혀 보려고. 하지만 그럴수록 돌아오는 것은 부적격하다는 조롱뿐이었다.

"야, 카릴로트."

등 뒤에서 들려온 익숙한 목소리에 카릴은 어깨를 곤추세웠다. 디아말이었다. 디아말 패거리의 눈에 띄지 않으려고 구석에서 혼자 조용히 연습하고 있었는데 이번에도 그냥 넘어가 주질 않았다. 디아말과 그 친구들은 남학생반 자율 연습 시간에 춤 연습에 집중하는 법이 없었다. 자기네끼리 낄낄거리고 놀다가 심심해지면 카릴에게 시비를 걸었다.

"카릴로트, 안 들려? 사람이 말을 걸면 대답을 해야지."

카릴은 마지못해 천천히 몸을 돌렸다. 디아말을 비롯한 무용반 남자애들은 카릴의 이름에 여성형 접미사 '로트'를 붙여서 카릴로트라고 불렀다. 카릴이 남자답지 못하다고 붙인 별명이었다.

"그건 내 이름이 아니야."

카릴이 조그맣게 말하자 디아말이 과장되게 높은 하이톤으로 흉내 냈다.

"그으건 내 이름이 아니야아?"

뒤에서 지켜보던 아이들이 웃음을 터뜨렸다. 디아말의 패거리에 속하지 않은 아이들은 거울을 보며 연습에 집중하는 척하고 있었다. 디아말은 무용반에서 가장 덩치가 크고 싸움을 잘하는 남학생이었다. 힘과 체급이 좋으니 춤출 때 리드도 웬만큼 잘했다. 기술을 잘 숙지하지는 못해서 평점은 높지 않았지만 여학생들은 그의 거친 리드를 좋아하는 편이었다. 디아말이 파트너를 번쩍번쩍 공중으로 들어 올릴 때마다 여자아이들은 까르르 웃음을 터뜨렸다. 남자아이들은 디아말이 찍은 여자아이를 감히 파트너로 삼지 못하고 알아서 양보해 주었다.

무용반 남학생들은 보이지 않는 서열에 따라 행동했다. 디아말에게 거역할 수 있는 아이는 거의 없었다.

"오늘 영 뻑적지근한 게 연습이 잘 안 되는데, 네가 내 파트너 역할 좀 해 주지?"

디아말이 카릴의 감관을 툭툭 건드리며 말했다. 타인의 감관을 만지는 것은 엄청난 실례였다. 예민한 감각이 자극받은 카릴은 몸서리를 치며 소리를 질렀다.

"어딜 만지는 거야! 나 여자 역할 못 해."

"뭘 그렇게 도도하게 굴고 그러시나."

디아말이 억지로 카릴의 허리를 당겨 안았다. 카릴은 디아말의 가슴을 양손으로 짚고 밀어내려 안간힘을 썼지만 디아말은 꿈쩍도 하지 않았다. 디아말의 몸에서 땀 냄새가 훅 끼쳤다. 카릴은 마음속 깊은 곳에서 분노가 치밀었다.

"이거 봐!"

"싫은데."

디아말이 카릴의 손목을 아플 정도로 세게 움켜쥐었다. 디아말이 성큼 발을 옮기자 카릴은 하릴없이 비틀거리며 딸려 갔다. 지켜보던 아이들 몇이 손뼉을 치면서 최근 수업에서 배운 무도곡의 멜로디를 불렀다. 디아말은 노래에 맞춰서 스텝을 옮겼다. 하지만 카릴이 거세게 저항했기 때문에 둘은 씨름하듯 뒤뚱거릴 뿐이었다.

"이거 쉽지 않네. 저번에 보니까 네 쌍둥이를 바닥에 메다꽂아 버리던데. 그렇게 매너가 거칠어서야 누가 너랑 춤을 춰 주겠어? 이거 버릇을 가르쳐 줘야겠네."

디아말이 카릴의 허리를 안은 손을 움직여 상의 밑으로 손을 넣었다. 등허리로 미끄러져 들어오는 축축한 살갗의 감촉에 카릴은 머리가 펑 터지는 것 같았다. 카릴은 욕을 내뱉으며 다리를 차올렸다.

"억, 이 쌍년이!"

남성기를 걷어 차인 디아말이 괴성을 지르며 겅중거렸다. 노래를 부르던 아이들이 조용해졌다. 시시덕거리고 즐기던 분위기가 삽시간에 얼어붙었다.

하나뿐인 춤

오늘도 얻어맞겠구나.

말을 들으면 가지고 논다. 말을 안 들으면 짓밟는다. 그게
남자아이들의 법칙이었다.

디아말의 커다란 손이 허공으로 들려 올라가는 것을 보고
카릴은 눈을 질끈 감았다. 이제 손이 내려올 것이다. 하나, 둘, 셋….
수를 세고 있던 그때, 누군가의 목소리가 디아말과 카릴의 사이를
갈랐다.

"카릴! 카릴 있지? 너희 담임선생님이 부르셔."

얀.

연습실 문간에 얀이 서 있었다. 얀은 아이들 사이에서 무슨
일이 벌어지고 있었는지 전혀 모르는 것처럼, 혹은 알더라도 아무
관심이 없는 것처럼 무심한 얼굴을 하고 있었다. 하지만 카릴은
괴롭힘당하는 아이 특유의 감으로 알아차렸다. 얀이 지금까지
어디에서 뭘 하고 있었는지는 몰라도, 카릴이 얻어맞기 일보 직전에
일부러 끼어들었다는 것을. 선생님이 부른다는 것도 거짓말이리라.
얀은 예전에도 여러 번 카릴에게 은근한 친절을 건넨 적이 있었다.

디아말이 손을 내리고 얀을 노려보았다. 아이들 사이에
긴장감이 흘렀다. 디아말은 얀의 간섭이 마뜩잖은 표정이
역력했지만 섣불리 행동하지 않았다. 얀은 만만한 인물이 아니었다.
우선 고위 공직자 부모님의 뒷배가 있었다. 외교관 친척을 따라
지구에서 유학하다 와서 지구를 동경하는 여자아이들 사이에서
인기도 많았다. 여러 과목 선생님들에게 촉망받는 우등생이기도
했다.

디아말은 속으로 계산을 하는 듯하더니 카릴을 툭 치며 말했다.

"가 봐라. 쓸데없는 말 하면 죽는다."

카릴은 부리나케 뛰어나갔다.

얀은 카릴에게 따라오라 하고는 먼저 복도를 걸었다. 카릴은
말없이 뒤를 따랐다. 연습실이 있는 지하에서 한 층 올라왔을 때에야
카릴은 입을 열었다.

"우리 담임 오늘 아파서 학교 안 왔을 텐데."

얀이 뒤를 돌아보고 씩 웃었다.

"그래? 몰랐네."

카릴은 발걸음을 늦췄다. 창밖에 뜬 두 개의 낮달이 푸른빛을
드리우고 있었다. 다른 반들은 수업 중이라 조용한 복도에 두 사람의
발소리만이 울려 퍼졌다. 얀은 카릴이 더 이상 따라오지 않는 걸
알아차리고 멈춰 섰다.

"자율 연습인데 굳이 연습실에 있을 필요 있어? 나 같으면
농땡이 피운다."

"…졸업 무도회 준비하느라 바빠. 넌 잘 추니까 연습할 필요가
없는지는 몰라도."

사실 그 이유 때문만은 아니었다. 그 패거리 때문에 저자세로
피해 다니고 싶지 않았다. 잘못한 것도 없는데 연습실을 빼앗기고
싶지 않았다.

춤 자체는 싫지 않았다. 어렸을 때만 해도 춤을 좋아했다.
사랑했다. 릴카와 함께 춤을 출 때만큼 행복했던 때가 없었다. 남자
파트 춤이 도통 몸에 익지 않았지만, 무도회에서 자신이 출 수 있는
춤이 그것뿐이라면 잘해 내고 싶었다.

"음, 사실 나는 지금까지 릴카랑 같이 있었어."

"릴카랑? 연습하느라?"

카릴이 릴카와 춤추지 않게 되면서 얀이 릴카의 새로운

하나뿐인 춤

파트너가 된 참이었다. 지금은 남학생들과 여학생들이 각각
연습하는 시간이지만 둘은 최근에 파트너로 배정되었으니만큼
따로 만나서 합을 맞춰 봤나 싶었다.

얀이 피식 웃었다.

"너 춤에 정말 진심이구나. 릴카가 말 안 했어? 릴카랑 나
사귀기로 했어."

"어?"

"음, 그저께부터. 그래서 아까 정원에서 잠깐 노닥거렸지."

얀이 약간 쑥스러운 듯 머리를 긁적거렸다.

카릴은 왠지 모르게 기분이 가라앉았다. 무언가가
실망스러웠다. 릴카에게 남자 친구가 생겼다는 게? 얀의 여자 친구가
릴카라는 게? 어느 쪽이든 실망스러울 이유는 뭔가?

"그랬구나. 축하해."

"하하, 고마워. 앞으로 잘 부탁할게. 릴카한테 내 얘기 잘 좀 해
줘."

얀이 목소리를 낮추고 장난스럽게 속삭이는 시늉을 하더니
악수하자는 듯 손을 내밀었다. 카릴은 그 손을 빤히 쳐다보았다.
어쩐지 잡고 싶지 않았다. 불쑥 반항심이 치밀었다.

"고작 그런 거였구나."

"음?"

"여태껏 나를 도와준 거. 릴카를 좋아해서 그런 거였네. 난
또, 네가 특별히 정의로워서 그런 줄 알았지. 이제 보니 내가 릴카
쌍둥이여서 불쌍히 여겨 준 거였네."

얀이 손을 내려뜨리며 입을 떡 벌렸다.

"야, 무슨 말을 그렇게 해?"

"릴카한테 네 무용담 전해 줄 테니까 걱정하지 마. 됐지? 난 간다."

카릴은 몸을 휙 돌렸다. 등 뒤에서 "카릴!" 하고 부르는 소리가 들렸지만 무시하고 걸음을 옮겼다. 어디 갈 데도 없는데 바쁜 일이 있는 사람처럼 성큼성큼 건물 정문으로 나가 버렸다.

한동안 카릴은 자신이 왜 얀에게 그런 쓸데없는 말을 했는지 생각했다.

원래 얀을 그다지 좋아하지 않았다. 모든 걸 가진 남자아이 특유의 여유가 눈꼴사나웠다. 넉넉한 집에서 자라, 지구 문물 유람도 하고, 멀쩡한 남자로 분화해서 세상만사가 쉬운 아이. 마음대로 되지 않는 것이 얼마나 있을까? 카릴도 만약 그런 배경을 가졌다면 공부든 춤이든 못할 건 하나도 없을 것 같았다. 괴롭힘당하는 아이 하나쯤 돕는 것이야 일도 아니겠지. 그런 얀에게 고맙다고 굽신거리고 싶지는 않았다. 카릴에게도 자존심이 있었다.

하지만 대놓고 싫은 소리를 할 필요까지는 없었는데.

릴카는 들떠 있었다. 식구들과 밥을 먹다가도 딴생각에 빠진 듯했다. 저녁에는 친구들과 메시지를 주고받느라 정신이 없었다. 아침에는 무슨 옷을 입을지, 머리를 어떻게 할지 고민하느라 한참을 꾸물거려서 그러다 지각한다고 카릴과 실랑이를 벌이기도 했다.

"적당히 하고 나와. 세상에 연애는 너 혼자 하냐?"

카릴이 핀잔을 주면 릴카는 받아쳤다.

"넌 연애 안 해 봐서 몰라."

그렇게 말하는 릴카의 표정은 대화할 가치도 없다는 듯했다. 카릴에게는 설명해 봤자 아무것도 모른다는 듯.

하나뿐인 춤

사실 그렇긴 했다. 카릴은 연애에 대해서도, 사랑의 감정에 대해서도 잘 몰랐다. 아이들은 누가 누구를 좋아한다느니 누구랑 사귄다느니 하는 문제에 촉각을 곤두세웠지만 카릴은 누군가를 좋아한 적도, 누군가가 좋아해 준 적도 없었다. 그런 데 관심이 없다고 하면 거짓말이었다. 카릴도 사랑받고 싶었다. 주목받고 욕망받고 싶었다. 자신을 원하는 사람의 눈길을 한 몸에 받으며 즐거워하고 싶었다. 태어났으면 누구에게나 그럴 권리가 있는 것 아닌가. 하지만 그런 생각을 하면 할수록 괴로워질 뿐이었다.

　'내가 누군가의 사랑을 받을 날이 과연 올까?'

　카릴은 당장 새 파트너가 된 여자아이, 필라에게 힐난을 듣지 않는 데만도 급급했다. 필라는 카릴에게 온갖 불만을 쏟아 내며 신경질을 냈다. 힘이 부족하다, 리딩이 소심하다, 뭘 하고자 하는 건지 모르겠다, 감관이 얼굴에 스쳐서 걸리적거린다, 남자 같지 않아서 의욕이 안 난다…. 카릴이 아무리 노력해도 필라는 만족하지 않을 것 같았다. 카릴은 자신이 만약 여자 친구를 사귄다면 꼭 이런 식일 거라고 생각했다.

　릴카가 연애를 시작했다니 동기로서 축하해야 할 일이었다. 하지만 카릴은 솔직히 그럴 마음이 들지 않았다. 한때나마 작은 설렘과 어렴풋한 슬픔 하나하나를 공유했던 쌍둥이가 카릴에게 "너는 아무것도 몰라"라고 선언하고 남자의 사랑을 받으러 떠나는 동안 카릴은 스스로가 남자인지 여자인지도 모르는 채 혼자 남아 있는 것도 그다지 기쁘지는 않았다. 더구나 상대가 얀이라니….

　상대가 얀이라는 것이 뭐가 문제인가? 카릴 스스로도 잘 이해가 되지 않았지만, 하필 얀이라는 점이 아무래도 기분 나빴다.

　기분이 나쁠 때 카릴은 춤을 췄다.

연습실까지 갈 것도 없었다. 무도회를 준비하기 위한 연습이 아니었다. 그냥 집 뒤뜰에서, 전면 거울도 없이, 좋아하는 음악을 틀어 놓고 혼자 몸을 흔드는 것이었다. 이런 걸 춤이라고 부를 수 있는지조차 모호했다. 어쨌든 카릴은 스트레스가 쌓이거나 기분이 안 좋을 때 그렇게 막춤을 췄다. 사람 목소리가 들어가지 않은 음악에는 여자도 남자도 없었다. 또한 음악에 맞춰 몸을 움직이는 것에는 성별도 없었다. 그 시간 동안 카릴은 혼란도 수치심도 잊을 수 있었다.

하지만 어느 날 무용 수업 시간에 릴카와 얀이 춤추는 걸 본 다음부터는 그마저도 잘되지 않았다. 음악에 몸과 마음을 맡기려고 해도 두 사람의 춤이 눈앞에 어른거렸다. 얀의 품에서 릴카는 카릴과 춤출 때와는 완전히 다른 사람으로 보였다. 기쁨에 취해 얼굴이 발그레했고 몸이 날렵하게 움직이며 화려한 궤적을 그렸고 강함과 부드러움이, 빠름과 느림이 교차했다. 그야말로 빛이 났다. 세상이 아름다움이라고 정해 준 아름다움이 거기에 있었다. 그것에 비하면 카릴의 막춤은 너무 초라해서 아무도 보지 않는데도 부끄러울 지경이었다.

한동안 서먹하게 지내던 카릴과 얀이 다시 대화한 것은 학교 밖에서였다.

휴일을 맞아 릴카는 친구들과 놀러 나가고 카릴은 집에서 지구의 음악 프로그램을 보던 때, 성전에 다녀온 부모님이 쇼핑이나 하자며 카릴을 차에 태웠다. 카릴은 식료품이나 좀 사고 식사하고 집에 오겠지 생각했다. 그런데 부모님의 속셈은 따로 있었다. 백화점에 도착하자마자 부모님은 남성복 코너로 카릴을 데려가더니 말했다.

"졸업 무도회 때 입을 정장이 있어야지."

카릴은 뒤통수를 맞은 기분이었다.

"정장이라뇨?"

"그럼 정장 한 벌 없이 졸업하려고 했어?"

할 말이 없었다. 이제까지 춤을 어떻게 출지에 대해서만 골몰했지만 사실 무도회에는 옷차림도 큰 비중을 차지했다. 아이들은 무도회에 입고 갈 드레스나 정장을 준비하는 데 정성을 쏟았다. 무슨 브랜드에서 살 거라느니, 액세서리는 어떤 콘셉트로 하겠다느니…. 무용 수업 전이나 후에 아이들이 이야기하는 걸 들은 적이 있었다. 카릴은 연습복이 가장 편했다. 어째서 몸을 옥죄는 불편한 정장을 입고 춤을 춰야 하는지 이해가 되지 않았다.

"정장은 허우대를 살려 주게 되어 있어. 엄마가 잘 골라 줄게 이리 와 봐."

어머니는 작정한 듯 소매까지 걷어붙이고 말했다. 카릴은 어차피 거쳐야 할 과정이라 생각하고 도망치고 싶은 걸 참았다.

하지만 쇼핑은 엉망진창이었다. 어떤 옷을 입어도 카릴의 허우대는 살아나지 않았다. 어머니는 카릴을 이 가게 저 가게 끌고 다니면서 다양한 디자인과 색상의 정장을 입어 보게 하고는 매번 다른 이유로 마뜩잖아 했다. 보라색 감관이 옷 색깔과 안 맞는다느니, 키가 작아 보인다느니, 어린애가 아빠 옷을 빌려 입은 것 같다느니. 한 가게에서는 직원이 추천해 준 옷이 잘 어울리지 않으니 민망해진 어머니가 "얘가 아직 분화가 덜 돼서 몸이 계집애 같다"라고 카릴의 흉을 보기도 했다. 결국 카릴은 폭발했다.

"내가 입고 싶다고 한 것도 아니고 엄마, 아빠 좋자고 끌고 왔으면서 왜 내가 욕까지 먹어야 하는데요?"

"너 그게 무슨 말버릇이야? 이게 왜 엄마, 아빠 좋자고 한 일이야?
네 무도회에 입고 갈 옷인데 네가 적극적으로 골라도 모자랄 판에."

아버지가 벌컥 화를 냈다.

"제가 뭘 입어도 맘에 안 들어 하실 거잖아요."

카릴은 너무 서러워서 울음을 터뜨렸다. 어머니는 사람들
눈치가 보여서 카릴을 달래며 아까 세 번째로 입어 봤던 진회색
정장이 가장 멋있어 보였다고 했다. 결국 카릴의 의사와는 상관없이
부모님은 그 정장을 사기로 결정했다.

부모님이 계산대에서 결제를 하고 직원이 옷을 포장하는 동안
카릴은 가게 밖에 서서 기다렸다. 눈물을 닦아 내고 있는데 문득
익숙한 목소리가 들렸다. 얀이었다. 옆의 향수 가게에서 얀이 직원과
대화하고 있었다.

"…친구 생일 선물로 살 거라서요. 아, 남자요."

얀은 카릴을 못 본 채 진열장에 늘어선 향수들을 들여다보고
있었다. 그런데 좀 이상했다. 얀의 말투에서 유난히 지구어 억양이
묻어났다. 평소의 얀은 라뮈스어를 유창하게 하는 편이었는데.
인생의 절반 이상을 다른 행성에서 보낸 것치고 얀은 라뮈스 성인들
사이에서 늘 자연스럽게 말하고 행동하는 편이었다.

"…이건 너무 여, 여성스러운 향인가요? 제가 지, 지구에서 살다
와서 잘 몰라요. 거기는 향들이 여기랑 달라서요…."

얀이 당황하며 더듬거렸다. 직원은 그런 얀을 상냥하게
바라보고 있었지만, 아직 감관의 흔적이 채 아물지도 않은,
라뮈스어에 서툴기까지 한 소년이 향수 같은 어른스러운 선물을
사러 온 것이 귀엽고 가상하다는 눈빛을 숨기지 못했다. 카릴은

누군가가 상대방을 무시할 때의 표정을 예민하게 알아차릴 수 있었다. 얀이 오늘따라 왜 저렇게 어수룩하지? 늘 자신만만한 듯 잘난 척하더니?

카릴은 충동적으로 향수 매장으로 걸어갔다.

"안녕, 얀."

얀이 놀란 얼굴로 카릴을 돌아보았다.

"어?"

"저 옆 매장에 있다가 들었어. 친구 생일이라고? 어떤 취향인데?"

얀이 눈에 띄게 허둥거리며 생각에 잠겼다.

"어, 음…. 레몬."

"레몬?"

"레몬이라고, 지구의 과일인데. 굉장히 상큼한… 코가 시큰해질 정도라고 해야 하나, 머리가 맑아지는 그런 향이야. 입에 넣으면 달콤하기도 하고."

얀의 말이 빨라지면서 지구어 억양이 더 강해졌다. 하지만 그 편이 오히려 자연스럽게 느껴졌다.

친구가 지구의 과일을 좋아한다니, 그 친구도 지구에서 살다 온 걸까.

"내가 느끼기에는 이 향수가 비슷한 것 같은데, 직원분이 너무 여성스러운 향이라고 해서."

얀이 푸른빛이 도는 유리병을 가리켰다. 카릴은 선반에 붙은 라벨을 보았다. '시아톨라누의 꿈'이라는 이름이 붙어 있었다. 시아톨라누는 라뮈스 서부 대륙에 자라는 식물 이름이었다. 푸른 꽃이 예쁘고 향기롭기로 유명해서 관상용으로 많이 쓰였고 향수나 화장품의 재료로 심심찮게 볼 수 있었다. 그리고 직원 말마따나 여자들이 좋아하는 향이기도 했다.

직원이 다른 선반으로 건너가면서 말했다.

"그래, 열여덟 살이라고 했지? 그 나이대 사내애라면 추천할 만한 게⋯."

카릴은 불쑥 말했다.

"됐어요. 시아톨라누의 꿈으로 주세요."

"뭐?"

직원이 멈칫하고 카릴을 돌아보았다. 얀은 직원과 카릴 사이에서 얼떨떨하게 서 있었다. 카릴은 얀을 똑바로 쳐다보며 말했다.

"친구가 이 향을 좋아한다면서. 본인이 좋아하는데 그 이상 나은 선물이 뭐가 있겠어? 시아톨라누로 해."

직원이 눈살을 찡그리며 팔짱을 꼈다.

"너희가 아직 어려서 향수에 대해 잘 몰라서 그러는데, 향수는 본인 취향도 중요하지만 남들이 어떻게 생각하느냐도 중요해. 결국 다른 사람들에게 좋은 인상을 풍기고 싶어서 뿌리는 게 향수잖아. 시아톨라누는 너희 어머니 세대 아주머니들이나 뿌리는 향이야. 선물 잘못했다가 괜히 후회하면⋯."

카릴은 울컥 화가 올라왔다. 오늘 정장을 고른다고 부모님에게 끌려다니며 쌓였던 감정이 폭발하는 것 같았다. 어디서 그런 과단성이 생겼는지, 카릴은 평소의 자신이었더라면 생각도 못 했을 말을 꺼냈다.

"후회하면 제가 책임질게요."

얀의 눈이 휘둥그레졌다.

"무슨 말이야?"

"만약 네 친구가 마음에 안 들어 하면 내가 향수값 줄게. 됐지?"

"아니, 그렇게까지 할 필요는 없는데…."

얀의 말이 옳았다. 카릴이 그렇게까지 할 필요는 없다. 하지만 그렇게까지 하고 싶었다. 카릴은 매대 안쪽에서 시아톨라누 향수 새 제품을 꺼내 얀에게 내밀면서 말했다.

"저번에 미안했으니까. 또 여러 가지로 고맙기도 하고. 하지만 내가 돈 줄 일은 없을 거야. 나는 네 선택이 틀리지 않았다고 말하고 있을 뿐이야."

다음 날 학교에서 마주친 얀은 평소와 같은 태평한 모습으로 돌아와 있었다. 라뮈스어로 친구들과 대화하는 말씨도 유창하기 그지없었다. 창턱에 걸터앉아 큰 소리로 웃는 얀을 보면 어제의 만남은 없었던 일 같았다. 하지만 얀이 카릴을 보더니 다가와 조용히 말했다.

"친구가 마음에 들어 했어. 고마워."

얀은 의미심장한 미소를 지어 보였다. 카릴도 마주 웃었다. 그 웃음 속에서 둘은 둘만 아는 무언가를 공유한 듯했다. 어린 시절 릴카와 감관으로 동기화했을 때처럼, 언어를 매개하지 않은 공감이었다.

네 선택은 틀리지 않았어.

카릴도 자신이 한 말에 스스로 용기를 얻었다. 그러고 보면 카릴은 무언가를 원해서 선택해 본 적이 없었다. 늘 주변의 변화에 휘둘리고 압박을 쳐 내는 데 급급했을 뿐. 선택은 두려운 일이었다. 정장이 아닌 옷을, 남자 파트가 아닌 춤을, 무언가 다른 것을 원한다고 말하면 사람들의 비난을 살까 봐. 하지만 사람들이 원하는 대로 맞추면서 살아도 돌아오는 건 비난뿐이지 않던가.

다른 아이들은 그런 고민을 할 필요조차 없어 보였다. 여자아이들은 여자다운 것을 원했고, 남자아이들은 남자다운 것을 원했다.

카릴은 자신이 남자아이라고 생각하지 않았다. 쭉 해 온 생각이었다. 나는 남자가 아닌 것 같아요. 남자가 되고 싶지 않아요. 남자아이들과 말이 통하지도 않고 따돌림만 당하는걸요. 설령 나를 끼워 준다고 해도 개네와 섞이고 싶지 않고요. 그 난폭함도, 멍청함도, 서열 나누는 것도 질색이에요. 남자 파트 춤은 너무 부담스러워요. 누군가를 이끌어야 하는 역할이라는 거 재미도 없고, 내 춤을 춘다는 느낌도 안 들고, 힘들기만 해요…. 상담 선생님에게 토로했을 때 선생님은 카릴이 아직 신체적으로 분화가 되지 않아서 남자아이들의 세계에 적응이 되지 않은 것뿐이라고 했다. 친구들에게 놀림당하니 자존감이 낮아진 탓도 있을 거라며, 운동을 해서 몸을 키우고 남자다운 태도를 갖춰 보라고도 했다. 카릴은 좌절감이 들었다. 상담 선생님의 조언은 카릴도 자기 자신에게 수백 번 던져 본 조언이었다. 하지만 그토록 숱한 자기 의심과 자기혐오를 거쳤어도 카릴은 자신이 남자라는 생각이 들지 않았다. 몸이 남자로 분화되기만 하면 이 모든 혼란이 불식될까? 하지만 자신에게 남성기가 생기고 수염이 나고 목소리가 굵어진다고 상상하면 기대가 되기는커녕 욕지기가 올라왔다.

그럼 나는 여자일까?

가끔 분화가 잘못되는 기형아들이 있다고 했다. 쌍둥이가 커서 둘 다 여자가 되거나, 둘 다 남자가 되거나 하는 일이 있다고. 부모들은 제발 자기 자식에게는 그런 일이 생기지 않기를 바라지만

하나뿐인 춤

분명 그런 경우가 있었다.

　카릴은 릴카처럼 멋진 춤을 추고 싶었다. 릴카처럼 긴 머리를 땋아 보고 싶었다. 릴카처럼 하늘하늘한 드레스를 입어 보고 싶었다. 그런데 여자가 되고 싶으냐고 묻는다면 그건 확신이 없었다. 무엇보다도 여자라면 남자와 춤을 추거나 남자와 연애하는 것이 초미의 관심사인 듯하던데, 카릴은 그런 데 관심이 없었다. 그건 디아말에게 '쌍년'이라 불리며 억지로 안겼던 것과 같은 역겨운 경험들을 상기시킬 뿐이었다.

　하지만 아직 좋아하는 남자가 생긴 적이 없어서 그런 것뿐이었다면?

　카릴은 "고마워"라고 말하던 얀을 떠올렸다. 그 순간 둘이 나눴던 미소도, 그때 들었던 행복감도.

　그래, 카릴은 얀에게 호감을 느꼈다. 바로 며칠 전까지만 해도 재수 없다고 생각했던 것이 무색하게도 그랬다. 언제부터였을까? 백화점에서 얀이 향수병들을 앞에 두고 갈팡질팡하는 모습을 봤을 때부터? 그때 카릴은 얀이 학교에서는 보이지 않는 맨얼굴을 본 것 같았다. 얀이 친구들 앞에서 매끄러운 라뮈스어를 구사하는 척하기까지 얼마나 많이 노력했을지 가늠도 되지 않았다. 지구에 나는 과일이며 지구에서 흔한 향기까지 모두 라뮈스와는 다를 텐데, 여기서 적응하는 과정이 쉽지는 않았을 것이다. 친구의 선물을 고를 때 그토록 조심스러워질 수 있는 아이라면 더더욱.

　카릴은 머나먼 별을 꿈꾸는 듯한 눈길로 푸른빛 향수병을 바라보던 얀을 떠올렸다.

　릴카는 얀의 그런 면을 알고 있을까.

　그날 저녁, 릴카가 얀의 생일이라고 데이트하러 간

동안(신기하게도 얀은 자기 친구와 생일이 비슷한 모양이었다)
카릴은 릴카의 SNS에 들어가 보았다. 온통 얀과의 연애 이야기로
가득했다. 사귀기 시작한 2주 전부터 '오늘부터 1일!'이라는 선언이
있었고 친구들의 축하가 쏟아졌다. 얀과 같이 찍은 사진, 춤추는
영상도 올라와 있었다. 카릴은 영상을 한참 들여다보다가 단말기에
저장했다. 여자로서 춤추는 건 어떤 기분일까? 어떤 즐거움이
있을까? 연습을 한다면, 상대가 있다면 카릴도 릴카처럼 출 수
있을까? 알고 싶었다. 선생님은 그런 걸 배운다는 건 당치도 않다는
듯 말했지만 카릴은 자신도 겪어 볼 권리가 있다는 생각이 들었다.

그 외에도 릴카의 피드에는 연애에 관한 이런저런 이야기가
많았다. 릴카는 행복해 보였다. 글에서, 사진에서, 영상에서, 행복이
흠뻑 배어났다. 카릴이 모르는 종류의 감정들이었다. 스스로가
예뻐진 기분. 남자 친구를 자랑하고 싶은 기분. 비밀리에 연인을
만나 설레는 기분. 든든한 사람에게 의지하는 기분. 이런 게
여자들의 감정일까? 카릴은 릴카의 감정을 SNS를 통해 읽어 내고
상상하고 있는 게 쓸쓸해졌다. 옛날 같았으면 자신의 일인 듯 곧바로
보고 알고 듣고 느꼈을 텐데. 이제는 서로의 SNS를 팔로우조차
하지 않았다. 릴카가 분화를 시작한 이후로 둘은 사이가 멀어졌다.
정확히는 릴카가 카릴을 밀어냈다. "네가 계속 나랑 붙어 있는 건
이상해"라면서. 그게 왜 이상하냐고 물으니 "다른 또래 쌍둥이들은
이제 다 떨어져 지내잖아"라면서 조금 창피한 듯 대꾸했다.

뭐가 창피한 거야? 카릴은 묻고 싶었지만 물을 수 없었다. 릴카가
새롭게 알게 된 수치심을 카릴은 이해하지 못했다.

카릴은 릴카의 방에 들어가 보았다. 방 안에 들어서자마자
옅은 화장품 냄새가 났다. 화장대에 늘어선 유리병, 분첩, 머리빗,

장신구함 따위가 카릴을 노려보고 있었다. 침대 구석에는 지구산 곰 인형이 놓여 있었고 창문에는 섬세한 깃털 무늬가 들어간 커튼이 드리워졌다. 카릴은 벽에 박힌, 릴카가 SNS에 연애 이야기를 올리는 데 수없이 사용했을 패널형 단말기를 손으로 훑어보았다. 당연히 잠금은 해제되지 않았다. 그 옆에는 옷장이 있었다. 문을 여니 릴카가 가진 색색깔의 옷들이 무지개처럼 펼쳐졌다. 카릴은 그중에서 물빛 드레스 한 벌을 꺼냈다.

어머니가 물려준 드레스. 성전 성인식 때 입었던 드레스를 간직하고 있던 어머니는 릴카의 감관이 피부 속에 완전히 파묻혔던 날 옷을 뜯어서 릴카의 몸에 맞게, 요즘 유행에 맞게 맞춰 주었다.

"너는 성전 안 다니니까 성인식은 안 하겠지만 무도회에 가겠지. 그때 입으렴. 아주 귀한 옷이야. 우리 호렌타의 진주 거미 실로 짠 옷감에 전통 방식으로 날염하고 라옌의 장인에게 자수를 맡겼지. 나는 결혼식보다 성인식 드레스에 더 공을 들였어. 나중에 딸이 태어나면 물려주려고 얼마나 고이 간직했는지 몰라."

현대적인 지구풍을 좋아하는 릴카는 어머니의 고풍스러운 옷을 물려받는다는 게 마음에 안 들어서 툴툴거렸지만 막상 입어 보니 놀라울 정도로 잘 어울렸기에 군말하지 않았다. 성인식 사진 속 어머니는 젊고 아름다웠고 릴카는 어머니를 쏙 빼닮았다. 릴카가 더 나이를 먹으면 지금의 어머니처럼 되리라는 것은 자명했다.

"여자로 산다는 것은 쉽지 않지만 그만큼의 영광과 찬란함도 있단다. 너도 차차 알게 되겠지."

그때 거실에서 아버지와 장기를 두고 있던 카릴은 옆에서 모녀가 옷을 늘어놓고 나누던 대화를 들었다. 가족들은 카릴이 남자로 분화되어야 하기 때문에 아버지와 친밀하게 지내기를 기대했지만 아버지와 카릴은 서먹했다. 의무감에 장기를 두는 동안에도 숨 막히는 침묵이 흘렀다. 반면 릴카는 커 갈수록 어머니와 점점 가까워졌다. 싸우기도 자주 싸웠지만 그만큼 속 이야기를 많이 나누기도 했다. 카릴은 점점 더 둘 사이에 끼어들기 어려워졌다.

릴카는 여자이기 때문에 여자로서의 역사가, 의미가, 미래가 그를 위해 준비되어 있었다.

카릴이 가진 것은 백화점에서 엉겁결에 고른 정장 한 벌이었다.

카릴은 물빛 드레스를 조심스럽게 입고 거울 앞에 서 보았다. 여성스러운 곡선을 최대한 살리게끔 디자인된 드레스는 카릴의 몸을 좀 더 여자처럼 보이게 했다. 한편으로는 여자가 아닌 몸을 억지로 여자처럼 보이도록 하고 있다고 소리쳐 알리는 것 같기도 했다. 이상한 기분이었다. 황홀하면서 비참했다.

그때부터 카릴은 남들 몰래 여자 춤을 연습했다.

릴카의 SNS에서 다운받은 동영상들을 연구했다. 바를 잡고 몸을 돌리며 여자들이 쓰는 기술을 익혀 보았다. 지난번에 산 정장 재킷을 파트너 삼아, 여자처럼 왼팔로 재킷의 등 부분을 안고 오른손으로 소맷부리 끝을 잡고 오른발부터 움직이면서 장식적인 동작들을 넣어 보았다. 남자 파트 춤을 출 때와는 여러모로 다른 경험이었다. 훨씬 화려하고, 도취적이고, 스텝을 벗어나는 듯하지만 벗어나지 않는 교묘한 동작들이 많았다. 릴카의 드레스를 입었을 때와 비슷한 감정이 들었다. 자신이 이런 춤을 추고 있다는 게 즐거우면서도, 파트너 없이 재킷을 끌어안고 뒤뚱거리는 꼴이 우습기도 했다. 내가 왜 이러고 있나 싶을 때도 있었지만 멈추지 않았다.

하지만 이대로는 부족했다. 결국 파트너가 있어야 했다. 제대로 된 춤에는 음악, 그리고 두 사람이 필요했다.

때때로 춤은 이성 관계의 비유 같았다. 여자는 남자를, 남자는 여자를 만나야 비로소 완성된다고들 한다. 남자아이들은 카릴 앞에서 여자를 사귀는 이야기를 많이 떠벌렸다. 무엇보다도 자신들이 얼마나 '완성'되었는지 과시하기 위해서였다. 하지만 그뿐만은 아니었다. 그들은 지나치게 야한 이야기를 서슴없이 했다. 그 말들 속에서 여자아이들의 육체는 부위별로 나뉘고 여기저기 널리고 평가되었다. 카릴은 듣고 싶지 않았지만 남자아이들은 카릴이 당황하는 것을 알고 일부러 더 떠들었다. 그런 경험을 못 해 본 카릴을 남자가 덜된 남자로 취급하기 위해. 동시에 여자아이처럼 취급하기 위해. 카릴이 항의하면 "너 계집애냐, 이런 거에 난리 치게?"라고 놀렸고, 카릴이 입을 다물면 항의 한마디 못 하는 힘없는 여자아이에게 성적인 농담들을 억지로 들려주는 듯 굴며 즐거워했다. 그러다 보니 카릴은 성적인 것이라고 하면 불쾌한 일로 인식했다.

한편 여자아이들은 자신의 경험에 대해 카릴에게 절대로 말해 주지 않았다. 종종 자기들만의 암호로 변환된 수수께끼 같은 말들을 흘릴 뿐이었다. 여자아이들이 자기 몸에 대해 그리고 상대 남자아이의 몸에 대해 어떻게 생각하는지, 그걸로 무엇을 느끼는지에 대해 카릴은 영화나 소설을 통해 짐작할 따름이었다. 하지만 거기 나오는 몸들은 카릴과 다르게 생겼다. 카릴의 몸은 어디에도 나오지 않았고 말해지지 않았으며 아무의 몸과도 만나지 못했다. 결국 카릴에게 가장 수수께끼 같은 것은 남자의 몸도, 여자의 몸도 아니었다. 자기 자신의 몸이었다.

그러나 춤이라면 다른 사람의 몸과 만날 수 있다.

무도회를 일주일 앞둔 날, 수업이 끝났을 때 카릴은 얀에게 찾아가 단도직입적으로 말했다.

"내가 여자 파트를 연습하고 있는데, 맞춰 줄 파트너가 필요해. 시간 괜찮으면 남아서 연습 같이해 주지 않을래?"

다른 아이는 안 된다. 얀이어야 했다. 여자 파트에 임하려고 하는 카릴의 시도를 비웃지 않고 진지하게 도와줄, 아니 진지하게든 아니든 도와주는 시늉이라도 할 남자아이는 얀밖에 없었다.

"그래? 그러지 뭐."

얀은 왜냐고 묻지 않고 흔쾌히 승낙해 주었다. 카릴은 얀의 그런 산뜻한 배려가 고마웠다.

모두가 떠난 연습실에 남은 둘은 음악을 골랐다. 어떤 음악이 좋겠냐고 묻는 얀의 말에 카릴은 생각에 잠겼다. 보통 수업 시간에는 누구나 들으면 알 만한 전통 춤곡을 사용했다. 카릴은 시내 연례 무도회 때 어머니가 아버지와 함께 춤을 추며 틀었던 호렌타 지역 춤곡을 떠올렸다. 어머니는 그 곡을 좋아해서 요리하면서 종종 흥얼거리곤 했다. 조금 슬픈 멜로디였다. 가사의 일부이자 제목을 알려 주었는데, 〈사랑하는 사람이여, 나 없는 그곳에서 이 노래를 불러 주오〉라고 했다. 카릴은 아무리 멀리 떨어져도 노래로 연결되어 있다는 감각이 마음에 들었다.

"좋은 노래다."

카릴이 고른 곡을 들은 얀이 고개를 끄덕이더니 몇 소절을 흥얼거리고는 스텝을 밟아 보았다. 카릴은 헛기침을 했다. 아이들 앞에서 여자 파트너와 춤을 춰 보여야 하는 평가 시간 때보다 지금이 더 긴장되었다.

하나뿐인 춤

'내가 과연 여자 역할을 잘해 낼 수 있을까?'

얀을 안고 첫발을 뗐다. 원하든 원치 않든 음악은 시작되었고 스텝이 옮겨졌고 그렇게 세계가 움직이기 시작했다. 삐거덕거리며. 얀은 카릴을 위해 느린 템포로 한 발 한 발 움직였고 카릴은 그 걸음을 조심스럽게 따라갔다. 몸에 힘을 뺐다. 그러면서 신경을 한껏 곤두세웠다. 얀이 어디로 가고자 하는지, 무엇을 하고자 하는지, 자신에게 어떤 동작을 요구하려 하는지 포착하기 위해. 여자 파트는 마음을 열어야 해. 상대방을 믿고 의지하고 따라야 해. 상대방의 몸을 통해 음악을 들어야 해…. 기능하지 못하는 감관이 가늘게 떨렸다.

얀의 손과 팔에 힘이 들어가는 게 느껴졌다. 첫 회전 동작을 시도했다. 카릴은 휘청거렸다. 영 볼품없는 모양새로 제자리로 돌아왔다. 흐름이 끊겼다. 얀이 턱짓으로 박자를 헤아리고는 정박에 다시 발을 옮겼다. 카릴은 입술을 깨물고 얀을 따라갔다. 여자 춤은 예뻐 보여야 하는데. 어떻게 하는 거지? 카릴에게는 너무 낯선 감각이었다. 스텝, 스텝…. 걷는 게 너무 어려웠다. 카릴은 자꾸 비틀거렸고, 얀은 경직되었다. 두 번째 회전 동작…. 이번에는 회전이 반쯤 되다 말았다. 카릴이 반사적으로 얀에게 기대자 얀의 무릎이 약간 꺾였다.

'그럼 그렇지. 내가 잘할 수 있을 리가 없잖아.'

역시 혼자서 연습할 때와는 전혀 달랐다. 선생님은 여자가 못 추면 남자 책임이라고 했지만 지금 카릴이 여자 역할에 실패하는 것이 얀의 탓일 성싶지는 않았다. 얀은 춤을 잘 추는 편이었다. 여자아이들은 대부분 얀과 파트너가 되고 싶어 했고, 졸업 무도회에서 얀과 적어도 한 번 이상 춤출 수 있는 릴카를 부러워했다. 그런 얀이라도 카릴을 여자답게 만들어 줄 수는 없는 것이다.

'난 안 되나 봐.'

음악이 끝났다.

카릴은 얀에게서 팔을 떼고 어색하게 멈춰 섰다. 얀은 빙그레 미소 짓고 있었다.

"처음 해 보는 거지? 파트너랑은?"

카릴은 고개를 끄덕였다.

"그런 것치고는 잘하는데."

"…그래?"

"조언 좀 해도 괜찮을까?"

"응."

"몸통이랑 배에 힘을 더 줘 봐. 팔에도."

"힘을 주라고?"

"응. 내게 기대거나 딸려 오는 게 아니라 나를 상대로 버틴다고 생각해 봐. 너만의 중심을 가지고."

의아했다. 카릴이 추구했던 방향과는 완전히 반대되는 조언이었다. 그렇게 하면 남자가 힘들어지지 않나? 릴카나 다른 여자 파트너들이 카릴을 밀거나 당기거나 하면 춤을 이끌어 가기가 어렵던데.

"이해가 안 돼도 일단 그렇게 한번 해 볼래?"

"알겠어."

카릴은 다시 음악을 틀고 얀과 팔을 얽었다. 이번에는 몸에 힘을 넣고 바닥을 단단히 딛고 섰다. 얀이 발을 옮기자마자 먼젓번과는 확연히 다른 긴장이 전해졌다. 카릴은 얀이 끌어당기는 힘에 맞서

하나뿐인 춤

당기다 고무줄처럼 튕기듯 따라갔다.

사랑하는 사람이여, 나 없는 그곳에서 이 노래를 불러 주오.

'슬픈 노래야. 사랑하는 사람이 곁에 없어. 하지만 이 노래를
부르며 함께 있기를 바라는 거야. 그 소망은 간절하고 열정적이지.
그런 면에서는 희열도 느껴져. 어쩌면 상대방은 죽었을 수도 있어.
하지만 노래가 계속되는 한은 살아 있는 거야.'

카릴의 생각들이 음과 함께 공중으로 솟아올랐다. 그와 동시에
몸이 움직여 나갔다. 카릴의 생각들이 몸의 힘으로 발산되고 그걸
얀이 받아 내 또 다른 생각으로 돌려주었다. 힘이 오락가락하면서
긴장과 이완이 생기고, 긴장과 이완이 되풀이되면서 흐름이 생겼다.
한번 생긴 흐름은 탄력이 붙었고 마치 두 사람의 의지와 상관없는
문제인 것처럼, 중력을 따르는 물결처럼 전진했다. 그 흐름이
카릴의 몸을 붕 띄워 올리는 듯했다. 아니, 실제로 떠오르고 있었다.
영원 같은 한순간 카릴은 얀의 팔에 떠받쳐져 허공으로 떠올랐다
내려앉았다.

노래가 끝났다.

카릴은 멍하니 서서 얀을 바라보았다. 얀은 만족스러운 듯 웃고
있었다.

"어때? 아까보다 낫지?"

낫다고 할 수 있는 건가? 카릴은 이번엔 뭐가 낫고 못하고 하는
생각 자체를 하지 않았다. 자신이 예뻐 보이는지 아닌지 하는 생각도
하지 않았다. 3초처럼 흘러간 3분이었다. 그 3분을 돌이켜 보면
동작들 자체는 완벽하지 않았던 것 같기도 했다. 하지만 그런 건
중요하지 않았다.

"재밌었어."

카릴은 말했다.

"나도."

사실 말은 필요 없었다. 서로 재밌었다는 걸 이미 춤추는 동안
몸으로 느꼈으니까. 그보다 나은 설명은 있을 수 없었다.

어쩐지 눈물이 날 것 같았다. 카릴은 쌍둥이끼리의 동기화만이
타인과 나눌 수 있는 완벽하고 순수한 교감이라고 생각했다.
누군가와 똑같아지는 것, 똑같이 생각하고 똑같이 행동하고 똑같이
말하는 것만이 이상적인 사랑이라고. 그것이 불가능해졌으니 이제
자신은 영원히 쓸쓸하게 살아야 할 운명이 되었다고 믿었다. 그런데
이제 보니 그렇지 않았다. 카릴은 카릴이었고, 얀은 얀이었다. 3분
동안 카릴은 자기 자신이 되었고, 그렇게 서로가 따로 존재하면서도,
아니 따로 존재함으로써 비로소 모든 것을 이해했다.

"고마워, 얀."

카릴은 얀을 끌어안았다.

얀은 조금 놀란 듯했지만 이내 카릴을 마주 안았다. 얀의
품은 따뜻했다. 그리고 아까부터 어렴풋이 익숙한 향기가 풍겼다.
어디선가 맡아 본, 기억 언저리를 맴도는 향이었다. 카릴이 그 기분
좋은 향기가 머릿속에 남긴 흔적을 훑고 있을 때였다. 등 뒤에서
누군가의 목소리가 들렸다.

"너희 둘, 뭐 하는 거야?"

카릴은 얀에게서 떨어졌다. 얀도 카릴에게서 팔을 풀었다.
연습실 문간에 익숙한 사람의 형체가 서 있었다. 릴카였다.

"쟤 정상이 아니에요."

릴카가 카릴을 손가락질하며 선고하듯 말했다. 소파에 앉은

부모님은 심각한 얼굴로 릴카의 말을 듣고 있었다. 카릴은 당장 도망치고 싶은 마음을 억누르며 부모님 맞은편 의자에 앉아 고개를 떨구고 있었다.

"어떻게 쌍둥이 여동기의 남자 친구를 빼앗으려 할 수 있어요?"

"그런 게 아니라니까, 릴카."

카릴은 다시금 항변했다.

"여자 파트 춤 연습을 안이 도와준 거야. 연습이 잘돼서 기뻐서 안았고. 그뿐이야."

"애초에 네가 왜 여자 파트 춤을 연습하는데? 너 여자야? 아니잖아."

릴카가 매섭게 따졌다.

"…여자 아니어도 여자 춤을 배울 순 있잖아. 선생님들도, 전문 무용수들도 자기랑 다른 성별 춤도 익히곤 해. 그래야 춤을 더 깊이 이해할 수 있으니까…."

"그래서 네가 전문 무용수라도 되려고? 그 실력으로?"

릴카가 하, 하고 코웃음을 쳤다.

"변명하지 마. 네가 내 드레스 입은 거 다 알아. 엄마가 준 물빛 드레스, 지퍼가 뜯어져 있었어. 그거 네가 망가뜨렸지?"

카릴은 말문이 막혔다.

그랬나? 조심스럽게 입는다고 입었는데. 카릴은 기억을 빠르게 훑었다. 벗을 때 지퍼가 걸리는 느낌이 나서 좀 세게 내린 것 같기도 했다. 하지만… 어쨌든 그런 건 중요하지 않았다. 이미 카릴은 놀라서 입을 닫아 버렸고 그 침묵이 부모님과 릴카 모두에게 진실을 누설했다.

"카릴."

어머니가 화난, 아니 그보다는 심란한 표정으로 말했다.

"그건 네가 입을 옷이 아니야. 내가 릴카에게 물려준 옷이야."

"알아요. 하지만…."

"그리고 얀은 릴카의 남자 친구야. 릴카는 릴카, 너는 너야."

그건 당연한 말이었다. 하지만 그 사실을 머리로는 알고 있었어도 진심으로 그렇게 믿어 본 적은 없었던 것 같았다. 아니… 있긴 있었다. 얀과 춤을 췄을 때. 그때 카릴은 자신이 릴카라고 생각하지 않았다. 그 어느 때보다도 자기 자신이었다.

"뭔가 착각하는 거 아니니? 네가 릴카가 될 수 있다고? 릴카의 것들을 똑같이 가질 수 있다고? 그럴 순 없어."

"저도 알아요, 그건!"

카릴은 울컥해서 소리를 질렀다. 자신의 경험이 릴카의 모조품 정도로 취급받는 것이 모욕적으로 느껴졌다. 낯선 감정이었지만 낯선 만큼 선명하고 날카로웠다.

"처음에는 솔직히 그랬어요. 릴카처럼 되고 싶은 마음도 있었어요. 하지만 이제는 그렇지 않아요. 그런 마음으로 얀과 춤춘 게 아니에요. 저는…."

"어쨌든 여자가 되고 싶은 거냐?"

아버지가 팔짱을 끼고 물었다.

"여자 옷을 입고, 여자 춤을 추고, 여자처럼 행동하고 싶은 거야? 응?"

"…그건 잘 모르겠어요. 하지만…."

카릴은 마른침을 삼켰다. 그리고 또박또박 말했다.

"남자가 되고 싶지는 않아요. 아니, 저는 남자가 아니에요."

거실에 침묵이 흘렀다.

하나뿐인 춤

이렇게 소리 내어 말해 본 것은 처음이었다. 더욱이 부모님 앞에서. 부모님의 얼굴이 딱딱하게 굳었다.

어머니가 애써 낮고 부드러운 목소리로 말했다.

"카릴. 네 몸이 아직 분화되지는 않았지만 네 동기가 여자라는 건 네가 남자라는 뜻이야. 신께서 그렇게 정해 주신 거야."

어머니는 아버지의 눈치를 보는 듯했다. 아버지는 얼굴이 벌겋게 달아올라 폭발하기 일보 직전으로 보였다. 그러나 카릴은 할 말은 해야겠다고 생각했다.

"그렇지 않아요. 세상에는 쌍둥이가 둘 다 여자나 남자로 분화되는 경우도 있대요."

"그래… 그런 경우들도 있다고는 하지. 하지만 그게 너는 아니야. 너는 여자 몸도 아니잖니. 무엇보다 아직 감관이 그대로잖아. 더 기다려 보면…."

"기다려도 마찬가지예요. 만약 제 몸에 남성기가 생긴다 해도 저는 제가 남자가 아니라고 생각할 거예요."

"그게 대체 무슨 소리니?"

어머니의 목소리가 가늘게 떨렸다.

아버지가 테이블을 탕 내리치더니 말했다.

"더 이상 들어줄 수가 없군. 이대로는 안 되겠다. 카릴 네가 나나 네 할아버지처럼 훌륭한 군인이 되는 건 기대도 하지 않았어. 하지만 뭐? 남자가 아니야? 듣자 듣자 하니까…."

"아빠!"

"둘 중 하나야. 너는 의도적으로 내 집안을 모욕하고 있거나, 아니면 몸이든 정신이든 어딘가가 아픈 거다. 설마 전자라고 말하지는 않겠지?"

"아빠…."

릴카가 어렴풋이 두려움이 서린 얼굴로 아버지 옆에
다가앉았다.

"카릴도 많이 힘들어해요. 재가 학교에서 얼마나 시달리는지,
아빠도 들으셨지만 제가 봐서 더 잘 알아요…. 분화만 되면 모든
혼란이 가라앉을 거예요."

"그러니 더더욱 병원에 가야지."

아버지가 자기 말에 스스로 동감하듯 고개를 주억거렸다.
카릴은 가슴이 철렁 내려앉았다.

"분화를 촉진시키는 약이 있다고 하더구나. 단적으로는 수술도
있고. 내가 알아보마."

아버지는 여태까지 카릴을 골칫거리로 여기면서도 의료적
처치를 받자는 말은 한 번도 꺼낸 적이 없었다. 미분화 장애, 기형
분화, 성 혼란증…. 남들이 혀를 차고 수군거리는 그런 불명예스러운
병을 자기 자식이 앓고 있다고 인정하기 싫어서였을 것이다. 하지만
이제는 더 이상 카릴을 봐줄 수 없는 지경에 이르렀다고 판단한
것이다.

"아빠, 전 싫어요."

카릴은 떨면서 말했다.

"싫으면 어쩌겠다는 거야? 계속 그따위 병신으로 살겠다는
거냐?"

"저를 그냥 내버려 둬요!"

"이게 어디서 소리를 질러! 아프면 병원엘 가야지! 잔말 말고
아빠 말대로 해!"

머릿속이 하얘지는 것 같았다. 뭐라고 말해야 할지 알 수 없었다.

카릴은 자신이 아프지 않다고 생각했다. 하지만 아버지와 가족들과 세상의 논리 앞에서 카릴의 생각은 억지 주장일 뿐이었다. 카릴 스스로도 자신의 두려움을 이해하기 어려웠다. 릴카 말마따나 분화만 정상적으로 되면 모든 게 해결되는 것 아닌가? 나는 어른이 되기 무서워서 떼쓰는 것일까? 이토록 남자가 되기 싫은 것도 다 내가 아프기 때문일까?

"생각을… 생각할 시간을 좀 주세요."

"생각이고 뭐고 필요 없어. 당장 병원을 알아볼 테니 내일 같이 가는 거다."

토할 것 같았다. 세상이 카릴의 숨을 틀어막고 몸을 결박하고 칼과 가위를 들이대는 느낌이었다. 자기 자신이 사라질 듯한 느낌이었다. 카릴은 눈물을 터뜨리며 거실을 뛰쳐나갔다. 등 뒤에서 카릴을 부르는 목소리가 들렸지만 그 소리에 붙잡힐세라 온 힘을 다해 뛰었다.

집 밖으로 나온 카릴은 무작정 걸었다. 어디로 갈지, 무엇을 할지 생각하지 않았다. 발작적인 공포를 가누는 것만도 힘들었다. 한참을 터벅터벅 걸어 시내를 벗어나자 슬슬 공포는 가라앉고 대신 서글픈 감정이 치밀었다. 카릴은 어느 가게의 유리창에 비친 자기 모습을 보며 생각했다.

잘못된 몸이니 바로잡아야 하는 걸까.

카릴은 얀과 춤추던 순간을 떠올렸다. 몸에 힘을 주라던 얀의 말. 그때부터 둘 사이에 생겨났던 기분 좋은 긴장, 불일치를 통한 이해. 어느 때보다 잘 들리던 음악. "재밌었어"라고 말함과 동시에 그 말이 불필요함을 깨달았던 것…. 여자 파트를 익히려고 했던 건 여자가 되어 보고 싶은 마음 때문이었다. 그런데 얀과 연습하면서 카릴은 자신이 여성스러움에 대해 오해하고 있었음을 알았다. 여자 춤이라고 해서 무조건 상대방에게 의지하고, 리드를 당하고, 예쁜 동작에 치중해야 하는 것이 아니었다. 플로어 위에 선 두 사람은 근본적으로 두 명의 인간이었다. 그리고 춤은 두 인간의 몸이 내뿜는 감정과 힘, 그리고 그것이 오가면서 작용하는 물리법칙에 따라 일어났다. 그 사실을 실감하며 카릴은 본능적으로 알았다. 자신이 옳다는 것. 언제나 잘못되고 미숙하고 애매하고 어그러진 듯하던 자신의 몸이 그 순간만큼은 옳게 느껴졌다. 몸이 꼭 마음먹은 대로 움직인 것은 아니었다. 실수도 있었고 못 한 시도들도 있었다. 남들이 봤을 때 아름다운 춤이 아니었을지도 모른다. 여자가 되었다고 느낀 것도 아니었다. 다만 자신이 자신답다고 느꼈다.

얀이라면 분명 이 마음을 알아줄 것이다.

카릴은 전원을 꺼 두었던 단말기를 켰다. 가족들에게서 들어온 통신 요청을 무시하고 얀의 단말기로 통신을 걸었다.

"여보세요?"

"얀, 나 카릴이야."

얀이 단말기를 고쳐 잡는 기척이 들렸다.

"가족들이랑 얘기 잘 안됐어?"

뻔한 일이었다. 릴카가 둘을 목격한 직후 얀과 릴카는 한바탕 싸움을 치렀다. 얀은 오해라고 설명했지만 릴카의 화는 풀리지 않았고, "집에 가서 보자"라는 말까지 남겼으니 카릴의 집에서 한바탕 파란이 벌어졌으리라는 것은 얀도 예상했을 터였다.

"응…. 아무리 말해도 듣지 않으셔, 부모님."

"그래."

하나뿐인 춤

얀의 목소리에서 걱정이 묻어났다.

"이런 일에 휘말리게 해서 미안해. 하지만… 염치없다는 거 아는데, 나 좀 도와줄 수 있을까?"

"나야 네 문제가 잘 풀려야 릴카랑 화해하니까, 내 문제이기도 하지."

"지금 잠깐 만날래?"

얀은 고민하는 듯했다. 그러더니 뭔가 체념한 듯한 투로 말했다.

"우리 집으로 와."

카릴은 얀에게 부모님을 설득하는 걸 도와 달라고 할 작정이었다. 남자 춤을 잘 익히기 위해서는 여자 입장에서 연습해 보는 것도 필요하다고. 카릴도 결국은 그런 목적이었다고. 남자가 되고 싶지 않다고 말했다지만, 그건 남자답지 못하다는 이유로 너무 스트레스를 받아서 일시적인 반항심에 그랬을 뿐이라고. 지금 강제로 분화를 시켜 버리면 심리적으로나 신체적으로나 부작용이 있을 수 있다고…. 물론 대부분이 거짓말이 되겠지만 그렇게 해서라도 부모님의 결정을 유예하고 싶었다.

얀이 과연 그렇게까지 나서 줄까? 카릴은 어떻게 하면 얀을 회유할 수 있을지에 대한 고민에 사로잡힌 채 얀의 집에 도착했다.

그런데 현관에서 맞아 준 얀을 따라 거실에 들어간 순간, 카릴은 그때껏 자신이 하던 생각을 까맣게 잊었다.

거실엔 얀이 한 명 더 있었다.

"안녕, 카릴."

두 번째 얀이 안락의자에서 일어서며 말했다. 그 말에서 짙은 지구어 억양이 배어났다.

카릴은 2초쯤 굳어 있었다. 우르르 지난 기억들이 밀려왔다. 백화점에서 만났던, 유난히 숫기 없고 지구어 억양이 심하던 얀. 친구 생일 선물로 향수를 산다고 했었다. 그리고 어제 얀과 같이 춤을 췄을 때 풍기던 친숙한 향기. 그건… 지금 돌이켜 보면 그건 얀이 샀던 향수 냄새였다.

"이게… 어떻게 된 거야?"

카릴이 두 명의 얀을 번갈아 보며 물었다.

현관문에서 카릴을 맞아 준 얀이 쓴웃음을 지으며 말했다.

"놀랐지? 정식으로 소개할게. 이쪽은 내 쌍둥이 동기, 첸이야."

"뭐라고? 하지만 둘 다 남자인데!"

"맞아. 그게 뭐 어때서?"

첸이 되물었다. 카릴은 뭐라고 대답도 못 하고 어물거렸다. 쌍둥이가 같은 성별로 분화되는 경우도 있다고, 자기 입으로 부모님에게 말했던 기억이 났다. 머리로는 알고 있었지만 그런 사례를 실제로 본 적이 없었다.

얀이 한숨을 쉬더니 빈 안락의자를 가리켰다.

"일단 앉아. 이야기가 길어질 텐데, 앉아서 하자고."

카릴은 엉거주춤 의자에 앉았다. 첸은 마실 것을 가져오겠다며 부엌으로 가더니 지구산 사과주스를 세 잔 가져와서 테이블에 내려놓았다. 카릴은 머리가 빙빙 도는 것 같았다.

"우리 동기간이 좀 특이하지."

얀이 입을 뗐다.

"아니…. 미안. 생각도 못 한 일이어서 함부로 말한 것 같아. 동기가 남자일 수도 있지…."

"솔직히 털어놓으려고 부른 거니까, 솔직히 말할게. 나는 원래 여자 몸으로 분화됐었어."

"뭐라고?"

카릴은 너무 놀라서 들어 올리던 주스 잔을 떨어트릴 뻔했다. 얀은 그런 카릴을 못 본 척 아무렇지도 않게 말을 이었다.

"다른 아이들에 비해 분화가 좀 빠른 편이었어. 4년 전에 분화가 시작돼서 1년 만에 거의 완전한 여성의 몸이 됐지. 첸은 남성의 몸이 됐고. 하지만 나는 그 몸을 받아들일 수가 없었어."

"…."

"지구에는 성별 정정 제도라는 게 있어. 알아?"

카릴은 고개를 저었다. 지구인들은 라뮈스 성인들과 달리 태어나면서부터 성별이 정해진다고만 알고 있었다. 그런데 결정된 성별을 '정정'할 수 있다고?

"자신의 성별이 잘못되었다면 법원에 성별 정정을 신청할 수 있어. 병원에서 성 확정 수술도 받을 수 있고. 나도 수술을 통해 여자 몸을 남자로 바꿀 수 있었어."

"그런… 그런 게 가능해?"

"물론 나는 생물학적으로 지구인이 아니라서 절차를 밟는 게 좀 복잡했지. 라뮈스 성인 대상으로 수술할 수 있는 병원을 찾는 것도, 부모님을 설득하는 것도 쉽지 않았고. 하지만 지구에서 우리를 돌봐 준 삼촌이 내 결정을 지지해 줬고, 첸도 많이 도와줬기 때문에 가능했어."

잠자코 듣고 있던 첸이 고개를 끄덕였다. 카릴은 벌어진 입을 다물 수가 없었다. 성별을 액세서리처럼 마음대로 바꿔도 되는 건가? 신께서 정해 준 것이라고들 하는데…. 카릴은 자신이 얼마나 보수적인 세계관에 속해 있었는지 새삼 깨달았다. 하지만 아무래도 믿기지 않았다. 얀은 어느 모로 보나 완벽한 남자였다. 생김새부터 행동거지까지 모든 게 자연스러웠다. 학교 아이들에게 얀이 한때 여자였다고 한다면 아무도 믿지 않을 것이다.

하지만 그런 혼란 속에서도 공감할 수 있는 게 있었다. 자신이 잘못된 몸에 갇혀 있다는 감각.

"…너도 많이 힘들었겠다."

"왜 아니겠어."

얀이 짐짓 가벼운 투로 어깨를 으쓱했다.

"하지만 성별 문제보다도, 지구에서 라뮈스 성인으로 사는 게 더 힘들었어. 지구인들이 우리를 얼마나 괴상하게 보는데. 지구인들이 우리에 대해 가진 편견은 너도 어느 정도 들어서 알겠지만 직접 겪어 보면 상상 이상이야. 학교 애들은 우리 감관을 가지고 흉측하다며 놀리고, 선생님들은 우리를 차별하고. 우리를 신비로운 요정쯤으로 취급하며 쌍둥이랑 텔레파시로 단어 맞히기 게임을 해 보라지 않나…. 그래서 나는 오래전부터 고향으로 돌아오고 싶었어. 첸은 그래도 친한 친구들이 있는 지구를 떠나고 싶지 않다며 거기서 졸업하고 일자리를 구해 정착하겠다고 했고. 지금은 휴가 겸, 관광 겸 머물고 있는 거야."

첸이 고개를 끄덕였다. 카릴은 익숙한 집에 있어서인지 한결 편안해 보이는 첸의 얼굴을 바라보았다.

"그러면 지난번에 백화점에서 만났던 건…."

"그래, 나야."

첸이 말했다.

"이해해 줄 거라고 믿어. 그때는 사정을 다 설명하기가 어려워서. 눈치껏 네가 얀 친구인가 보다 하고 얀인 척했어."

카릴은 천천히 고개를 끄덕였다. 첸은 대수롭지 않다는 듯 말했지만 카릴은 그 말에 숨은 더 많은 의미를 알 것 같았다. 첸은 여기 와서 지내는 동안 얀이 아는 사람들 눈에 띄지 않도록 조심했을 것이다. 자신이 드러나면 얀에게 같은 성별의 쌍둥이 동기가 있다는 사실이 알려질 테고, 그러면 얀 형제가 분화가 잘못되었더라고 소문이 날 테니까. 카릴에게도 원래는 이 사실을 밝히지 않으려고 했을 것이다.

"릴카는 알아?"

얀의 표정이 대번에 거북해졌다.

"아니."

"나보다도 릴카에게 먼저 말했어야지, 이런 건."

"왜? 나는 릴카를 속이고 있는 게 아니야. 나는 지금 남자고, 릴카는 남자인 나를 좋아하는 거라고."

카릴은 조금 화가 났다. 얀과 데이트한 이야기를 SNS에서 떠들며 행복해하던 릴카가 떠올랐다.

"억지 부리지 마. 너도 알잖아. 이건 네 삶에서나 정체성에서나 중요한 부분이고, 네 애정과 신뢰를 받는 여자 친구라면 당연히 알아야 할 일이야."

얀이 뭐라고 말을 하려는 듯하더니 실소를 흘리고 고개를 돌렸다.

"하, 도와 달라고 찾아온 애가 도리어 나를 혼내네."

"거 봐. 내가 이럴 거라고 했잖아."

첸이 중얼거렸다. 카릴은 얼굴이 화끈 달아올랐다.

"그건…."

"아니야. 네 말이 맞아."

얀이 덤덤하게 말했다.

"뭐라고 할까, 아직 좀 주저되나 봐. 릴카가 소중한 사람이라서 더 그래. 그런 게 있어."

얀의 말투에서 약간의 허세가 묻어났다. 그 허세에서 카릴은 도리어 얀이 얼마나 이 문제에 있어서 여리고 예민한지 알 것 같았다. 하기야 좋아하는 사람에게 자신의 소중한 비밀을 밝혔다가 버림받는다면 크게 상처받을 것이다. 릴카는 이런 방면에서 개방적인 편이라고 할 수는 없었다.

"필요하다면 내가 도와줄게."

카릴의 말이 뜻밖이었는지 얀이 눈을 크게 떴다. 그러더니 재미있다는 듯 팔짱을 끼고 싱긋 웃었다.

"오늘은 도움을 받으러 온 거 아니었어? 너희 부모님 말이야."

"그렇긴 한데…."

카릴은 자신의 본 목적을 새삼 돌이켰다. 그런데 막상 그 얘기를 꺼내려니 말이 안 나왔다. 방금 전까지 얀에게 솔직해지라고 타박해 놓고서, 자신을 위해 부모님께 거짓말을 해 달라고 부탁할 수는 없었다.

"…어떻게 해야 할지 모르겠어."

카릴은 자신에게 있었던 일부터 털어놓았다.

늦은 밤 카릴은 집으로 돌아갔다.

얀 쌍둥이와 한참 이야기를 나누고 저녁까지 먹고 나니 마음이 정리됐고, 가족들을 마주할 용기가 났다. 무엇보다도 혼자가 아니라는 사실이 위로가 되었다. 자신과는 좀 다르지만 비슷한 고민을 하고 비슷한 곤경을 이겨 낸 친구가 있었다.

친구는 말했다.

"나는 내가 오히려 진정한 '분화'를 거쳤다고 생각해. 독립적으로 사고하고 행동할 수 있는, 어른이 될 준비를 마친 인격체. 왜냐하면 나는 내 성별을 선택했고 내가 선택한 대로 살면서 책임을 지고 있으니까. 너는 백화점에서 첸에게 말했다지. '네 선택이 틀리지 않았다'고. 그래, 그 말대로야."

카릴은 얀의 말이 무슨 뜻인지 잘 알았다.

집에 돌아온 카릴은 여태 어디에 있었느냐, 연락을 안 받으면 어쩌라는 거냐, 얼마나 걱정했는지 아느냐고 화를 내는 부모님께 얀에게 고민 상담을 하느라 그랬다며 죄송하다고 말했다. 예상대로 얀을 왜 또 만났느냐는 타박이 돌아왔다. 얀과는 어디까지나 친구 사이라고 아무리 말해도 부모님도, 릴카도 믿어 주지 않을 모양이었다. 이 우정이 카릴에게 어떤 의미인지 알아줄 리는 더더욱 없었다.

하지만 카릴은 더 이상 그런 것을 알아주기를 바라지 않았다. 굳이 이해받지 않아도 흔들리거나 변하지 않는 무언가를 손에 넣은 기분이었다.

다음 날 아침 식탁에서 카릴은 선언했다.

"졸업 무도회가 한 달 남았어요. 그때까지 기다려 주세요, 아빠, 엄마. 제가 얼마나 분화를 잘해 내는지 무도회에서 증명해 보이겠어요. 만약 그러지 못한다면 순순히 병원에 갈게요."

릴카가 기가 막힌 듯 되물었다.

"분화가 네가 노력한다고 되는 문제야?"

카릴은 조용히 웃었다. 스스로도 놀라웠지만 정말로 웃음이 나왔다. 카릴은 비밀을 갖고 있었다. 그건 수치스럽지 않은,

자랑스러운 비밀이었다. 그걸 간직한 것만으로도 어른에 가까워진 기분이었다.

"두고 봐, 릴카."

부모님은 카릴의 제안을 진지하게 고려했다. 부모님도 분화를 스스로 해내겠다는 카릴의 말을 믿지는 않았고, 뭔가 꿍꿍이가 있으리라 생각하는 눈치였다. 하지만 무엇보다도 의젓해진 카릴의 태도와 병원에 가겠다는 약속을 중요하게 보는 듯했다.

"좋아. 하지만 조건이 있어. 앞으로 무도회까지 얀을 개인적으로 만나서는 안 돼. 연락도 안 돼. 네 혼란 때문에 릴카를 속상하게 만들지 마."

카릴은 고개를 끄덕였다. 얀과 하고 싶은 이야기가 많았지만 한 달 정도는 참을 수 있었다. 오히려 그 편이 카릴에게 좋을 것 같기도 했다. 너무 얀에게 의지해서도 곤란하니까.

"알겠어요."

카릴은 식사를 제일 먼저 마치고 식탁 앞에서 일어섰다. 이제부터가 바빴다.

졸업 무도회 날이 밝았다.

무도회는 총 2부로 구성되었다. 1부는 공연 시간, 2부는 자유 무도회 시간이었다. 1부에서는 무용반 학생들이 그동안 연습한 춤을 선보이고, 초대받아 온 가족들과 친구들이 관객이 되어 관람했다. 2부에서는 DJ가 트는 음악에 맞춰 무용반 학생들과 외부인들 모두가 어우러져 춤을 추고 즐겼다. 1부 공연은 무용반 학생들의 성인식이었다. 훌륭하게 공연을 수행해 심사를 통과한 학생들은 청소년기의 배움을 성공적으로 마치고 어른이 된 것으로 여겨져, 꽃다발을 선물 받고 축하주를 마셨다. 가장 탁월한 기량과 매력을 뽐낸 학생에게는 상이 주어졌다. 상을 받은 학생들은 2부 자유 무도회의 스타가 되었다. 남학생은 여학생들의 선망 어린 시선을 한 몸에 받으며 플로어를 종횡무진했고, 여학생은 이름을 외우기도 어려울 만큼 수많은 남학생에게 춤 신청을 받았다. 부모들은 뿌듯해하고, 후배들은 경탄하고, 친구들은 기뻐했다.

카릴은 상을 받는 것까지는 바라지 않았다. 다만 심사를 통과하고 진심 어린 박수를 받고 싶었다.

라뮈스 성인들은 성인식에 엄격했다. 종교가 강한 영향력을 발휘했던 과거처럼 긴 고행과 번거로운 의식까지 치르지는 않게 되었지만, 아무나 어른이 될 수 있는 것은 아니었다. 지구 아이들은 웬만큼 말썽을 저지르지 않는 한 중등교육은 누구나 졸업하고 어영부영 어른이 된다던데, 라뮈스에서는 학교를 졸업하기가 쉽지 않았다. 졸업 준비반 아이들의 3할 정도는 각자가 속한 반의 졸업 시험, 발표회, 대회 등에서 탈락해 유급했다. 카릴은 유급하고 싶지 않았다.

하지만 그럴 수도 있다는 각오를 했다.

무도회장에서 삼삼오오 어울려 대화를 나누며 기다리던 관객들이 착석을 했다. 공연자들은 대기실로 빠르게 이동할 수 있는 공연자용 좌석에 자리를 잡았다. 한껏 단장한 아이들의 얼굴이 낯설어 보였다. 릴카는 어느 때보다도 아름다웠다. 커다란 검은 눈을 강조하는 눈 화장, 여러 갈래로 땋아서 우아하게 틀어 올린 은발, 얼굴 윤곽과 어깨와 쇄골의 선을 따라 반짝이는 펄, 시리우스처럼 차갑고 신비로운 물빛 드레스와 여성스럽게 굴곡진 몸매까지. 아이들은 릴카를 보며 감탄했고 릴카는 내심 우쭐해하면서도 아무렇지 않은 척 행동했다. 유난히 어머니를 닮아 보였다. 예전 같았으면 릴카가 너무 부러워서 가슴이 따끔거렸을 것 같았다. 하지만 이제 카릴은 괜찮았다. 릴카의 성숙을 축하해 줄 마음의 준비가 되어 있었다.

릴카의 옆에는 얀이 앉았다. 릴카의 체면에 누가 되지 않을 만큼, 그러나 릴카의 화려함에 대적하지 않을 만큼 고상하면서도 점잖게 차려입고 온 얀은 카릴을 보고 눈인사를 건넸다. 카릴은 얀에게 마주 목례하며 그 따뜻한 눈빛에 마음이 든든해지는 것을 느꼈다. 설령 카릴이 준비한 춤을 아무도 이해하지 못한다 해도 얀만은 이해할 거라는 믿음이 갔다.

외부인용 관객석에는 얀 쌍둥이와 카릴 쌍둥이의 부모님들이 모두 와 계셨다. 무대 한편에는 심사위원석이 마련되어 있었고, 무용반 선생님, 작년에 최고상을 수상한 선배, 현역 무용수, 교장 선생님이 앉아 있었다. 사회자가 무대에 서서 공연 시작을 알렸다.

시작이다.

제비뽑기로 불운하게 첫 순서를 맡은 쌍이 나왔다. 긴장한 표정이 역력한 두 사람은 고전적인 노래에 맞춰 춤을 췄다. 그동안 배운 기술들을 너무 어렵지 않은 선에서 적절히 소화했다. 곡 막바지에 이르자 경직됐던 둘의 얼굴이 누그러지고 흥분으로 상기되었다. 서로에게, 그리고 음악에 몰입하고 있다는 뜻이었다. 춤을 마치고 둘은 미소 지으며 관객들에게 인사했다. 많은 사람이 박수를 쳤다. 눈에 띄는 실수는 없었다. 충분히 합격점을 받을 만한 공연이었다.

심사위원들이 심사 결과를 공개했다. 통과.

"감사합니다!"

하나뿐인 춤

두 사람이 일제히 외쳤다. 다시 한번 갈채가 쏟아졌다. 공연자들의 가족과 친구들이 꽃다발을 들고 무대로 올라왔다. 카릴은 진심 어린 박수를 쳤다. 무용반에서 오랫동안 알고 지내던 아이들인데 지금은 사뭇 달라 보였다. 정장과 드레스를 갖춰 입고서 환희에 찬 얼굴에 땀이 송골송골 맺힌 채 수많은 사람들의 축하를 받는 두 사람은 어른으로 거듭난 듯 보였다.

"흥, 겨우 저 정도 실력으로."

누군가가 투덜거리는 소리가 들렸다. 카릴은 소리가 난 쪽을 돌아보았다. 디아말이었다.

디아말은 옆의 파트너를 보며 한쪽 입꼬리만 올려 웃고 있었다. 한눈에 보기에도 비싸 보이는 번지르르한 디자이너 브랜드 정장 아래 탄탄한 근육이 두드러졌다. 파트너 여자아이는 팔짱을 끼고 무대를 보며 킥킥거리고 있었다. 필라였다. 카릴이 릴카에게서 떨어져 처음으로 합을 맞췄던 여자아이. 필라가 카릴을 흘끔 보고는 눈을 굴리더니 디아말에게 뭐라고 속닥거렸다. 디아말이 카릴을 보고 이맛살을 찡그렸다.

저 애들도 합격하겠지. 합격하든 못 하든 적어도 저 애들과는 영원히 헤어질 수 있어서 다행이었다.

2번 공연자들이 무대에 올랐다. 카릴은 무대로 주의를 돌렸다. 카릴의 순서는 23번, 끝에서 세 번째였다. 오래 기다려야 한다는 뜻이었다. 일찌감치 끝내고 긴장을 풀 수 있는 아이들을 부러워하며 카릴은 마음을 다잡았다.

시간이 더딘 것 같으면서 이상하게 빨리 흘러갔다. 2번, 3번, 4번…, 한 쌍 한 쌍이 무대에서 춤을 추고, 심사 결과를 듣고, 가족들과 희비를 나누었다. 불합격하는 아이들을 볼 때마다 카릴은 가슴이 내려앉았다. 여러 아이들이 울음을 터뜨렸다. 파트너끼리 네 탓이니 내 탓이니 싸우는 팀도 있었다. 하지만 모두가 탈락을 치욕스럽게 받아들이는 것은 아니었다. 무덤덤한 아이도 있었고, 가족의 따뜻한 격려를 받는 아이도 있었다. 작년에 유급하고 올해 또 탈락했는데도 "나는 좀 오래 걸리나 봐. 그만큼 멋진 어른이 되겠지"라며 친구의 합격에 의젓하게 축하를 건네는 아이를 보고 카릴은 깊은 감명을 받았다. 카릴의 눈에 그 아이는 이미 어른이었다.

디아말과 필라의 차례가 되었다. 디아말이 어깨를 잔뜩 곧추세우고 필라를 에스코트해 무대로 나가는 것을 보며 카릴은 디아말이 실수했으면 좋겠다고 남몰래 생각했다. 못된 생각이지만 디아말에게 한 학년 내내 시달려 온 카릴로서는 한 번쯤 그런 소망을 품을 만도 했다.

그리고 믿을 수 없게도, 카릴의 소망은 현실이 되었다.

필라와 디아말 팀은 최신 유행곡을 선택했다. 안무도 유명해서 요즘 너도나도 따라 하는 게 유행이었다. 두 사람도 원곡 안무를 바탕으로 약간의 창작을 가미한 춤을 선보였다. 필라는 화사한 노란색 드레스 자락을 리드미컬하게 휘두르며 디아말에게서 멀어졌다 가까워졌다를 반복했다. 관객들이 함성을 질렀다. 그런데 클라이맥스 부분에서 사고가 생겼다. 흥이 오른 디아말이 본인의 특기를 발휘하려던 순간이었다. 디아말의 손에 받쳐져 붕 떠올라 점프하던 필라가 무대 조명 장치에 어깨를 부딪쳤다.

관객들이 숨을 헉 들이켰다. 곧이어 우당탕 소리가 요란하게 울렸다. 필라는 벽을 들이받고 추락한 노란 새처럼 바닥에 나동그라졌다. 선생님이 깜짝 놀라서 달려왔다.

하나뿐인 춤

"필라! 괜찮니?"

필라가 울음을 터뜨렸다. 아픔과 서러움이 뒤섞여 분간할 수 없는 울음이었다. 얼굴이 시뻘겋게 달아오른 디아말이 씹어뱉듯 말했다.

"뭘 잘했다고 울어? 거기서 방향 하나 조절 못 하냐?"

작은 목소리였지만 공연자용 좌석에 앉은 아이들에게는 다 들렸다.

"네가 잘못된 위치로 나를 데려갔잖아, 이 멍청아…!"

필라가 씩씩거리며 말했다. 그때 양호 선생님이 무대로 뛰어 올라왔다. 두 선생님이 함께 필라와 디아말을 대기실로 데려가는 동안 관객들은 웅성거렸다.

카릴은 릴카를 보았다. 예전에 릴카가 넘어졌던 때가 떠올라서였다. 릴카도 그때를 생각하고 겸연쩍어진 듯 얼굴이 상기되어 있었다. 릴카는 카릴을 보지 않은 채 얀에게 중얼거렸다.

"디아말 저럴 줄 알았다. 쟤는 여자를 배려할 줄 몰라. 제멋에 취해 날뛴다고. 여자애들이 뒤에서 얼마나 수군거리는데."

얀이 말했다.

"필라가 안됐네. 많이 다치지 않았어야 할 텐데."

카릴은 깜짝 놀랐다. 여자아이들은 대체로 디아말을 좋아하는 줄 알았는데, 그렇지도 않은 모양이었다. 디아말이 워낙 위세를 부리니 앞에서는 대놓고 말 못 해도 뒤에서는 험담을 하고 있었구나. 자업자득이라는 생각이 들었다.

당연하게도 심사 결과는 불합격이었다.

사회자가 침착하게 소란을 정리하고 다음 순서를 안내했다. 객석의 수런거림이 잦아들었다. 카릴은 마음을 다잡고 앉은 자리를 정리했다. 남의 일에 신경 쓸 때가 아니었다. 다다음 순서가 카릴이었다.

22번 팀이 공연을 하는 동안 카릴은 대기실에서 기다리면서 옷차림을 점검했다. 진회색 정장은 백화점에서 처음 입어 보았을 때와 별반 다르지 않았다. 정장은 너무 중후하고 어른스러워 보였고 자신의 앳된 얼굴과 감관을 상대적으로 돋보이게 했다. 하지만 이제는 그 모습이 싫지 않았다. 카릴은 보라색 넥타이를 고쳐 매고 재킷 매무새를 가다듬었다. 그리고 준비해 온 소품을 가방에서 꺼냈다.

밖에서 박수 소리가 났고, 곧이어 카릴의 이름이 호명되었다.

카릴은 무대로 나갔다.

무대는 객석에서 보던 것보다 넓었다. 사회자가 무대 앞쪽, 객석 가까이에 서 있었다. 카릴은 소품을 품에 안고서 심호흡을 하고 사회자 옆으로 걸어갔다. 박수 소리가 잦아들더니 객석에서 나지막한 웅성거림이 일었다.

카릴은 이런 반응을 익히 예상했다. 파트너가 없었으니까.

공연자 명단을 통해 카릴이 혼자라는 것을 알고 있었을 사회자는 의연한 얼굴에 미소를 띠고 물었다.

"오늘 공연자 중 가장 독특한 분이 아닐까 싶은데요. 아시겠지만 졸업 무도회 공연은 남녀 한 쌍이 커플로 오르는 것이 규칙입니다. 카릴 군은 아무래도 규칙을 깬 것 같습니다. 어떤 의도인지 물어도 될까요?"

카릴은 마이크 앞에 서서 입을 열었다.

"제 파트너는 여기 있습니다."

카릴이 한 팔에 안은 소품을 두 손으로 잡고 펼쳐 보였다. 여성용 드레스였다.

다시 관객들이 수런거렸다. 카릴은 모두가 볼 수 있게끔
드레스를 높이 들어 올리고 소란이 가라앉기를 기다렸다. 드레스는
기성복이었지만 카릴의 넥타이와 감관과 같은 보라색이었다.
스커트 안에 패티코트를 꿰매어 놓아서 스커트 자락이 마치
누군가가 입고 있는 것처럼 부풀어 있었다. 드레스 천 위에 올올이
수놓아진 모조 케렌시아트 알들은 희게 빛나서 카릴의 은발과 잘
어울렸다.

"놀랍네요. 착한 사람 눈에만 보이는 아가씨인가요? 아, 참고로
제 눈에는 보입니다. 흐릿하기는 한데….”

객석에 작게 웃음이 번졌다. 카릴은 웃지 않고 진지하게 말했다.

"아가씨가 확실한가요?”

"그게 무슨 말이죠?”

사회자가 여전히 미소 띤 얼굴에 농담조로 되물었다.

"제 파트너가 여자인지 남자인지는, 저희 춤을 보고 나서
판단하시길 바랍니다.”

카릴의 말에 사회자는 당황한 눈치였지만 애써 표정을 숨겼다.

"이거 점점 더 궁금해지는군요. 어서 무대를 봐야겠습니다. 그럼
여러분, 박수로 카릴 군을 응원해 주시기 바랍니다.”

열의 없는 박수 소리가 짧게 울려 퍼졌다. 카릴은 무대 가운데에
서고, 사회자는 퇴장했다. 그렇게 음악이 시작되었다.

익숙한 전주가 흐르자 카릴의 발이 저절로 움직였다. 수없이
연습한 바로 그 곡이었다. 머리보다도 몸이 기억하고 먼저 반응할
수밖에 없었다. 카릴은 왼팔로 드레스 등 부분을 안고, 오른손으로
소맷부리 끝을 잡고서, 오른발부터 움직였다.

여자처럼.

몇몇 사람들이 숨을 들이켜는 소리가 어렴풋이 들렸다. 하지만
그 소리는 순식간에 귓바퀴 너머로 사라졌다. 카릴의 감각은 음악에
온통 집중되어 있었다. 사랑하는 사람이여, 나 없는 그곳에서 이
노래를 불러 주오. 슬픔과 찬란함. 그리움과 환희. 카릴은 자신이
음악에서 읽어 낸 감정들에 급속도로 빠져들었다. 연인을 떠나보낸
어느 처녀의 심정.

남성용 정장을 입고 여자 춤을 추자. 처음 떠올렸던 아이디어는
그것이었다. 의상과 춤의 성별을 일부러 정반대로 해서 성별에
대한 고정관념을 흩트리려는 의도였다. 원래는 드레스를 입고 남자
춤을 춰 줄 파트너도 구하려고 했다. 하지만 졸업 무도회 무대에서
그런 과감한 시도를 해 줄 파트너를 찾는 건 불가능하다는 사실을
일찌감치 깨달았다. 고민하던 카릴은 '그렇다면 파트너 없이
하지 뭐'라고 결정했고, 그러자 모든 것이 오히려 더 명쾌해졌다.
왜냐하면 노랫말 속에서 화자의 연인은 곁에 없었으니까. 그러니
카릴의 곁에 파트너가 없는 것은 노래의 의미에 고스란히 부합했다.
카릴은 드레스를 부여잡고 춤을 추며 연인의 빈자리를 그리워하고,
동시에 음악으로 말미암아 마치 연인과 함께 있는 것처럼 춤을 췄다.
그 역설을 춤으로 구현했다.

여자인지 남자인지 모를 연인과의 춤.

'너는 남자도 여자도 아닐지 몰라. 하지만 그 자체로 온전해.'

카릴은 마음속으로 연인에게 말을 건넸다. 그 말이 카릴
자신에게 되돌아왔다. 깊고 잔잔한 위안이 선율을 타고 카릴을
휘감았다.

3분이 꿈결처럼 흘러갔다.

하나뿐인 춤

카릴은 드레스를 안고 처음 시작했던 자리로 돌아와 멈춰 섰다. 음악이 끝난 가운데 적막한 조명이 카릴을 비췄다.

침묵이 흘렀다.

카릴은 천천히 주위를 둘러보았다. 비로소 다른 사람들의 얼굴이 눈에 들어왔다. 관객들은 눈을 휘둥그레 뜨고 카릴을 주목하고 있었다. 외부인용 객석에 앉아 있는 부모님도 마찬가지였다. 아버지도 어머니도 가만히 자기 자리에서 굳어 있었다. 다들 많이 놀란 것 같았다. 그게 긍정적인 의미인지, 부정적인 의미인지는 알 수 없었다. 카릴은 심사위원들을 돌아보았다. 그들은 관객들과 비슷하게 놀란 듯했지만 한편으로는 곤혹스러운 표정이었다. 점수를 어떻게 매겨야 좋을지 모르겠다는 듯한.

그럴 만도 했다. 카릴은 규칙을 완전히 깼다. 원칙적으로는 실격이 당연했다.

카릴은 어깨를 늘어뜨렸다. 긴장이 가시고 3분 동안 무대에 쏟아부었던 열정도 가시자 급격히 피로감이 엄습했다. 그래도 할 일은 해야 했다. 카릴은 무대 앞으로 걸어 나와 관객을 향해 정중히 인사했다.

유급할 수도 있다. 그럴 가능성이 높다. 하지만 후회하지 않았다. 스스로에게 증명해 보였으니까. 만약 부모님이 이 공연을 보고도 카릴이 분화를 못 했다고 여긴다면, 그래서 카릴을 병원에 데려가려고 한다면, 카릴은 맞서 싸울 준비가 되어 있었다. 자신의 공연이 분화의 증거였다고 소리 높여 주장할 작정이었다.

카릴이 굽혔던 허리를 세웠을 때, 어딘가에서 한 사람의 박수 소리가 들렸다. 카릴은 소리가 난 곳을 향해 시선을 보냈다.

릴카였다.

릴카가 일어서서 박수를 치고 있었다. 활짝 웃는 얼굴로. 눈가에는 눈물을 글썽이며. 그 표정만 보고도 카릴은 많은 것을 알 수 있었다. 옛날 둘의 마음이 하나였던 때처럼, 릴카의 마음을 완벽하게 이해했다. 카릴은 빙그레 웃었다.

그러자 다른 관객들도 하나둘씩 자리에서 일어나 박수를 치기 시작했다. 갈채는 일단 시작되자 순식간에 번졌다. 카릴은 어리둥절한 채 사람들을 둘러보았다. 거의 모든 관객이 일어서서 손뼉을 치고 있었다. 그중에는 어머니와 아버지도 있었다.

카릴은 이 반응이 믿어지지 않았다. 반어적인 야유인가 하는 생각마저 잠깐 들었다. 하지만 사회자가 웃으며 걸어 나와 카릴에게 엄지손가락을 치켜세운 순간 사람들이 진심이라는 것을 깨달았다. 곧 심사 결과가 발표되었다.

통과.

그렇게 카릴은 어른이 되었다.

누가 진짜 언니일까?

김수륜

아버지는 유약한 사람이었다. 집 안에서 벌어진 할머니와 어머니의 싸움에서 등을 돌릴 때가 가장 단호하고, 가장 재빨랐던 사람이었다. 그런 아버지의 유약함이 부드럽고 다정한 성격인 줄 알고 결혼했던 어머니는 결혼생활 내내 진절머리를 쳤다.

그래서 어머니가 재혼을 할 줄은 미처 짐작도 못 했다.

"그… 만나는 아저씨랑?"

"그래, 이제는 아저씨라고 부르면 안 된다. 새아버지라고 제대로 불러."

나는 뚱하게 중얼거렸다.

"아직 결혼 안 했으니까 새아버지 아닌데."

어머니가 대뜸 이마를 찌푸렸다. 어릴 때부터 내내 보아 온 표정인데도, 나는 아직도 그 표정만 보면 가슴이 쿵 내려앉고야 만다.

"너는 어떻게 뭘 시키면 네, 하는 법이 없니? 어떻게 된 애가 엄마 말을 한 번에 듣는 법이 없어?"

아무 말도 하지 말걸. 나는 눈을 꼭 감고 엄마의 비난을 견디다가 결국 기숙사로 돌아가겠다며 허둥지둥 집에서 도망쳤다.

그대로 결혼이 진행될 줄 알았는데 어머니는 상견례를 해야 한다며 나를 불렀다. 예비 식구들끼리 미리 소개하고 보는 자리를 꼭 해야 한다는 것이다. 정말 가기 싫었지만 가지 않을 방법이 없었다.

먼저 식당에 도착한 것은 어머니와 나였다. 이대로 아저씨가 오지 않는다면 엄마는 상처받겠지만… 그럼 정말 좋을 텐데, 꿈같은 생각을 할 때였다. 룸 입구로 사진으로만 봤던 남자가 들어왔다. 그렇지. 내 생각대로 일이 돌아갈 리가 없다. 그런데 남자 혼자였다. 나보다 나이 많은 딸이 있다고 했는데.

사실 이 상견례에 아주 조금 남아 있던 기대가 바로 그 딸이었다. 갑자기 우애 깊은 자매가 될 거라고는 당연히 상상하지 않았다. 단지 내내 외동으로 자랐기 때문에 졸지에 생길 의붓언니에 대한 호기심이 있을 뿐이다. 그런데 아무리 봐도 남자는 혼자였다.

어머니가 반가운, 하지만 의문에 찬 얼굴로 손을 흔들었다.

"많이 기다렸어? 내가 늦지는 않았지."

"아니에요, 우리도 방금 왔어요."

웃음기 머문 눈길을 어머니와 주고받은 그가 나를 보았다.

"미안하구나, 혼자 와서. 얘가 오늘 몸이 안 좋아서 나올 수가 없었단다."

아저씨 딸도 나만큼이나 나오기 싫었구나. 나는 진짜 싫어도 억지로 나왔지만, 아저씨 딸은 결국 나오지 않았구나. 표정이 나빠진 걸 알았는데도 표정 관리가 되질 않았다. 평소라면 나를 노려보며 눈치를 줬을 어머니도 기분이 좋지 않았는지 옆에서 말을 거들었다.

"몸이 약하다더니, 자주 아픈가 봐요?"

"어릴 때부터 몸이 약해서 말이야. 동생과 어머니를 보고 싶다며

누가 진짜 언니일까?

잔뜩 기대했는데."

어머니의 남자 친구는 내게서 시선을 돌려 탁자 위로 손을 뻗었다. 어머니는 탐탁잖은 얼굴로 손을 내어 주었다. 그는 어머니의 손을 잡으며 다정하게 눈을 맞췄다.

"외로움을 많이 타서, 어머니가 생긴다고 무척 기뻐했어. 오늘도 못 나와서 정말 아쉬워했으니 서운하게 생각 말아."

그 말에 어머니는 기분이 풀린 모양이었다.

"우리가 양평에 가면 되지요, 한 식구가 되면 많이 보지 않겠어요?"

마주 보며 얘기하는 두 사람은 꽤나 다정해 보였다.

"그럼, 한 식구가 되면 매일매일 볼 텐데. 그 애가 동생을 많이 궁금해했는데, 내가 오늘 가서 말해 줘야겠어. 아주 귀엽고 착하다고."

어머니의 남자 친구가 나를 보며 웃었다. 나는 눈을 내리깔았다. 평소엔 별로 웃지 않는지 웃음이 어색한 데다 나를 평가하기 바쁜 눈동자에도 웃음기가 전혀 없었다. 아니 왜 엄마는 이런 남자를···. 한숨을 참기 힘들어서 일단 자리를 피하려고 일어섰다.

"저, 잠시 화장실 다녀올게요."

"얘, 메인디쉬는 고르고 가야지."

어머니가 부드러운 말투와는 달리 매서운 눈빛을 보냈다. 좀 더 공순하게 굴라는 거겠지. 저쪽 딸은 나오지도 않았는데 나온 것만 해도 잘한 거 아닌가? 울컥 화가 났다.

"엄마가 고르면 되잖아요."

"아니, 얘가?"

"괜찮아, 귀엽고 건강한 아이네. 아주 사랑스러운 딸이 될 것 같아."

　　칭찬인데 왜 이렇게 평가 같은지 너무 듣기 싫었다. 딱히
화장실에 갈 생각은 없었다. 그냥 이대로 기숙사에 돌아가 버리고
싶었지만, 그랬다간 난리 나겠지. 다행히 식당 화장실 옆에
파우더룸이 있었다.

　　파우더룸은 삼면이 거울이었다. 좋지 않던 기분이 점점 더
추락했다. 나는 거울을 좋아하지 않는다. 거울로 나를 보는 게 싫다.
이렇게 거울이 많으면 내 모습을 안 볼 길이 없어서 오래 있을
수가 없다. 차라리 밖에 나갈걸 하고 생각하던 찰나에 어떤 여자가
들어왔다.

　　어깨까지 내려오는 구불구불한 머리를 목뒤로 대충 묶은
여자는 흰 셔츠에 청바지만 단출하게 입었는데도 시선을 끄는
매력이 있었다. 화장기 없이 말간 얼굴에 홑꺼풀의 길쭉한 눈매가
이상하게 마음속 깊이 남았다. 무심코 보다가 여자랑 눈이 마주쳐서
화들짝 눈을 돌렸다. 너무 빤히 보고 있다가 들킨 게 무안해서 뺨이
달아올랐다. 나는 고개를 숙이고 공연히 손에 쥐고 있던 틴트를
만지작거렸다.

　　그런데 어쩐지 계속 시선이 느껴졌다. 조심스레 고개를 드니
거울을 통해 여자와 눈이 마주쳤다. 옅은 홍차색 눈동자가 또렷하게
나를 쳐다보고 있었다. 정확히, 나를. 마치 용건이 있는 것처럼.

　　"네가 안여니?"

　　나는 너무 놀라서 돌아볼 생각도 못 한 채 거울 속 여자에게
물었다.

　　"누구세요?"

　　여자는 대답 없이 슬쩍 웃었다. 긴 눈매가 접히면서 휘어지는

누가 진짜 언니일까?

웃음은 무표정한 얼굴과는 달리 환하고 다정했다. 대체 누구지? 어리벙벙하다가 퍼뜩 생각이 스쳤다. 이 사람이 의붓언닌가?

"혹시….'

일단 말을 꺼내긴 했는데, 어떻게 물어야 할지 알 수가 없었다. 아직은 언니 아니잖아. 진짜 자매도 아니고. 뭐라고 하지? 당신이 내 언니가 될 사람 맞아요? 이런 어색하고 낯선 질문을 해야 되나? 굳이? 자기 아버지와 같이 오지도 않은 사람한테?

거기까지 생각이 미친 나는 말을 끝내는 대신 입을 다물었다. 여자는 나를 위아래로 훑어보고 있었다. 이상하게 긴장되어서 목이 뻣뻣했다. 불편한 침묵이 흘렀다. 너무 오래 자리를 비우면 엄마가 찾으러 올 텐데.

등을 돌려 어머니를 찾는 짧은 순간 여자가 바짝 다가왔다. 긴 눈매에 대비되는 도톰한 입술이 너무 가까워서 나도 모르게 손에 들고 있던 틴트를 떨어뜨렸다.

"어머니를 막아."

"네?"

전혀 생각도 못 했던 말에 목소리가 갈라졌다.

"양평에 오지 말라고."

홍차색 눈동자가 나를 꿰뚫을 듯이 주시했다. 나도 모르게 변명하듯이 대답해 버렸다.

"엄마는… 내 말을 듣지 않아요."

"최선을 다해 봐. 안 그러면 땅을 치고 후회할 테니까."

여자는 바닥에서 틴트를 주워 내 손에 쥐어 주었다. 차가운 손가락이 손을 스쳤다.

"나는 경고했어."

머리가 너무 복잡해졌다. 의붓언니가 맞는 모양이었지만, 대체 왜 이런 경고를 하는 거지? 내가 뭘 할 수 있다고! 엄마는 내 말을 전혀 듣지 않아…. 나도 말리려고 했어. 그런데 무슨… 새아버지가 얼마나 이상한 사람이기에! 여자가 떠나기 전에 붙잡고 물어봐야 했다. 파우더룸을 허둥지둥 나서려는 순간이었다.

"김안여! 요리 나오는데 대체 여기서 뭐 하는 거야? 너 지금 엄마한테 시위해?"

목소리를 한껏 낮췄지만 눈에서 이글이글 불꽃을 태우는 어머니가 파우더룸 앞에 있었다.

나는 여자를 찾기는커녕 어머니 손에 이끌려 식사 자리로 돌아갔다.

내 중간고사 시험 기간 때 상견례를 치른 두 분은 기말고사 시험 기간 때 결혼식을 올렸다. 결혼식을 한 번도 안 해 본 나도 너무 빠른 건 아닌지 염려스러울 정도의 속도였다.

친척들 없이 아주 가까운 사람들만 불러서 치르는 조촐한 결혼식이었다. 하지만 그날도 새아버지의 딸은 나타나지 않았다. 어지간히도 재혼이 싫은 모양이었다. 아니면 어머니가 싫거나. 어쩌면 아버지가 싫을 수도 있었다. 나는 결국 어머니를 막지 못했다 경고를 받았던 일이 꿈처럼 느껴지기도 했다. 어머니에게 털어놓지도 않았다. 새아버지 몰래 온 게 분명한데 내가 말해 버리면 서로 곤란해질 테니까.

게다가 문제는 그게 아니었다. 이제 새아버지의 양평 집에서 함께 살아야 했다. 이상한 데서 행동력이 있는 어머니는 우리 집을 세를 줘 버렸다.

"네가 정 같이 못 살겠다면 원룸을 얻어 주자고 하더라. 하지만 너는 어차피 학기 중에는 기숙사에서 지낼 거고, 방학 때만 같이 살 거잖니? 독립할 때도 머지않았는데 이때 아니면 언제 가족끼리 살아 보겠어? 엄마랑, 새아버지랑, 네게는 한 번도 없었던 언니랑 이번 여름 같이 살아 보고 결정해도 되잖아."

내게 말도 하지 않고 집을 내놓은 게 켕겼는지 어머니가 모처럼 다정하게 나를 달랬다.

이렇게 다정하게 달래는 말을 들은 게 얼마 만인지, 도저히 저항할 수가 없었다. 어머니의 말을 받아들이지 않으면 또 두고두고 나를 원망하겠지. 나는 어쩔 수 없이 고개를 끄덕였다.

방학 동안 기숙사에 머무르는 건 어떨지 생각해 봤다. 하지만 애초에 방학 때 집에 가려고 했던 이유가 있었다. 기숙사에 그 애가 있기 때문이다. 나를 볼 때마다 인상을 찡그리는 아이. 고등학교 때는 둘도 없이 다정한 친구였고 첫 키스를 나누기도 했는데, 이제는 모든 일을 없었던 걸로 하려는 그 애가 방학에도 기숙사에 머물 예정이기 때문이다.

학기 중에는 기숙사가 꽉 차서 북적이는 덕에 그 애와 마주치는 걸 피할 수 있었지만 방학에는 다들 집으로 돌아가 텅 비다시피 하니 피하는 게 어려울 게 분명했다. 방법이 없었다. 내가 가는 수밖에.

기말고사가 끝난 이튿날, 새아버지가 보낸 사람이 기숙사로 찾아왔다. 단순한 바지 정장을 차려입은 여자가 무표정한 얼굴로 크고 새까만 세단을 몰고 왔다. 나는 어색해하면서 고민하다가 결국 뭐라고 불러야 할지 물어보았다.

"박 여사라고 부르시면 됩니다."

"아, 네…."

나만 어쩔 줄 모르고 어색해했을 뿐, 박 여사는 자연스럽게 짐과 나를 차에 태워서 양평으로 출발했다.

서울에서 양평까지는 두 시간이 걸렸다. 살짝 연 창문으로
풀냄새와 비료 냄새가 잔뜩 밀려 들어와서 양평에 들어선 줄
알았는데 차는 계속 국도를 달렸다. 한참을 더 달려서야 비로소
국도에서 벗어나 마을로 접어들었다. 비닐하우스며 텃밭을 옆에
붙인 오래된 집들 사이로 새로 지은 집들이 어색하게 들어앉아
있었다.

마을의 가장 안쪽으로 들어가서야 차가 멈췄다. 높은 벽돌
담장이 둘러져 안쪽이 보이지 않는 집이었다. 나는 안전벨트를 풀고
내릴 준비를 했다.

"아직 아닙니다, 내리실 때는 말씀드릴게요."

박 여사가 침착하게 나를 말렸다.

"네?"

당황한 나머지 볼이 빨개졌다. 곧 대문이 열렸다. 차가 대문
안으로 들어가자, 박 여사의 말이 그제야 이해되었다. 정원이 너무
넓어서 한참을 더 가야 했던 것이다. 아파트에서만 살았던 내게는
주택의 정원이 이렇게 넓을 수도 있다는 게 충격이었다. 장미 덩굴이
타고 오른 파고라나 장미 아치, 무리 지어 핀 수국, 서늘하게 푸른
기운을 띤 침엽수 등을 심은 정원이 박물관이나 교외의 카페가
아니라 집 앞에 펼쳐져 있다니.

나무 사이로 언뜻 하늘색 작업복을 입은 남자가 보였다.
밀짚모자를 눌러쓰고, 옆구리에는 사다리를 끼고 있는 걸로 봐서
정원사인 모양이었다.

마침내 차가 현관 앞에 멈췄다. 이번에야말로 차에서 내렸다.
검은 기와를 얹은 박공지붕과 현관 양옆으로 세워진 기둥이

누가 진짜 언니일까?

나를 위압하는 것만 같았다. 현관 좌우로 늘어선 창문틀이 모두 까만색이라 눈에 확 띄었는데 모두 짙은색 커튼이 드리워져서 마치 빈집처럼 오싹한 기분이 들기도 했다. 그런데 현관 오른쪽 테라스의 창문에서 커튼이 흔들리며 하얀 얼굴이 잠깐 보였다. 눈을 깜박이면서 다시 보니 커튼만 그대로 내려져 있었다. 기분 탓인가?

내가 잠시 창문에 눈이 팔려 있던 사이, 박 여사가 트렁크에서 짐을 척척 내렸다. 나는 당황해서 허둥지둥 상자를 함께 나르려 했다.

"괜찮습니다, 거실에 잠시 계시면 짐을 방까지 옮겨 두겠습니다. 잠시만 기다려 주십시오."

박 여사의 태도에는 말을 더 붙이기 힘든 단호함이 있었다. 나는 머뭇거리다가 박 여사의 뒤를 따라 집 안으로 들어섰다. 제일 먼저 눈에 들어온 것은 TV 자리에 위치한 벽난로였다. 겨울에 실제로 사용하는 모양인지 닫아 놓은 화실 옆에 벽난로 청소 도구가 세워져 있었다. 집 안이 화려하고 고풍스러웠다. 2층까지 천장이 개방된 거실, 천장에서부터 길고 무겁게 드리워진 커튼, 곳곳에 놓인 조각이며 화려한 가구들이 먼지 한 톨 없이 닦여 있는 게 사람이 사는 집 같지 않아서 부담스러웠다.

현관 앞에 놓인 슬리퍼에 조심스레 발을 꿰었을 때였다. 2층 난간에 누군가가 있었다.

2층까지 반원을 그리며 올라가는 목제 계단의 난간은 가늘고 우아하게 뻗어 있었고, 난간의 끝에 손 하나가 얹혀 있었다. 팔과 어깨를 검은 레이스로 가린 시스루 원피스를 입은 여자였다. 집에서 저런 옷을 입는다고? 눈을 크게 뜨며 다시 한번 여자를 쳐다보았다.

커튼을 걷지 않아 어두운 집 안에서도 여자의 얼굴이 선명하게 눈에 들어왔다. 풍성한 검은 머리카락을 틀어 올려 흰 목선을 드러낸 모습이 마치 튤립 같았다. 화려한데도 선이 딱 떨어지는 얼굴이 비현실적으로 아름다워서 사람인지 조각인지 구분할 수가 없었다. 여자의 붉은 입술이 희미하게 미소를 띠었다.

"네가, 안여구나?"

목소리가 작은데도 귀에 또렷이 들렸다. 계단을 내려오는 여자의 긴 손가락이 난간을 어루만지면서 천천히 내게 가까워졌다.

"만나서 반가워. 나는 유낙희야. 네 언니란다."

잘 다듬어진 낭랑한 목소리였다. 나는 얼이 빠진 사람처럼 고개를 끄덕였다.

"안녕하세요."

"언니라고 부르렴."

미소 짓는 낙희의 검은 눈동자가 내 머리끝부터 발끝까지 쭉 한번 훑어 내렸다.

"네가 오기만을 기다렸어."

"아….."

나는 어정쩡하게 대답하다가 문득 뭔가 이상함을 깨달았다. 언니라고?

그럼… 상견례 때 봤던 여자는 누구지?

색이 옅은 느낌의, 길쭉한 눈매가 마음에 훅 들어오던 그 여자는? 여태까지 상견례 때 봤던 여자가 의붓자매라고 생각해 왔다. 그런데 유낙희가 의붓자매라면, 그 여자는 누구지? 왜 내게 경고하고 사라진 거지?

가슴 한구석이 서늘해졌다.

생각해 보면 상견례 때 나타난 여자는 자신이 의붓자매라고

누가 진짜 언니일까?

말한 적이 없다. 그저 내가 그렇게 생각했을 뿐. 그럼 왜 내게 경고를
한 거지? 이 집이 뭐가 문제지?

대체 그 여자는 이 집과 무슨 관계인 거지? 이 튤립 같은 여자는
그 여자가 누군지 알까?

그런데, 이름도 모르는 그 여자를 아느냐고 어떻게 물어본담?
아니, 그러면⋯. 무수한 생각이 머릿속을 뱅글뱅글 맴돌았다. 그때
내 생각을 전부 흩어 버리듯이 낙희가 말했다.

"방을 안내해 줄게. 따라오렴."

낙희는 내가 자신의 말을 당연히 따를 거라고 생각하는 듯한
태도로 앞장섰다. 거실 옆의 망입유리 여닫이문을 열자 복도가
나왔다. 검은 원피스를 입은 낙희의 모습이 지워지듯이 순식간에
어두운 복도 안쪽으로 묻혔다. 낙희의 흰 종아리만이 잔상을
남겼다가 같이 사라졌다. 집 안인데 왜 낙희를 잃어버릴 것처럼
불안한지 모를 일이었다. 나는 침을 삼키며 발걸음을 재촉했다. 발을
디딜 때마다 마루에서 삐걱 소리가 울렸다. 박 여사와 낙희가 걸을
때는 슬리퍼 스치는 소리만 울렸었는데.

낙희는 복도 끝에 있는 창문 앞에서 나를 기다리고 있었다.
창문에서 쏟아지는 빛을 등지고 서서 나를 향해 미소 짓고 있었다.
역광이라 보이지 않았지만 어쩐지 느낌이 그랬다.

"여기가 네 방이야."

넓고 고풍스러운 방이었다. 커다란 돌출 창이 두 개나 있었다.
한쪽 벽에는 원목 책상과 책장 세트가 있었고 반대쪽에는 같은 톤의
침대, 옷장, 화장대가 있었다.

"맘에 드니?"

대답이 바로 나오지 않았다. 맨질맨질한 나무 바닥과 라벤더가

그려진 베이지색의 고풍스러운 벽지, 짙은 갈색의 원목 가구들은
예쁘긴 했지만 내 것 같지 않았다. 내 얼굴을 뚫어져라 쳐다보며
대답을 기다리던 낙희가 천천히 눈빛을 누그러뜨리며 웃었다.

"새어머니 말로는 딸이 못생겼다던데, 실제로 보니 그렇지도
않네."

얼굴에서 핏기가 빠지는 것만 같았다. 엄마는 벌써 낙희를
만났다는 건가? 그리고, 벌써 그런 말을 하고 다녔다고! 내가 없는
자리에서? 싸늘하게 피가 식는 기분이 들다가, 다음 순간 수치심에
눈가로 열기가 몰렸다. 아무 말도 못 하고 고개를 떨어뜨리자 명랑한
웃음소리가 터졌다.

"기분 상했어? 칭찬이야, 너 아주 귀엽구나."

비눗방울이 터지는 것 같은 웃음소리였지만, 그렇다고 내
수치심이 사라지는 건 아니었다.

"엄마는…."

엄마와 내 얘기를 했다는 생각에 그만 목이 메어서 말을 하려면
잠시 숨을 들이쉬어야 했다.

"언제 만났어요?"

"우리 아빠와 결혼하는 분인데, 당연히 만나 뵈어야지."

낙희의 눈이 웃음기를 머금고 휘어졌다. 나는 그제야 여태껏
낙희가 웃고 있지 않았다는 것을 깨달았다. 강렬한 눈동자가 너무
존재감이 강해서 전혀 몰랐다.

"왜, 내가 새어머니도 아직 안 만났을까 봐?"

나도 모르게 툭 말이 나왔다.

"결혼식에도, 상견례에도 오지 않았으니까…."

낙희는 장난스러운 표정으로, 뼈가 있는 말을 던졌다.

누가 진짜 언니일까?

"그래서 신경 쓰였어? 안여는 걱정이 많은 타입이구나?"

얼굴이 달아오르는 게 느껴졌다. 굳이 거울을 보지 않아도 알 수
있었다, 토마토처럼 새빨개져 있을 것이다.

"새로 생긴 동생은 아주 귀엽네."

어디를 봐도 귀엽지 않은 내게 귀엽다니, 낮춰 보고 놀려 댄다고
생각하니 인상이 찡그러졌다. 고개를 드니 낙희의 아름다운 눈이 내
얼굴에 머무르고 있었다. 깨끗하고 또렷한 눈동자에 내가 비쳤다.

"나는 몸이 약해서 집 밖에 나가기가 어려워. 상견례에도,
결혼식에도 정말 가고 싶었는데… 못 가서 너무 아쉬웠어."

부드럽고 온화한 목소리였다. 진심으로 들렸지만, 진실인지는
알 수 없었다.

"오느라 피곤하고 배고프지? 밥 먹을래?"

생각해 보니 아침부터 먹은 게 우유 한 팩이 다였다. 새까맣게
잊고 있던 허기가 배 속을 할퀴었다. 내가 고개를 끄덕이기도 전에
낙희는 알겠다는 듯 미소를 지으며 따라오라고 손짓했다.

거실로 나가니 반대편에 문이 두 개 있었다. 낙희가 한쪽 문을
열어젖혔다. 짭짤하고도 달콤한 간장양념 냄새, 익어 가는 소불고기
냄새가 대뜸 흘러왔다. 조리대에 앞치마를 두르고 서 있던 여자가
돌아보았다.

"낙희 학생 왔어? 이쪽이 오늘 온다던 학생인가 보네!"

고개를 꾸벅 숙이며 인사했다. 부엌에 들어오니 갓 지은 밥
냄새도 물씬 났다. 따뜻한 음식 냄새를 맡으니 허기가 치솟아서 속이
아플 지경이었다.

"오늘 메인은 불고기인데, 어때, 학생, 지금 차려 줄까? 오랜만에
상을 차리겠네."

오랜만? 낙희가 눈썹을 치켜올렸다.

"여사님."

여자가 낙희의 눈치를 보며 움찔거렸다.

"어, 응, 낙희 학생."

"오늘은 이만 퇴근하세요."

여자는 이해가 안 된다는 얼굴로 무어라 하려는 듯 입술을 벙긋 떼려다 도로 입을 다물었다. 잠시 침묵이 흘렀다. 나는 낙희의 눈치를 보는 여자와, 여자를 쏘아보는 낙희 사이에서 어정쩡하게 끼어 있었다. 이윽고 여자가 천천히 손에 들고 있던 국자며 도마 등을 싱크대에 밀어 넣고 앞치마를 끌렀다.

"응, 응, 나는 그만 가 볼게. 불고기가 부족하면 냉장고에 재워 둔 게 있으니 꺼내서 프라이팬에 볶으면 돼."

여자는 나와 낙희를 흘낏 보고 식품 저장실 옆의 복도로 도망치듯 사라졌다. 곧 문이 닫히는 전자음 소리가 들렸다.

"앉으렴, 내가 차려 줄게."

조리대 앞에 작은 식탁이 있었다. 야식이나 간단한 간식을 먹는 용도 같았다. 이렇게 넓고 화려한 집이라면 식당이 따로 있을 것이다. 낙희는 밑반찬 몇 가지를 곁들여 밥을 차려 주었다. 나만을 위한 상이었다.

"어서 먹으렴."

식탁에 앉는 순간 입맛이 뚝 떨어졌다. 찬과 요리가 정갈하고 맛도 깔끔했는데도 음식이 입 안에서 깔깔하게 겉돌았다. 뚫어져라 쳐다보는 낙희의 시선이 부담스러워서인지, 낙희에게 풍기는 꽃향기 때문인지 알 수 없었다. 나는 티 내지 않으려고 애쓰며 천천히 식사를 했다. 식사를 차려 준 사람에게 불편하니까 비켜

누가 진짜 언니일까?

달라고 말할 수는 없는 노릇이었다.

"나는 외동이라 동생이 생겨서 너무 좋아. 친하게 지내자. 나도 좋은 언니가 되도록 노력할게."

가족은 이혼한 부모만으로도 충분히 차고 넘쳤다. 하지만 나는 그 말을 하는 대신 고개만 끄덕였다.

이튿날, 나는 핸드폰과 신발을 들고 주방으로 갔다. 집을 나가서 주변을 둘러보고 산책을 할 요량이었다. 간밤에 집 주변도 지도 앱으로 확인해 봤다. 어제 박 여사의 차를 타고 들어온 정문은 너무 멀어서 빠져나갈 엄두가 나지 않았는데, 요리를 해 주시던 여사님이 나가는 걸 봤을 때 분명히 집 밖으로 나가는 지름길이 있을 것 같았다.

식품 저장실 옆 복도 깊숙이 쪽문이 있었다. 쪽문을 열고 나가니 예상대로 주택의 뒷문으로 통했다. 아주 가깝지는 않아서 좀 걸어야 했지만 정문까지 가는 것보다야 확실히 짧았다. 뒷문으로 가던 도중 나무와 덤불 사이로 숨겨진 작은 샛길을 보았다. 길이 구부러져 있어 어디로 난 길인지는 보이지 않았다. 샛길로 가 볼까 고민하다가 일단 계획대로 뒷문으로 나가기로 했다.

새아버지의 집은 남한강 기슭에 있었다. 10여 분만 걸으면 강변에 면한 물소리길로 진입할 수 있었다. 안개가 자욱한 새벽인데도 사람이 많았다. 걷거나 뛰고 개를 산책시키고 자전거를 타는 사람들로 붐볐다. 산책로가 마음에 들어서 구겨져 있던 마음이 펴지는 것 같았다.

한 시간쯤 걸을 생각이었다. 길 양옆에 쭉 심어진 벚나무도, 남한강의 풍경도 아름다웠고 새벽 바람이 선선하니 기분 좋았다.

하지만 10분도 지나지 않아서 걸음을 멈췄다. 산책로 옆에 드문드문 자리 잡은 벤치에 상견례 때 봤던 여자가 앉아 있었다.

약간 처지고 길쭉한 눈매, 옅은 갈색 눈동자, 상견례 때 만난 여자가 분명했다. 나는 벤치 앞에 섰다. 여자는 고개를 들어 올렸다. 얼굴에 복잡한 기색이 스쳤다. 후회와 안쓰러움, 약간의 힐난이 뒤섞인 눈빛이 나를 쓸어 내렸다. 다음 순간, 여자가 나를 지나쳐 산책로로 나가더니 긴 다리를 쭉쭉 뻗으며 날렵하게 달리기 시작했다.

"잠깐만요."

여자를 붙잡으려 했지만 늦었다. 나는 잠시 멍하니 여자를 쳐다보다가, 쫓아갔다. 아니, 왜 도망을 쳐? 내가 뭐라고 한 것도 아닌데!

나는 이를 악물며 여자를 쫓아갔다. 나도 달리기라면 만만치 않게 빠르다. 땅을 박차며 여자를 거의 따라잡았을 때였다. 여자가 몸을 비틀어 휙 하니 뭔가를 피하며 달려갔다. 길쭉한 것이 바닥에 떨어져 있었다. 밟고 미끄러질까 봐 나도 피하려던 찰나, 초록색의 긴 것이 구불구불 움직였다. 뱀이었다! 길에 뱀이 있어? 소스라치게 놀라는 바람에 발을 헛딛고 그대로 고꾸라졌다.

"악!"

달리던 속도 때문에 그대로 한 바퀴를 굴렀다. 충격 때문에 바로 일어설 수가 없었다.

"윽…."

무릎이 깨진 것 같았다.

"아이고… 저런, 괜찮아요?"

사람들이 와서 걱정하며 묻는 소리가 들렸다. 이대로 계속

누가 진짜 언니일까?

엎어져 있으면 민폐다. 나는 가까스로 몸을 일으키려고 했다. 다음 순간 누군가 내 팔을 잡으며 부축했다. 그 여자였다.

여자는 힘이 셌다. 나는 어린아이처럼 단숨에 일으켜 세워졌다. 놀라서 쳐다보다가 나도 모르게 웃을 뻔했다. 여자의 살짝 처진 눈꼬리가 좀 더 처지면서 약간 울상이 된 것 같았기 때문이다. 아마도 심각하게 고민하면 나오는 표정 같았다. 미간이 약간 찌푸려져 있었으니까. 나를 살피던 여자가 물었다.

"걸을 수 있겠어?"

정신이 없고 무릎에서 통증이 올라왔지만 못 걸을 정도는 아니었다.

"치료해 줄 테니 따라와."

주변 사람들에게 고맙다고 인사하며 여자를 따랐다. 여자는 길이 없는 수풀로 쑥 들어갔다. 조심스레 발을 디뎌 보니 허리까지 자라난 풀뿌리 사이로 가느다란 흙길이 보였다. 워낙 잡초가 무성해서 손으로 헤치지 않으면 걷기가 어려웠다. 풀줄기가 휘어질 때마다 각종 풀벌레들이 펄쩍 뛰거나 날아올랐고, 귓가에 모기가 앵앵 맴돌았다. 집 두어 채와 논두렁과 밭두렁을 지나자 철제 울타리가 나타났다.

울타리 문에 커다란 자물쇠가 달려 있었다. 여자가 큰 열쇠를 손에 쥐고 부드럽게 움직여 자물쇠를 열었다. 울타리 안에 작은 집이 있었다. 사람이 거주하는 집이라기보다는 농막이나 별장 같았다. 민트색 벽과 초콜릿색 지붕에, 귀엽고 작은 화분으로 꾸민 새하얀 창문이 아주 예뻤다. 비올라, 제라늄, 데이지, 겹채송화 같은 작고 앙증맞은 꽃들이 화분에 심겨 있었다.

집 안에 들어서자마자 눈길을 끈 것은 이젤과 캔버스였다.

가구는 없다시피 했다. 집이 아니라 화실처럼. 여자는 나를 두 개밖에 없는 의자에 앉히고 바지를 걷어 올렸다.

"다행히 크게 다치지는 않았네."

여자는 바닥에 앉아서 중얼거리며 소독약을 내 무릎에 발랐다.

"…누구세요?"

너무 따가워서 나도 모르게 인상을 쓰며 물었다.

"그건 그때 물어봤어야지."

여자가 나를 힐끗 올려다보았다. 복잡한 감정이 서린 눈동자의 빛깔이 짙어져 있었다.

"그때… 왔던 사람 맞죠? 왜 나한테 그런 말을 한 거예요?"

"내가 그랬잖아. 오지 말라고."

여자가 일어서더니 허리를 숙였다. 나는 움찔 뒤로 물러나려 했지만 의자는 꿈쩍도 하지 않았다. 나는 눈을 질끈 감았다. 그때 내 뺨에 부드러운 손길이 스쳤다. 얼굴도 다쳤나 보다.

"우리 엄마는 내 말 안 들어요…."

투명한 갈색 눈동자에 쓴웃음이 비쳤다.

"엄마들이, 다 그렇지. 안 그러길 바랐는데."

나는 여자의 팔을 붙잡았다. 강하고 단단했다.

"왜 그랬어요? 당신이 누군데요?"

여자는 그제야 나를 데려온 걸 후회하는 것 같았다.

"나는…."

잠시 침묵이 흘렀다. 무슨 말이 나올지 긴장해서 침을 삼키며 기다렸다. 입술을 깨물던 여자가 결국 한마디를 내어놓았다.

"정의은이야."

처음 듣는 이름이었다. 그 이름을 혀끝에 굴렸다. 잊지 않으려고,

누가 진짜 언니일까?

몇 번이고.

정의은이 내 왼쪽 어깨의 소매를 걷어 올렸다. 소독약을 바를 때의 차가운 감각과 쓰라린 통증이 몰려왔다. 소독약 냄새 사이로 비누 냄새가 희미하게 풍겼다. 여름에 땀 냄새가 아니라 비누 냄새가 난다니 어딘가 비현실적이었다.

"나는… 잘 모르겠네, 너와 자매 사이라고 할 수도 있으려나."

"네?"

너무 당황스러운 말이었다.

"전… 언니가 둘이라고는 듣지 못했는데요?"

투명한 눈동자의 갈색이 한층 짙어져서 일렁거렸다.

"그렇겠지, 나를 숨기고 싶을 테니까."

"네? 왜?"

나도 모르게 마음속의 의문이 그대로 튀어나왔다. 나를 가늠하는 눈동자가 내 얼굴을 꼼꼼하게 살피고 있었다. 말을 해 줄 듯, 안 해 줄 듯, 도무지 짐작 가지 않는 모호한 표정이었다. 한참 만에야 입술이 조금 벌어졌다. 무슨 이야기가 나올지 몰라 몸이 저절로 굳었다.

"유낙희, 봤지?"

단순히 유낙희를 봤냐고 묻는 말이 아니었다. 낙희의 압도적인 아름다움에 대해, 제멋대로인 매력에 대해, 우아하고 침착한 목소리에 대해 어떻게 생각하느냐는 질문이었다. 생뚱맞았지만 나는 아무 말도 못 하고 그저 고개만 끄덕였다.

정의은은 모든 걸 이해한다는 듯 미소를 지었다.

"참 예쁘지."

정의은이 유낙희를 안다. 그런데, 낙희도, 새아버지도 왜 정의은에 대해 말해 주지 않았을까? 그럴 만한 이유가 있는 걸까?

"그 집에는 귀신이 있어, 김안여."

"…뭐라고요?"

귀신? 햇볕이 내리쬐는 밝은 오전에 들을 만한 말인가? 무슨 관계냐고 묻는데 웬 귀신?

"이 말을 이해하면, 그때 다른 일들을 말해 줄게. 지금은 아무것도 믿지 못할 테니까."

"내가, 귀신이 있다는 말을 이해한다고요?"

어이없음을 드러내며 되묻는 말에 정의은이 웃었다. 내가 귀신을 보고야 말 거라고 확신하는 웃음이었다.

"아니, 무슨….

"지금은 돌아가, 낙희가 주는 거 함부로 먹지 말고. 먹는 걸 조심해야 해."

"네?"

그러고는 나를 돌려세우고 단단하고 다부진 팔로 떠밀어 쫓아냈다. 닫힌 문 앞에 황망히 서 있자니 당황스럽기 그지없었다. 풀냄새가 강렬하게 풍기는 가운데 화단에 심긴 샐비어의 연분홍색 꽃잎이 가련하게 흔들렸다. 연분홍 샐비어를 어디서 봤는데? 어디였더라?

나는 무리 지어 핀 샐비어를 따라 발을 옮겼다. 잡초가 무성히 자라 가려져 있었지만 바닥에는 판석이 띄엄띄엄 깔려 있었다. 원래는 잔디 사이로 판석이 징검다리처럼 깔린 길이었을 것이다.

풀을 헤치며 가지를 엇갈려 뻗은 벚나무와 배롱나무 사이로 어깨를 살짝 낮추고 들어가서 몇 그루를 지나니 바로 화단이 나오며 시야가 트였다. 그러자 내가 어디 있는지 알 수 있었다.

누가 진짜 언니일까?

여긴 새아버지의 저택 안이었다. 오래된 벚나무가 높은 시야를 막고, 배롱나무가 중간쯤 가지를 우거지게 뻗어서 시야를 가리고, 아래쪽은 조팝나무와 개나리를 심어 벚나무와 배롱나무 둥치를 촘촘하게 가려서 길을 숨긴 것이다. 내가 선 오솔길이 전날 뒷문으로 빠져나갈 때 봤던 샛길이니 뒷문이 코앞이었다. 나는 뒷문으로 나갔다가 멀리 별채로 돌아 돌아서 이윽고 출발했던 문으로 귀환한 셈이었다.

정의은이 사는 별채를 이렇게나 신경 써서 가려 놓은 게 대체 누구일까? 언제부터 가려져 있었을까? 최근에 조성한 것 같지는 않았다. 그렇다면 정의은은 얼마나 오랫동안 별채에 머물렀던 것일까? 아니면 별채는 원래 이런 용도로 지어졌던 것일까? 새아버지가… 별채를 지었을까?

낙희에게 물어봐도 괜찮을지, 엄마는 알고 있을지, 깊이 고민하던 때였다.

"그만두라니까 참 말 안 듣네."

웬 남자의 목소리였다. 답답해하면서도 애써 목소리를 낮추는 것이 남이 들으면 안 되는 대화의 느낌이 났다.

"돈이 없어서 벌어야 한다니까?"

이 목소리는 알았다. 주방 여사님이었다.

"정말 사람 갑갑하네. 목숨보다 돈이 더 중요해? 어?"

"갑갑한 건 나야, 나! 내가 여기서 공사하는 것도 아니고, 밥하고 설거지만 하는데 뭐가 자꾸 위험하다는 거야? 이렇게 몇 시간 밥하고 설거지하고 주방 청소만 하고 일당 다 쳐주는 집이 요새 어딨어?"

"어떻게 아무것도 몰라, 이 사람아. 이 집은 여자들이 죽어 나가는 집이라고."

남자가 깊은 한숨을 내쉬며 감정을 억누르듯 타일렀다.

"소문 못 들었어? 여자들이 계속 죽어 나갔다고. 아니 땐 굴뚝에 연기 나겠냐는 말 몰라? 동네에 괜히 그런 말이 도는 줄 알아? 이 사람아, 제발 내 말 좀 들어."

목소리가 숫제 사정하는 투로 바뀌었다.

"소문이야 들었지, 나도 귀가 있으니까. 근데, 소문 믿고 일을 관두면 내 딸 등록금은 누가 갚고 생활비는 누가 벌어?"

잠시 정적이 흘렀다. 주방 여사님이 다시 말을 이었다.

"어차피 이 집에서 죽은 건 다 이 집 식구들인데. 일하는 사람은 상관없는 거 아냐?"

나는 너무 놀라서 숨을 들이켰다. 두 사람의 대화가 뚝 끊겼다.

"누구세요?"

주방 여사님이 의혹과 두려움이 뚝뚝 떨어지는 목소리로 물었다.

"전데요…."

아, 너무 바보 같은 말이었다. 나는 주춤거리면서 오솔길을 빠져나와 모습을 드러냈다. 주방 여사님이 머뭇거리면서 내게 말을 거는 사이, 대화를 나누던 남자가 재빨리 뒷문으로 빠져나갔다. 나를 흘긋 바라보고 눈을 내리깔며 사라지는 남자는 첫날 차 안에서 봤던 정원사였다.

"학생, 조금 더 일찍 왔으면 내가 뭐라도 차려 줬을 텐데…. 주방에 가면 초계국수 준비 다 해놨어, 학생은 면만 삶아서 육수에 고명만 얹으면 돼."

그 말을 하고 여사님도 뒷문으로 나가려 했다. 나는 여사님을 붙들었다. 지금이 아니면 물어볼 기회가 없었다.

누가 진짜 언니일까?

"여사님, 이 집에서 사람들이 많이 죽었다고요?"

여사님의 얼굴에 난감해하는 기색이 서렸다.

"아, 그게… 학생, 별 뜻 아니야, 이 집이, 여기가 워낙, 오래되고, 어, 오래된, 어, 역사가 있는 집이라는 뜻이지."

"그게 아니잖아요…. 여자들이 죽었다는 거…. 그건 그 뜻이 아니지…."

"아냐, 그런 뜻이지. 사람은 늙으면 다 죽지 뭐…. 아이고, 내 딸이 올 시간이라 나는 그만 가 봐야겠어, 학생, 꼭 밥 차려 먹어."

여사님이 허둥지둥 뒷문으로 뛰듯이 나가 버렸다. 곧 문밖에서 차가 출발하는 소리가 들렸다. 이렇게 귀중한 기회를 놓쳐 버리다니. 망연자실 쳐다보다가 어쩔 수 없이 터덜터덜 주방 쪽문으로 갔다.

쪽문이 어쩐 일로 열려 있었다. 원래는 자동으로 닫히는 문이다. 문 아래에 스토퍼가 걸린 걸 보니 누군가 일부러 열어 놓은 것 같았다. 마침 문 옆에 오렌지 몇 알과 참외 몇 개가 든 장바구니가 있었다. 주방 여사님이 장바구니를 안에 들이려다가 깜박 잊은 것 같았다. 여사님 물건인지 이 집 것인지는 알 수 없었지만 일단 주방에 들여놓기로 했다. 달콤하고 폭신한 냄새가 열린 쪽문에서 흘러나왔다.

누가 빵을 굽나? 냄새가 달콤한 걸 보니 식사용 빵이 아니라 쿠키나 페이스트리류 같았다. 조심스럽게 쪽문에 머리를 들이밀었다.

가느다란 허리에 앞치마를 두른 낙희가 쿠키 생지를 오븐 트레이에 얹고 있었다. 벌써 한 판 구워 낸 모양이었다. 낙희는 기분이 좋은지 가벼운 콧노래를 부르기까지 했다. 앞치마가 잘 어울렸다. 아마 뭐든 잘 어울릴 것이다.

"누구?"

내 인기척을 들었는지 낙희의 손이 딱 멈췄다.

"전데요….."

또다시 바보 같은 말을 하고 말았다. 낙희가 방긋 웃으며 나를 맞이했다.

"안여니? 아침부터 어딜 갔다 왔어?"

그때 조리대 위에 놓여 있는 단지가 눈에 띄었다. 푸른 도자기 재질에 화려한 문양이 그려진 단지였다. 어제는 못 봤던 것이다. 다른 주방용품들과는 어울리지 않고 이질적이라 눈에 확 들어왔다. 대답하는 것조차 잊고 물끄러미 단지를 보고 있는데, 자수가 놓인 긴 광목 앞치마를 휘감은 늘씬한 허리가 단지를 가렸다.

"얼굴이 왜 그래?"

나는 애써 얼굴을 돌리며 장바구니를 조리대에 올렸다. 낙희가 쫓아와 마주 섰다.

"밖에서 무슨 일 있었어? 표정이 왜 그래?"

도저히 화제를 피할 수가 없었다.

"혹시, 이 집에서 돌아가신 분이 많…은가요?"

입술에 침을 바르며 물어본 질문에 낙희의 눈이 차갑게 식었다.

"안여야. 잘 들어."

나는 이미 낙희의 말이라면 한마디도 놓치지 않을 준비가 되어 있었다. 낙희의 입술이 격한 감정으로 살짝 떨렸다.

"그건 다, 우리 집에 대한 헛소문이고 험담이야. 이 집은 동네에서 가장 오래된 집이고, 가장 부유한 집이지. 사람들은 우리에 대해 이러쿵저러쿵 소문을 퍼뜨리는 걸 좋아해. 하지만 전부 다 헛소문이야. 기억해 둬."

누가 진짜 언니일까?

너무나 격렬하게 분노하는 목소리였다. 정의은이나, 새아버지의 전 부인이나, 낙희의 어머니에 대해 물어볼 엄두가 나지 않을 정도로.

낙희의 시선이 조리대 위에 올려 둔 장바구니에 잠시 멎었다.

"여사님이 그러셨어?"

너무 놀라서 딸꾹질할 뻔했다.

"아, 아뇨, 아니, 아니에요."

낙희가 우아하게 휜 눈썹을 치켜올렸다가 다시 내렸다. 전부 알아챘다는 표정이었다. 설마, 여사님에게 뭐라고 하는 건 아니겠지. 등록금이 필요하다던 여사님의 목소리가 잠깐 떠올라서 죄책감이 일었다.

"같이 브런치나 할까?"

낙희의 말은 조금 전 화를 냈던 게 미안해서 나오는 제의처럼 들렸다. 그래서 거절할 수가 없었다.

씻고 옷을 갈아입었다. 어떤 옷을 입을지 옷상자를 샅샅이 뒤져서 고민에 고민을 거듭하다가 결국 흰 시폰 블라우스에 남색 슬랙스를 골랐다. 뭘 입든 낙희에 비해 못생기고 초라한 건 바뀌지 않는다. 움츠러든 어깨와 빵떡같이 동그란 얼굴, 아빠를 닮아서 볼품없이 크기만 한 키, 뭐 하나 봐줄 만한 게 없었다. 하지만 차려입기라도 해야 좀 덜 못생겨 보이겠지. 우울한 마음으로 정원의 파고라로 걸어갔다.

낙희는 파고라 아래에 앉아 있었다. 둥글고 겹이 많은 살구색 장미꽃이 드문드문 장식처럼 피어 있었다. 녹색 잎사귀들이 햇빛을 받아 싱그럽게 반짝였다. 상큼한 향기가 바람을 따라 흘렀다. 조금 늦게야 그게 장미향이라는 것을 깨달았다. 정원 한가운데에 새하얀 식탁보를 덮은 야외용 탁자를 앞에 두고 낙희가 나른한 태도로 앉아 있었다.

짙은 파란색 원피스를 입어서인지 낙희의 피부가 더욱 희어 보였다. 뮬도 원피스처럼 새파란 색이라 가느다란 발목과의 대비가 아찔했다.

가까이 다가가자 의자 옆에 기대어 있는 검은 양산이 보였다. 레이스로 가장자리를 두른 양산이 낙희와 잘 어울렸다. 낙희가 까만 눈동자로 나를 위아래로 훑어본 뒤 미소를 지었다. 내가 무슨 생각으로 옷을 갈아입었는지 알겠다는 투여서 발끈 화가 나면서도, 낙희의 아름다운 얼굴 앞에서 도무지 표를 낼 엄두가 나지 않았다.

"앉아, 안여야."

탁자 위는 화려했다. 꽃과 향초로 꾸며 놓지 않았어도 이미 마카롱이며 구움 과자들, 머랭쿠키 등 색색의 달콤한 과자들을 얹은 은제 접시와 찻잔만으로도 충분히 화려했다. 집에서는 좀 과한 차림이 아닌가 싶어 머뭇거렸다.

"뜨거운 차를 마시기엔 더운 날씨네, 아이스티를 마시자."

이미 선택권은 없었다. 얼음을 넣은 아이스티가 담긴 보냉병만 있었으니까. 유리컵에 아이스티를 붓고 레몬을 한 조각 얹으니 보기만 해도 시원했다.

오늘은 기온이 높지 않은 데다 강에서 불어온 바람이 땀을 식혀 주었다. 그래도 여름이었다. 나와는 달리 낙희는 조금도 덥지 않은 듯했다. 더위를 안 타는 수준이 아니라 아예 혼자 다른 계절에 있는 것같이 초연했다. 내 시선을 눈치챈 낙희가 웃었다.

"우리 집 식구들은 더위를 안 타. 너도 곧 그럴 거야."

무슨 소리래. 그럴 리가.

누가 진짜 언니일까?

나는 대답 대신 아이스티의 얼음을 입에 물었다. 까득까득
얼음이 부서지는 소리가 났다.

"얼음을 그렇게 먹으면 이 상해. 이거 먹으렴."

낙희가 하얀 가루를 뿌린 마카롱을 집어서 내밀었다. 접시에
놓아 주겠거니 바라보는 순간 입에 물렸다. 당황해서 얼굴이
토마토처럼 달아올랐다. 차마 말도 못 한 채 눈만 커다랗게 떴다.
낙희가 쿡쿡 웃으면서 손끝으로 마카롱을 더 깊이 밀어 넣었다.
손끝이 입술에 스쳤다. 낙희의 눈매가 휘어지며 장난스레 빛났다.
마카롱은 지독히 달았다.

"내 동생은 아주 귀엽네. 마음에 들어."

머리가 어질어질했다. 나를 갖고 노는 게 분명한데 이상하게
거부할 수가 없었다. 부드럽고 낭랑한 목소리가 마카롱만큼이나
달게 들리는 가운데 자기혐오가 짭짤하게 스며들었다. 이런 기분이
언제 드는지 안다. 나를 존중하지 않는 상대에게 미움받고 싶지 않을
때.

"아니, 나는 전혀 귀엽지 않아요."

그래서 나도 모르게 말을 뱉었을 때 소스라치게 놀랐다. 쿨하게
웃으며 넘겨 버리고 싶었는데 애처럼 칭얼대고 있어서. 자기혐오가
머리끝까지 차올랐다. 이게 대체 뭐람! 나는 왜 이따위로 말하는
거지? 왜 이렇게 바보 같지?

"안 여야, 그렇지 않아. 스스로에게 그렇게 말하면 안 돼."

낙희의 안색이 확 바뀌었다. 정색을 하자 화려한 얼굴에 박력이
넘쳐서 마카롱을 삼키지도 못한 채 그대로 굳어 버렸다.

"내가 장난치는 것 같아? 하지만 네가 너무 귀여워서 그런 거야.
너는 키가 커서 다리도 길고 비율이 좋잖아. 오목조목한 얼굴도

균형이 잘 잡혀 있는 데다 동그란 얼굴형이 아주 귀여워. 나는 너처럼 사람의 호감을 사는 타입의 외모가 정말 마음에 들어."

그건, 엄마한테 듣고 싶었던 말이었다.

입 안에서 녹아내리는 마카롱만큼이나 달콤한 말이 귀에 쏟아졌다. 너무나 듣고 싶었던 말이라 정신을 차릴 수가 없었다. 낙희의 말은 여태까지 내가 들은 어떤 말보다도 진심 같았다.

여사님이 했던 말들, 정의은이 했던 말들에 대해 묻고 싶었던 마음이 스르륵 녹아내렸다. 이렇게 말하는 사람한테 어떻게 꼬치꼬치 캐묻겠는가?

낙희에게 아주 조금이라도 밉보이고 싶지 않았다. 최소한 지금 그가 나를 보는 것처럼 귀엽고 착한 동생으로 계속 남고 싶었다. 낙희는 사람을 아찔하게 만드는 미소를 지으며 계속해서 내게 샌드위치와 달콤한 간식들을 밀어 주었다.

파고라에서 집으로 돌아오니 땀을 흘렸던 게 거짓말처럼 집 안이 서늘했다. 불길한 느낌이 들 정도로 서늘하다 못해 추웠다.

내 방으로 돌아와 이 집에서 유일하게 마음에 드는 장소에 앉았다. 돌출창 앞에 만들어진 윈도우 시트였다. 얼마나 많은 사람이 걸터앉았을지 모르지만 두꺼운 고동색 원목은 닳아서 반질반질하게 빛났고 손에 달라붙는 감촉은 따뜻하면서도 매끄러웠다. 그 위에 베이지색 긴 방석과 쿠션이 놓여 있었다. 집 안의 서늘한 공기와 돌출창에서 들어오는 뜨거운 햇빛이 마주치는 자리가 아주 마음에 들었다.

온도 차 때문에 잠깐 졸았을 때, 똑똑 노크 소리가 들렸다.

나는 퍼뜩 고개를 돌렸다. 잘못 들었나? 숨죽이고 귀를 기울여 보았다. 노크 소리가 다시 들리지는 않았다. 하지만 문 바로 앞에

누가 진짜 언니일까?

누군가가 있는 것 같은 느낌이 들었다. 혹시 낙희가 온 건가? 발에 대충 슬리퍼를 꿰며 방문을 열었다.

아무도 없었다. 혹시 몰라서 고개를 돌려 복도의 막다른 끝에 있는 창문을 바라보았다. 창문은 닫힌 채 눈부신 햇빛을 뿜을 뿐이었다.

분명히 누가 문을 두드렸는데.

딱 한 번이지만 잘못 들은 게 아니었다. 거실까지 나와 보았지만 아무도 없었다. 나는 거실과 내 방을 잇는 복도에 문이 두 개 더 있는 걸 기억해 냈다. 하나는 문이 조금 작아서 방이라기보다는 창고처럼 보였고, 다른 하나는 방문 같았다.

복도로 가서 먼저 작은 문을 열어 보았다. 잠겨 있지 않아 손쉽게 열렸다. 정말로 청소 도구나 비품들이 들어 있는 작은 창고였다. 그럼 남은 문은 하나였다. 문에 손을 대자마자 경첩이 삐걱 소리를 내는 바람에 화들짝 놀라 주위를 살폈다. 여전히 아무도 없었다.

방 안이 어두워서 잘 보이지 않았다. 벽면을 더듬어 전등을 켰다. 그런데, 밝아진 후에도 방의 용도를 알 수가 없었다.

처음에는 응접실인가 생각했다. 커다란 팔걸이의자가 두 개 그리고 벽에 긴 의자가 하나 있었다. 붉은 벨벳으로 좌판과 등판을 마감하고 다리와 팔걸이에 섬세하게 부조를 새겨 놓아서 호화로워 보이는 의자들이었다. 의자들 뒤쪽에는 조명이 설치되어 있었다. 반사판과 촬영용 배경지도 세워져 있는 걸 보니 가정용 스튜디오인가 싶었다. 새아버지의 취미가 사진 촬영이라면 그럴 수도 있겠지. 나라도 낙희 같은 딸이 있다면 사진을 찍어 댈 것이다.

그런데 이상한 게 눈에 띄었다.

배경지 뒤로 선반이 있는 것 같았다. 나는 고개를 갸웃거리면서

다가가 배경지를 들추고 안을 들여다보았다. 벽은 전부 선반이었다. 바닥부터 천장까지 딱 맞춰 짜 넣은 선반 한가운데엔 흰 단지 다섯 개만이 놓여 있었다. 무늬도 글자도 없이 그저 뚜껑이 단단히 닫힌 단지였다. 이 방과 조금도 어울리지 않는.

그때 문득 내가 왜 이 방에 들어왔었는지가 떠올랐다. 노크했던 사람을 찾기 위해서였다. 하지만 이 방에는 사람이 숨어 있을 구석이 없었다. 다른 문도 없었고 창문도 굳게 잠겨 있었다. 둘러보다가 결국 다시 나가려고 문을 열었을 때였다.

거기에, 나를 노려보는 박 여사의 눈이 있었다. 나도 모르게 낮은 비명이 튀어나왔다.

"악!"

심장이 쿵쾅쿵쾅 뛰었다. 너무 놀라서 그대로 주저앉을 뻔했다. 마치 눈 두 개가 어둠 속에 동동 떠 있는 것처럼 보였다. 하지만 정신을 차리고 제대로 보자 박 여사는 그저 어두운 옷을 입고 있을 뿐이었다.

"여기는 들어오시면 안 됩니다, 사장님 허락이 있어야 들어오실 수 있습니다."

나는 다급히 고개를 끄덕였다.

그제야 박 여사가 몸을 틀어 내가 나갈 자리를 마련해 주었다. 파고라 아래 탁자를 치우고 있었을 텐데 대체 언제 집 안으로 들어왔는지 모를 일이었다.

허겁지겁 내 방으로 돌아가 틀어박혀 머리를 감싸고 웅크렸다. 심장이 제멋대로 뛰었다. 아무래도 이 집은 좀 이상하다. 하지만 누구에게도 물어볼 수가 없다. 내가 여기서 아는 사람은 어머니뿐인데, 어머니는 내일 돌아올 예정인 데다… 어머니가

누가 진짜 언니일까?

뭘 알기는 할까? 어머니가 양평에 살았던 것도 아니고 기껏해야 새아버지를 만난 다음 몇 번 온 게 전부일 텐데. 박 여사…? 말도 안 되지. 정원사…? 그저 한숨만 나왔다.

정의은을 만나야 할까?

하지만 낙희를 생각하면 정의은을 만나러 가는 게 영 꺼림칙했다. 무슨 관계인지도 모르는데. 만약 새아버지가 정의은을 별채에 가둔 거라면, 원한을 가져서 내게 그런 이야기를 할 법도 하지만, 그래서 얻는 게 대체 뭐란 말인가?

게다가 다시 되짚어 보면 정의은이 뭔가 내게 속 시원히 말해 준 것도 없었다.

이튿날, 나는 물소리길을 다시 걸어 볼 요량으로 운동화를 신고 길을 나섰다. 별채로 들어가는 길 옆을 지나자니 지난번에는 미처 몰랐었던 게 눈에 보였다. 샐비어가 마치 길을 알려 주듯이 피어 있었다. 은밀한 표식처럼.

샐비어에서 애써 눈을 돌릴 때 인기척이 들렸다. 흠칫 놀라서 돌아보니 정원사가 서 있다가 말없이 쓱 머리를 숙였다. 인사의 제스처라고 생각했지만, 고개를 숙이니 밀짚모자로 얼굴이 가려졌다. 손에 든 양동이라고 생각했던 것은 자세히 보니 원예 도구가 담긴 바구니였다. 삽이며 전지가위, 칼, 식물용 철사 등이 담겨 있었다.

정원사가 돌아서려 해서 다급하게 말을 붙였다.

"저기, 혹시 별채에 사는 사람에 대해서 아시나요?"

그는 잠시 그대로 서 있었다. 내게 얼굴은 보여 주지 않았다. 그저 어떤 말도 바로 답하지 않는 모양새가 망설임 혹은 갈등이 있음을 알려 줄 뿐이었다.

"저는 잘 모릅니다."

그대로 떠나 버릴 낌새였다. 짧은 시간 안에 더 말을 이어 가야
했다.

"샐비어를 심은 게 그쪽 아닌가요?"

여전히 밀짚모자는 숙인 채였다. 남자가 키가 크긴 했어도
밀짚모자의 챙이 넓어서 얼굴이 완전히 가려졌다.

"저는 이 집의 어떤 것도 말할 입장이 못 됩니다."

그 말만 남긴 채 그는 순식간에 떠나 버렸다. 걸음의 폭이 넓은
데다 빠르기까지 해서 엇 하는 순간 멀어졌다.

"맞아. 저 사람은 말하면 안 돼."

나지막한 의은의 목소리가 들렸다. 나는 놀라 펄쩍 뛰어올랐다.
주변을 둘러보았지만 의은은 어디에도 보이지 않았다.

"어, 어디?"

너무 놀라서 목소리가 떨렸다. 의은이 귀신이었나! 낮에도
나오는 건가? 온몸에 소름이 끼쳤다.

"여기."

아래쪽에서 목소리가 들려왔다. 나는 털썩 주저앉아서 주변을
둘러보았다. 그제야 비로소 조팝나무 덤불 뒤에 쪼그려 앉은 의은의
눈동자가 보였다. 반짝이는 갈색 눈동자였다. 눈매가 웃음기를
머금고 슬쩍 휘어졌다.

"왜 거기에 숨어서… 사람을 놀라게 해요."

"나는 거기 나가면 안 되는 사람이라서. 네가 이쪽으로 와."

낙희가 만나지 말라고 했는데. 나는 저택 쪽을 힐끗 돌아보았다.
정원사는 어느새 사라지고 없었다. 저택은 숨죽인 듯 고요하게
햇빛을 받고 있었다.

누가 진짜 언니일까?

"낙희한테 내 얘기 꺼내 봤어?"

그 말을 듣자, 더 이상 망설일 수가 없었다. 뭔가를 말해 줄 것 같았으니까. 나는 샐비어를 따라 조심스럽게 길 안으로 들어갔다. 길게 뻗은 벚나무와 배롱나무 가지들을 허리 숙여 피하면서.

조팝나무 덤불 뒤로 가자, 눈앞에 민트색 벽에 초콜릿색 지붕을 얹은 작은 별채가 나타났다. 동화 속에 들어온 기분이었다. 현관문에 걸린 녹슨 자물쇠 역시 그런 기분을 더해 주었다.

가만, 그런데, 왜 자물쇠가 걸려 있지? 원래도… 저 자물쇠가 있었나? 아니지, 설마. 주먹만큼 큰 자물쇠가 걸려 있는데 못 봤을 리가 없었다. 외출했을 때 정의은이 자물쇠를 걸었겠지. 곧 정의은이 문 앞에 섰고, 문이 열렸다. 역시 자물쇠는….

"…!"

문에 자물쇠가 잠긴 채 그대로 걸려 있었다. 문이 열린 것은, 자물쇠를 건 경첩을 떼어 냈기 때문이었다. 그렇다는 건 이 자물쇠가, 정의은이 건 게 아니라는 건가?

정의은은 아무렇지도 않게 문을 열고 들어갔다.

"이 집에 갇힌 거예요?"

나는 퍼뜩 떠오른 생각을 그대로 입 밖에 냈다.

"응, 그 사람들은 내가 골칫거리니까."

"당신이 그 사람들을 못마땅하게 여기는 게 아니라?"

내 말에 의은의 길쭉한 눈매가 못마땅함을 머금고 반달처럼 위로 둥글어졌다.

"너, 나에 대해서 안 알아봤지?"

허를 찔려서 아무 말도 못 했다.

"뭐, 괜찮아. 내가 누군지는 중요한 게 아니니까."

아니, 그건 중요하다고 생각했다. 하지만… 낙희가 싫어할지도 모르는 질문이었고…. 너무 머리가 혼란스러웠다. 그래서 결국 너무나 궁금했던 것, 정의은의 정체보다 더 궁금했던 것을 바로 물었다.

"왜 나한테 와서 경고했어요? 왜 오지 말라고 했어요?"

정의은이 눈을 내리깔았다. 나는 침을 삼키며 창백한 그 입술만 쳐다보았다.

"네가 걱정돼서."

"내가요?"

"네가…."

할 말을 고르면서 정의은은 애매한 얼굴을 했다. 걱정이 가득한 시선이었다.

"너와 네 어머니가…. 나는 누가 또 죽는 게 싫어."

혼란스러웠다. 정말로, 주방 여사님이 이야기했던 것처럼 이 집에서 사람이 죽어 나갔던 걸까? 왜 정의은의 말이 진실처럼 들릴까?

"난… 뭘 믿어야 할지 모르겠어요…."

고개가 저절로 숙여졌다. 하지만 그때 정의은이 내 어깨의 짐을 털어 내듯이 가볍게 툭 쳤다.

"믿지 않아도 돼. 마음에만 넣어 둬. 때가 되면 뭐가 진실인지 알게 될 거고, 때가 오지 않으면 그거대로 좋은 거지."

조금 전까지 누군가 죽는 게 싫다던 사람이 하는 말이라기엔 믿을 수 없이 가벼웠다. 고개를 번쩍 들어 그 무심한 얼굴을 쳐다보고, 깨달았다. 정말로 가벼운 마음으로 하는 말이 아니었다. 무겁고 심각한 현실을 알려 줘 봤자 전혀 도움이 되지 않으리라

누가 진짜 언니일까?

여기고 나를 배려해서 하는 말이었다. 이런 배려는 처음이었다. 어머니는 내게 자신의 감정을 쏟아붓는 사람이었고, 아버지는 가족이 아니라 친구와만 대화하는 사람이었다. 이런 종류의 배려는 상상조차 못 해 봤다. 나는 좀 바보같이 입술만 몇 번을 뗐다 다물었다.

"말도 편하게 하고."

정의은이 가볍게 미소 지었다.

"그럼… 어떻게 불러요?"

"이름을 말해 줬잖아. 내 이름을 불러."

눈이 가늘게 접히며 휘어지자, 놀랍게도 흐릿하던 얼굴이 환하게 불을 밝히듯 빛났다. 사람이 바뀌는 듯한 미소였다. 낙희처럼 화려하거나 선명하지 않은, 오히려 색이 엷은 인상이었지만 미소 하나로 불이 밝혀지는 것 같았다.

"낙희는 언니라고 부르라고 하던데요."

"그 애는….'"

정의은은 반사적으로 말을 꺼내다가 입을 다물었다. 그 애라니, 생각보다 더 친밀한 호칭이었다.

"난 그 애가 아니니까. 뭐라고 불러도 상관없어."

"정의은? 이렇게?"

나는 한번 질러 보았다. 내가 뭘 하든 전부 받아 줄 것 같은 얼굴로 정의은이 웃었다.

"그래."

"그럼 정의은, 낙희와 어떤 사이야?"

정의은의 얼굴에서 빛이 사라졌다. 빛이 물러가니 어둠이 스며들 듯이 내 안에 짙은 의심이 피어올랐다.

"그 애는 아주 예쁘잖아. 그래서 내가….."

입술을 깨물며 정의은의 말을 기다렸다. 다음에 나올 말이 저절로 상상되었다. 유낙희를 좋아했어? 둘이 좋아하는 관계였어? 옛날에?

"그 애를 믿었어."

의외의 말에 격렬하게 치솟던 감정이 갈 곳을 잃고 흔들렸다.

"뭐?"

"그 애를 믿어서, 어리석게도, 어머니를 화장한 다음 봉안함을 맡겨 버렸어."

정의은의 눈가에 후회가 깊이 드리워졌다.

"내가 멍청했지. 믿지 말고 내가 챙겨서 이 집을 떠났어야 했는데….."

"봉안함… 그게 뭔데?"

"하얀 단지인데, 어머니의 유골이 담겨 있어."

하얀 단지.

배경지 뒤의 하얀 단지들이 떠올랐다. 그것들이 설마 봉안함인가? 소름이 끼쳤다. 만약 그게 봉안함이라면… 설마… 다섯….

정의은이 진지하게 내 눈동자를 들여다보았다. 색이 옅은 정의은의 눈을 마주 보자 어쩐지 숨이 거칠어지는 것만 같았다. 나만이, 이 여자의 진짜 내면을 들여다보는 듯한 기분이 들었다.

"만약 봉안함을 찾으면, 내게 알려 줘, 나를 초대해, 내가 들어가서 찾아올 수 있게."

"내가 갖고 나올 수 있어."

"아니, 그건 안 될 거야."

누가 진짜 언니일까?

정의은이 단호하게 부정했다. 무언가, 내가 못 할 이유가 있다고 확신하는 말투였다. 내가 그걸 따져 물으려 할 때였다.

자동차 소리가 들렸다. 저택과 달리 이 별채는 방음이 전혀 안 되는지 밖에서 나는 소리가 고스란히 전해졌다. 정의은의 안색이 변했다.

"그 남자가 돌아왔어. 빨리 돌아가."

"어떻게 알았어?"

"엔진 소리. 그 남자 차는 특유의 엔진 소리가 나거든."

쫓겨나듯, 떠밀리듯이 별채에서 나왔다. 정의은이 하도 당황하며 서둘러서 나도 덩달아 허둥지둥 나올 수밖에 없었다.

오늘이 선산에 갔던 어머니와 새아버지가 돌아오는 날이긴 했다.

어머니에게 어떻게든 이야기를 해 봐야겠다고 생각하면서 늘어진 나뭇가지를 헤치고 나오니 본채 건물 앞에 있는 차가 보였다. 새까만 세단이었다. 어머니가 새아버지의 손을 잡고 우아하게 차에서 내리고 있었다. 트렁크에 있는 어머니의 캐리어를 박 여사와 정원사가 옮기고 있었다. 그러고 보니 아까 주머니에서 진동이 울렸던 것도 같았다. 핸드폰을 꺼내 보았다. 곧 도착한다는 어머니의 문자메시지가 있었다.

좀 더 일찍 봤으면 마중 나갔을 텐데.

지금이라도 인사하러 가는 게 좋을 것 같아서 서둘러 걸음을 옮기는데, 아직 시동이 걸려 있던 차가 슬쩍 움직였다. 잘못 봤나 싶어 차에 주의를 쏟는 순간, 뒤에서 누군가 나를 획 끌어당겼다. 전혀 생각지도 않은 손길이라 완전히 균형을 잃고 풀썩 쓰러졌다. 풀냄새가 훅 하고 피어올랐다가, 다음 순간 뜨거운 손이 나를 당겨서 품에 안는 걸 느꼈다. 옅은 체취가 얼굴에 끼쳤다. 더웠다. 딱히 의식한 적이 없는데도 체취를 맡는 순간 나를 안은 사람이 정의은이라는 걸 알았다. 품에 안긴 자세가 어색하고 힘들어서 자세를 고치며 앉았다. 정의은의 얼굴이 아주 가까웠다. 흐린 색의 눈동자가 코앞에 있었다. 뜨거운 체온이 귀를 덮기에 뭔가 봤더니 그의 양손이었다.

대체 무슨 상황이지?

잠시 넋을 잃었던 내가 정신을 차리고 정의은의 손을 밀쳐 내려 할 때였다.

날카로운 비명 소리와 함께 굉음이 울렸다. 손목을 밀어내리던 내 손이 힘없이 바닥에 떨어졌다. 나는 의은의 커다란 눈동자만 들여다보며 그저 숨을 색색 내쉬었다. 내 심장 소리가 커다랗게 들렸다. 조금 전까지 덥게 느껴지던 손의 체온이 따스하게 여겨졌다. 정의은이 안쓰러운 눈길로 나를 쳐다보고 있었다. 나만, 나만 이렇게 무서운가? 숨을 들이쉬며 진정하려 애쓰는 와중에 어디선가 진동이 느껴졌다. 내 귀를 덮은 손이 나와 마찬가지로 덜덜 떨고 있었다. 아, 나만 두려운 게 아니구나. 정의은도 사실은 두려운 거였다. 나는 이제 괜찮다고 귀를 덮은 손을 떼어 내려 했다. 그런데, 내 손을 얹은 순간 깨달았다. 덜덜 떠는 것은 나였다. 나는 의은의 손을 떼어 내기는커녕, 오히려 누르고 있었다. 눈시울이 달아오르더니 급기야 눈물이 뚝뚝 떨어졌다. 이게 다 무슨 일인지 알 수가 없었다.

그때야 깨달았다. 이건 내가 소리를 듣지 않게 하려는 의은의 배려였다. 나와는 달리 의은은 무슨 일이 벌어졌는지 아는 것이다. 그래서 그 끔찍한 일을 보지도 듣지도 않게 해 주려는 것이다.

그런데, 혹시 그렇다는 건, 설마…!

누가 진짜 언니일까?

"엄마! 엄마가…!"

엄마한테 일이…! 이 사고가…! 엄마한테 벌어진…!

소름이 끼쳤다. 엄마한테 벌어진 거라면 내가 가 봐야 한다, 내가 이렇게 보호받고 있을 때가 아니다. 허둥지둥 일어서려 하자 이마를 맞대고 있던 의은이 고개를 저었다. 공황 속에서도 그 고갯짓이 뭘 뜻하는지 바로 알아챘다.

어머니는 아니라고.

안도감으로 눈물이 뺨을 흠뻑 적셨다.

감정을 쏟아 내자 비로소 정신이 돌아왔다. 어머니가 사고를 당한 게 아니라는 걸 알고 나니 호흡이 조금이나마 가라앉았다. 나를 쳐다보는 의은의 옅은 갈색 눈동자가 다소 짙어져 있었다. 나는 그 눈에 어쩌면 승리감이 어려 있을지도 모른다고 생각했다. 그의 말이 옳다고, 이 집의 위험이 선명하게 증명된 순간이 아닌가. 그를 믿지 않은 나를 어리석다고 생각하며, 연민을 섞어서 나를 쳐다볼지도 모른다고. 하지만 마주 본 그 갈색 눈동자에는 그저 슬픔과 동정이 어려 있을 뿐이었다. 의은은 천천히 내 귀에서 손을 뗐다. 그 손을 붙잡고 싶었지만 참았다. 내가 너무 어리석었다. 목소리를 내면 간신히 추스른 감정이 다시 터져 나올 것 같아서 아무 말도 꺼내지 못한 채 묵묵히 일어섰다.

다시 나뭇가지를 헤치고 본채로 갔다.

어머니는 무사했다.

시동이 걸려 있던 차가 급발진해서 들이받은 사람은 주방 여사님이었다. 어머니가 덜덜 떨리는 손으로 119를 불렀고, 정원사가 무너져 내린 세상에 깔린 것 같은 표정으로 고함을 질렀다.

나는 무심코 고개를 들어 저택의 2층을 바라보았다. 내가 처음이 저택에 도착했을 때, 낙희가 나를 내려다보던 창문이 보였다. 그때처럼, 시간이 조금도 흐르지 않은 것처럼 낙희가 거기 있었다. 조각같이 아름다운 얼굴에 냉담한 표정을 띠고. 차가운 그 눈길을 쳐다본 순간, 이 사고는 낙희가 일으킨 게 틀림없다는 생각이 스쳤다. 생각을 자각하자마자 몸서리가 쳐졌다. 왜 이런 생각을 했지? 낙희의 시선이 냉정해서? 감흥이 없는 계산적인 얼굴이라서?

근거는 아무것도 없었다. 그렇지만 주방 여사님이 내게 소문을 말했다고 확신하던 낙희의 표정 없는 얼굴이 자꾸 떠올라 몸이 덜덜 떨렸다.

어머니는 몹시 심란한 얼굴로 돌아왔다. 주방 여사님이 죽었다고 했다. 정원사의 비통한 울음소리가 잊혀지지 않았지만, 아무도 그 이야기를 꺼내지 않았다.

"식사하지."

새아버지가 식사를 언급했을 때 어머니조차도 표정 관리를 못하고 당혹스러운 얼굴을 드러냈다.

"네? 지금요?"

"이럴 때일수록 식사를 챙겨야지."

새아버지의 목소리는 근엄했다.

이럴 때 식사라고?

"그래야죠, 먹고 쉬어야 일을 하니까."

어머니가 한숨을 쉬듯 대답했다. 2층에서 낙희가 우아한 자태로 내려왔다.

"제가 준비할게요, 어머니."

주방에 가려고 일어서던 어머니가 놀란 얼굴로 낙희를 돌아보았다.

누가 진짜 언니일까?

"당신은 피곤할 텐데 쉬어, 낙희가 알아서 잘할 거야."

새아버지가 어머니의 어깨를 눌러 앉혔다. 문제는 나였다. 새아버지와 어머니가 있는 거실과 낙희가 있는 주방, 어디로 가야 할지 알 수 없어서 꿔다 놓은 보릿자루처럼 엉거주춤하게 서 있다가 슬그머니 주방으로 발을 옮겼다. 어머니와 새아버지가 함께 있는 자리는 내가 끼기에 부담스러웠다.

"나가서 쉬어. 나 혼자 할 테니까."

낙희는 냉장고에서 재운 닭갈비를 꺼내며 손을 저었다. 주방 여사님이 만들어 두었던 닭갈비였다. 설마, 모르나, 아니면 신경을 안 쓰는 건가?

"어, 저도 도울 수 있는데요."

다른 요리가 있는지 알아볼 생각으로 냉장고에 다가가자 낙희가 다가와 내 등을 떠밀었다.

"아니야, 괜찮아. 별거 아니야. 어머니가 많이 힘드신 것 같은데 곁에 있어 드려."

거의 주방에서 쫓겨나듯이 나오는 와중에 조리대에서 언뜻 단지가 보였다. 쿠키를 구울 때도 있었는데, 대체 저게 뭐길래 자꾸 보이는지 알 수가 없었다.

식사 준비는 오래 걸리지 않았다. 하지만 나는 한 입도 먹을 수가 없었다. 닭갈비도, 함께 차려진 밑반찬도 전부 주방 여사님이 마련해 두었던 것이었다. 그 광경을 보고 이게 입에 들어갈 수가 있나? 나는 갓 지은 쌀밥만 젓가락으로 깨작깨작 찔렀다.

"안여야, 입맛이 없어도 먹어야지."

내가 제대로 먹지 않자 결국 낙희가 반찬을 앞접시에 덜어서 내 앞에 밀어 놓았다.

"먹고 싶지 않으면 이것만 먹어. 응?"

몇 점 없었지만 도저히 먹을 자신이 없었다. 하지만 접시를 노려본다고 닭갈비가 사라지는 건 아니었다. 도저히 피해 갈 방법이 없어서 눈을 꾹 감고 삼켰다.

"낙희가 동생을 아주 잘 챙기는구나."

흐뭇해하는 어머니에 이어 새아버지가 덩달아 미소를 지으며 말했다.

"오늘은 우리 가족이 처음 모인 날이니 그냥 지나갈 수 없지. 사진을 찍자꾸나."

낙희가 손뼉을 딱 쳤다.

"너무 좋아요, 아버지. 이렇게 귀여운 동생과 멋진 어머니까지 가족이 모두 모였는데 그냥 넘어가기는 아까워요!"

입가의 미소가 눈동자까지 번져 반짝거렸다. 눈을 떼기 어려울 만치 아름다웠다. 너무나, 부적절하게 밝고 눈부신 미소였다. 새아버지는 낙희를 흡족한 얼굴로 쳐다보았다. 그 눈길에서 그가 얼마나 낙희를 자랑스러워하는지, 얼마나 아끼는지 드러났다.

"가족실로 가자꾸나."

혹시 항아리들이 있던 방을 말하는 건가?

새아버지의 뒤를 따르며 심장이 불안하게 뛰었다. 거실을 따라, 내 방 쪽 복도를 따라…. 추측이 맞았다. 가족실에 들어서면서 나도 모르게 불안한 눈으로 촬영용 배경지 뒤를 힐끔거렸다. 저기, 하얀 단지들이 있었는데.

새아버지는 의자를 옮기고 조명을 조정하며 분주히 움직였다. 낙희가 빗과 드라이어로 어머니의 머리를 고쳐 주었다. 어머니는 그런 낙희가 마음에 들었는지 활짝 웃었다. 늘 예쁘고 가녀리고

누가 진짜 언니일까?

살가운 딸을 원했으니까, 당연히 좋겠지. 나를 이런 얼굴, 이런 몸, 이런 성격으로 낳아 놓은 건 엄마면서.

나는 방을 구경하는 척하면서 배경지 뒤로 걸어가 슬그머니 들여다보았다. 선반이 텅 비어 있었다.

순간 식은땀이 흘렀다. 다시 한번 들여다보았다. 단지들이… 다 어디 갔지? 그게 정말 유골함이었을까? 누가, 왜 치운 거지? 어디서 찾아야 하지? 당황한 심사가 폭풍같이 몰아쳐서 어쩔 줄 모르고 주변을 둘러보던 도중에, 샐쭉이 웃는 낙희의 시선과 마주쳐 버렸다. 심장이 발치에 떨어져 구르는 것 같았다. 왜냐하면, 내가 뭘 찾는지 이미 알고 있다는 듯한 심술궂은 미소였기 때문이다.

대체 뭘 알고 저렇게 웃는 걸까?

정의은을 만난 것도 아는 걸까? 정의은을 떠올리자, 당황했던 마음이 훅 하고 부풀어 올랐다가 꺼졌다. 내가 잘해야 한다.

"박 여사님이 그러시더라, 이 방에 왔었다고!"

고자질쟁이. 나는 애써 웃었다.

"네, 누가…."

노크를 한 것 같아서 누군지 찾다가….

낙희가 나를 뚫어져라 쳐다보았다. 내 표정의 작은 기미 하나도 놓치지 않겠다는 듯 강렬한 눈빛이었다. 무언가를, 찾으려고, 하는 건가? 뭐가, 잘못되었나? 나는 힘들게 말을 골랐다. 그 무엇도 들키면 안 된다는 생각에. 내가 노크 소리를 들었다는 것조차도, 비밀이어야 할 것 같았다.

"누가 없나 하고…."

그때 새아버지가 낙희와 나를 불렀다.

"얘들아, 이리 와서 서렴. 가족실이 신기한 건 알겠지만 사진부터 찍어야지."

나는 안도의 숨을 내쉬며 의자 뒤에 섰다. 박 여사가 들어와 납작한 벨벳 상자를 하나 건넸다. 보석함이었다. 다이아 목걸이와 귀걸이 세트가 있었다. 새아버지는 어머니의 목과 귀에 보석들을 둘러 주고 끼워 주었다. 고풍스러운 디자인인데도 어머니에게 맞춘 듯이 어울렸다. 어머니와 새아버지가 의자에 앉고 나와 낙희가 등받이 의자 뒤에 섰다. 타이머가 돌아가면서 펑, 플래시가 터졌다.

"마침내 집이 제대로 돌아가는 것 같아서 기뻐요. 매일 저녁 식사를 같이하는 게 우리 가족의 전통이니 내일 저녁도 같이해요."

그런 전통이 있었나? 전혀 들은 적이 없었는데, 낙희의 너무나 당연하다는 표정을 보니 나만 몰랐던 모양이었다. 사진을 다 찍자마자 나는 내 방으로 돌아와 틀어박혔다. 심란한 마음을 감출 수가 없어서 내내 혼자 있고 싶었다.

그때 노크 소리가 들렸다. 식사도 끝났고, 곧 잠이 들 시간인데 웬 노크? 무심코 들어오라고 대답하려던 나는 노크 소리가 이전에 들었던 것과 같다는 걸 깨달았다. 규칙적으로 떨어지는 빗방울 소리. 똑, 똑, 똑.

바로 뛰쳐나갔다. 대체 누가 장난을 치는 거지? 누군지 알아내고야 말겠어! 문을 벌컥 열었지만 아무도 없었다. 거실까지 정신없이 나갔다. 주방으로 향하는 여닫이문도, 부부 침실로 향하는 문도 닫혀 있고 그저 괴괴한 정적만이 흘렀다.

강렬한 시선이 느껴진 건 2층에서였다. 낙희가 나를 내려다보던 자리에서 희끗희끗한 그림자가 머물렀다가 사라지고 있었다. 길고 낙낙한, 흰 원피스 자락만이 보였다. 계단에 첫발을 디뎠을 때, 내가 슬리퍼도 없이 양말 바람이라는 걸 깨달았다. 하지만 나를 노크로

누가 진짜 언니일까?

꼬여 낸 원피스의 주인이 곧 사라질 것 같아서 그대로 계단을
올랐다.

난간 반대편에는 1층에서는 보이지 않았던 창문이 가로로
길게 뻗어 있었다. 그 아래 긴 상자형 벤치가 있어서 복도를 쉬는
공간으로 만들었다. 계단실을 중심으로 양쪽에 복도가 뻗어 나갔다.
나를 불러낸 원피스 자락이 복도 끝으로 간 것 같았는데… 헤매는 내
눈에 다시 원피스 자락이 들어왔다. 이번에는 얼굴도 얼핏 보였다.

낙희?

옆얼굴이 낙희와 비슷했다. 역시 유낙희가 장난을 친 걸까?

얼굴이 달아올랐다. 이런 시간에, 불러내고 싶으면 그냥 부르지
왜 장난을 쳐? 문 앞에 원피스를 입은 여자가 서 있었다. 씩씩거리며
걷다가 가까이 가자 뭔가, 낙희와 다르다는 걸 깨달았다. 선 자세며,
머리 모양새 같은 것이.

머뭇거리면서 몇 발자국 더 내딛자 여자는 나를 기다렸다는
듯 일별하고는 손을 들어 올려 문에 살며시 가져다 댔다. 문이 조금
열리고, 빛이 길게 뻗어 나왔다.

"집에 오는 날 문제가 생기게 두다니, 내가 너를 너무 믿었나
보구나. 집에 오기 전에 처리했어야지!"

새아버지가 냉정하게 나무라는 소리가 들렸다.

나라면, 그런 나무람을 들으면 아무 말도 못 하고 눈물만
그렁그렁할 것이다. 그만큼 새아버지의 목소리는 엄격하고
매서웠다. 가족이라기보다는 냉랭한 거리감을 담고 남처럼
야단쳤다. 하지만 낙희는 새아버지의 목소리에 전혀 기죽지 않았다.

"더 늦기 전에 그나마 빨리 처리한 거예요. 이건 아버지
잘못이에요."

낭랑한 목소리가 단정하게, 새아버지에게 잘못을 돌렸다.

"너무 입이 가벼운 사람을 뽑았어요. 하마터면 그 애 귀에 쓸데없는 말이 들어갈 뻔했잖아요."

금방이라도 새아버지가 호통을 칠 것 같아서 심장이 쿵쾅거렸다. 그런데 호통은커녕, 낙희의 말에 고개를 끄덕였다. 어머니한테는 그렇게 권위적으로 굴던 남자가.

"더 놔두면 안 되겠어. 그래야 그 애와 그 여자가 뭘 듣지 못하겠지."

그 여자…? 엄마한테 한 말인가?

"맞아요, 이제 여분은 필요 없으니까요."

"아빠가 처리할 테니 그 애에게 더 많이…."

뭘… 처리하겠다는 거지?

의문이 드는 순간이었다.

"문이 왜 열려 있지? 낙희야, 네가 닫지 않았니?"

나는 황급히 문에서 떨어졌다. 그때 내 옆에 내내 있던 여자가 눈에 들어왔다. 하마터면 비명을 지를 뻔했다. 낙희를 닮은 여자의 모습이 서서히 사라지고 있었으니까. 귀, 귀신? 유령? 나는 입을 틀어막고 일단 자리를 떴다. 정신을 차리고 보니 계단참에 쭈그려 앉아 있었다. 다리에 힘이 풀려서 더 내려갈 수가 없었다. 이가 딱딱 마주치며 떨렸다.

복도로 걸어 나온 낙희가 나를 발견하고 천천히 내 쪽으로 걸어오는 게 보였다.

"안여야, 네가 2층까지 올라왔었니?"

나는 고개를 저었다. 그러자 낙희가 크고 아름다운 눈을 깜박였다.

누가 진짜 언니일까?

"그래? 그런데… 왜 그런 얼굴이야?"

"…네?"

대답하려는데 목소리가 색색 새어 나왔다. 낙희는 고혹적인
미소를 지었다.

"못 볼 걸 본 얼굴."

나도 모르게 숨이 거칠어졌다. 얼굴이 창백해지는 걸 느꼈다.
결국 실토할 수밖에 없었다.

"귀, 귀신… 귀신을 봤어요…."

우아한 표정만 봐서는 낙희가 내 말을 믿는지 안 믿는지 알 수
없었다.

"하얀… 원피스 같은 걸 입은 귀신이…. 나는 언닌 줄
알았는데… 사, 사라졌…."

숨을 몰아쉬며 거기까지 말했을 때, 낙희가 옆에 앉으며 무릎에
손을 얹었다. 약간 찬 듯한 체온과 몰약 섞인 장미 향기가 나를
덮치듯이 몰아닥쳤다.

"우리 안여, 정말 많이 놀랐구나."

둥근 무릎뼈를 어루만지는 손이 찼다. 오히려 불안감을
가중시키는 손길이었지만 나를 안심시키려는 행동을 말릴 수가
없어서 참았다. 손에서 냉기가 옮아온 것처럼 무릎이 시렸다.

"이제 괜찮아."

"이, 이 집에…."

이가 딱딱 부딪치며 떨렸다.

"귀신, 귀신이, 있어요?"

"음… 사람이 사니까 귀신도 있을 수 있겠지만, 귀신보다 나를
더 무서워해야 할 텐데."

나는 귀를 의심했다.

"네?"

반사적으로 고개를 쳐들고 낙희의 새까맣고 커다란 눈동자를 코앞에서 마주 보았다. 어지럽고 몽롱한 기분이었다. 낙희의 손이 내 허리와 어깨를 더듬고 쓸어내렸다.

"우리 안여는 골격이 예뻐서 마음에 들어, 자세만 바르게 하면 어깨 굽은 것도 펴질 거고…."

아니라고 생각할 때 눈앞에 내 몸이 보였다. 내가 내 몸을 보는데 뭔가 시선이 이상했다. 내가 보던 내 몸이 아니었다. 각져서 태평양 같던 어깨는 다부져서 모양이 잘 잡힌 어깨로 보였고, 대책 없이 굵어 보였던 허벅지는 탄력과 활력이 넘쳤다. 길어서 멀대 같던 목이 우아해 보이기까지… 내가 미친 것만 같았다.

"너는 정말 예쁘고 귀엽다니까, 언니 말을 왜 안 믿어."

내 시선이 아닌 것만 같았다. 퍼뜩 몸이 떨리며 나도 모르게 낙희를 밀치고 벌떡 일어섰다. 밀쳐져 쓰러진 낙희를 보니 머리가 어지러웠다. 내가 왜 그랬지?

"어, 언니, 미안, 미안해요. 내가 일부러 그런 게 아니라…."

낙희가 일어서면서 미소를 지었다.

"그래, 다 알아. 괜찮아. 귀신을 봐서 우리 안여가 놀랐으니 언니가 해결해 줄게. 이제 그런 일 없을 거야. 걱정하지 말고 방에 돌아가 있어."

무슨 말인지 전혀 이해되지 않았지만 낙희가 시키는 대로 발이 움직였다.

그때부터 비가 내렸다. 한 방울, 두 방울씩 뚝뚝 굵게 떨어지던 빗방울이 곧 무섭게 쏟아졌다. 비가 창문을 후려치는 기세가

누가 진짜 언니일까?

돌출창으로 물이 샐까 봐 두려울 정도였다. 겁이 나서 창틀을 만져 보았지만 낡은 모양새와는 달리 빗물이 새지는 않았다. 안심하고 앉아서 목제 패널 벽에 머리를 기대고 창밖을 쳐다보았다. 그런데 조금 전까지 전혀 들리지 않던 목소리가 귀를 벽에 대니 들리기 시작했다. 벽 너머에서 들리는 소리 같아서 나는 귀를 바싹 붙였다.

'어머니, 살아서는 도움이 안 되시고, 죽어서는 저를 방해하시니 제가 어찌해야 할지 모르겠어요.'

부드럽고 낭랑한 목소리는 낙희였다. 누군가를 향해 말하는 것 같았는데, 대화 상대의 목소리는 들리지 않았다.

'어머니께서 생전에 제게 뭔가 해 주신 기억이 없는데, 이제 와서 저를 위한다고 말씀하시나요? 그런 분이, 이렇게, 그 애에게 접근을 해요? 대체 뭘 알려 주셨어요?'

낙희의 목소리는 상냥하기 그지없었지만, 이상하게도 내 마음 어딘가를 후벼 팠다. 내가 어머니한테 할 수도 있는 말들이었다. 마음이 아프면서도 등줄기가 서늘한 기분을 어떻게 해야 할지 도무지 알 수 없었을 때, 빗방울 소리가 유난히 크게 들렸다. 대체 뭐지?

방 안에 물이 떨어지고 있었다. 나는 놀라서 벽에서 머리를 뗐다. 그러자 동시에 낙희의 목소리가 끊겼다. 하지만 그보다 내 방이 젖고 있잖아! 물방울이 뚝뚝 떨어져 내리는 곳은 바로 천장이었다. 위에서부터 물이 떨어지고 있었다.

이게 대체 뭐람? 나는 어떻게 해야 할지 몰라 당황하다가, 일단 수건이나 걸레를 찾아오려고 했다. 그리고 박 여사님에게 누수라고 말을…. 필사적으로 대안을 생각하던 와중에 바닥이 눈에 들어왔다.

처음에는 그게 뭔지 알아보지 못했다. 그런데, 단지 모양으로 바닥이 젖어 있었다. 이게 대체 뭐지? 나는 어안이 벙벙해서 쳐다보았다.

이것도, 여자 귀신… 낙희의 죽은… 어, 아니 돌아가신… 어머니가… 하는 건가?

낙희가 아직도 말하고 있을까? 나는 주춤주춤 젖은 얼룩을 빙 돌아 돌출창 쪽으로 다가갔다. 시선을 바닥에 고정한 채 벽에 귀를 가져다 댔다.

'아버지가 아시기 전에 제가 처리해 드릴게요, 어머니.'

낙희가 상냥하고 다정하게 말했다. 그리고 창호가 열리는 소리가 들렸다. 반사적으로 얼룩에서 눈을 돌려 창밖을 쳐다보았다. 하얀 것이 정원 한가운데로 뚝 떨어졌다. 폭우가 쏟아지는 와중이니 그럴 리가 없는데도, 퍽 깨지는 소리가 들린 것 같았다. 밖이 어두워서 잘 보이지 않았다.

뭐지?

혼란 속에서 나는 다시 젖은 얼룩으로 눈을 돌렸다. 그런데 아무것도 없었다. 천장에서 떨어지던 물방울이 흔적도 없이 사라졌고, 마룻바닥도 깨끗했다. 아무 데도 젖지 않았다. 내가… 착각했나…? 착각인가?

나는 쪼그려 앉으며 무릎을 끌어안았다. 미쳐 버릴 것만 같았다. 누군가, 이야기할 사람이 필요했다.

이튿날, 날이 밝은 다음 새아버지가 서재로 가기를 기다렸다가 어머니에게 갔다.

어머니는 침대에 앉아서 물끄러미 뭔가를 들여다보고 있었다. 내 인기척을 듣고 화들짝 놀라서 책 속에 숨긴 듯했지만, 곧 나인 걸 알고 긴장했던 손이 풀어졌다.

누가 진짜 언니일까?

"엄마."

"그래, 딸. 엄마는 몸이 안 좋아서 쉬어야겠어."

어머니의 안색이 안 좋아 보이긴 했다. 하지만 몸이 안 좋아서라기보다는 스트레스 때문인 것 같았다. 하소연할 때가 아니다. 원래 어머니는 내 약한 모습을 받아 주지 않는 성미이기도 했고.

이럴 때, 하다못해 어머니가 내게 의지라도 해 주면 좋을 텐데. 하지만 불행히도 어머니는 그런 사람이 아니었다. 내게 의지하지도 않았고, 의지하도록 받쳐 주지도 않는 사람이 어머니였다.

책 속에 숨긴 건 뭔가 사진 같았는데… 가족사진인가? 내가 책을 훔쳐보는 걸 보고 어머니가 날카롭게 말했다.

"엄마 힘들다니까? 당장 나가."

나는 방에서 쫓겨나서 암담한 기분으로 비가 멎기를 기다렸다. 세상에 나 혼자밖에 없는 기분이었다.

오후에는 비가 멎었다. 바로 정원으로 뛰쳐나갔다. 간밤에 정원에 떨어졌던 단지를 찾고 싶었다. 어제 겪었던 일이 너무나 이상해서 내 착각인지 아닌지 확인하고 싶었다.

하지만 정원으로 나올 때부터 내 방 바로 위의 2층 창문에서 커튼이 흔들렸다. 낙희의 깊고 고혹적인 눈동자가 나를 뚫어져라 쳐다보는 것 같았다. 그래서 나는… 정원을 구경하는 척했다.

아… 가소로웠을지도 모른다. 속내를 훤히 읽혔을지도 모른다. 하지만 아닌 척이라도 해야 했다. 만약, 물어 오면 핑곗거리가 있어야 하니까. 그래서 우산을 팔에 걸고, 물이 약간 든 양동이와 전지가위를 손에 든 채 모기에 물리면서 정원을 걸었다.

내가 찾는 것은 화단 어딘가에 있을지도 모르는 깨어진 단지

조각들이었지만, 자연스레 꽃들이 눈에 들어왔다. 비가 워낙 거셌기 때문에 해바라기며 천일홍이며 쓰러진 화초가 한둘이 아니었다. 저 멀리서 정원사가 쓰러진 화초들을 일으켜 세우고 있었다. 여사님의 사고를 보고 오열하던 모습이 떠올랐다. 며칠 지나지도 않았는데 일을 해도 괜찮은 걸까. 잠시 바라보다가, 어떤 말도 건넬 수 없다는 것을 깨닫고 반대 방향으로 움직였다. 두리번거리며 걷다 보니 달리아 화단 앞이었다.

달리아 화단은 꽤 컸고, 달리아들은 다양했다. 뒤쪽의 달리아는 작은 태양처럼 거대한 꽃을 피웠고, 앞쪽의 달리아는 작고 화려한 꽃을 피웠다. 장미처럼 잎과 같이 어울려 피는 꽃이 아니라 줄기 끝에서 꽃대가 홀로 길쭉하게 고개를 뽑아내어 화려한 꽃을 보여 줬기 때문에 자르기도 쉬웠다.

노란색, 빨간색, 분홍색 달리아꽃을 연달아 자르던 도중 전지가위 위로 그림자가 드리워졌다. 허리를 세워 눈을 드니 어느새 정원사가 내 앞에 와 있었다. 그의 우묵한 눈에 깊은 비통함이 드리워져서, 아무 말도 꺼내지 못했다.

그가 천천히 몸을 수그려 앉아 땅으로 손을 뻗었다. 젖은 흙이 그의 손에 부드럽게 파헤쳐졌다. 새하얀 도기 일부가 새까만 흙 사이로 모습을 드러냈다.

그건 내가 찾던 단지가 아니었다. 배경지 뒤쪽에 숨겨져 있던 단지들이었다.

이게, 여기에 묻혀 있었구나. 놀란 눈으로 정원사를 쳐다봤다. 그는 손에 들고 있던 바구니에서 길쭉한 꽃대를 꺼내어 내 양동이에 집어넣었다. 샐비어 줄기였다.

나는 입술을 깨물면서 이게 무슨 뜻인지 생각을 거듭하다가

누가 진짜 언니일까?

결국 주저앉아서 수그렸다. 우뚝우뚝 자란 달리아 줄기들이 내 몸을 감췄다. 모기가 계속 발목을 물었고, 사마귀가 날카로운 앞발을 휘둘렀으며, 거미줄이 내 팔과 뺨에 휘감기다가 끊어져서 커다란 거미들이 허둥지둥 다리를 놀렸다. 하지만 벌레가 있다고 펄쩍 뛸 때가 아니었다. 일부러 알려 준 게 분명한 이 단지들을 파내야 했다.

양동이에 넣어 뒀던 물과 잘라 낸 꽃들을 꺼내고 단지들을 넣었다. 흙물이 들어 얼룩덜룩해진 단지들은 미지근했다. 단지들 속에 뭐가 담겨 있는지 몰랐고 알고 싶지도 않았지만 제발 빗물이 새거나 깨지지 않기만을 바랄 뿐이었다. 양동이 위에 잘라 냈던 꽃송이들을 덮어 위장한 뒤에, 길을 빙빙 돌아서 단지들을 숨겨 놓기에 적당한 곳으로 갔다.

할 일을 마치고 서둘러 집으로 돌아갈 때였다.

새아버지가 의은의 작은 집으로 가는 오솔길로 들어가고 있었다. 손에 통 같은 것을 든 채였다. 불안감이 되살아났다. 의은은 아예 없는 존재인 척 언급도 안 하더니, 뭐야, 역시 모를 리가 없잖아. 저렇게 찾아가고.

당장 따라가서 의은의 존재에 대해서 캐묻고, 모른다고 대답하면 지금 별채로 가는 거 아니냐고 따지고 싶은 심정을 억눌렀다. 이상하게 가슴속이 아릿하니 아팠다. 의은은 저렇게 은밀하게 취급될 만한 사람이 아니었다. 하지만 내가 가 봤자 의은만 더 난처해질 게 뻔했다. 나는 입술을 깨물며 집으로 돌아왔다.

샤워를 마치고, 팔다리에 약을 바르고 있을 때였다. 어디선가 타는 냄새가 났다.

시골이라서 그런지 사람들이 쓰레기를 자주 태웠다. 타는 냄새가 약간 이상한 걸 보니 또 어느 집에서 쓰레기를 태우는 모양이었다. 나는 살짝 열어 두었던 창문을 닫으려다가, 뭔가 평소와 다른 걸 깨달았다. 냄새가 유난히 짙었다. 마치 아주 가까운 곳에서 타는 것처럼.

창밖에서 연기가 피어오르고 있었다.

샐비어가 자라는 오솔길 너머, 의은의 집 쪽이었다.

나는 우당탕탕 옷을 갈아입고 뛰쳐나갔다. 가면서 119에 부랴부랴 신고를 했다. 목소리가 떨렸다. 불이 저절로 날 계절이 아닌 데다, 심지어 어제 비까지 왔다. 불이 날 때가 전혀 아니다.

뺨을 후려치는 나뭇가지를 제대로 피하지도 못한 채 오솔길을 달려갔다. 길 끝에서 불길에 휩싸인 별채가 보였다.

별채는 엉망이었다. 창문턱에 놓여 있던 화분들은 바닥에 떨어져 깨졌고, 민트색 벽은 시꺼멓게 그을려서 화염에 먹히고 있었다. 현관문에는 커다란 자물쇠가 걸려 있었다. 저 안에, 의은이 있으면 어쩌지? 문틈과 창문 틈 사이로 시커먼 연기가 줄줄 새어 나왔다. 만약 저 안에 의은이 있으면…!

정신을 차려 보니 어느새 내 손에 삽이 들려 있었다. 아마 근처에 의은이 놔뒀던 삽일 것이다. 나는 정신없이 삽으로 대문에 걸린 자물쇠를 내리쳤다. 이 자물쇠를 부숴야 …문을 열고! …의은이! …저 안에!

"괜찮아, 괜찮아, 안여야, 나 여기 있어."

누군가 부드럽게 내 허리를 안아서 끌어당겼다.

나는 얼결에 삽을 떨어뜨리며 돌아보았다. 뺨에 검댕을 잔뜩 묻힌 의은이 서 있었다.

"연기 마시면 진짜 위험해, 물러나자. 곧 119에서 올 거야. 우리는 물러나 있자, 응?"

누가 진짜 언니일까?

나를 조금씩 끌어내는 의은의 목소리는 아무 일도 없었다는 듯이 다정했다. 의은은 나를 정원이 아니라 울타리 밖 도로로 데려갔다. 나는 손을 뻗어 의은의 뺨을 만져 보았다. 꿈이 아니었다. 날이 흐려서 햇빛이 쏟아지지는 않았지만 습기를 날려 보내는 서늘한 바람이 불어왔다. 열이 오른 의은의 뺨이 따끈따끈했다.

"쉬… 괜찮아. 난 괜찮아, 안여야."

의은의 손이 내 뺨을 닦아 냈다. 그제야 내가 울고 있다는 걸 알았다.

"나는… 저 안에서… 갇혀 있는… 갇힌 줄… 알고…."

엉엉 울면서 띄엄띄엄 말하는 나를 의은이 힘껏 끌어안았다. 유화물감 냄새와 희미한 땀 냄새, 그리고 포근한 체취가 코끝에 스며들었다. 나는 눈물을 뚝뚝 흘리면서 의은의 뺨을 다시 만져 보았다. 그리고, 깊이 안도의 숨을 내쉬었다. 의은이 불타는 집 안에 쓰러져 있을 거라고 생각했던 절망감이 아직도 몸 안쪽을 할퀴고 있었다. 다음 순간 의은이 내게 입술을 겹쳐 왔다. 심장이 폭발할 것 같았다.

"걱정했어?"

의은의 밝은 갈색 눈동자가 기쁨을 머금고 나를 뚫어지려 쳐다보고 있었다. 나는 머뭇머뭇 고개를 끄덕였다. 그리고, 두 팔을 의은의 목에 감았다.

몇 분 후에 사이렌 소리를 요란하게 울리면서 소방대원들이 도착했다. 활활 불타던 별채는 얼마 지나지 않아 지붕이 폭삭 내려앉았다. 신고하고 10분도 지나지 않아 소방차가 도착했지만, 별채가 워낙 작아서 순식간에 타 버렸다. 의은은 곧 새아버지가 나타날 거라며 내 손을 한번 꾹 쥐고 낮게 속삭였다.

"네가 해 줄 게 있어. 돌아가서 낙희의 봉안함을 찾고, 내가 가면 문을 열어 줘."

무슨 말이지? 제대로 되묻기도 전에 의은은 내 손을 놓고 사라져 버렸다. 그리고 바로 새아버지가 나타났다. 조금만 더 늦었으면 새아버지와 마주쳤을지도 몰랐다.

"대체 불이 왜 났는지 모르겠군요, 친척 아이에게 빌려준 집입니다. 아이가 뭔가 실수를 했나 봅니다."

새아버지는 소방대원들과 침착하게 이야기를 나누었다. 나는 새아버지의 손을 흘끗 바라보았다. 새아버지의 손에 들려 있던 커다란 통. 그거… 등유통 같았는데.

그때 나는 왜 내가 의은이 갇혀 있을 거라고 생각했었는지 깨달았다. 새아버지의 손에 들려 있던 통. 누가 볼까 경계하던 움직임. 나는, 새아버지가 별채에 불을 질렀을 거라고 생각했다. 그래서 별채의 유일한 출입구인 현관문을 잠근 자물쇠를 보자마자 의은이 갇혀 있을 거라고 생각했다.

피곤한 기색의 어머니가 옆에 와서 섰다. 어머니는 얇은 카디건을 어깨에 걸치고 있었다. 여름이었지만 어제 쏟아진 폭우 때문에 조금 쌀쌀했다.

"엄마…. 새아버지가 별채에 불을 질렀을지도 몰라."

새아버지는 소방대원들과 이야기하느라 내 말을 듣지 못하겠지만, 그래도 혹시 몰라서 어머니에게만 들리도록 낮게 속삭였다. 어머니는 피곤한 눈길로 나를 한번 돌아보았다.

"누구 다친 사람은 없지?"

다치게 하고 싶었던 사람은 있는 것 같아. 그렇게 말하고 싶었지만, 어머니가 어디까지 새아버지에게 말할지 몰라서 입을

누가 진짜 언니일까?

다물었다. 어머니는 한숨을 내쉬었다.

"다친 사람이 없으면 됐지. 이 별채, 저 사람 집이잖니. 아니, 됐다, 그게 중요한 게 아니고…."

중요한 게 아니라고? 그럼 뭐가 중요한데?

의은을 죽이려고 했는데, 그럼 뭐가 중요하냐고 고함치고 싶은 심정을 억누르며 어머니를 찬찬히 살펴보니 그냥 피곤한 게 아닌 것 같았다. 안색이 몹시 어두운 데다 뭔가 다른 생각에 깊이 골몰한 눈치였다.

"엄마?"

"엄마는 피곤해. 방에 가야겠다."

어머니는 그대로 등을 돌려 집 안으로 들어갔다. 대체 무슨 생각을 하는지 도무지 모르겠다. 멍하니 어머니의 등을 바라보았으나 본다고 알 방법은 없었다.

오늘도 낙희가 저녁 식사를 차렸다. 어머니는 낙희에게 요리를 맡겨서 미안한 눈치로 자리에 앉았다. 식사 생각이 추호도 없었던 나는 억지로 낙희에게 끌려 나온지라 앉아 있는 게 고역이었다. 새아버지의 손에 들려 있던 등유통을 생각하면 당장이라도 자리를 박차고 나가고 싶었다.

평소 같으면 벌써 깨작거린다고 어머니가 나무랐을 텐데, 이상하게 어머니도 조용했다. 여전히 뭔가에 정신이 팔려 있었다. 식사가 끝나고 캐물어 봐야겠다고 결심하며, 한편으로는 의은에게 언제 문을 열어 줘야 할까, 낙희 몰래 열어 주는 게 맞나 이런저런 생각을 굴렸다.

그때 초인종이 울렸다. 설마 정의은은 아니겠지? 나는 고개를 번쩍 쳐들었다. 새아버지가 이마를 찌푸렸다.

"누구지? 예의 없게."

어머니가 내게 나가 보라고 시켰다.

"손님 왔나 보다, 안여, 나가 봐."

"아니에요, 어머니. 제가 나가 볼게요."

낙희가 일어서려 했다. 어머니가 손을 저었다.

"안여가 동생이니까 이런 건 안여가 해야지."

낙희가 나갈까 봐 바로 튀어 나갔다. 팽팽한 긴장감 때문에 심장이 터질 것 같았다.

문을 열자 의은이 씩 웃으며 삐딱하게 서 있었다. 짙은 갈색의 리넨 셔츠에 낙낙한 베이지색 바지 차림이었다.

"이렇게… 정면으로…?"

"몰래 와서는 승산이 없어서."

의은의 눈가가 환하게 접혔다. 바로 뒤에서 어머니의 목소리가 들렸다.

"얘, 손님이 왔으면 안으로 들여야지, 거기서 뭐 하니?"

그 말에 대답한 건 내가 아니라 낙희였다.

"손님이 아니니까요."

낙희는 아무 일도 아니라는 듯 여전히 온화한 안색으로 낭랑하게 말했다.

"그 아이는 손님이 아니에요."

의은이 한 발 내디뎠다. 나는 뒤로 물러서면서 의은이 들어오도록 비켜 주었다. 낙희가 고개를 돌려 나를 노려보았다. 그 몸짓 하나로, 낙희는 모든 걸 눈치챈 얼굴이었다. 터질 것 같은 불안감이 몰려왔지만 손을 모아 쥐고 참았다.

"네, 저는 손님이 아니라, 이 집의 둘째 딸이에요. 새로운

누가 진짜 언니일까?

가족들이 왔다고 해서 기다렸는데 아무도 인사를 시켜 주지 않아서요, 제가 직접 왔습니다."

그 말을 듣고 어머니가 화를 낼 줄 알았다. 분노한 눈으로 새아버지를 벼락같이 몰아칠 거라고 생각했다. 하지만 어머니는, 그저 새하얗게 질려서 의은을 쳐다볼 뿐이었다.

뭔가를 알고 있었나?

"이게, 무슨 말이에요?"

새아버지는 무섭게 굳은 얼굴로 의은을 노려보았다.

"여보, 이 애는 내 딸이 아니야."

딱 잘라 부정하는 말을 들어도 어머니의 표정은 전혀 풀리지 않았다. 오히려 새아버지를 돌아보는 눈에 의혹이 더 차오를 뿐이었다.

"제 말을 믿든 안 믿든 오늘은 인사만 하려고 찾아온 게 아니에요."

의은이 얼굴에 혐오감을 가득 띄우며 불렀다.

"새아버지."

새아버지도 만만찮게 불쾌한 얼굴로 의은을 노려보았다.

"이 집의 둘째 딸로서, 새로 오신 의붓어머니께 경고는 해 드리는 게 도리일 것 같아서요."

"뭐가 어째? 당장 꺼져!"

"너는….."

의은을 보는 어머니의 눈빛이 심하게 흔들렸다.

"기껏 우리 집이 평화를 찾고 화목해지려는 이때에, 이런 분탕질을 치다니! 여보, 이 애는 나와 피 한 방울 안 섞인 애야. 불쌍해서 별채에 머물게 해 줬더니, 이런 거짓말을 해?"

"거짓말이라고 하면, 아저씨라고 불러 드릴까요? 우리 엄마가
살아 있을 때까지는 그래도 새아버지라고 불렀으니까 그렇게
했는데."

"아버지, 진정하세요. 의은아, 우리 집에서 나가 줘. 너 때문에
우리 가족에 불화가 생겼잖아. 식사 시간에 찾아와서 이러는 건 정말
예의가 아니잖니."

낙희는 여전히 침착했다.

"무슨 소리야, 식사 시간에 와야지."

하지만 의은의 말 한마디에 낙희의 온화한 기색이 와장창 깨져
버렸다. 가면이 깨지는 순간이었다.

"네가⋯."

그건 처음 보는 낙희의 표정이었다. 이 집의 우아한 주인다웠던
우아한 미소가 사라진 자리에 흉흉한 악의가 들어찼다. 매끈한 뺨은
분노로 주름 잡히고, 낭랑한 목소리로 말을 하던 입술은 흰 이를
드러내며 일그러졌다. 내가 아는 낙희가 아니었다. 낙희를 저렇게
뒤흔들다니, 의은의 말이 아주 중요한 게 분명했다.

그런데 새아버지의 냉랭한 목소리가 울렸다.

"당신, 지금 뭐 하는 거지?"

돌아보니 어머니가 어느새 봉투를 쥐고 있었다. 위협적인
새아버지의 목소리에 움찔 놀란 것 같았지만 봉투 속에서 사진을
꺼내는 손을 멈추지는 않았다.

"여기, 이분이 네 어머니니? 너와 닮았구나."

사진을 내려다보던 의은의 눈가가 순간 붉게 물들었다. 사진에
찍힌 사람들이 누군지 바로 알아보는 눈빛이었다. 반면 내 얼굴에선
피가 빠지는 것만 같았다. 우리가 찍었던 사진과 똑같았으니까.

누가 진짜 언니일까?

가족실에서 찍은 사진 말이다. 중년 남녀가 앉은 의자 뒤에 두 젊은 여자가 서서 찍은 사진. 낙희와 나, 아니, 낙희와 의은.

축축해지던 호흡을 가다듬으면서 의은이 손을 뻗어 사진을 챙길 때, 거의 동시에 새아버지가 손을 뻗었다. 그 아래에 있던 다른 사진들이 새아버지의 손에 들어갔다. 새아버지와 낙희가 있어서 같은 사진처럼 보였지만, 여자들이 매번 바뀌는 사진들이었다. 새아버지와 나란히 의자에 앉은 여자들의 목과 귀에는 어머니가 걸쳤던 목걸이와 귀걸이가 그대로 걸려 있었다.

"그 사진도 내놔. 내 거란다."

사진을 빼앗으려는 거친 손길을 피해 의은이 물러섰다.

"아니죠, 당신이 죽인 제 어머니의 사진이니까, 제 거죠."

의은이 사진을 챙겨 넣으며 새아버지를 노려보았다.

"누가 누구를 죽였다는 거냐?"

본격적으로 목소리가 높아지는 와중에 어머니가 의은의 앞에 나서며 물었다.

"여보, 얘기를 좀 해요. 저 얘기는 뭐고, 이 사진들은 다 뭐예요? 이건, 이 사진은, 전처가 있는 수준이 아니잖아요!"

"당신, 왜 내 물건에 멋대로 손을 댔어?"

어머니의 입술이 충격으로 떨렸다. 새아버지는 어머니의 질문에 대답하기는커녕, 자신의 물건을 건드렸다며 분노를 터뜨리고 있었다. 다른 사람의 바닥을 보았을 때 짓는 표정이 어머니의 얼굴에 떠올랐다. 나는 저 표정을 안다. 할머니의 패악을 눈앞에서 목격하고도 그저 눈을 감고 이 시간이 지나가기만을 바라던 친아버지를 바라볼 때도, 고등학교 때 내가 여자 친구와 키스하던 걸 들켰을 때도 지었던 얼굴이다.

"지금 그게 중요해요? 당신이 이렇게 전처와 아이들이… 많았는데? 그들을… 당신이… 죽였을지도 모르는데?"

엄마가 내내 생각하던 게 이거였구나.

"아니라고 했잖아! 대체 누구를 살인자로 모는 거야? 그런 일 아니니까, 당신이 상관할 일이 아니야! 지금 당신과 상관있는 건, 나를 속이고 내 물건을 훔친 걸 내게 어떻게 용서받을지나 고민해!"

새아버지가 주먹을 쥐고 휘두르며 고함을 쳤다.

"그게 전 부인들보다 중요한 문제예요? 이건 당신의 알량하고 좁쌀만 한 기분보다 중요한 문제예요! 당신이 살인자가 아니라면, 고래고래 소리나 질러 대지 말고 더 냉정하게 해명을 해요!"

어머니와 새아버지 사이에 격렬한 다툼이 벌어졌다. 어느새 의은이 내 옆에 와 있었다. 새아버지의 의심을 사지 않으려면 대화를 피하자고 약속했던 걸 잊은 걸까? 아주 낮은 속삭임이 귀에 들려왔다.

"주의를 끌면 2층으로 가서 찾아."

주의? 어떻게? 의문이 사그라들기도 전에, 의은이 외쳤다.

"유낙희! 내 어머니의 봉안함을 내놔!"

그사이 무너졌던 표정을 수습한 낙희는 평소 같은 얼굴로 고개를 저었다.

"무슨 소리를 하는지 모르겠네. 네 어머니의 유골을 왜 우리 집에서 찾아?"

나도 모르게 고개를 휙 돌릴 뻔했다. 봉안함을 못 봤으면 저 말을 믿었을 것이다. 어찌나 시치미를 잘 떼는지 내가 단지들을 숨긴 게 꿈이었나 착각할 정도였다.

의은이 낙희의 관심을 끄는 동안 나는 천천히 계단을 올랐다.

누가 진짜 언니일까?

어머니와 새아버지도 서로 다투느라 바빠서 내게 신경 쓰지 않았다. 발소리가 나지 않도록 뒤꿈치를 들고 조심스레 계단을 올랐다. 등 뒤로 의은과 낙희가 주고받는 대화가 들렸다.

"나와 자매가 되고 싶다던 네 말을 믿었어. 너무 외로워서 믿고 의지할 자매가 필요하다고, 내가 너무 좋다던 너를 믿었어. 그래서 어머니가 돌아가셨을 때도, 너를 믿고 장례를 모두 맡겼던 거야."

"진심이었어, 의은아. 그때는, 진심이었지. 네가 나를 의심하기 전이었으니까."

"거짓말쟁이. 너는 내 몸에 관심이 있었을 뿐이잖아?"

계단을 계속 올라야 했는데, 그 말을 듣고 그만 발이 멈췄다.

"거기까지만 해, 정의은."

낙희의 목소리에 한기가 서렸다. 순식간에 기온이 싸늘하게 내려앉는 듯했다. 나는 그 자리에 얼어붙었다. 하지만 의은은 멈추지 않고 말했다.

"네가 내게 유골 가루를 먹여서, 내 몸을 빼앗으려고 했잖아! 똑같은 짓을 안여에게도 하고 있잖아! 그런데 어떻게 너를 믿겠느냐고, 내가!"

사방이 고요했다. 계단 위에서 낙희를 내려다보았다. 동그란 정수리만 보아서는 도저히 믿기가 어려웠다. 하지만 의은의 폭로가 아니더라도 반쯤은 짐작하고 있었다. 그게 아니라면 매번 조리대 위에 놓여 있던 단지를 어떻게 해석할 수 있을까.

눈물이 주르륵 흘러내렸다. 속았던 게 너무 억울하고 분했다. 엉엉 소리 내서 울고 싶은 심정이었지만, 한편으로는 낙희의 화려한 봉안함이 어디 있을지를 생각했다. 의은이 알아내라고 했지만 사실 전혀 알아내지 못했다…. 그렇게 생각할 때, 퍼뜩 화장대에 놓아두었다는 것이 떠올랐다. 나는 화장대가 없는데. 그러자 바로 화장대가 복도 우측 방에 있다는 것도 떠올랐다.

뭐지? 왜 내 것도 아니고, 본 적도 없는 게 떠오르지?

가슴속에 서늘한 기운이 퍼지는 걸 느끼면서도 일단 봉안함이 있는 방을 향해 뛰었다. 저 문을 열기만 하면 봉안함이 있을 것이다. 대충, 의은의 계획을 알 것 같았다. 문을 열어젖히고 방 안의 고요 속으로 발을 디디려는 순간, 낙희가 이를 갈며 말했다.

"정의은, 너 같은 게, 내 계획을 망쳐? 네가 순순히 내게 몸을 내줬다면, 진작 모든 게 끝났을 거야!"

갑자기 내 발이 말을 듣지 않았다. 바로 코앞에 화장대가 있었다. 화장대 위에는 커튼에 한번 걸러져 흐려진 빛을 받아 반짝이는 화장품들과 함께 봉안함이 놓여 있었다. 그런데 봉안함을 앞에 두고 그대로 멈춰 버렸다. 숨이 턱 막혀 왔다. 내 다리인데 도저히 움직여지지 않았다. 겁을 먹은 것도 아니고, 다리에 힘이 풀린 것도 아니었다. 그저 움직일 수가 없었다.

"안 여야."

등 뒤에서 낙희의 목소리가 들렸다. 부드럽게 나를 부르는, 낭랑한 목소리였다. 조금 전 서릿발 같은 기세로 이를 갈던 게 거짓말 같았다.

화장대 위에 놓인 흰 단지를 바라보며 스툴에 앉은 낙희의 환영이 겹쳤다. 환영이 우아하게 고개를 돌려 나를 쳐다보았다. 새까맣고 깊은 눈동자가 나를 보고 있었다. 눈앞에 낙희의 환영이 있는데, 바로 뒤에서 목소리가 들렸다. 목뒤부터 소름이 쭉 돋았다. 나도 모르게 입술에서 말이 멋대로 흘러나왔다.

"내 다리… 언니가… 못 움직이게 했어요?"

누가 진짜 언니일까?

"그래."

심장이 쿵 떨어지는 것 같았다.

"그 모습도… 다른… 사람 거예요?"

낙희의 환영이 웃음을 지었다. 공포로 심장이 벌떡벌떡 뛰었다. 하지만, 이대로 물러설 수는 없었다. 아래층에서 뭔가 심상찮은 소리가 들려왔다.

"내 딸의 몸을 빼앗겠다고? 당신이 사람이야? 이 많은 여자들을 정말 다 죽인 거야?"

"당신도 다른 여자들과 다를 바 없군! 작은 일에나 집착하는 쓸모없는 계집!"

엄마와 새아버지가 맞서 싸우는 소리가 점점 커지고 있었다. 엄마의 작고 가냘픈 몸이 덩치가 크고 딱 벌어진 새아버지를 감당해 낼 수 있을 리가 없었다. 엄마를 생각하니 벌벌 떨리며 전혀 돌아가지 않던 머리가 마침내 돌기 시작했다.

걷지 못하면, 기어가면 되지! 나는 바닥에 몸을 던졌다. 팔은 아직 내 뜻대로 움직였다. 팔로 기어서 내 몸뚱이를 움직였다. 진땀이 쏟아졌다.

"김안여, 착한 동생은 그러면 안 되지."

목소리가 여전히 등 뒤에서 들렸다. 모습이 나타나지 않는 걸로 봐서 의은이 낙희를 막고 있는 건지도 몰랐다.

"안여야! 안여야!"

낙희의 목소리가 애절하게, 찢어지듯이 나를 불렀다. 심장을 쥐어짜는 것 같은 목소리였다. 엄마와 의은에 대한 걱정과 두려움이 공포감을 이겼다. 나는 기를 쓰고 기어갔다. 허리 아래가 남의 것처럼 무거웠다. 화장대 위로 손을 뻗는 것조차 있는 힘을 쥐어짜

내야 했다. 진땀으로 푹 젖은 손으로 마침내 단지를 거머쥐었다. 단지는 따뜻했다. 사람의 체온처럼, 기묘하게, 어쩌면 맥박이 느껴지는 것도 같았다.

창문이 쉽게 열리지 않았다. 주저앉아 한 손으로 단지를 끌어안고 창문을 여는 게 쉽지 않았다. 달각달각 소리만 내다가 결국 간신히 밀쳐서 창문을 열었다. 창문을 열자마자 기름 냄새와 매캐한 냄새가 쏟아졌다. 나무만 태운 게 아니라 태워서는 안 되는 것까지 태운 것 같은 매연에 가까운 탄내였다. 엉겁결에 고개를 내밀어 내려다보니 창문 아래에서 불길이 올라오는 게 보였다.

"안여야, 그거 던져!"

불길에 눈길을 빼앗겨 있던 사이 어느새 방 안으로 의은이 구르듯이 들어왔다. 그 뒤에 새아버지가 악귀 같은 얼굴을 일그러뜨린 채 쫓아왔다.

"이것들이… 내 딸… 어떻게 살린 내 딸을! 망쳐!"

단지를 던지는 건 어렵지 않았다. 어차피 힘들게 겨우 쥐고 있었다.

창밖으로 단지를 던지기가 무섭게 새아버지가 달려들었다. 결혼반지를 낀 커다란 손이 눈앞을 위협적으로 스쳐 갔다. 그 짧은 순간에도 반지에 붉은 핏방울이 묻어 있는 게 잠깐 보였다. 의은이 나를 덮치며 밀쳐 냈다. 의은과 내가 함께 얼싸안고 굴렀다. 다리에 감각이 돌아왔다.

"으아아악! 완벽한 내 딸이…!"

한순간 새아버지의 손끝이 떨어지는 단지 끝에 닿은 것도 같았다. 새아버지의 상체가 창문 너머로 미끄러지기 전에. 창틀을 거머쥐었던 손끝이 창틀째 창문 너머로 넘어가기 전에.

누가 진짜 언니일까?

새아버지는 순식간에 추락했다. 단지가 깨지는 소리와 새아버지가 떨어지는 소리가 동시에 겹쳤다. 아무 소리도 들리지 않았다. 사람이 바닥에 떨어지는 소리가, 그 소리가 계속해서 귀에서 들렸을 뿐이다. 눈앞이 깜깜하고 아무 생각도 들지 않았다. 머리가 텅 비어 버린 것 같았다.

"괜찮아?"

서늘한 손이 내 뺨을 닦아 내고 있었다. 눈을 뜨자 나를 들여다보는 옅은 색의 눈동자가 보였다. 그 눈은 혼란스러워 보였지만 내 걱정으로 가득 차 있었다.

"응⋯."

나는 고개를 끄덕였다. 이제 완전히 다리가 돌아온 것 같았다.

나와 의은은 서로의 눈만 물끄러미 마주 보았다. 바로 앞에 의은이 있다. 의은은 살아 있는 사람이다. 덜덜 떨리던 몸이 의은의 체온을 의식하자 조금씩 가라앉았다.

"후⋯."

그때 문득 의은의 얼굴이 눈에 들어왔다. 새아버지에게 맞았는지 뺨이 퉁퉁 붓고 입술 가장자리가 찢어져 있었다.

"김안여? 정말 괜찮아?"

"나보다 네가 다친 것 같은데⋯."

의은이 고개를 저으며 재촉했다.

"아니, 네 어머니가 다치셨어, 괜찮으면 서둘러서⋯."

나는 벌떡 일어났다. 조금 전 새아버지의 반지에 묻어 있던 피가 떠올랐다.

급하게 발을 옮기면서 본 화장대 위에는 아무것도 없었다. 이제는 빛을 잃은 화장품들이 놓여 있을 뿐이었다.

계단에 서자마자 1층 거실에 어머니가 쓰러져 있는 게 보였다.

"엄마!"

나는 허둥지둥 계단을 내려갔다. 어머니는 머리에 피를 흘린 채 누워 있었다. 계단을 내려오며 의은이 119에 전화를 하는 소리가 들렸다. 타는 냄새가 점점 짙어졌다. 그때까지 내내 드리워져 있던 커튼을 들추고 밖을 내다보았다. 창밖에 연기가 이제 집 안으로 스며들어오고 있었다. 그런데, 누가 불을 지른 거지?

"정원사 아저씨에게 내가 나오지 않으면 불을 지르라고 했어."

나는 놀라서 의은을 돌아보았다.

"불이 더 세지기 전에 얼른 어머니 모시고 나가자."

의은이 어머니를 업었다. 나는 의식을 잃은 사람을 등에 업는 게 그렇게 힘든 줄 처음 알았다. 의은은 호리호리한 체격과는 달리 힘이 무척 세서 늘어지는 어머니의 몸뚱이를 가볍게 업었다. 의은이 아니었다면 도저히 어머니를 옮길 수 없었을 것이다. 집 밖에 나오자 기름통을 내던지던 정원사가 달려와 어머니를 눕히는 걸 도왔다.

그런데 의은이 다시 집 안으로 들어가려고 했다. 불길이 집을 살라 먹듯이 치솟기 시작하는데.

"정, 정의은? 집에는 대체 왜?"

"다 타 버리면, 우리 엄마 유골은 찾을 수가 없잖아!"

의은이 거의 울먹이고 있었다. 황급히 의은의 손을 붙잡아 끌어당겼다. 어머니를 옮기느라, 몸싸움을 벌이느라 흘렸을 땀 냄새가 났다. 의은의 귓가에 입술을 묻고 나지막하게 속삭였다.

"봉안함들은 내가 모두 옮겼어. 샐비어 화단 아래에. 네가 살던 별채로 가는 길 옆에."

의은의 눈에 눈물이 그렁그렁 차올랐다. 눈물을 닦아 주려고

누가 진짜 언니일까?

손을 뻗었을 때 의은이 덥석 나를 끌어안았다. 가늘지만 강인한 팔이 격렬하게 떨렸다. 멀리서 들리는 사이렌 소리가 점점 가까워지고 있었다. 나는 의은의 등에 마주 손을 둘렀다. 눈물로 젖은 의은이 내게 미소 지었다.

협탐: 좁은 길의 꽃

진산

검의 시대가 끝났다.

천하는 태평성대라는 꿀 항아리에 몸을 담그고, 강호는 유혈의 옷을 벗어 버렸다.

그런 시대라, 다들 그렇다고 말하는 시대라 나는 협탐이 되었다.

협탐(俠探).

협을 찾는 사람, 탐정이다.

천음자하거

사람들은 호시절이라고 말한다. 하지만 내 일신은 전혀 편치 못하다.

불혹을 넘긴 나이, 게다가 유명하지도 않고 그럴싸한 세력도 없는 혈혈단신 떠돌이 여자 무림인에게 좋은 시절이란 날개 달린 돼지 같은 소리다.

작년까지는 이보다 더 나빠질 수 없으리라 생각했다. 하지만 새해가 되자 깨달았다. 바닥에는 끝이 없다는 걸.

그나마 믿을 수 있는 재산은 튼튼한 몸 하나뿐이었는데 이젠 여기저기 안 쑤신 곳이 없다.

무림인이 튼튼하다는 건 다 개소리다. 늙어 죽기 전에 칼 맞아 죽을 확률이 높을 뿐, 고수도 나이 들면 여기저기 골병들기는 매한가지다.

양생법을 제대로 익힌 정종의 수련자가 아니면 대부분 신체의 힘을 고리 사채 당기듯 끌어다 쓰는 셈이라 말년이 더 험하기도 하다.

그런 이치를 모를 정도로 순진하게 살진 않았는데, 그래도 나는 다를 거라는 턱없는 착각이 내 안에 있었나 보다.

마흔을 넘기자 하나하나 달라지는 몸의 변화가 무섭도록 새삼스럽다. 뼈는 쑤시고, 손발은 차가워지고, 시도 때도 없이 목구멍에서 신물이 넘어온다. 젊은 날엔 풍찬노숙에도 멀쩡했던 몸이, 객잔 침상이 조금만 딱딱해도 왼쪽과 오른쪽 뼈마디가 원수처럼 반대 방향으로 달려가려고 악을 쓴다.

매달 찾아오는 달손님이 두 달에 한 번, 석 달에 한 번으로 소원해진 것까진 나름대로 편해서 좋았다만 아랫배의 통증은 석 달 치 집세에 이자까지 얹은 격으로 후려친다. 한마디로 죽을 맛이다.

오늘 아침 냇가에서 세수하다가 피를 봤다. 코 좀 세게 풀었다고 시뻘건 피가 뚝뚝 떨어져 냇물이 벌겋게 변하는 꼴을 멍하니 내려다보다가 결심했다.

이건 예삿일이 아니다. 분명 죽을병에 걸린 것이다. 이대로 살 수는, 아니 죽을 수는 없다.

나는 의원을 찾아가기로 했다.

협탐: 좁은 길의 꽃

당연한 이야기지만, 의원에게 치료를 받으려면 돈이 든다.
그리고 더 당연한 이야기지만 나는 돈이 없다.

그래도 살 구멍이 없는 건 아니다. 협탑 나부랭이 노릇을 하면서
사소하게 은혜를 입힌 곳이 몇 정도는 있고, 그중 다행히 의원
나부랭이도 한 명 있으니까.

흑수마녀라는 별호를 가진 그 여자는 나 같은 강호의 쓰레기로,
의술은 쓸 만하지만 심보가 독해서 사람을 살리는 것보다 병증의
연구에 집착하는 바람에 환자를 여럿 잡아 평판이 바닥인 몹쓸
의원이다.

그 성질머리 덕분에 골치 아픈 일에 휘말린 적이 있었는데
협탑인 내가 어찌어찌 구해 준 인연으로 악우 비슷하게 지내는
사이였다. 따지고 보면 생명의 은인인데 설마 문전 박대는 안
하겠지. 어쩌면 치료비도 좀 깎아 줄지 모른다.

썩 믿음직스럽지 못한 희망을 품으며 나는 흑수의 초막으로
향했다. 나쁜 예감은 잘 맞는 법이라던데, 그런 법칙은 좀 어긋나도
괜찮지 않을까?

*

다행히도 흑수는 나를 문전 박대하지 않았다. 물론 친절하게
환영한 것도 아니다. 떫은 표정으로 나를 집에 들이고는 머뭇머뭇
건넨 용건을 들은 다음, '기다려 봐' 하더니 진맥부터 했다.

결과는 금방 나오지 않았다. 무거운 걸 들고 앉았다 일어나

보라는 둥, 자기가 주는 약을 마시고 한 시진 뒤 몸의 변화를 말해
보라는 둥, 온갖 검사와 진맥이 지루하게 이어졌다.

그렇게 하룻밤을 흑수의 초막에 머물게 되었고, 이러다 병이
아니라 흑수의 돌팔이 놀음에 휘말려 죽는 건 아닐까 걱정이 될
정도로 지쳐 갔다.

다행히 다음 날, 흑수가 결과를 말해 주었다.

"알 만하네."

녹림의 호걸 열두 명과 싸울 때보다 더 심하게 심장이
펄떡거리는 걸 느끼며, 나는 물었다.

"죽을병이야?"

흑수는 말하는 개를 보는 표정으로 나를 쳐다보더니 짤막하게
진단을 내렸다.

"죽을병은 개뿔, 갱년기다."

모루가 머리 위에 통째로 내려앉는 줄 알았다. 갱년기라니, 내가
갱년기라니.

"늙으면 여기저기 상하는 게 당연한 이치지. 사람의 신체도
물건처럼 내구도가 있는 법이야. 게다가 넌 그 나이까지 떠돌이
신세에, 돈벌이도 시원치 않은 협탐이지. 먹고 자는 일이 형편없으면
몸은 더 빨리 늙는 법이야. 쉬이 약해지고, 여기저기 잔고장이 나지.
그냥 그때가 온 거다."

차라리 심각한 중병이었다면, 하다못해 무림인의 직업병이나
마찬가지인 주화입마 같은 거였다면 이렇게 비참한 기분은 들지
않았을 것이다.

늙다니, 내가 늙다니. 하긴 마흔이지. 젊지 않지. 그래도 그렇지.
내가 늙다니. 늙는 것에는 약도 없지 않나.

이대로 늙어서 쇠하다가 시름시름 죽는 것이 내게 남은 인생이라고 생각하니 코끝이 시큰해졌다.

"어떻게 방법이 없을까?"

나도 모르게 한심한 소리를 내고 말았다. 인정이라고는 쥐어짜도 안 나오게 생긴 재수 없는 낯짝으로 흑수가 대답했다.

"있지."

어? 내가 잘못 들은 건가. '늙는 데 무슨 약이 있어? 죽을 준비나 해'가 아니라 '있다'고?

"자하거(紫荷薬)라는 명약이 있어. 딱 늙어 가는 여자들의 기를 보하고 피를 보충하며 정기를 키워 주는 효능이 있지."

나는 인상을 찌푸렸다. 이년이 버릇을 못 버리고 나한테 또 사기를 치려고 하나. 그런 약이 세상천지에 어디 있어? 그런 불로초 같은 약이 있었으면 진시황이 지금도 세상을 다스리고 있겠지.

"들어 본 적 없나? 하거(荷薬)란 천지의 시초이고 음양의 조상이며 하늘과 땅의 풀무이고 신선이 되는 테두리야. 태아가 생기려 할 때 99의 수가 채워지는데 태아가 그것을 이기고 태어난다고 해서 하거라고 하지."

"…태아?"

"그래. 자하거란 산모의 태반을 불에 쬐어 말린 걸 말해."

그나마 없던 입맛이 바닥까지 싹싹 긁어서 날아가는 소리다.

"태반을 약으로 먹으라고? 미쳤냐?"

"부자들은 보약으로 구해 먹는다는 소리도 못 들었어? 공부 좀 하고 살지."

"효과가 있다 쳐도 보약이라면 장복해야 할 거 아냐? 값이 한두 푼이겠어? 내가 그거 먹어 가며 수명 연장할 처지냐? 그런 건 방법이 없다고 하는 거야."

나는 바닥을 짚고 일어났다. 볼일은 끝났고 귀만 더러워졌다.

"구할 수 있다면?"

무릎을 펴다가 멈췄다. 이년이 무슨 속셈이지? 내 수중에 돈 없는 걸 모를 리도 없고. 좋은 마음으로 날 도와주려고 할 리도 없는 위인인데?

"장복할 필요도 없어. 내가 이야기하는 건 '특별한' 자하거니까. 딱 한 번만 먹으면 10년은 회춘을 보장해."

"…뭔데?"

낚여 보기로 했다.

"천음자하거. 아주 특별한 자하거야."

슬슬 약팔이 냄새가 나기 시작한다.

"정순한 내공을 지닌 무림 고수의 자하거는 일반 자하거 효능의 열 배를 넘는 건 물론이고 공력 증진 효과까지 있는 희대의 영약이 돼. 그게 바로 천음자하거다."

구역질을 넘어 아연했다. 이년이 미쳤나. 무림 고수, 그것도 임신 출산 경력이 있는 여고수의 자하거라니 듣도 보도 못했다. 설령 그런 게 있다 해도 내가 무슨 수로 그런 걸 사나.

"물론 공짜는 아니지. 네가 해 줘야 할 일이 있어."

어라, 흑수 이년. 무슨 속셈이지?

"거기까지. 다음은 내가 이야기하죠."

별안간 옆방에서 맑은 옥음이 들려왔다. 빈방인 줄 알았는데, 누군가 거기서 지금까지 엿듣고 있었던 모양이다.

흑수가 공손하게 일어나서 옆방 문을 열기 전부터 나는 그 사람이 누군지 눈치챘다. 안 그래도 더부룩하던 속이 더욱 안 좋아졌다. 잊을 수 없는 목소리가 짤랑짤랑 구슬처럼 울린다.

"오랜만이군요, 사저."

"…사매."

오래전 그날과 별반 달라지지 않은 그녀가 거기에 있었다.

*

내가 한때 잘나가는 문파의 제자였다고 하면, 지금의 나만 아는
사람들은 코웃음을 친다. 뭐, 이해한다. 내 생각에도 그건 시답지
않은 허세처럼 느껴질 정도니 다른 사람 보기엔 오죽하랴.

하지만 틀림없는 사실이다. 나는 한때 명문의 제자였고, 당시
동문수학했던 이들은 강호에서 이름깨나 떨치는 명사가 되었다.
하지만 그들 중 누구도 지금 내 눈앞에 있는 사람만큼 유명하진
못하다.

사람들은 그녀를 부모가 지어 준 이름으로 부르지 않는다.
무림천후. 일신의 뛰어난 무공과 미모, 그리고 영예로 스스로 따낸
별호가 그녀의 모든 것을 칭하는 말이 되었다.

황금빛 수를 놓은 흑 비단으로 지은 진나라풍의 규의는
마치 황후의 예복처럼 화려했고, 풍성하게 틀어 올린 반환계의
머리모양은 농염한 꽃송이 같다.

화장기 없는 피부에 청춘처럼 윤기가 흐르고, 눈은 흑백이
선명하여 도저히 나보다 고작 두 살 어린 나이라고 믿기 어려울
정도다. 나도 못 믿을 소리다.

그러니 천후가 이렇게 말했을 때 간이 배 밖으로 튀어나올
정도로 놀랄 수밖에.

"사저를 찾고 있었어요."

"뭐? 왜? 날?"

바보처럼 반문하자, 천후는 아미(蛾眉)를 치켜올리고 봉목(鳳目)으로 나를 응시했다. 아미에 봉목이라. 캬, 정말 사매를 위해 만들어진 단어들이로다.

"협탐을 한다는 소문이 있더군요. 그래서 일을 하나 맡길까 하고요."

쥐구멍에 들어가고 싶어졌다. 사실 말이 좋아 협탐이지, 실체는 남들이 꺼리는 자질구레한 일들을 처리하는 해결사일 뿐이다.

오래전, 그러니까 무림에 평화가 오기 전에는 칼침을 대신 놓아준다거나 원수를 대신 갚아 준다거나 하는 굵직한 일도 있었지만, 시대가 좋아지면서 협탐의 일감은 쪼그라들었다.

가난은 불편할 뿐 부끄러운 것이 아니고, 딱히 이 직업을 부끄러워한 적은 없다는 것이 내 신조였는데, 이상하게 사매 입으로 그 말을 들으니 몹시 수치스러워야 마땅한 일 같았다.

"사… 아니 무림천후가 손가락만 까딱하면 줄을 설 사람이 한 성을 이룰 텐데, 어째서."

나 같은 별 볼 일 없는 협탐에게 일을 맡기려는 거냐고 물어보려는데, 천후가 내 말을 딱 잘랐다.

"바로 사저 같은 사람이 필요해서죠."

그녀는 무심하게 섬섬옥수를 휘저었고, 그러자 공손히 손을 모으고 서 있던 흑수가 두말없이 방에서 나갔다.

내가 아는 강호인들 중에 성질 더럽기로는 세 손가락 안에 꼽힐 저 돌팔이 의원이 저렇게 공손하게 굴 줄이야.

그제야 머리가 돌기 시작했다. 사매는 정말로 나를 찾아다닌 게 분명하다. 오늘의 만남이 우연일 수가 없다.

흑수를 비롯해 내가 들를 만한 모든 곳에 눈과 귀를 풀어놓았을
것이다. 경내에 내가 나타나면 곧장 전서구라도 날리도록 미리
지시해 두었겠지. 진맥하면서 시간을 끄는 사이에 연락을 받은
천후가 여기 당도해 옆방에서 기다린 것이다.

이런 일이 간단히 이루어졌을 리도 없다. 저 괴팍한 흑수도
진작에 천후의 사람이 되었다는 증거다. 어쩐지 함정에 걸린
기분이다.

"나 같은 사람이라면… 설마 되도록 무능한 인간의 손이 필요한
일이야?"

나름대로 빈정댄다고 던진 말인데, 그녀는 은방울이 서로
부딪치는 것 같은 웃음을 짧게 흘리더니 빙빙 돌리지 않고 바로
본론을 뱉었다.

"강호신제의 뒤를 조사해 줬으면 해요."

그 말을 듣고, 나는 천후의 의도를 이해했다.

*

천후가 무림의 황후라면, 강호신제는 황제다. 즉, 두 사람은
부부이며, 혈겁 따위 없는 무림의 태평성대를 이룩해 낸 주역이자,
무림맹의 공동 맹주를 맡은 국사무쌍, 절세가인의 한 쌍이다.

그런데 그중 한 명이 다른 한 명의 뒤를 조사해 달란다. 그걸
무림맹 내의 사람에게, 혹은 가솔에게 시키기는 곤란했을 것이다. 두
사람과 가까운 사람은, 신제의 사람이기도 할 테니.

…그리고, 부인이 남편을 조사해 달라는 의뢰는 십중팔구 바로

그거지.

"설마 신제가 바람이라도 피워?"

좀 민감한 질문일 수도 있기 때문에 되도록 가볍게 던졌는데, 천후는 예전처럼 상큼한 미소와 함께 대답했다.

"역시 사저. 바로 그거예요."

…나도 그 시절처럼 얼빠진 표정으로 사매를 쳐다볼 수밖에 없었다. 그게 웃으면서 할 이야기냐.

"미안하지만, 거절할게."

"설마 이런 시시한 일은 받아 주지 않는 건가요?"

나는 대답하지 않았다.

솔직히 시시한 일은 무슨. 불륜의 뒷조사라든가 잃어버린 개나 고양이를 찾아 주는 청부야말로 협탐의 본업에 가깝다.

피의 분쟁이 사라진 강호에 찾아 헤맬 협 따위는 없다. 사람들이 정의를 갈구하고 협을 소망하는 건 불의가 판치던 시대다. 정확히 말하자면 정의가 사라졌다고 믿어지는 시대의 일이다.

지금 사람들은 믿는다. 강호에는 정의와 평화가 찾아왔다고. 그러니 굳이 애써 협을 찾을 일도 없다.

부부 사이의 시시비비를 가리거나, 동물의 원한을 풀어 주는 것 정도가 그나마 내가 찾아야 할 '협'의 찌꺼기 정도로 남았다.

하지만 사매의 일은 너무 덩어리가 크다. 같은 불륜이라도 강호신제와 무림천후 사이의 일이면 대단히 골치 아플 게 분명하다.

그런 일에 휘말리고 싶은 생각이 없다. 개나 고양이, 혹은 떼먹힌 돈 찾아 주는 정도가 내 심장에 적당한 일이다.

"내가 감당하기엔 너무 큰일이라고 해 두자."

완강하게 거절의 뜻을 비쳤다. 하지만 무림천후는, 아니 사매는 옛날부터 거절당하는 법이 없는 사람이었다.

"의뢰의 보상이 뭔지 궁금하지 않나요?"

"절대 안 궁금해."

"천음자하거."

아, 진짜 사매.

"정말로 구하기 힘든 영약이죠. 이 일을 끝내면 천음자하거로 만든 영약을 드리겠어요. 흔한 기회가 아니랍니다."

"아무리 흔한 기회가 아니라도 그렇지 목숨과 바꿀 정도로 가치 있는 보물이란 없… 응?" 무언가 싸한 느낌에 나는 하던 말을 멈췄다.

천음자하거. 임신 출산 경력이 있는 무림 고수의 태반. 그건 대체.

사매는 내가 그 사실을 알아차리길 기다렸다는 듯, 미소 지었다.

"그래요. 그건 내 태반이죠."

"하, 하지만."

나는 말을 더듬었다. 사문을 떠난 이래 사매의 소식은 간간이 바람결에 듣고 있었다. 내가 알기로, 무림천후와 강호신제 사이에 자식은 없다.

"아이는 세상의 빛을 보지 못했어요. 한 달을 남겨 놓고 유산해 버렸죠. 부부싸움 중에 일어난 일이었어요."

나도 모르게 주먹을 꽉 쥐었다. 강호신제, 이 개자식이?

"천음자하거는 그 일에 대한 증거로 남겨 둔 거예요. 그걸 드리겠다는 거죠. 약으로 빚는 건 흑수가 해 줄 겁니다. 어때요, 맡아 주시겠어요?"

역시 사매는 거절당하는 법이 없는 사람이다. 맡지 않을 수 없다. 천음자하거 때문이 아니라도.

아직 어리던 시절, 사매는 우리 중 가장 빛나는 별이었다. 그녀를 데려간 놈이 그런 개자식이라는데, 이 개자식이 이젠 바람까지 피운다는데, 사매가 도와 달라는데, 어떻게 거절할 수가.

새벽길

뜨거워진 머리를 식히고 냉정하게 생각해 보자면 너무 사매의 말만 듣고 섣부르게 판단해 버렸는지도 모르겠다.

강호신제의 평판은 나쁘지 않다. 아니, 이조차도 너무 박한 평가다. 강호신제는 무림의 군자, 심하면 성인으로도 불릴 정도다.

실제로 하루에 열두 번씩 혈겁이 일어나던 험악한 강호에 '대화'라는 해결법을 내놓은 것이 바로 그였다.

작금의 평화는 태반이 그의 세 치 혀로 이뤄 낸 것이라고 할 수 있다. 상당수의 무림인들, 그리고 무림인들의 고래 싸움에 새우 등 터지던 민간인들 대부분은 그를 강호의 구원자, 진정한 지도자로 여긴다.

그런 그가 바람을 피웠다? 아, 뭐 거기까진 수긍할 수 있다. 군자도 바람 좀 피울 수 있지 뭐.

하지만 임신 중인 부인을 때려서 유산시켰다? 이건 좀 많이 나갔다.

부부간의 분쟁을 맡을 때 절대적인 원칙은, 한쪽의 말만 믿고 그게 사실일 거라고 생각하지 않는 거다.

어쩌면 사매가 거짓말을 할…. 아니, 그럴 리가 없지. 재가 뭐가 아쉬워서 이 수고를 마다치 않고 나를 찾아내서 거짓말을 해? 그것도 남편이 바람피웠다는, 차라리 숨기고 싶을 일로.

뭐, 진실은 어쨌든 조사해 봐야 나오는 법.

비록 내가 맡게 된 사건이 부부간의 폭행 건은 아니지만, 강호신제의 발바닥까지 샅샅이 털어 보기로 결심했다. 이것도 다 인과응보라는 거다.

"그럼 구체적인 정황을 말해 봐. 상대는 누구지? 눈치챈 건 언제지? 어떤 점 때문에 남편이 바람을 피운다고 생각하게 된 거야?"

"말로 하기는 좀 곤란하군요."

천후가 소매를 털며 자리에서 일어났다. 다른 사람은 옷을 털면 먼지만 이는데, 그녀는 향기를 흩뿌렸다. 설마 몸에서 꽃가루라도 뿜나.

"내일 새벽 인시, 이 앞 사당에서 만나기로 해요. 가면서 설명하죠."

나는 얼이 빠진 채 그저 고개를 끄덕이고 말았다.

*

'거절했어야 하는데.'

흑수의 집 방 한 칸을 빌려 몸을 누이고, 밤새워 뒤척였다. 일이야 이미 맡기로 했으니 그걸 후회하는 건 아니다.

'의뢰인이랑 동행 조사는 아무리 생각해도 아닌데.'

종종 사매처럼 요구하는 의뢰인도 있다. 그때마다 나는 되도록 정중히 거절했다.

협탐의 일이란 진흙탕을 걷는 것과 비슷하고, 드물지만 위험한 일도 있어서라고 핑계를 대지만, 사실 귀찮다는 점이 제일 크다.

잘못하면 의뢰인 모시고 하녀 노릇을 해야 한다.

실질적인 문제도 있다. 협탐이 신비한 지혜로 분실물을 찾는다고 환상을 품었던 고객도, 막상 종일 발품을 팔아 온 동네 사람들에게 물어보고 알아냈다는 김빠진 사실을 알게 되면 의뢰비 주는 걸 아까워하기도 한다. 영업 비밀이란 적당히 장막 뒤에 숨겨 두는 편이 옳다.

하지만 이번엔 동행을 거절하지 못했다. 나보다 강한 상대에게 위험하다는 핑계는 댈 수 없는 데다가, 어디 가서 조사해야 할지부터 아예 알려 주질 않으니 천상 함께 가야만 했다.

시작부터 말린 기분이다.

걱정이 너무 많아서 그랬는지, 아니면 흑수네 집 방에 가득한 약초 냄새에 취해서인지, 잠깐 선잠이 들어 꿈을 꾼 모양이다.

「일찍 일어나셨네요, 사저.」

아직 연무장에 아무도 나오지 않았을 거라 생각하고 터덜터덜 걸어간 새벽. 나를 맞아 준 건 텅 빈 연무장이 아니라 어제 사부가 인사시켜 준 갓 입문한 막내 사매였다.

그 시절 나는 어렸지만, 지금과 별로 다르지 않게 볼품없이 키만 큰 꺽다리였다.

그 시절 사매는 어렸고, 지금과 다르지 않게 예뻤다.

사저랍시고 고개를 뻣뻣이 세웠어도 나는 사매의 인사에 제대로 대꾸조차 못 했다. 말없이 연무장 구석에서 혼자 팔다리를 흔들다가, 이따금 조용히 좌선한 사매의 옆모습을 훔쳐보곤 했다.

그때나 지금이나 그 얼굴을 보면 똑같은 느낌을 받는다. 같은 사람인데, 정말 공기가 다르구나.

너는, 여전히 꿈같구나.

*

　나는 약속 시간보다 훨씬 이르게 사당 앞에 나갔다. 어차피
망한 인생, 사매에게 더 망신당할 일도 없지만, 최소한 약속에 늦는
꼴만은 보이고 싶지 않았다.

　그러나 사매는 이미 와서 기다리고 있었다.

　"여전히 일찍 일어나시네요, 사저."

　그래 봤자 너보다는 늦었지.

　어제와 달리 천후는 머리끝부터 발끝까지 칠흑 같은 야행복을
입고 있었다. 풍성한 규의와 달리 몸에 착 달라붙는 야행복을 입으니
군살 하나 없는 몸의 선이 그대로 드러났다.

　이 녀석, 옛날하고 몸이 똑같잖아. 살이 찌지도 빠지지도
않았어. 인간이 어떻게 저럴 수 있지? 애도 낳아 봤다면서…. 아니,
유산이니까 낳은 건 아니라고 해야 하나.

　여기저기 쑤시는 데다 처지고 쭈글쭈글해진 내 몸을 생각하니
절로 처량한 심정이 되었다. 하, 그래도 일은 해야지.

　"어디로 가?"

　"일단 선화현까지 가요. 몸 상태가 안 좋다고 하던데, 경공은 쓸
수 있나요?"

　나는 더 우울해졌다. 몸 상태가 멀쩡하던 시절에도 내 경공은
그리 좋은 편이 못 됐다. 반면 사매는 어린 시절부터 경공이
특기였다. 오죽하면 강호초출 시절의 별호가 비천월녀였을까.

　"문제없어."

　그래도 약한 소리를 할 수는 없다. 예전에 사부의 명으로 강호의
흉적을 함께 추적할 때, 내가 경공이 딸려 뒤처지자 사매가 했던

짓을 기억하기 때문이다.

"그래요? 무리하실 필요 없어요. 힘들다면 제가 안고 가 드릴 테니까요."

바로 저 짓 말이다. 나는 차라리 달리다가 피를 토하고 죽는 편이 낫다고 굳게 다짐했다.

"전혀. 걱정하지 말고 앞장서."

사매는 아무 말 없이 눈썹을 한 번 들었다 내리고는 예비 동작조차 없이 가볍게 몸을 솟구쳤다. 젠장, 지금부터 적어도 세 시진은 저 속도에 맞춰 달려야 한다 이거지.

속으로 죽었다 복창하며, 나도 몸을 날렸다.

*

같은 사문에서 무공을 배웠지만 우리는 모든 면에서 달랐다.

나는 정확히 말하면 입문한 것이 아니라 팔려 간 신세다. 딸린 입이 많은 농가의 못생긴 맏딸을, 사부가 부엌일이라도 시키려고 돈 몇 푼 쥐여 주고 데려간 것이다.

명가의 자식인 제자 녀석 한 놈이 부엌데기를 괴롭혔고, 무공 하나 배운 적 없는 부엌데기가 개싸움으로 단련된 악과 깡으로 그 도련님을 밟아 버렸다.

사부는 부엌데기를 혼내거나 내치는 대신 '제법 자질이 있구나'라면서 정식 제자로 들였다. 그게 내가 무림인이 된 사연이다.

반면 사매는…. 뭐, 따지고 보면 사매도 '입문'했다고 볼 수는 없다. '모셔졌다'는 쪽이 더 맞는 말이다.

협탐: 좁은 길의 꽃

사매는 명문가에서 귀한 딸로 태어났고, 무재가 너무 뛰어나 오히려 가르칠 사부를 찾기 어려울 정도의 재원이었다. 우리 사부가 '제대로 물건 하나 만들어 보고 싶구나' 하며 정중히 청해 맞아들인 제자니, 그야말로 '모셔 왔다'는 말이 맞을 것이다.

아무리 그럴싸한 문파 소속이라 해도, 무공을 배우는 새파란 애송이들의 세계란 땀내 나고 머리가 죄다 근육으로 뭉친 녀석들의 세계다.

그런 쿰쿰한 세상에서, 사매는 홀로 고고했다. 수련을 게을리하지 않는데도 다른 녀석들처럼 땀을 흘리는 법이 없었다. 아니, 땀을 흘려도 향기 나는 구슬처럼 느껴졌다. 정말 종이 다른 인간이었다.

지금도 마찬가지다. 나는 그녀를 따라잡으려고 젖 먹던 힘까지 쥐어짜고 있는데, 딱 세 걸음 앞에서 이끄는 천후는 표정 하나 달라지지 않는다. 그녀가 내 속도에 맞춰 주느라 전력을 다하지 않는다는 걸 진작 알아차리고 있었기 때문에, 더욱 자존심이 상했다.

하지만 이럴 때 그런 티를 내면 더욱 구겨지는 것이 자존심인 법. 비록 두 달짜리 선배지만, 나는 한때 그녀의 사저였다. 거기까지 추락하고 싶진 않아서 군소리도 빈정대는 말도 없이 죽자고 온몸의 진기를 쌀통 바닥의 쌀 긁어내듯 끌어모았다.

"잠깐 쉬었다 가죠."

오후쯤 되었을 때 천후가 느닷없이 걸음을 멈추더니 말했다.

"왜? 헉, 헉. 계속, 헉, 달려도, 되는, 헉, 데."

피식 웃는 천후의 표정을 보니 괜히 말했다 싶어져서, 마침 걸음을 멈춘 곳에 있는 길가의 바위에 털썩 주저앉았다.

그녀는 그대로 서 있었다. 앉을 필요도 없을 만큼 힘이 남는 건지, 아니면 천후 체면에 길바닥에 앉을 수는 없다는 건지.

험하게 살아온 인생에도 장점은 있다. 체면 가리지 않고 아무 데나 퍼더버리고 앉을 수 있다는 것 정도?

그 외엔 먹고 죽으려고 해도 없다. 비루한 인생에 남아도는 건 비루함뿐.

나는 앉아 있고, 그녀는 서 있다. 우리가 숨 쉬는 공기의 높이는 딱 그 정도 다를 뿐인데 이토록 다르다.

무림인도 보통 사람처럼 늙으면 여기저기 상하고 약해진다고 했던가? 사실 그 말은 온전치 않다.

늙으면 약해지는 건 어디까지나 '일반적인' 무림인에 해당하는 이야기. 저기 저 사매 같은, 그 경지를 진작에 뛰어넘어 버린 사람은 다르다. 선인이라고 불려도 할 말이 없다.

사매는 여전히 20여 년 전과 크게 다르지 않았다. 늙은 것이 아니라 조금 더 성숙해졌을 뿐. 다 피어나지 못한 봉오리가 아니라 완전히 활짝 핀 꽃처럼.

꽃은 꽃이라도 사매는 하늘 위에 핀 꽃이다. 그에 비하면 나는, 뭐, 땅바닥을 굴러다니는 쇠똥 정도 될까?

"역시 사저군요. 경공으로 나를 따라올 사람은 천하에 몇 없는데."

가쁜 숨을 간신히 가라앉히고 있는데 사매가 그런 소리를 했다. 이 녀석이 날 놀리나. 이 헉헉대는 모습이 안 보여? 발끈하는 티를 안 내려고 애써 목소리를 깔면서 나는 말했다.

"고명하신 무림천후께서 사정을 보아주신 덕분이지."

"보통은 사정을 봐준다 해도 따라올 자가 없기 때문에 제가 천후라고 불리는 거죠."

협탐: 좁은 길의 꽃

아, 그래. 사매, 네가 유일하게 재능이 없는 분야가 겸손이었지.

"사저는 언제나 그랬죠. 부족한 것을 결기로 메꾸고 뭐든 따라잡으셨죠. 사람들은 근성이야말로 재능이라는 걸 잘 몰라요."

어라, 이건 나름대로 칭찬인가. 아니면 뭐, 무림 명사들 사이에서만 통하는 은근히 돌려 까기, 그런 건가?

처세와는 거리가 먼 나는 도무지 사매의 속내를 헤아릴 수가 없었다. 음, 일을 부려 먹으려고 추켜세워 주는 걸까?

"그래서 궁금했어요."

갑자기 사매가 내 눈을 똑바로 바라보며 물었다.

"왜 어딘가에 자리 잡지 않았어요? 사부께서는 사저가 사문에 남기를 원하셨잖아요? 왜 떠돌이로 사는 거죠?"

…아, 이런. 사매여. 아무리 그래도 건드리지 말아야 할 부분이라는 게 있는 법이다.

"저기, 난 떠돌이가 아니라 협탐인데. 너도 그래서 날 고용했잖아?"

"사저가 박차고 나온 길에 비하면 떠돌이라고 해도 무방하죠. 왜 일부러 험한 길을 고르셨나요?"

아무렇지 않게 남의 아픈 부분을 파고드는 그녀의 말에 나는 얼굴이 굳었다.

"질문에 대답하는 것도 의뢰의 일부입니까, 고객님?"

얼굴이 굳으니 나오는 말도 절로 딱딱해진다. 짧은 순간, 사매가 상처 입은 표정을 짓는 걸 보고 나는 바로 후회했다. 하지만 쏟아진 말은 주워 담을 수 없는 법이다. 사매나, 나나.

"…실례했어요. 무례한 질문이었네요. 저는 다만, 사저라면 다른 길을 걸을 수도 있었을 텐데 대체 왜일까? 궁금했을 뿐이에요."

너처럼 살아온 사람은 당연히 이해할 수 없겠지. 세상 대부분의 사람에겐 선택지라는 게 별로 없다는 걸. 최악을 피하고 사는 게 고작이고, 그러다 보면 삶은 왕왕 비루해지기도 한다는 걸.

하지만 그런 대답을 해 봤자 입만 더 구차해질 뿐이라 나는 그냥 침묵했다. 사매도 그 뒤로는 더 말하지 않았다.

짧은 휴식이 끝나고 다시 걸음을 옮길 때도 우리는 아무 말 하지 않았다.

극한으로 경공을 일으켜 달리다 보면 귀에 들리는 건 바람 소리뿐이다. 윙윙대는 소리 사이로 들리는 어떤 목소리는 분명 기억이 일으킨 착각일 것이다.

「상화야, 상화야!」

그렇지 않다면, 이미 오래전에 작고하신 사부의 음성이 내 뒤를 쫓아올 리가 없다.

「그러면 안 된다. 여기서 도망치면 넌 평생 도망치고 살 수밖에 없어! 싸워야 한다!」

환청이 다 들리다니. 너무 무리해서 달렸나.

그때와 마찬가지로 나는 돌아보지 않았다. 턱에 힘을 주어 이를 악물고 변변치 않은 경공으로 힘껏 달아날 뿐이었다.

영원객잔

"목적지가 여기야?"

긴 침묵의 동행 후에 내가 뱉은 첫 번째 말이다. 어이없는 표정을 곁들여서.

강호신제가 바람피웠다는 소리에 소문과 달리 변변찮은 인물이구나 생각하긴 했지만, 그래도 그렇지 불륜 장소로 이런 시끌벅적한 객잔이라니. 뭐랄까, 너무 속된 취향 아닌가?

"일단은요."

여전히 아니꼬운 말투로 짧게 말하고, 사매는 영원객잔이라는 간판이 달린 문을 향해 앞서 걸어갔다.

나는 뱁새의 저력을 발휘해 사매를 따라잡고 그 앞을 막아섰다.

"자꾸 말 돌리지 말고 분명히 말해 줘. 의뢰인이 정보를 제대로 주지 않으면 나도 일하기 어려워."

대체 무슨 심보인지 사매가 충분히 이야기하지 않고 있다는 사실은 진작 눈치채고 있었다.

사실 그런 의뢰인이 드문 것도 아니다. 의원을 만나러 와서 병증에 대해 거짓말을 일삼는 환자가 있는 것처럼, 협탐을 찾아와서도 거짓을 말하는 의뢰인은 흔하다. 오히려 진실만을 말하는 사람이 더 적다고 할 수 있다.

내가 궁금한 건 대체 왜 사매 같은 사람이 그런 평범한 짓을 하느냐 하는 거다.

아니, 사실 궁금하지 않다. 바라는 건 한시라도 빨리 이 찜찜한 건을 해결하고 사매와 헤어지는 것이다. 그러기 위해서는 정보가 필요하다.

"내 설명이 너무 짧았나 보군요."

"짧은 게 아니라 거의 없었지."

"신제는 이 근처에 비옥을 하나 가지고 있어요."

"비옥?"

"혼자만의 휴식처가 필요하다, 뭐 그런 이유로 마련한 독채죠.

부부 사이에도 보이고 싶지 않은 일이 있는 법이니까요."

나는 입을 떡 벌렸다. 혼자만의 휴식처라니. 그거야말로
바람피우기 딱 좋은 장소 아닌가. 부부 사이에도 그런 비밀을
간직한다고? 요새 부부는 다 그런가? 아니면 상류층만의 풍습 뭐
그런 건가? 나는 결혼을 해 본 적이 없어서 모를 일이다.

"하지만 아마 객잔 사람 중에 누군가는 신제가 이 근처를
드나든다는 걸 알고 있을 거예요."

나는 그제야 사매의 의도를 이해했다.

"그러니까 탐문부터 하자는 소리로군. 진작 말하지 그랬어."

사매는 생긋 웃더니 내게 앞길을 양보하듯 한 걸음 옆으로
물러났다.

"사저의 탐문 솜씨를 어디 한번 구경해 보고 싶군요. 먼저
들어가시겠어요?"

두말하면 잔소리지. 발로 뛰고 구르는 협탐에게 객잔 탐문은
그야말로 전문 분야다.

사매를 만난 이후 가장 당당한 자세로 어깨를 펴고 나는
영원객잔 안으로 성큼 들어섰다.

*

그곳은 평범한 객잔이었다. 평범하게 손님이 많고, 평범하게
시끄러웠다. 나는 먼저 손님을 맞으러 달려오는 싹싹한 점소이에게
물어보기로 했다.

"어서 옵… 무슨 일로 오셨수, 아줌마?"

싹싹하던 점소이가 인사하다 말고 중간에 건방진 애송이로

돌변했다. 내 행색을 보고 그러는 모양이다.

으이그, 이 녀석을 그냥 확. 물론 옷을 마지막으로 빤 게 언제인지 기억 안 나고 머리는 아침에 일어나 손가락 빗질 한 게 다인 행색이긴 하지만 그래도 그렇지 뭐, 아줌마?

"아줌마가 아니라 손님이다. 뭘 좀 물어볼 게 있는데."

"바빠요. 손님 많은 거 안 보이슈?"

하, 요놈 봐라. 역시 맨입에 뭘 물어보긴 힘들지. 이런 녀석은 잔돈푼이라도 쥐여 주고 물어봐야 하는데.

전대에 손을 집어넣던 나는 나올 게 먼지 몇 톨뿐이라는 사실을 기억했고, 내 부자 사매 의뢰인에게 선금을 받지 않았다는 사실도 떠올렸다. 하지만 지금 이 순간 '사매, 돈 좀 없어?'라고 묻기도 구차하다. 썩을 놈의 자존심.

"집에 안 들어오는 남편이라도 찾으슈? 아서요, 아서. 우리 객잔에서 소란 피우면 험한 꼴 보게 될 테니 얼른 집에 가서 잠자코 기다리슈."

"아니 그게 아니고."

"나 바빠요. 소금 뿌리기 전에 얼른 나가 보… 어?"

돌아서던 점소이가 보이지 않는 실에 당겨진 것처럼 걸음을 멈췄다. 영악한 총기마저 사라진 게슴츠레한 시선이 내 뒤를 향하고 있다. 뒤를 돌아보지 않아도 나는 그가 무엇 때문에 그러는지 알 것 같았다.

"어… 어서 오십시오. 손님… 어, 무엇이 필요하십니까?"

"조용한 방을 주세요. 남의 시선이 닿지 않는 곳으로."

옛날과 마찬가지로, 사매는 아주 쉽게 귀빈 대접을 받았다. 제 신분을 대지 않고서도.

"사매가 직접 묻는 게 더 쉬울 것 같던데."

"사저의 솜씨를 보고 싶어서라니까요."

"독실을 잡아 버리면 탐문 솜씨도 보일 수가 없는데."

"조반 전이잖아요? 일단 식사부터 해야죠. 어서 드세요."

온갖 요리 접시들로 가득한 상을 가리키며 음식을 권하는 사매의 태도가 하도 자연스러워 나도 모르게 젓가락을 들고 말았다.

어째 자매끼리 외식하러 나온 분위기가 되었다고 생각하다가 실소하고 말았다. 자매는 무슨. 가난한 친척 아줌마 밥 사 주러 나온 젊은 마님 같겠지.

생각해 보면, 이런 취급은 처음 겪는 일도 아니다. 오래전 사문에서도 그랬다.

나와 사매를 제외한 나머지 사형제들은 전부 남자였다. 딱 둘뿐인 여자 동문이지만, 그 취급은 하늘과 땅 차이였다.

하긴 벼락출세한 부엌데기와 명가의 금지옥엽이 똑같을 리가 있나. 아무리 내가 손위라도 사제들은 나를 쇠똥 보듯 했고, 반면 사매가 연무장에 나타나면 다들 주변을 둘러싸고는 뭐 필요한 건 없는지, 고민거리는 없는지 물어보느라 난리였다.

어린 마음에 나는 그것이 꽤 부러웠다. 감히 질투할 엄두도 내지 못할 정도로 부러웠다. 그래서 어느 사이엔가 우리 둘만 만나는 게 습관이 된 새벽 연무 때 사매가 불쑥 던진 말이 더 놀라웠다.

「난 남자들이 싫어요.」

누가 물은 것도 아닌데 갑자기? 함께 연무하면서도 되도록 사매와 말을 섞지 않던 나는, 그 말이 좀 아니꼬워서 삐뚜름하게 대꾸하고 말았다.

「남자들은 생각이 다른 것 같은데.」

「그렇게 생각하세요?」

반문하던 사매의 표정이 아직도 생각난다. '너도 남자들처럼 머리가 비었구나'라는 경멸이 가득 담겨 있던.

그제야 그날 아침 논검 때 사형제들이 사매의 경공 이론에 대해 '그건 너무 허황된 소리지만 예쁜 네가 하니까 웃으며 들어줄게'라는 반응을 보였던 일이 떠올랐다.

그게 기분 나빴던가 보지. 그럴 수 있지. 그렇게 생각하면서도, 나는 어렸고 치졸했다. 내가 같은 소리를 했으면 비웃기는커녕 아무도 귀 기울이지 않았을 텐데. 누릴 만큼 누린 너는 그런 비아냥조차도 견딜 수 없는 모양이구나. 부럽다.

「다 사매가 귀여워서 하는 소리니까 마음에 담아 두지 마.」

사매는 나를 말없이 쳐다보더니 고개를 돌렸다. '너도 별수 없구나'라는 표정이 역력했다. 그래, 내가 생각해도 그때의 나는 참 구제 불능이었다.

*

나는 사매가 시켜 준 진수성찬을 꾸역꾸역 먹었다. 입맛은 없어도 밥맛으로 얼마든 먹을 수 있었다. 동가식서가숙하며 갱년기를 맞아 보면, 기분 상한다고 제대로 끼니를 챙겨 먹지 않는 것이야말로 자기 손해라는 깨달음을 얻기 마련이다.

오랜만에 기름진 음식으로 배를 불리고 술까지 한잔하니 조금

입이 풀렸다.

"사매. 이젠 좀 솔직히 말해 봐. 정말로 신제가 바람을 피우는 거야?"

"사저도 역시 못 믿는군요."

"아니, 믿고 싶어."

"믿고 싶다는 말은 못 믿는다와 같은 뜻으로 들리는걸요."

"믿을 수 있게 말을 해 보라는 뜻이야. 지금도 강호의 이야기꾼들은 '신제천후전'이라는 이름으로 두 사람의 연애담을 즐겨 노래하지. 무림에서 가장 완벽한 한 쌍으로 불리는 게 너희 부부라고. 그런데도 신제가 바람을 피운다고 생각했다면, 근거가 있을 거 아냐?"

사매가 신제를 만나고 혼인한 것은 내가 사문을 떠난 후의 일이었으므로, 둘 사이의 일을 나는 자세히 모른다.

"신제와 나는 서로의 이득을 위해 결혼했어요."

한숨을 내쉰 뒤 사매가 말했지만, 나는 그다지 놀라지 않았다.

이야기꾼들의 설화야 듣기 좋게 꾸며진 것일 테고, 중매결혼이 뭐 특이한 일도 아니니. 신제의 집안도 꽤 전통 있는 명문가라고 알고 있으니, 아마 그런 걸 테지.

"집안끼리 이야기된 사이야?"

"아뇨. 우리끼리 합의했지요."

이건 좀 놀랐다.

"그에겐 야망이 있었어요. 강호제일인이 되고 싶다는. 나 또한 그랬죠. 우린 둘 다 최고가 되길 원한다는 점에서 닮았어요. 서로가 목적을 달성하기 위해 한 쌍이 되기로 약조한 거죠."

아마 둘 다 스물 언저리였을 텐데, 그런 무시무시한 이유로 결혼이라니. 요새 젊은것들은 무섭, 아니 요새는 아니지만 하여튼.

"…그게 결혼의 목적이라면, 충분히 달성했네."

비록 강호신제가 왕년의 대마두나 검 한 자루로 천하를 제패한 검귀와는 다르다 해도, 그가 천하제일인이라는 사실에 토를 달 수는 없다.

그는 인품으로, 말로, 처세로 강호를 제패했다. 강호인들의 머리 위에 군림하진 않지만, 지금의 무림을 만든 것이 그의 세 치 혀라는 사실을 부정할 자는 없다. 그런 의미에서라면, 그래, 확실히 신제는 강호제일인이라는 목적을 달성했다.

"그런 셈이죠. 하지만, 목적을 달성한 후로는 달라졌죠."

그렇게 말하며, 사매가 술잔을 기울였다. 홀로 술병을 들어 자작하는 손목이 가늘고 쓸쓸해 보인다. 하지만 속으면 안 된다.

고지식한 녀석들은 신제와 천후 중에 신제가 더 고수라고 믿고 있지만, 오히려 저 한 쌍 중 무력을 담당하는 쪽이 천후다. 저 가느다란 손목이, 강호를 피로 물들이던 혈마의 목을 부러뜨리고 마교의 마지막 뿌리를 뽑았다는 사실을 잊어서는 안 된다.

"비록 이득을 위해 결합했다고 해도 우리는 문제없는 부부로 살아왔어요. 하지만 목표를 달성한 후, 그는 소원하고 냉담해졌죠. 홀로 비옥에 틀어박히는 시간이 길어졌고…."

천하를 떨게 만든 국사무쌍과 절세가인 부부도, 권태기는 참으로 평범하게 치른 모양이다.

"나와 마지막으로 대화를 나눈 것도 몇 달 전의 일이에요. 나는."

호흡과 함께 감정을 조절하듯 말끝을 짧게 잘랐다가, 사매는 바로 말을 이었다.

"이대로는 살 수 없다고 결심했어요. 그래서 사저를 찾기로 한 거죠."

…뭔가 건너뛴 것 같다는 생각이 들지 않는 것도 아니지만 자신을 대신할 유능한 협탐을 찾은 거라는 뜻이겠지. 유능보다는 개인사를 발설하지 않을 만한 사람을 찾았다는 쪽에 가깝겠지만.

"신제의 허물이 사실로 밝혀지면 어쩔 생각이야?"

내가 묻자, 사매가 멈칫했다. 불륜 문제를 조사해 달라고 찾아온 사람들 중 상당수가 저런 반응을 보인다. 나는 팔짱을 끼고 닳고 닳은 협탐의 얼굴로 말했다.

"혹시 알고 있어? 부부간에 불륜을 잡아내려고 결심하고 협탐을 찾아오는 순간이 언제인지?"

"언제인데요?"

"부부란 참으로 묘한 관계지. 의심할 점들이 한둘이 아니라도, 아직 그 관계에 목을 매고 있을 때는 애써 진실을 보려 하지 않아. 그걸 놓을 준비가 되었을 때 비로소 상대의 허물을 찾기 시작하는 거야. 마음의 준비가 된 사람들은 어떤 진실이라도 마주할 수 있고 이후의 일도 대처가 가능하지. 하지만 아니면? 진상을 알아내도 좋을 게 없어. 묻어 두고 사느니만 못한 거지."

내 말을 안주와 함께 조용히 씹고 난 뒤, 마침내 사매가 입을 열었다.

"우리는 이득을 위해 손잡은 부부지만, 그래도 도의는 있어요. 어찌 보면 함께 이상을 추구하는 맹우 간의 의리 같은 것이죠."

사매의 입술이 휘어진 칼날 같은 미소를 그렸다.

"의리를 저버린 배신에 어떤 응보가 합당하겠어요? 죽음뿐이죠."

저토록 섬뜩한 소리를 이토록 산뜻하게 말하는 게 바로 사매의 무서운 점이다. 하, 정말 이런 사건에 얽히고 싶진 않았는데. 그래도 내가 할 일은 해야겠지.

"이야기하기 힘든 문제일 수도 있지만, 그래도 물어볼게. 그… 천음자하거가 생긴 건 언제 일이야? 그때부터 배신의 기미가 보였어?"

아픈 기억을 들추는 질문이라 조심스러웠지만, 생각 외로 사매의 대답은 담담했다.

"10년쯤 전이죠. 강호의 일도 대략 정리되었을 때고, 비록 이득으로 뭉친 사이라도 부부로서 할 건 다 하고 살았으니까요. 그때쯤엔 나도 변덕이 생겨서, 후계자를 키워 보고 싶단 생각이 들었어요. 그래서 아이를 가졌는데."

역시 힘든 이야기였을까. 사매가 말을 끊고 잠시 고개를 갸웃했다.

"글쎄요. 잘 모르겠군요. 그때까진 신제가 바람을 피운다는 느낌을 받지 못했어요. 오히려 그 일 이후로 비옥을 짓고, 태도가 냉담해졌죠."

…뭔가 이상한데?

"그럼 그때의 그… 부부싸움은 왜 일어난 거야? 사매는 임신한 몸이었고, 신제도 특별히 사이가 나쁘지 않았다면 좀 더 조심스럽게 대했을 거 아냐? 그런데 어째서."

사매의 눈이 휘둥그레지는 걸 보고 나는 묻다 말았다. 이윽고 사매가 웃음을 터뜨렸다. 듣기 좋은 웃음소리였지만, 나는 당황했다.

"사저, 혹시 내가 신제에게 얻어맞아서 유산했다고 생각했어요?"

"…아냐? 하지만 보통은."

사매의 웃음보가 다시 터졌고, 한참 그치지 않았다. 뭐가 그렇게 우습다는 건지. 나는 목이 타서 술 한 병을 새로 깠다.

"우리가 보통 부부가 아니라는 걸 감안하셔야죠."

겨우 웃음을 가라앉힌 사매가 이윽고 말했다.

"아는 사람만 아는 비밀이지만, 신제의 특기는 무공이 아니니까요. 그는 책사에 가까운 인물이죠. 하늘이 두 쪽 나도 내가 맞는 일은 없어요."

"그럼 왜."

맞은 것도 아닌데 왜 부부싸움 중에 유산이 되었느냐고 묻는 내 목소리가 불퉁해졌다.

"뭐… 사소한 일로 신제가 내 성질을 건드렸어요. 나는 몹시 화가 났죠. 그래도 꼴에 남편이라 때려죽일 수도 없으니 더 화가 나더군요. 화를 못 참은 채로 운기행공을 하다가 그만."

사매는 거기서 말을 끊었지만, 그 뒤는 설명하지 않아도 알 수 있었다. 사매는 화내는 일이 드문 사람이다. 철없던 어린 시절에도 그랬다. 하긴 원하는 건 뭐든지 가질 수 있는 사람은 화낼 일 자체가 잘 없다.

하지만 그런 사람이 어쩌다 화를 내면, 꽤 무섭다. 함께 수련하던 시절, 나는 사매가 화내는 모습을 딱 한 번 본 적이 있는데…. 뭐, 대충 미모 수려한 야차를 봤다, 는 말로 갈음할 수 있겠다.

임신한 몸으로, 머리끝까지 화가 난 상태에서 운기행공을 하다가 일어날 수 있는 불상사. 무림인이라면 바로 알 수 있다. 심마가 경맥을 뒤틀어 버리는 주화입마. 사매는 주화입마를 겪은 것이다. 그 결과로 아이를 잃었고.

그제야 이야기들이 연결되었다. 하지만 아직 완전하진 않았다.

신제가 어떤 일로 사매의 속을 뒤집었는가. 그 부분은 생략되어
있다.

사매는 '사소한 일'이라고 했다. 그러나 화내는 일이 드문
사매가 속이 뒤집힐 정도라면 정말 사소한 일은 아니었을 것이다.

…뭐, 그래도 그게 신제의 불륜과 무관하다면 굳이 캐물을
필요는 없겠지. 대충 연결해 보자면 이런 이야기다.

서로의 목표를 위해 의기투합한 부부인 신제와 천후는 함께
무림의 평화를 위해 싸울 때는 큰 문제 없는 부부였다. 강호에
태평성대가 열리고 목표가 사라지자 천후는 후계에 관심을 가지고
아이를 낳으려 했다.

그런데 신제가 임신 중인 아내의 속을 뒤집었다. 비록
대외적으로는 강호제일인, 무림군자라고 불리는 신제지만,
싸움질로는 아내를 이길 수 없던 남자가 천후에게 품었을지도 모를
자격지심 같은 게 작용했을 가능성도 충분하다.

그 일로 천후는 화가 나서 주화입마에 빠졌고, 아이를 잃었다.
그리고 두 사람 사이가 소원해지더니, 신제는 비밀 별장을 짓고는
걸핏하면 거기 처박혀서 뭔 짓을 하는지 알 수 없다.

망할 남편 놈이 비밀 별장에 처박혀서 바람을 피우고 있다면,
배신의 대가로 손수 죽여 주겠다는 결심으로 천후는 과거
동문이었던 유능한 협탐인 나를 수소문해 찾았다…는 이야기인데.

뭐, 이 정도면 대충 윤곽이 잡혔다.

남은 건 이게 진짜로 배신인지 아닌지 알아보는 거겠지.
그러려면 아내에게도 알려 주지 않았다는 비옥의 위치를 알아내야
한다.

…사실이 밝혀진 뒤 부부 사이의 일은 내가 관여할 문제는

아니니까 뭐.

"그래, 힘든 이야기였을 텐데 들려줘서 고마워. 그럼 이제 일을 시작해야겠다. 천천히 나와. 남은 술 마저 마시고."

술잔을 내려놓고 나는 일어섰다.

장홍화

"어이."

내가 선녀 같은 사매와 동행인이라는 사실을 알고 난 후에도 나를 보는 점소이의 시선은 달라지지 않았다. 오히려 달에 묻은 진흙 덩어리라도 보는 것처럼 더욱 경멸이 짙어졌을 뿐이다.

"왜 부르…쇼?"

그나마 '쇼'라고 말할 때 슬쩍 눈치를 보는 정도가 다소 달라진 점이랄까. 나는 긴말 안 하고 녀석의 머리를 잡아 탁자에 짓눌렀다.

"윽! 왜, 왜 이러쇼! 아줌마 뭐 잘못 먹었소!?"

딴에 젊은 놈이라고 반항을 하려 파닥거렸지만, 썩어도 준치라고 내가 이래 봬도 무림인이다.

"닥치고 묻는 말에 대답이나 해라. 너희 객잔에 식재료 대는 장사치가 있겠지?"

"그, 그야 있지만! 아니, 윽, 네! 있습니다요! 있고 말굽쇼!"

점소이의 말투가 공손해지기까진 오래 걸리지 않았다. 나는 녀석의 입에서 원하던 답을 듣고 난 뒤 뒷덜미를 잡아 밀었다.

"앞장서. 길 찾느라고 낭비할 시간 없으니."

놈을 끌고 계단을 반쯤 내려왔을 때, 진짜 왈짜패처럼 생긴

험상궂은 놈 몇이 내 앞을 막아섰다. 이런 객잔이라면 대여섯 명쯤 있을 법한, 밥과 술을 얻어먹는 대신 힘 쓸 일이 있을 때 나서 주는 하급 무사들이다.

"거, 아줌마. 솥뚜껑이나 두드리는 줄 알았더니 힘 좀 썼나 봐?"

"근데 이 집이 막 그러고 주먹 쓰고 다니면 안 되는 집이거든?"

더럽게 음식 찌꺼기 묻은 수염도 밀지 않아 팍 삭아 보여서 그렇지, 딱 봐도 나이가 많아야 20대 말 정도 된 애송이들이다.

나도 그 무렵의 나를 기억하고 있다. 인생 다 살아 본 것 같을 때지. 더 나아질 희망은 없다는 걸 알 만큼 구르기도 했고.

하지만 애기들아, 아직 멀었다. 멀었고말고.

어디 보자. 사매가 독실에서 나오기 전에 이놈들을 처리하려면 몇 초식이 필요할까? 왼쪽 녀석은 일초식, 오른쪽 녀석도 일초식, 가운데 녀석은 중심이 제법 잘 잡힌 것 같으니 일초식 반. 그 정도면 너무 늦지 않으려나.

"어머나, 이게 뭐죠?"

늦었네. 사매가 벌써 밖으로 나왔다. 천천히 나오라니까, 참.

"그런 재미있는 일을 혼자 하시려고요? 예나 지금이나 사저는 욕심이 많으세요."

나는 한숨을 내쉬고 항복한다는 뜻으로 두 손을 들어 보였다.

"알았어, 알았어. 가운데 놈은 사매 몫으로 넘길게."

사매가 가운데 놈팡이를 한번 쓱 눈으로 훑더니 생긋 웃었다.

"개중 나은 놈이네요. 고마워요."

어이가 없어 입을 떡 벌린, 겉만 삭은 애송이들을 향해 우리는 누가 먼저랄 것 없이 손을 뻗었다.

먼 옛날, 그 어느 날처럼.

수련을 끝내고 땀에 푹 전 몸으로 목욕하러 우물가로 갔을 때의 일이다. 나는 사형제들이 옹기종기 모여 있는 모습을 발견했고, 녀석들이 쑥덕대는 이야기를 들었다.

사매가 너무 콧대가 높으니 기를 좀 꺾어 놔야 한다는 소리가 오갔고, 너무 대놓고 장난쳤다간 사부의 노여움뿐 아니라 사매네 집안의 반응도 걱정이니 당사자가 입 밖에 내지 못하게 만들어야 한다는 이야기도 나왔다.

이 망할 놈들은 사매가 수련을 마치고 몸을 씻으러 오면 옷을 훔쳐 발가벗게 할 생각이었다. 결국 숙소까지 알몸으로 걸어올 수밖에 없을 테니, 그런 창피한 일을 제 입으로 어디 가서 발설하기도 힘들 테고, 저절로 콧대가 죽을 거라는 생각이겠지.

사실 남자 사형제들끼리는 그런 장난이 흔했다. 나도 몇 번 목격했다. 그러니, 사매가 아니었다면 그런 작당을 하건 말건 나는 지나쳤을 것이다.

그때도 그러려고 했다. 수건을 어깨에 걸치고 우물가로 그냥 걸어가서 양동이에 물을 긷다가, 갑자기 울컥했다. 아무리 그래도 이건 아니지.

나는 그대로 사제 놈들이 숨은 숲속에 들어가 다짜고짜 수건으로 놈들을 두들겨 팼다. 하도 뜬금없었는지 사제들은 제대로 대응도 못 하다가, 급기야 '이 미친년이!' 소리까지 나왔다.

비록 기습을 당한 초반에는 추풍낙엽처럼 쓰러진 망나니 녀석들이지만, 개중에는 제법 기초가 잡힌 놈들도 있었다. 녀석들은 정신을 수습하고 미친 사저에 대항해 협공을 시작했다.

녀석들이 그간 날 길가의 돌멩이 취급하고 안중에도 두지 않는 줄 알았는데, 그때 뱉은 욕설들을 보니 제법 쌓인 원한이 있었던 모양이다. 안 그래도 꼴 보기 싫었다, 오늘 아주 끝장을 내 버리겠다 같은 살벌한 말들이 나왔다.

그때 몸을 씻으러 왔던 사매가 현장에 도착했다. 여기저기 멍들고 깨지고 코피가 터진 채 씩씩거리는 우리를 본 사매는 상황을 단번에 알아차린 모양이다.

「욕심도 많으시지. 이런 재미있는 일을 혼자 하시려고요?」

사매가 내 옆에, 아니 내 뒤에 등을 맞대고 섰다. 이런 꼴이나 보인 게 우스워서, 나는 자포자기한 채로 대답했다.

「알았어, 알았어. 남은 놈들은 네 몫으로 넘겨줄게.」

「저 정도면 심심하진 않겠네요. 고마워요.」

무재가 뛰어난 사매라고 우리 모두 알고는 있었지만 그 실체는 정확히 몰랐다.

그날, 나는 야차 같은 여자가 얼마나 아름다울 수 있는지 목도했다. 사매는 곱게 자란 규중의 꽃이 아니었다.

내게서 넘겨받은 물에 젖은 수건이 사매의 손에서는 신병이기가 되었다. 나는 흩어지는 물방울 속에서 춤추듯 싸우는 사매를 넋을 놓고 바라보았다. 바보 같은 꼬락서니였지만 후회하진 않는다.

*

영원객잔의 똘마니들을 처리하고 나선 뒤, 우리는 거의 넋이

나간 점소이를 길잡이로 삼아 식재료 상인의 점포로 찾아갔다.

"이 근처의 희귀한 식재료는 댁이 다 취급한다고 들었소."

"그렇…습니다만, 무슨 일이십니까?"

뒷덜미를 잡아끌고 온 점소이 녀석이 아주 사색이었던지라, 상인은 나를 아줌마라고 부르는 실수는 하지 않았다. 아마 그런 증거가 없었다면 이 녀석에게 답을 듣는데도 시간이 걸렸으리라.

"인근에 값비싼 장홍화를 정기적으로 매입하는 집이 있을 거요. 객잔 같은 영업하는 곳이 아니라 개인의 사저에. 아마 외인의 출입은 별로 없는 조용한 별장 같은 곳일 텐데. 알고 있소?"

장홍화는 황금보다 비싸다는 향신료다. 그걸 다량으로 사들이는 가정집이란 절대 흔하지 않을 거다.

대답이 나오는 속도가 빨라지도록, 나는 일부러 상인이 앉아 있던 의자 등받이에 진기를 실어 눌렀다. 파스슥, 나무 의자가 가루로 부서져 내리는 소리에 상인의 눈이 퉁방울처럼 커졌다.

"아, 알지요! 알다마다요! 그 댁이라면 여기서 한나절 거리에 있습니다! 이라는 곳이죠! 예!"

어이쿠, 감사하게도 눈치가 빠른 양반이었다.

미안하오. 당신도 열심히 사는 보통 사람일 텐데. 나도 평소 같으면 이런 수단까진 쓰지 않을 텐데 내 뒤에서 지켜보는 의뢰인이 보통 사람이 아니라서 말이지. 절대 옛 동문에게 얕보이고 싶지 않아서 무림인 위세를 부리려는 건 아니라오.

음, 양심 때문에 전혀 아니라고까지는 못하겠지만, 아무튼 평소엔 이런 짓까진 안 한다는 건 사실이니까.

강호신제쯤 되는 유명 인사라면 아주 사소한 괴벽도 훌륭한 소문 거리가 된다. 나도 협탐 나부랭이 일을 하는 사람이라,

강호신제가 장홍화를 아주 좋아해서 매끼 그게 없으면 식사를
하지 않을 정도라는 소문을 알고 있다. 비옥에 머물 때도
마찬가지였으리라.

"놀랍네요. 그렇게 쉽게 알아낼 수 있다니. 과연 협탐인가요?"

상인의 점포를 나와 자화소축으로 향하는 북쪽 길에
접어들었을 때 사매가 솔직하게 감탄하는 말을 건넸다.

"뭐, 여러 가지 요령이 필요한 일이니까."

솔직히 좀 으쓱한 기분이 들지 않는 건 아니었다.

"그런데 왜 장홍화를 물어본 거예요?"

"응? …사매, 설마 신제가 장홍화 없으면 밥을 안 먹는다는 사실,
몰랐어?"

사매가 눈을 깜빡이다가, 슬그머니 시선을 돌렸다.

"그랬나요? 하긴 숙수가 매일 그런 요리를 올리긴 하더군요. 제
입맛에는 안 맞아서, 저는 빼 달라고 했었죠."

…이것이 상류의 세계인가. 하긴, 천후쯤 되면 남편을 위해 손수
요리할 필요도 없긴 하겠지만. 그래도 그렇지, 명색이 부인인데
너무 무심한 거 아닌가. 신제가 그래서 바람을 피웠나, 까지 생각이
이어지다가 나는 머리를 저어 털어 냈다. 협탐은 그저 의뢰받은 대로
조사할 뿐이다. 슬기로운 부부 생활에 대한 조언은 내 몫이 아니다.

"아무튼 감탄했어요. 내 사람들도 자화소축의 위치를 알아내는
데 사흘은 걸렸는데 말이죠."

나는 걸음을 멈췄다.

"알고 있었어?"

아차, 하는 표정으로 사매가 입술을 깨물었다. 저런 사매의
표정은 흔치 않다. 그래서 더 기억에 선명하다.

사부가 좀처럼 알려 주지 않던 비전초식을 알아내려고 몰래 사부의 비밀 서고에 숨어들다가 나한테 들켰을 때의 바로 그 표정이다.

그때와 마찬가지로 나는 가는눈으로 사매를 지그시 노려봤다. 사매는 까만 눈동자를 빙그르르 돌리더니 오히려 토라진 표정으로 고개를 돌렸다.

"사저의 탐문 솜씨를 보고 싶었을 뿐이에요. 말씀 드렸잖아요?"

그래서 이미 아는 장소를 내가 얼마나 빨리 알아내는지 보려고 가만 입 다물고 구경이나 했다 이거냐.

사매는 나의 추궁을 각오했을 것이다. 나는 그냥 돌아섰다. 아무러면 어떠랴. 이제 곧 신제의 은신처에 도달한다. 거기서 증거를 확인하고 그걸 사매에게 전하면 내 일은 끝난다. 그거면 됐다. 나는 한시라도 빨리 이 상황에서 벗어나고 싶기만 했다.

오래 얽히면 얽힐수록, 빠져나갈 수 없을 것 같다는 예감이 들었기 때문이다. 그리고 뭐, 원래 나쁜 예감이란.

자화소축

인가에서 떨어진 고즈넉한 산중에 자화소축이 있었다. 아마 대량의 장홍화를 대던 상인도, 이곳에 강호 무림에서 가장 유명한 사내가 살고 있다는 사실까진 알지 못했으리라. 믿을 수 있는 측근 한두 명에게 전적으로 관리를 맡기고, 자신은 인근 지역민들과 대면하는 일 없이 조용히 머물다 조용히 떠난다. 그게 신제 같은 사람이 비옥을 쓰는 법일 테니.

우리가 자화소축을 찾아냈을 때는 다시 한밤중이었다.

"사매는 여기서 기다려."

단정하고 우아한 풍취가 있는 목옥(木屋)이 내려다보이는 언덕 위에서, 나는 말했다. 이번에는 양보할 생각이 절대 없었다.

"아무리 각오가 되어 있대도, 현장을 직접 목격할 필요까지는 없어. 내가 확인하고 와서 사실대로 말해 줄 테니까."

말하면서도 내 주제에 이 철의 여인을 무슨 연약한 부인네 취급하고 있네 싶은 생각이 들지 않은 건 아니다. 하지만 두 번, 세 번 생각해도 마찬가지다. 아무리 철로 만들어진 심장을 가졌어도, 어떤 일은 직접 보지 않는 편이 낫다. 피할 수 있다면 피해야 할 일이라는 게 인생에는 존재한다.

"사저는 여전하시네요."

뜻밖이랄지, 다행이랄지 사매는 기분 나빠 하지 않았다. 오히려 미소 지었다.

"그때나 지금이나 나를 지켜 주겠다는 듯이 말하는 버릇."

나는 움찔했다.

"그, 그랬나? 어, 하긴 그랬을지도. 뭐랄까, 이래 봬도 사저니까 내가 뒷감당은 해 줘야 한다 싶었을 거야. 혹시 기분 나빴어?"

허둥대는 말투가 참, 내가 들어도 바보 같다. 사매는 피식 웃기만 할 뿐, 그 일을 탓하지 않았다.

"좋아요, 기다리죠. 사저의 그 마음을 생각해서라도."

나는 다행이라고 속으로 외치며 얼른 자화소축으로 내려가는 언덕길을 향했다.

*

사매가 왜 나를 그렇게 기억할까? 자화소축 가까이 잠복하며 곰곰 생각해 보니, 우물가의 소동이 있었던 후로 우리가 조금은 친해졌던 것 같다.

　　둘이 약속이나 한 듯 새벽 연무를 나왔던 것도, 남자 사형제들과 어울리는 시간보다는 그때가 더 편해서였다는 공통점도 있었다. 아마 우리 사이에 유일한 공통점이었을 거다.

　　그날 이후 우리는 이따금 연무 중에 이야기를 나누곤 했다. 서로 워낙 달랐기 때문에 화제가 많진 않았지만.

　　「난 어른들도 싫어요. 특히 우리 집안. 아, 그리고 사부님도.」

　　「대체 넌 좋은 게 뭐냐?」

　　「좋아할 만한 게 별로 없기 때문이죠. 다들 내 앞날이 정해진 것처럼 말하거든요. 뭐든 가졌고, 뭐든 할 수 있다고 말하면서 정작 자기가 하고 싶은 걸 내게 시키려고만 드니까요.」

　　「…그렇게 말할 수 있다니 복받은 인생이다.」

　　「남의 일이니까 그렇게 이야기할 수 있는 거죠. 솔직히 난 사저의 입장이 부러울 때도 있는걸요.」

　　「어디가?」

　　「아무 기대도 받지 않는 삶이라는 거요.」

　　「사실이라도 그렇게 말하는 건 예의가 아니지!」

　　나는 짐짓 화내는 척했지만, 사매는 찔끔하는 시늉도 하지 않았다.

　　「사저도 내 입장이 되면 이해할걸요.」

　　「대체 난 네가 뭘 원하는지도 잘 모르겠다. 배부른 소리 같기도 하고. 하지만… 그래도 뭐 네가 원하는 대로 됐으면 좋겠어. 그럴 것 같기도 하고.」

「왜요?」

너무 당연한 걸 묻는 바람에, 잠깐 말문이 막혔다. 나는 어설프게 대답을 주워섬겼다.

「그야, 너는 뭐든 해내는 게 어울리니까.」

「그게 뭐예요.」

내 대답이 실없었는지 사매가 맥 풀리게 웃던 모습이 기억난다. 그 모습만큼은, 나이에 어울리게 풋내 나던 것도.

그때는 정말 반짝반짝 빛나던 시절인데. 10년, 20년 후의 미래 같은 건 생각지도 않았는데. 아니, 생각했어도 함께 강호의 악당들을 해치우거나 무림의 보물을 찾아내는 일 같은 게 고작이었는데.

20년이 흘러 만난 우리는 남편 바람피운 일로 뒷조사나 하고 있으니. 인생, 어쩌다 이렇게 된 건지.

*

신제를 감시하는 일은 이보다 더 어려울 줄 알았다. 잠행 중이라 해도 심복 한둘쯤은 근처에 두는 게 보통이니까.

수행인이 있긴 했다. 아마 신제가 비옥을 사용하지 않을 때 이곳을 관리하는 자들인 모양이다. 하지만 그들은 자정이 되기 전에 모두 물러갔다. 자화소축에는 오직 신제 홀로 남았다.

덕분에 방해받지 않고 집 주변을 둘러보며 나는 묘한 기분을 느꼈다. 이 집은 철저히 일인용이었다.

신제 정도 되는 위인이 머물기엔 작다 싶은 이 규모는, 소박한 취향을 드러내기 위한 것이 아니었다. 실제로 작을 수밖에 없었다.

모든 것이 한 사람에게 딱 알맞은 크기로 갖춰져 있었으니까.

주방의 식기도 오직 한 벌씩. 다실에도 의자는 하나뿐, 다구 역시 그랬다. 아직 살펴보지 못한 침실 내부도 사정은 다르지 않을 것이다.

이건 평범한 일이 아니다. 특히 신제처럼, 어딜 가건 그림자 몇이 따라붙어야 할 귀인에겐 더욱 그렇다. 아마도 신제가 여기서 지낼 때 밤에는 모두 집을 비우도록 명령한 모양인데, 대체 왜?

마음 놓고 불륜을 저지르기 위해서? 설마. 비옥까지 수행할 심복이라면 신제가 잠자리에서 무슨 짓을 하건 절대 입 밖으로 낼 일도 없을 텐데. 암살 위협을 피하기 위해서라도, 그런 아랫사람의 시선은 늘 달고 다니는 게 귀인의 삶이란 말이다.

이 자식은 대체 무슨 이유로 이렇게 철저히 혼자 있으려는 걸까? 아무리 궁리해 봐야 답이 나올 리 없다. 나는 두뇌파 협탐이 아니니까.

위험을 감수하고 침실의 창에 가까이 접근했다.

"…한동안 적조했지?"

창문 안에서 신제의 음성이 흘러나왔다. 설마, 혼자가 아니었나?

"형산파와 녹림의 분쟁 때문에 한동안 분주했어. 나 원, 강호에 피바람이 사라진 지가 언젠데, 아직도 소소한 싸움은 멈추질 않으니."

그 오만한 말투에는 강호에서 피바람을 없앤 자신의 업적에 대한 도취, 그리고 대업을 이룬 후에도 여전히 세상이 자신을 필요로 한다는 자부심이 노골적으로 느껴졌다.

정말이지 재수 없는 작자다. 목소리만은 듣기 좋지만, 그리고 들리는 바에 따르면 외모도 수려하다지만 생긴 거랑 재수는 꼭 비례하는 법이 아니다.

하긴 평생 저런 소리를 하면 옆에서 다들 '지당하신 말씀', '노고가 많으십니다', '신제의 덕으로 강호가 오늘도 무사 평안합니다' 하는 소리나 듣고 살았을 테니, 재수 있는 놈이 되기도 쉽지 않겠지.

"신제의 공덕으로 강호는 오늘도 태평성대를 누리고 있지요. 그걸 진정으로 아는 사람이 적다는 것이 늘 안타깝습니다."

과연, 지금 그의 옆에는 딱 그런 사람이 있었나 보다. 의외였던 건 불륜 상대가 젊은 여자라고 예상했는데 아니었다는 점이다. 녹아내리는 것 같은 미성은 젊은 남자의 그것이었다.

"천하가 넓다 해도 내 마음을 알아주는 건 너뿐이로구나. 소제."

"과찬이십니다. 이 몸도 마음도 모두 신제의 것. 제가 위안이 될 수 있다면 그저 기쁠 뿐입니다."

"위안이 되다마다. 자, 이리 오너라. 어서."

"설마, 또요?"

"왜? 싫으냐?"

"싫을 리가요. 신제의 절륜함에 그저 감복할 따름이지요. 하지만 다른 사람이 들으면 어찌 생각할지…."

"가복들은 진작에 다 물러갔다. 들을 사람이 누가 있겠느냐."

우와, 와. 이, 이거 뭐야.

창문 밑에 웅크리고 앉아 엿듣던 내 눈이 커졌다가 좌우로 굴렀다가 홀로 소리 없이 경악을 표현하느라고 아주 바빠졌다.

그러니까, 이건, 그, 그런 거지? 틀림없지? 그래. 꼭 젊은 여자란 법은 없지. 그럴 수도 있는 거지. 암, 이해한다, 이해해. 이해하고말고. 이해하긴 하는데!

…그래도 바람은 바람이지? 사매의 짐작이 맞은 거지? 그런데 사매는 상대가 젊은 남자라는 사실이 더 충격일까?

이대로 가서 들은 대로 말해 줘도 내 일은 끝나는데. 정말 이대로 말해 줘야 하나? 꼭 그래야 하나?

만약 말해 주면, 결국 사매는 자기가 선언한 대로 배신한 남편을 직접 죽이려 들까? 정말 저지르게 된다면 천후의 명성도 예전과 같을 수는 없겠지.

강호에서 가장 완벽한 한 쌍이던 부부의 최후가 그렇게 되어도 좋은 걸까. 하늘 위에서 빛나는 꽃 같은 자리가, 너에겐 정말 딱 어울렸는데.

아, 진짜 어찌해야 하지?

난 혼란에 빠졌고, 그사이에 방 안에서는 찐득찐득한 신음이 흘러나오기 시작했다.

아, 진짜 싫다. 사매의 남편이 젊은 남자랑 바람피우면서 내는 소음이나 엿들어야 하는 이 일이 협을 찾고 구하는 것과 대체 무슨 상관이란 말인가.

나는 결국 참지 못하고 벌떡 일어났다. 뜨거워질 대로 뜨거워진 머리는 오직 한 가지밖에 떠올리지 못했다.

의뢰고 나발이고, 일단 저놈을 패 주지 않고는 못 살겠다.

나는 창을 박차고 방 안으로 뛰어들었다.

*

예상대로, 신제의 침실 역시 딱 혼자만을 위한 가구만이 갖춰져 있었다. 침상도 일인용, 탁자 앞에 놓은 의자도 단 하나. 그리고 사람도 단 한 명.

"누구냐!"

한창 부끄러운 짓을 하던 중에 침범당한 탓일까. 천하의 신제도 반응이 다소 느리고 평범했다.

하지만 난 그의 말에 곧장 대답할 수가 없었다. 기습해 놓고 정작 당황해 버렸기 때문이다.

방 안 어디에도 조금 전까지 신제에게 온갖 아양을 부리던 젊은 내연남의 모습이 보이지 않았다.

보이는 거라곤, 거울을 향한 의자에 옷자락을 풀어 헤치고 앉아 있는, 중년치고는 해사한 용모의 남자뿐이다. 몸가짐을 보건대 그가 방금 전까지 하고 있던 일이 뭔지는 확연했다.

한 번도 안 할 수는 있어도 한 번만 하는 일은 없다는 그 짓. 아무한테도 피해를 주는 일은 없지만 어쩐지 남에게 들키면 수치심이 하늘을 찌르는 바로 그 짓을 하던 중이었나 보다.

어, 그러니까 이건 그런 거냐. 신제는 바람을 피운 게 아니라….

내 머리가 그제야 일을 하기 시작했고, 그러자 내 귀가 뒤늦은 보고를 올렸다. 조금 전 방 안에서 나오던 신음이 한 사람의 것이었다고. 두 사람이 나눈 대화의 음성이 한쪽은 젊고 한쪽은 나이 들었지만 비슷한 미성이었다고.

머리가 귀에게 그걸 왜 이제야 보고하느냐고 타박했지만, 귀는 댁이 정신없어서 제대로 안 들었잖느냐고 항의했다. 내 머리는 할 말이 없어졌다.

그렇게 얼빠져 있는 사이, 수치심에 물들어 있던 신제의 얼굴에 노여움이 서서히 퍼졌다.

"자객이냐?"

"어, 아뇨. 협탐입니다만."

"천후가 보냈구나. 내 언젠가 이런 날이 올 줄 알았지."

신제의 머리도 나처럼 귀가 하는 말을 제대로 듣지 않는 모양이다. 하긴, 저런 일을 하다가 초면의 침입자에게 들켰는데 제정신일 리가 없지. 조금이나마 신제에게 측은지심을 느꼈다.

"하지만 천후가 직접 오면 모를까! 어림없다!"

신제가 한 손을 휘두르며 다른 손으로는 바지춤을 올렸다. 사매보다는 한 수 아래라는 생각에, 나도 모르게 신제를 조금 업신여긴 경향이 없지 않았다. 문재가 무재보다 뛰어나다고 해서 일류고수가 아닌 것도 아닌데.

나는 몸을 굴려 간신히 그의 공격을 피했다. 바지를 올리고 의자에서 일어난 그의 눈에 살기가 번뜩였다. 아랫도리를 수습하자 신제는 급격히 침착해졌다.

무림 고수가 암살당할 확률이 가장 높은 장소는 뒷간이다. 가장 경계심이 느슨해지는 장소라서 그렇다지만, 내 생각에는 그곳이 바로 고수고 나발이고 모든 인간의 존엄성이 걷어 내지는 장소라서다. 고수의 강함에는 그 존엄성이라는 것도 적지 않게 작용한다.

그러니, 자신의 존엄성을 수복한 신제와 정면 승부를 했다간, 수십 년 전 사문을 떠난 이래 존엄성이라고는 먹고 죽으려도 없는 나 따위 협탐이 이길 수가 없다.

그래서 나는 비겁한 암수를 썼다. 공세를 피해 몸을 굴려 그의 심장이 아니라 존엄성을, 아니 간신히 끌어 올린 바지춤을 도로 잡아 끌어 내렸다.

"…이런!"

다시 존엄성이 바닥에 떨어진 신제는 낭패한 표정을 지었고, 나는 그의 고간에 제대로 한 방 먹였다.

처절한 비명이 자화소축에 울려 퍼졌다. 신제가 거품을 물고 졸도한 뒤, 나는 비로소 손을 털고 일어섰다.

이 나이가 되어서도 여전히 강호엔 배울 게 많다. 이를테면, 고수도 아플 때 지르는 비명은 똑같구나 같은 것.

*

사실 이대로 사매에게 돌아가 보고해도 될 것이다. 그러는 대신 졸도한 신제를 하나뿐인 의자에 끌어다 앉히고 그의 옷으로 팔과 다리를 묶었다. 아무래도 꼭 물어야 할 것들이 있었다. 하고 싶은 말도 있고.

향 하나 탈 시간이 지난 뒤에 신제가 정신을 차렸다.

"…내게 수치를 주라고 하던가."

벌거벗긴 채 자기 옷으로 포박된 몸을 확인한 신제가 처음으로 입을 열어 던진 질문이었다.

"아니. 난 그저 당신의 불륜을 조사해 달라는 의뢰를 받았지."

그제야 자기 귀의 보고를 뒤늦게 접수했는지, 신제가 미간을 찡그렸다.

"협탐 운운하더니, 진짜였나."

"이대로 가서 보고해도 되겠지. 당신이 비옥에서 바람을 피운 것이 아니라…."

아까의 그 황당한 상황은 이해가 됐지만, 적당히 표현할 말이 떠오르지 않았다.

아니, 그러니까, 마흔 줄 넘긴 남자가 차라리 바람을 피웠으면 이야기가 쉬운데. 상대가 젊은 남자였어도 뭐, 조금 놀라긴 해도 세상엔 취향이라는 것도 있고 말이지.

하지만 상대도 없이 홀로 젊은 남자 음색을 흉내까지 내 가며, 거울을 보고 제 몸에 도취되어 있던 걸 대체 뭐라고 해야 하나.

바람? 그건 아닌 것 같기도 하고. 배우자가 자기애가 너무 심하다고 그걸 불륜이라고 할 수는 없는 거 아닌가 싶고. 그렇다고 아무 문제가 없다고 하기도 뭐하고.

"나는 하늘을 우러러 한 점 부끄러움이 없다!"

불륜으로 규정하기도, 그냥 아무 일 아니라고 넘기기도 뭐한 사태 앞에서 좀 머뭇거렸더니, 신제가 갑자기 당당하게 나왔다.

"그 여자와 같은 지붕 아래서 숨을 쉬는 것만으로도 질식할 것 같았다. 하지만 천지신명 앞에서 언약한 몸. 부정을 저지를 수는 없었지. 세상에 나를 이해해 줄 사람은 어차피 없다! 그러니 나 홀로 지음을 연기하며 즐겼을 뿐, 누구를 배신한 적도, 욕보인 적도 없다!"

역시 이 녀석은 재수 없어.

"물론 판관 앞에서 이야기하면 당신 말이 맞겠지."

한숨을 내쉬고, 나는 말했다.

"하지만 부부 사이의 일이잖아. 잘 생각해 보라고. 세상에 당신을 이해해 줄 사람이 없다고? 그래서 혼자 이러고 놀았어? 어떻게 보면 그게 더 나빠, 이 양반아. 자기만 아끼고 사랑할 뿐, 다른 사람은 아무 상관 없다는 사람 옆에서 부인은 어땠겠어? 천후는 뭐 숨 쉬기 편했겠냐고. 차라리 치고받고 싸우는 쪽이 낫지. 자기 방에 처박혀서 자위나 하는 남편하고 살맛이 났겠냐고. 안 그래?"

사실 오늘 이날까지 일면식도 없는 사람이지만, 사매의

남편이라는 생각에 어쩐지 제부를 대하는 기분이었나 보다. 그에게 하고 싶었던 말도, 요약하자면 이런 거다.

정신 차리고 마누라한테 잘하고 살아라, 이 화상아. 너 계속 그러다간 마누라한테 죽는다.

"…협탐치고는 오지랖이 과하군. 정체가 대체 뭐냐?"

과연, 세 치 혀와 눈치로 강호를 평정한 인물답게 신제는 이런 상황에서도 감이 좋았다.

"어, 뭐 평범한 협탐인데."

"그럴 리 없지. 그 결벽증 있는 여자가 아무한테나 이 일을 의뢰했을 리 없다. 천후와 무슨 관계지?"

뭐, 켕기는 것도 없고, 숨길 일도 아니고.

"…예전에 동문수학한 적이 있지."

신제의 눈이 갑자기 커졌다. 그는 몇 번 입술을 떨더니, 갑자기 앙천대소했다.

"그랬군. 그런 거였어! 네가 바로 그자로구나. 하하, 하하하하! 정말 우습군!"

아니, 이 인간아. 그렇게 재미있는 일이면 나도 좀 같이 알자고. 내가 그자라니. 그자가 뭔데?

"혹시 그 여자가 그러던가? 내가 자기를 배신했다고?"

시작할 때와 마찬가지로 느닷없이 웃음을 끊더니 부리부리한 눈으로 묻는다.

"배신자는 죽일 거라는 소리는 했지."

"그래. 그게 우리가 혼약할 때 서로 맺은 약속이지. 우리는 사사로운 정이 아니라 대의로 묶인 부부니까!"

뭐, 내가 보기엔 그저 야망을 성취하기 위한 거래로 보인다만.

어차피 모든 혼약이라는 게 따지고 보면 그런 것이니 딱히 비난할
일도 아니지만.

"하지만 당신은 알아야 해. 배신한 쪽은 내가 아니다. 천후지!"

…마누라한테 등 돌리고 자기애에 푹 빠져 있던 놈 주제에,
마누라 탓까지 하는 건 좀 비난해도 될 짓 같은데. 몇 대 더 때려 줄까
보다, 확.

그러나 주먹질을 하기엔 신제의 태도가 너무 당당했다. 물론
이놈은 이보다 더한 짓을 해도 당당할 것 같은, 자기애의 화신 같은
놈이지만.

"궁금하면 그 여자에게 물어봐! 10년 전 그날, 왜 주화입마에
빠졌느냐고!"

사람이 저 정도까지 당당하면, 한 번쯤은 생각해 보기 마련이다.
그의 말에서 뭔가 짐작되는 부분은 없는지.

늙고 지친 아침

"다녀왔어."

사매가 기다리는 언덕으로 돌아왔을 때는 깊은 새벽이었다.
나는 우리가 이야기를 마칠 때쯤이면 아침이 되었을 거라고
예상했다. 내가 보고 온 모든 일을 짧게 이야기할 능력이 없어서다.

"알아내셨나요?"

나는 고개를 끄덕이고, 의뢰인에게 조사 결과를 보고했다.

처음엔 되도록 담담하게, 사매라는 친분을 생각하지 않고
냉엄한 사실만을 알릴 생각이었다. 그러나 몇 번인가 주춤거리고,

멈춰 서고, 말을 돌렸다. 곧이곧대로 말했다가 사매가 상처받을 수도 있단 생각에 삼켜 버리고, 그래도 사실을 직시하는 편이 앞날을 위해 더 나을 거라는 생각에 용기를 냈다가 우왕좌왕 지리멸렬.

환자가 아플까 봐 겁에 질린 나머지 손을 떨다가 더 오래 고통을 주는 돌팔이 의사 같은 꼴로, 결국 동이 터 올 때쯤 간신히 이야기를 마쳤다.

"…그렇게 됐던 거야, 사매."

녹초가 되어 이야기를 끝낸 뒤 사매의 눈치를 보았다. 어떻게 나올까?

'별일 아니네요. 수고를 끼쳐서 미안해요. 자, 이거 받고 그만 돌아가세요'면 제일 좋긴 하겠다. 하지만 어쩐지 일이 그렇게 잘 풀릴 것 같지가 않았다.

'상대가 있건 없건 배신은 배신. 반드시 죽이고 말겠어요'라고 나오면 곤란한데. 사매의 발이라도 붙잡고 늘어지면서 말려야 하나. 협탐의 본분에는 어긋나지만, 그래도 사매가 인생 망치는 꼴을 두고 볼 순 없잖아.

"그래서…."

그런 궁리를 하는데, 한동안 내 얼굴만 쳐다보던 사매가 담담한 목소리로 입을 열었다.

"사저의 생각은 어떠세요?"

이런 반응은 예상 못 했다. 사매는 자신이 결단할 문제에 대해 남의 의견을 묻는 사람이 아니었으니까. 그래서 내가 답을 못 하고 눈만 굴렸더니, 한숨을 내쉰 사매가 이어 말했다.

"사실 예상은 했어요."

어, 역시 그랬냐? 자화소축의 위치와 마찬가지로, 너는 뭐든지 다 알면서 부러 나에게 일을 시킨 거였어. 너다운 일이긴 하다만, 대체 이유가 뭐야? 이번에도 그저 내 솜씨를 보고 싶어서? 하지만 네가 나 협탐짓 잘하나 알아서 뭐 하게.

"혼약하기 전부터 그가 오직 자기 자신만을 사랑하는 사람이라는 건 알고 있었죠. 그가 누군가를 좋아하는 것처럼 보인다면, 그건 누군가를 좋아하는 자신을 좋아하기 때문이지요."

그런 사람과 부부로 살아간다는 건 어떤 기분일까. 나는 결혼을 해 본 적이 없어서 잘 모르겠다. 하지만 감히 추측하건대, 행복하지는 않을 것 같다.

"그래도 그를 원망할 수는 없죠. 따지고 보면 나도 그와 크게 다른 부류의 인간이 아니니까. 우리는 각자 자기만을 생각했고, 제 이상만을 소중히 여겼고, 무림의 왕과 여왕이 되기 위해 국사무쌍과 절세가인의 완벽한 한 쌍을 연기한 부부였어요."

난 어떤 표정을 지어야 할지 알 수 없었다. 사매야, 아무리 그게 사실이라도, 그걸 네 입으로 말하는 건, 어, 쫌, 듣는 사람이 많이 힘들다.

"우린 서로가 다른 사람을 사랑할 수 없는 인종인 걸 서로 알고 결혼했으니, 어쩌면 배신한 건 그가 아니라 나일지도 모르죠."

사매가 쓴웃음을 지었다. 나는 필사적으로 머리를 굴렸다. 어, 저 말은, 그러니까, 그렇게 생각한다면 사매가 제부를 죽이겠다고 달려가는 불상사는 일어나지 않으려나?

조금 안심이 되는가 싶더니 호기심이 일어났다. 신제가 사매에게 직접 들으라고 한 그 일 말이다.

"…저기, 사매. 한 가지만 물어보자. 10년 전 주화입마에 빠졌을 때, 정말 무슨 일이 있었던 거야?"

무슨 일이 있었기에, 먼저 배신한 건 사매라고까지 말하는 거야? 내가 그자라는 게… 무슨 뜻이야?

하지만 사매는 내 질문에 대답하지 않았다. 마치 내 질문이 들리지 않았던 것처럼, 허공을 바라보며 조용히 제 할 말을 이어갔다.

"오래전부터 나는 쭉 기다려 왔어요. 누군가 말해 줄 사람을. 그런 허황한 삶을 그만두라고. 거짓 여왕의 자리에서 내려오라고, 감히 이 천후에게 말해 줄 단 한 사람을요."

그리고 아름다운 눈을 들어 나를 바라보았다. 나는 움찔했다.

그런 거였나. 이미 어느 정도 짐작한 일을 굳이 유명하지도 않은 협탐을 찾아 의뢰했던 건. 네가 듣고 싶은 말을 해 줄 수 있는 사람으로 나를 고른 거였나.

제아무리 천후라도, 이 나이가 되면 인생이 허망할 때가 있는 거다. 지금껏 잘못 살아온 것 같고, 이루어 낸 모든 것이 허탈한 나이. 그래서 갱년기라는 거지. 그럴 때 필요한 말은 딱 하나다.

…그래. 사매가 말하고 싶지 않다면, 굳이 10년 전 일을 캐묻지 말자. 그리고 사매가 원하는 말을 해 주자. 내 역할은 그런 거니까.

나는 아랫배 가득 공기를 불어 넣고 말했다.

"내려오지 마, 사매."

사매가 놀란 표정으로 나를 쳐다봤다.

"네가 이룬 것들은 의미 없지 않아. 어, 물론 강호에 태평성대가 와서 나 같은 사람은 일거리가 떨어진 게 사실이야. 하지만 사람들이 덜 죽게 되었지. 나도 맞아 죽을 걱정은 덜 해. 굶어 죽는 게 더 걱정이지만, 뭐 아무튼."

사매의 눈썹이 내려갔다. 울고 싶기도 하고, 우습기도 한 표정이다. 어, 아무래도 이걸로는 부족한가.

"나만 그렇지 않을 거야. 아마 강호의 많은 사람들, 특히 여자들은 그랬을 거야. 네가 있어서 어떤 여자아이는 자기도 천하제일인이 될 수 있다고 꿈꾸기도 했을걸? 그게 네가 일군 거야. 왜 의미가 없겠어?"

사람이 말을 하다 보면, 제 말에 취해 그게 점점 진짜처럼 여겨지기도 한다. 내가 생각해도 놀랄 정도로 내 목소리에는 열의와 진심이 가득했다.

"너는 예전부터 너무 잘나서 재수 없는 사매였어. 언제나 저 하늘 높은 곳에 홀로 고고하게 피어 있는 꽃 같았지. 하지만 그래도 말이지, 사매. 네가 거기 있는 게 나한테는 의미가 있었어. 내려오지 마. 내려올 필요 없어. 네 인생은 잘못되지 않았어. 넌 재수 없지만 내겐 자랑스러운 사매야."

이게 네가 바란 답이겠지. 이 답을 바라고 나를 찾았겠지. 그게 정말 재수 없지만, 사실이니까 어쩔 수 없어. 이게 내가 너에게 돌려주는 답이야.

열변을 토하고 겨우 숨을 몰아쉬었다. 조금 슬픈 표정으로 나를 쳐다보던 사매가 천천히 미소 지었다. 나, 잘한 거지? 네가 원하던 답을 찾아 준 거지?

"예나 지금이나⋯."

사매가 입을 열었다.

"사저는 더럽게 눈치가 없어요."

⋯웅?

"이번에도 잘못짚었네요."

나는 당황했다. 내가 뭘 잘못짚었다는 거지? 원했던 말이 이런 거 아니었어? 아, 나이 들고 인생 허망할 때 누군가 넌 잘못 살지 않았다고 이야기해 주길 바라는 거, 그거 아니었냐고.

"하지만 의뢰는 제대로 해내셨어요. 역시 사저군요. 아무리 험하게 굴러도, 언제나 해야 할 일은 해내고야 말던, 내가 좋아했던 사저."

이건 칭찬인지, 놀리는 건지.

"그런 당신이 좋았어요. 다시 만날 수 있어서 다행이에요. 비록 당신은 그때나 지금이나, 여전히 내 마음을 잘 모르지만요. 덕분에 이제야 겨우 결심이 섰어요."

나는 여전히 영문을 모르겠는데, 사매는 홀로 답을 찾았다며 돌아섰다.

"의뢰비는 흑수에게 맡겨 두었으니 거기서 받아 가세요. 사저께서 아까 하신 질문에 대한 답도 그 안에 있어요. 수고 많으셨어요."

해는 뜨고, 아침은 오고, 공기는 데워지기 시작했지만 떠나는 사매의 뒷모습을 바라보는 내 몸은 으슬으슬 추웠다. 늙고 지쳐서인지도 모른다.

이제 더는 불굴할 수 없는.

불혹도 지났다지만 마음이 단단해서 불혹이 아니라 유혹에 뛰어들 기력이 없어서 그러한.

떠나는 사매를 붙잡고 대체 무슨 영문이냐고, 지금껏 한 말들이 무슨 의미냐고 물어보기도 힘든, 쇠잔한 아침.

나는 오래전, 내가 사문을 떠난 그날의 일을 떠올린다.

「의발을 물려줄 제자를 정해야겠다. 너와 천화, 둘을 물망에 올렸다.」

부쩍 몸이 쇠해진 사부가 나를 불러 이르시던 그날.

「예? 왜 전데요? 천화라면 몰라도!」

「천화는 재능이 뛰어나고, 너는 근성이 있지. 둘의 재질이 상극이니 문파의 미래를 가늠하기에도 좋은 승부다. 오는 보름날에 둘이 비무하여 결정하도록 하겠다.」

「아뇨! 아닙니다! 차라리 다른 사제들 중에 하나 골라 사매와 붙이세요!」

「언제까지 겉돌 생각이냐? 비록 네 출신이 한미하다 해도 무림은 혈통과 가문만으로 모든 게 결정되지 않는다. 각오만 되어 있다면 너는 내 뒤를 이을 수도 있고….」

사부의 말을 들으며, 그제야 사매의 말을 이해했다. '사저도 내 입장이 되면 이해할걸요'라던 말.

기대받는 입장이 되자 느껴지는, 목이 졸리는 것 같은 답답함. 평생 기대받는다는 상상조차 못 했던 나는, 답답한 정도가 아니라 공포에 질렸다.

나는 사매와 겨루고 싶지 않았다. 만에 하나 그 애의 앞길에 걸림돌이 되고 싶지도 않았다. 나는 사부의 뒤를 잇고 싶지 않았다. 저 망나니 사제 녀석들이 나이 먹고 수염을 길러 강호의 명사입네 하고 위세 떠는 세상에서, 그들과 장단 맞춰 가며 무림의 어른이 되고 싶지 않았다.

그래서 나는 도망쳤다. 보름이 오기 전에 사문에 칼을 되돌려 드리고 산에서 내려왔다. 그 모든 일을, 사매에게는 한마디도 하지 않고서. 작별 인사조차 남기지 않고 하산했다.

늙고 쇠잔한 이 아침.

사매가 나를 두고 홀로 가 버린 것은 그때의 복수일지도 모른다.

협탐: 좁은 길의 꽃

좁은 길의 꽃

늙고 지친 나는 사매의 말대로 흑수에게 의뢰비를 받으러 터덜터덜 길을 되짚어갔다.

"면상을 보면 실패한 것 같은데."

흑수는 내 얼굴만 보고 그렇게 말했다.

"하지만 천후가 보상을 내주라고 전갈을 보냈으니."

그러면서 흑수가 작은 상자 하나를 내밀었다. 그제야 나는 좀 정신이 들었다. 사매가 약속한 보상은 천음자하거였다. 어쩌다 보니 일을 맡게는 되었지만, 그때나 지금이나 나는 그걸, 아무리 그게 명약이라고 해도 절대 받고 싶지 않았다.

"…됐어. 한숨 자고 가게 방이나 내줘."

"왜? 천후의 자하거라면 안 먹고 내다 팔아도 부르는 게 값일걸?"

"미쳤냐? 필요 없다고. 돌려주라고."

흑수가 흐응 하고는 상자로 다시 손을 뻗었다. 그 사악한 표정을 보니, 저년이 신용을 지켜 사매에게 돌려줄 가능성은 없어 보였다. 팔거나 먹는 게 아니라 천후의 자하거를 이용해 신약이라도 개발할 게 분명하다.

나는 재빨리 상자를 가로챘다.

"일단 준 거니까 내가 직접 돌려주지."

물론 사매를 다시 만나러 갈 용기는 없다. 챙겨 두었다가 믿을 만한 인편으로 돌려주자.

*

그러나 약초 냄새 짙은 흑수의 곁방에서 베개를 베고 누웠을 때, 머리맡에 둔 사매의 상자가 점점 커지는 것 같아 도저히 잠을 이룰 수가 없었다.

　　「사저께서 아까 하신 질문에 대한 답도 그 안에 있어요.」

　　이대로는 상자에 짓눌릴 것만 같아 나는 결국 일어났다. 그러고도 한참을 상자와 눈싸움만 하다가, 결국 열었다.

　　그 안에 천음자하거는 없었다. 그 비슷하게 생긴 물건도 없었다. 대신 갈가리 찢긴 종잇조각들이 눈처럼 소복하게 담겨 있었다.

　　하나하나 펼쳐 보니 그저 찢어진 것만이 아니라 불에 반쯤 타서 엉망이었다. 그 조각들에 적힌 건 사매의 우아하고 단정한 필체였고, 서신이었다. 온전하지 않은 서신이었지만 그것이 내게 쓴 편지라는 걸 알 수 있었다. 사저, 라는 글자의 일부가 군데군데 보였으니까.

　　「아이는 딸이겠지요.」

　　그러니까, 이건 아직 유산하기 전에 쓴 편지인 모양이다. 내게 아이를 가졌다는 걸 알리고 싶었을까?

　　「이름은 지어 뒀어요. 상화라고.」

　　손이 떨려서 안 그래도 다 삭은 편지를 찢을 뻔했다. 상화는 내 무명이다. 사부가 문하의 제자들에게 의미를 담아 지어 준 이름. 나는 상화, 사매는 천화.

　　…천후가 제 아이에게 내 이름을 지어 주려 했다고? 오래전 잠깐 함께 무공을 익혔을 뿐인, 기억한 것조차 놀라운 이 형편없는 사저의 이름을?

　　「▣고 싶어요.」

　　앞 글자가 타 버린 문구.

　　「그때 사저를 ▣내지 말▣어야 했는데.」

협탐: 좁은 길의 꽃

군데군데 구멍이 뚫려 버린 문장들.

「나는 후█하지 █아요.」

「그래도 ██를 다시 한번.」

오랜 시간이 지나 비로소 전해진, 불완전한 문장들 하나하나에서 흘러나오는, 낡고 깊은 그리움의 파편들.

그저 가만두기만 했어도 수십 년 세월에 삭아 버렸을 이 그리움을, 누가 이 모양으로 태우기까지 했을까.

사매일까. 아니다. 사매가 쓴 편지를 보내지 않기로 했다면, 이렇게 흉한 꼴로 보관해 두진 않았겠지. 깨끗하게 태워 버렸을 터였다.

10년 전 그날 일어났을 일이, 내 머릿속에 그려졌다. 사매의 편지를 발견한 신제. 자기애로 가득한 그 사내가 느꼈을 노여움. 그의 손에 찢기고 태워진 편지. 어쩌면 그의 입에서 쏟아져 나왔을, 사매에 대한, 나에 대한 비난과 모욕.

그리고 사매의 분노. 임신한 몸으로 주화입마를 일으킬 정도의 노여움.

"…하."

어느새 눈에서 눈물이 흘러내렸다. 사매는 내가 예나 지금이나 눈치가 없다고 말했다. 그 말이 맞을지도 모른다.

하지만, 어쩌면 나는 눈치가 없는 게 아닐지도 모른다. 그저 알고 싶지 않았을지도. 사매는 내가 어떤 것에도 굴하지 않는 사람이라고 평했지만, 아니다. 나는 사실 겁쟁이다. 겁쟁이라서 나를 받아들일 리 없는 세계에 뛰어들지 못했다. 그러지 않아도 내 인생은 이미 밑바닥이었다. 그런 구렁텅이로 사매까지 끌어들일 수는 없었다.

그 시절의 어린 내게, 사매는 나와 다른 세상에 존재하는,

명실공히 꽃과 같고 별과 같은 사람이었으니까. 계속 그 자리에서 빛나기만 해도 좋을.

하지만 이제야 알겠다. 그녀와 나, 우리는 서로 다른 세계의 존재가 아니기도 했다. 우리는 똑같이 좁은 길에 피어나고 자랐다.

희박한 공기 속에서 어떻게든 숨 쉬려고 애쓰며. 보이지 않는 하늘을 향해 줄기를 뻗으며.

그래도 그 하늘은 너무나 아득하고 높아서, 나도 사매도 닿지 못한 채 이 나이가 되고 말았다.

…하지만 이제 와서 그게 무슨 소용이랴. 그때는 차라리 젊기라도 했지. 지금은 시련에 맞설 힘도 없는, 이제 내리막길만 남은 인생인걸.

너는 어쩌려고 이 마당에 나를 찾아, 이미 다 알고 있는 신제의 행각을 조사하게 했던 걸까. 무슨 이유로.

「의리를 저버린 배신에 어떤 응보가 합당하겠어요? 죽음뿐이죠.」

퍼뜩, 사매의 그 말이 떠올랐다.

사매는 스스로 인정했다. 먼저 배신한 것은 자기 쪽일지도 모른다고.

그럼 사매는, 신제를 죽일 생각은 없었을 것이다. 오히려 배신에 대한 합당한 응보가 죽음이라고 생각한다면, 더는 이 공허한 삶을 이어 갈 이유가 없다고 생각했다면.

'안 돼.'

나는 주먹으로 얼른 눈물을 훔치고, 편지 조각들을 상자에 주워 담은 뒤 끌어안고 일어났다. 여기서 자고 있을 때가 아니다.

그런 허무한 결말은 내가 기억하는 사매에겐 어울리지

협탐: 좁은 길의 꽃

않는다. 그러나, 우리는 더 이상 젊지 않다. 세월이 비껴간 것 같은 천후에게도 사실은 어김없이 늙고 쇠잔한 아침이 매일같이 찾아왔을 것이다. 강철 같은 사람도 삭은 쇠처럼 부서지게 만드는 세월의 살초가.

'나랑 이야기하고 결심이 섰다고 했어. 빨리 찾아야 해.'

어디로 가야 사매를 찾을 수 있을지도 모르면서, 허둥지둥 흑수의 집을 뛰쳐나왔다.

"늦었네요, 사저."

그랬더니 그곳에 그녀가 있었다.

*

사매는 처음 재회했을 때 입은 규의도, 그다음에 입은 야행복도 아닌 옷을 입고 있었다. 오래전 내가 상화, 그녀가 천화라고 불리던 시절에 입던 사문의 수련복이다. 그 옷을 아직도 가지고 있었다는 점도 놀랍지만, 아직 그 옷이 맞는다는 점이 더 놀라웠다.

"왜 네가 여기 이, 있어?"

놀라서 혀를 씹었다. 사매는 유쾌하게 말했다.

"이혼장을 써 주고 오는 길이에요. 아직 정리할 게 좀 남긴 했지만, 그거야 뭐 신제가 알아서 하겠죠. 자기 체면을 위해서라도 일 처리 하나는 완벽한 사람이니."

"너, 너는 어쩌려고?"

"알고 보니 나답지 않은 짓을 수십 년간 했지 뭐예요? 내가 언제 사저 말을 잘 들었다고. 사저가 내 말을 알아듣고, 눈치채고, 끌어당겨 주기를 기다렸다니. 이 무슨 얼빠진 인생이었담."

사매가 허리를 짚고 서서 생긋 웃었다.

"혼자 협탐 노릇 하기 힘들죠! 동업해요. 전직 천후이니 일솜씨는 나쁘지 않을 거예요."

…사매의 말대로다. 나는 더럽게 눈치가 없다. 이런 사람이 나의 사매였지. 내가 이런 사매를 두고 무슨 상상을 했담.

"그나저나 표정이 왜 그래요? 귀신이라도 본 것처럼."

그건 그렇고, 큰일이다.

사매를 다시 만났을 때부터 내 뜻대로 일이 풀리지 않을 거라는 걸 알았어야 하는데.

전직 천후와 함께 협탐을 한다고? 분명 엄청난 일들이 기다리고 있겠지. 내 인생은 절대로 예전처럼 적당히 시시할 수 없을 것이다.

시시한 인간이 시시하지 않은 일에 휘말리면 죽는 각밖에 안 나온다.

눈치 없고 잘난 데도 없는 내가 협탐이랍시고 이 바닥에서 여태 버틸 수 있었던 이유는 오직 하나, 여차할 때 잽싸게 움직일 수 있는 생존 본능 덕분이다.

"사저? 눈이 왜 부었어요? 어디 좀 봐요."

나는 곧장 돌아서서 바로 도망치기 시작했다.

"어라? 사저! 어딜 가요? 이야기나 좀 들어 봐요! 내가 계획을 다 세워 놨다고요! 3년이면 강호에서 가장 유명한 협탐이 될 수 있어요!"

사매의 목소리가 멀어지지 않는다. 쫓아오고 있는 게 분명하다. 그러면서도 혀 씹는 소리 하나 안 내다니. 사매의 경공은 정말 뛰어나다.

그래도 나는 도망칠 거다. 사매가 항상 높은 곳을 향해 걸었다면,

협탐: 좁은 길의 꽃

나는 항상 도망쳐 온 사람이니까.

"됐어! 안 해!"

우리는 아마 앞으로도 지금껏 살아온 방식대로 살아가겠지.
좁은 길을 걸으며.

그래도 어쩌면, 덜 외로울지도 모르겠다. 좁은 길을 함께
걷노라면, 어깨가 맞닿을 수밖에 없으니.

작가의 말

수직의 사랑
배예람

새로운 세상을 창조하고, 그 안에서 인물들의 여정을 따라가는 건 언제나 즐거운 일이다. 〈수직의 사랑〉은 쓰는 데 유독 힘이 들었지만, 그만큼 하영과 상미의 뒤를 따라가는 게 즐겁기도 했던 이야기다. 하영과 상미가 체념하거나 타협하지 않고, 탑이 무너지는 순간을 향해 나아갈 수 있기를 바란다.

갈피를 못 잡고 흔들릴 때마다 글을 읽어 주고 응원해 주는 고마운 친구들, 이야기가 세상에 나올 수 있도록 제안해 주신 안전가옥, 함께 고민하고 길을 이끌어 주신 이은진 PD님께 깊은 감사를 드린다. 그리고 무엇보다도 하영과 상미의 여정을 함께해 주신 독자분들께 감사한 마음을 전하고 싶다.

여우 구슬은 없어

이수현

쓰기가 우선인 작가가 있고, 읽기가 우선인 작가가 있다고 한다. 쓰고 싶다는 마음이 먼저 생기는 경우가 있고, 이것저것 읽다 보니 나도 써 보고 싶다고 생각하는 작가가 있다는 뜻이라고 한다면, 나는 분명 후자에 속한다.

내가 보고 싶은 이야기를 쓰고 싶다는 마음은 지금도 내가 좋아하는 작가가 쓴 이야기를 보고 싶다는 마음과 분리되지 않는다. 오락성이 강한 장르에 자연스럽게 담긴 퀴어 이야기를 더 보고 싶다고 생각했을 때, 앤솔로지 기획부터 생각한 것도 그래서이지 싶다.

김수륜 작가님은 여성 캐릭터 간의 애증과 어둡고 질척한 감정을 잘 쓰시기에 모셨다. 배예람 작가님은 건조한 듯, 담백한 듯 미묘한 감성을 잘 다루신다는 기대가 컸다. 아밀 작가님은 늘 소설을 보면서 약하고 단점 있고 복잡한 여성 인물과 이면이 있는 관계를 어떻게 이렇게 잘 잡아낼까 싶었다. 진산 작가님은 선이 굵고 시원시원한 이야기를 잘 쓰시는 데다 격렬한 감정을 잘 다루는 데 있어서는 따라갈 사람이 별로 없다고 생각한다. 네 분 모두 장르적으로 재미있는 글을 쓰시는 것은 물론이다. 이런 작가진과 함께할 수 있다니 그것 자체도 행복한 일인데, 이 기회에 몇 가지

작품 외적인 조건이나 윤리 문제로 논의하고 고민하며 배운 것이 많다. 부디 내 글이 이 책에 누가 되지 않기를 바랄 뿐이다.

로맨스를 쓴다고 생각하며 쓰기 시작했건만, 결과물을 보니 아름다운 로맨스는 아닌 것 같다. 무엇을 담고 싶었는지 한 줄로 설명할 수 있다면 소설로 쓰지는 않았을 테고, 내가 생각한 지점을 읽어 주는 독자분이 어딘가 있기를 바라며 세상에 띄워 보낸다. 내 생각과 다르게 읽는 분들이 있다 해도, 그 또한 고맙겠다.

짧은 글로 쓰기 힘든 기획을 멋지게 소화해 주신 작가님들과, 모든 단계에서 고생해 주신 이은진 PD님께 감사드린다.

하나뿐인 춤
아밀

춤은 제 소중한 취미입니다. 한동안 탱고를 배웠고, 지금은
아이돌 댄스를 배우고 있습니다. 종종 촬영도 하고, 발표회도
한답니다. 그 모든 게 재미있어요.

저는 글자를 많이 읽고 또 많이 생각해야 하는 직업을 갖고
있다 보니, 음악을 들으며 몸을 쓰다 보면 머릿속이 환기가 되는
것 같습니다. 또 춤을 추다 보면 내 몸에 대해 알게 되는 게 많은데,
그건 곧 나 자신에 대해 알게 된다는 뜻이기도 해요. 내 몸이 무엇에
강하고 무엇에 약한지, 무엇을 좋아하고 무엇을 표현하고 싶어
하는지, 타인들의 몸과 같은 점은 무엇이고 다른 점은 무엇인지….
그래서 춤은 내 정체성 탐구에 중요한 역할을 해 왔고, 앞으로도
그럴 것 같습니다. 사람의 정체성 탐구란 어쩌면 평생에 걸쳐
계속되는 일이겠지요.

언젠가 내가 느끼는 춤의 의미를 글로 써 보고 싶었는데,
이렇게 좋은 기회를 만나 〈하나뿐인 춤〉을 쓰게 되어서 기쁩니다.
무엇보다도 춤이 제게 즐거운 일이듯이, 이 글이 독자 여러분에게
즐겁게 읽힌다면 더 바랄 나위가 없겠습니다.

또 한 가지 하고 싶은 이야기는, 제게 있어 퀴어라는 주제는 늘
성장의 문제와 결부된다는 점이에요. 보통 헤테로들이 사회 진출,

결혼, 출산, 육아라는 과업을 거치며 성숙하고 늙어 가는 반면, 퀴어들은 사회 활동이 어렵거나, 법적 결혼의 기회를 박탈당하거나, 재생산이 불가능한 까닭에 헤테로와 같은 생애 주기를 거치지 못하는 경우가 많습니다. 그래서 저는 퀴어들이 어떻게 젊음을 보내고 또 어떻게 나이 먹어 가며 서로를 보듬고 살아갈지에 대해 많은 생각을 하게 됩니다. 〈하나뿐인 춤〉은 그 생각에서 나온 하나의 큰 질문이기도 합니다. 우리 사회가 이 질문에 대해 답할 수 있는 날이 속히 오기를 바랍니다.

　이 멋진 프로젝트를 기획해 주신 이수현 작가님, 작품 구상 단계부터 완성까지 정성껏 살펴 주신 이은진 PD님과 안전가옥 편집부에 감사드립니다.

누가 진짜 언니일까?

김수륜

처음 이수현 작가님에게 기획에 대해 들었을 때, 바로 떠오르는
소재가 있었습니다. 언니들과 동생에 대한 이야기였습니다.

저는 여고 시절 3년 내내 문학 동아리에서 활동을 했습니다.
동아리에서 만난 선배 언니들은 그때까지 손위 또래가 없던 제게
커다란 영향을 끼쳤습니다. 지금 와서 생각해 보면 고작 한두 살
차이였지만, 당시에는 어마어마한 차이처럼 여겨졌죠.

동아리 선배라는 이유만으로 시 쓰는 법을 가르쳐 주던
선배 언니들을 보러 2학년 교실로 가던 약간은 설레고 약간은
당혹스럽던 3월, 점점 익숙해져 가던 교정에서 구석진 곳으로
호출되어 매섭게 혼났던 4월, 텅 빈 여름방학의 교정으로 축제
준비를 하러 가던 8월. 그때의 감정들을 고딕 호러로 꺼내 보고
싶었습니다.

어떤 종류의 감정들은 공간과 결합되어 떠오르는 것 같거든요.
그때 주고받았던 말들은 전혀 기억나지 않아도 어떤 마음으로 그
공간에 갔었는지, 선배 언니들의 말을 들으며 어떤 마음으로 주변을
둘러보았었는지는 선명하게 기억이 납니다.

그 기억들을 다시 꺼내서 만지작거리다 보니 압도적이고
낯설기 그지없는 집에서 비밀을 잔뜩 품은 언니들에 대한 이야기,

세상에 나만 비밀이 없는 것 같은 소녀에 대한 이야기가 되었습니다.

언제나 이야기를 끝낸 뒤 돌아보면 시작된 지점에서 생각했던 것과는 조금 다른 모습을 갖추게 되는 것 같습니다. 하지만 보여 드리고 싶었던 감정의 편린들이 조금은 남아 있는 듯해서, 부디 전해 드릴 수 있으면 좋겠습니다.

협탐: 좁은 길의 꽃
진산

작가가 제일 쓰기 싫은 글은 작가의 말이다. 최소한 나는 그렇다.

작가의 말을 써야 할 때만 되면 머리를 쥐어뜯으며 외친다.

"소설 본문에 하고 싶은 말은 다 썼는데 또 써야 해!?"

이번에도 마찬가지다. 작가의 말 마감이 다가오면서 같이
작업한 분들에게 하소연했다.

"'하고 싶은 말은 본문에 다 있다'라고 써서 내면 혼날까요?"

그러자 '혼나지는 않겠지만 곤란해하실 것'이라는 웃음 섞인
답이 돌아왔다.

그렇지, 그렇겠지. 그리고 그게 혼나는 것보다 더 무섭지.

그래서 굳게 마음먹고 쓰기로 했다. 작가의 말.

사실 꼭 쓰기 싫어서만이 아니라 이야기에 관련해서는 '소설에
하고 싶은 말이 다 담겨 있다'가 진심이다.

그러다 보니 작가의 말이라는 지면을 뭘로 채울지 늘 고민이
되는 거다.

스포일러를 할 수도 없고 자화자찬이나 변명을 늘어놓기도
뭐하고.

제작 비하인드나 이 글을 쓸 수 있게 해 준 레퍼런스에 대해

이야기하는 게 그나마 '작가의 말'이 작품과 별개로 전할 수 있는
이야기 밖의 이야기가 아닐까.

〈협탐: 좁은 길의 꽃〉은 미스터리 무협 단편 청탁을 받으면서
만들어 낸 '중년 여성 무협 탐정' 연작의 하나다.
약간의 착시 효과를 부여하긴 했지만 지치고 늙은 여성이란
아마 작가로서의 내 페르소나에 가장 가까운 인물일 것이다.
그런 사람에게도 삶은 현존하며 사랑은 언제 어디서든 시작될
수 있는 천둥 번개 같은 일이라고,
나이 들어서 봐도 인생은 도무지 정답 없는 것들의 연속일 뿐,
강하고 노회해진다는 것이 곧 틀림없는 답을 알게 된다는
의미는 아니라는 그런 생각에 눈코입을 달아 둔 인물의 이야기를
하고 싶었다.
그래서 만들어 낸 것이 이 〈협탐〉이고, 이번 단편은 그 사람의 두
번째 이야기다.

앤솔로지는 참여할 때마다 느끼는 거지만 혼자 내는 책이
아닌데도 고독한 작업이다.
책이 되어 나왔을 때 저자 란에는 내가 모르는 다른 작가들의
이름이 함께 나열된다.
그러나 거기 담길 이야기를 만들 때 우리는 모두 각자의
골방에서 쓰고 엮는다.

이번 앤솔로지 작업 과정에선 특이하게도 참여하는 다른
작가님들과 온라인상에서나마 이야기할 기회가 있었고 다른

작가의 말

분들의 생각을 들으며 '여성'과 '퀴어', 'GL'이라는 키워드에 대해 고민해 볼 기회도 있었다.

큰 걸음이 아니더라도 이런 체험은 소중하다.

오래도록 묵은 공기로 가득한 골방의 창문을 열고 차디찬 새 공기를 들이마시는 것처럼.

비록 그럼에도 불구하고 내 이야기는 나의 골방에서 만들어졌다.

골방의 다른 누군가에게 창문의 틈새로 스며드는 신선한 바람 한 줄기라도 되었으면 싶은 소망이다.

프로듀서의 말

안전가옥의 픽픽 시리즈 5번째 책인《우먼 인 스펙트럼》은
SF, 무협, 고딕스릴러, 판타지, 디스토피아 장르 속에 등장하는
여성-퀴어의 이야기를 묶었습니다. 최초 기획은 이 책의 저자로도
참여하신 이수현 작가님으로부터 출발했고, 이 기획에서 다루는
'여성-퀴어'는, "'레즈비언, 여성 바이섹슈얼, 여성 에이섹슈얼,
논바이너리 여성애자, 데미걸' 등 여성으로서의 젠더 정체감을
완전히 혹은 부분적으로 가지고 있는 성소수자들을 느슨히 묶어서
지칭"(김지현 작가의 정의 참조)하는 용어로 사용했습니다.

안전가옥에서 이 기획에 동참하게 된 주요한 요인에는 참여
작가님들에 대한 기대도 있었지만, 무엇보다 각자의 주력 장르에서
독보적인 작품 세계를 구축해 온 창작자들이 각자의 관점으로
'여성-퀴어'를 다룬다는 점에서 매력을 느꼈기 때문입니다.

'퀴어성을 꼭 진지하고 무거운 현실 속에서만 다뤄야 할까?'
최초 기획안에서 기억에 남는 한 문장을 꼽자면 이것입니다. 이
문장 덕분에 이 기획이 의미 있을 수 있다고 생각한 반면, 이 문장
때문에 다소 어려운 기획이라는 생각도 들었습니다. 짧은 분량의

장르 이야기 안에서 퀴어성을 주제로 다루는 것에 제약이 따를 수 있다고 생각했기 때문입니다.

그러나 100명의 사람이 있다면 100가지의 정체성이 있고, 나아가 100개의 이야기가 탄생할 수 있다는 믿음과 함께 작가님들의 고유한 시선이 담긴 이야기에 대한 믿음으로 진행할 수 있었습니다.

작가님들의 작의를 해치지 않으면서 책 전체의 균형을 맞추기 위해 지양하고자 했던 조건이 있었습니다. 그중 하나는 주인공이 소수자를 상징하는 은유로서만 존재하지는 않도록 하자는 것이었습니다. 앞서 적었듯이 저마다 개별자로서 고유성을 가지며, 구체적으로 그려지는 퀴어-여성 주인공이 이야기를 끌고 가길 바랐습니다. 다시 말해 각 장르에 맞게 쌓은 설정을 제대로 누비는 주인공, 퀴어성에 집중하지 않더라도 좇아가게 되는 주인공을 보고 싶었습니다.

두 번째로는 홀로 고민하는 주인공이 아니라 행동하는 주인공이길 바랐습니다. 자신의 정체성으로 혼란을 겪는 주인공의 내면보다는 오히려 그 고민 과정을 뛰어넘은 시점에서 이야기가 시작하거나, 그 내면의 소요에 연연하지 않는 주인공이길 바랐습니다.

작가님들의 귀한 고민 끝에 개개인의 정체성이라는 넓은 스펙트럼 어딘가에 존재하는 다섯 퀴어-여성의 이야기가 탄생할 수 있었습니다.

프로듀서의 말

이 기획을 안전가옥에 제안해 주시고, 과정마다 함께 고민해 주신 이수현 작가님 감사합니다. 이수현 작가님과 함께 흔쾌히 참여해 주신 김수륜 작가님, 배예람 작가님, 아밀 작가님, 진산 작가님 감사합니다.

안전가옥 스토리 PD
이은진 드림

우먼 인 스펙트럼

기획 안전가옥
콘텐츠 총괄 이지향
프로듀서 이은진
             고혜원, 김보희, 신지민, 윤성훈
             이수인, 임미나, 조우리, 황찬주
퍼블리싱 박혜신, 임수빈
편집 김유진
디자인 금종각
서비스 디자인 김보영
비즈니스 이기훈
경영지원 홍연화

펴낸이 김홍익
펴낸곳 안전가옥
출판등록 제2018-000005호
주소 04779 서울특별시 성동구 뚝섬로1나길 5
        헤이그라운드 성수 시작점 201호
대표전화 (02)461-0601
전자우편 marketing@safehouse.kr
홈페이지 safehouse.kr

ISBN 979-11-91193-81-7 03810
초판 1쇄 2023년 2월 15일 발행